情醉潇湘梦

欧阳辉纯◎著

中国戏剧出版社
CHINA THEATRE PRESS

图书在版编目（CIP）数据

情醉潇湘梦 / 欧阳辉纯著. -- 北京 ： 中国戏剧出
版社，2023.6
ISBN 978-7-104-05349-1

Ⅰ. ①情… Ⅱ. ①欧… Ⅲ. ①长篇小说－中国－当代
Ⅳ. ①I247.5

中国国家版本馆CIP数据核字(2023)第089673号

情醉潇湘梦

责任编辑：邢俊华
责任印制：冯志强

出版发行：中国戏剧出版社
出 版 人：樊国宾
社　　址：北京市西城区天宁寺前街2号国家音乐产业基地L座
邮　　编：100055
网　　址：www.theatrebook.cn
电　　话：010-63385980（总编室） 010-63381560（发行部）
传　　真：010-63381560

读者服务：010-63381560
邮购地址：北京市西城区天宁寺前街2号国家音乐产业基地L座

印　　刷：北京九州迅驰传媒文化有限公司
开　　本：787mm×1092mm 1/16
印　　张：22.5
字　　数：320 千字
版　　次：2023年6月 北京第1版第1次印刷
书　　号：ISBN 978-7-104-05349-1
定　　价：138.00 元

鸣　谢

（按支持创作时间顺序排列）

南宁市强富建筑材料有限公司徐小敏

湖南省永州市双牌县周友胜

湖南省中医药研究院附属医院教授邓天好博士

广东省尚道国际健康产业集团有限公司莫少东

广西江河建材租赁有限公司

广西鼎鑫脚手架租赁有限公司张峡

广西振信实业集团有限公司

广西玉姿颜中药科技有限公司

双牌县数字经济发展研究会

自序

——追忆我的奶奶

我小时候在奶奶家度过，我的成长受奶奶的影响很大，但奶奶二〇二〇年九月去世了，因而在此我想写一篇纪念奶奶的文章，并作为这部长篇小说《情醉潇湘梦》的序言，因为这两者主题是一样的，那就是：“人间有爱！”

一

奶奶去世两年了，我一直想写一篇纪念奶奶的文章，但是因为太过悲痛，多次想下笔，却因为情绪失控，而无法下笔。鲁迅先生说，当一个人太痛苦的时候，是写不出任何东西的。现在，我是体会到了鲁迅先生说的这种情况。他还说，语言是不能表达人类的全部感情的，能表达出人类的全部感情的十之八九，就已经算是功德圆满了。尽管如此，我还是情不自禁想写点文字来纪念我的奶奶，一位平凡而伟大的农村妇女。她没有轰轰烈烈的事迹，有的只是平凡而艰苦朴素的生活、待人慈祥而友善以及对我无微不至的关怀。这些留给我很深很深的印象，几乎是镌刻在灵魂的深处，一辈子不能忘怀的。这是一位值得我永远纪念和怀念的慈祥老人。人是这个世界上最怕孤独的动物，为了解决人类的孤独，所以，人类才创造了爱，并且一代又一代的人不断去完善这种爱，或者用行动不断践行这种爱。人类对爱的这种需求，在人的幼年表现得更加强烈。所以，心理学家说，人在幼年天然地就表现出对慈爱他（她）的长辈非常依恋。这种爱在我身上也表现得十分强烈。在我心灵深处，能够感受到长辈无私的爱的源泉就是在我平凡而坚强的奶奶那里。这种感情不会随着奶奶的仙逝而逐渐消散，反而随着岁月的流逝而更加强烈，这大概就是一种永恒的爱的体现。

二

奶奶名叫成春玉，一九二九年三月二十二日出生在湖南省永州市冷水滩区杨村甸乡成家组。杨村甸是一个美丽的乡村，距离永州城大概四十公里，是一个三面环山，中间一马平川的乡村。这里日夜流淌着石溪江和贯子头河。石溪江在西边，发源于黄茶园的高峰岭，流入岭口水库，再从岭口水库流出，经过岭口村，在岭口村村口与贯子头河汇合成更大的石溪江。石溪江再经过普利桥镇，在高溪市镇易家桥双江口流入湘江，再进入洞庭湖，最后汇入长江，灌进东海。奶奶后来就嫁到岭口村。也就是说，她从东边的贯子头河，嫁到了西边的石溪江。

贯子头河在东边，据说起源于四明山的山腰，但是到底起源于何地，至今没有人去考证清楚。贯子头河流到成家组的时候，就汇聚成一条二十米宽、一米深的小河。涨水的时候，还能划竹筏。竹筏上还能运载些东西，赶往镇上去销售。民国的时候，有的人甚至靠伐竹为生。他们来到山上砍下一根一根竹子，捆扎成竹筏，顺着贯子头河而下，到了普利桥镇，就能卖一个好价钱。这是农民耕种之外的谋生之道。上游的竹筏工起一个号子“走啊”，下游的人接着回应一声“走了啊”。一阵吆喝之后，他们用竹棍往江底一撑，一使劲，竹筏泛起，像河里的鳝鱼一样，往前游走了。一排排的竹筏，一个接一个地，绵延几百米，像江湖里闹腾的长龙，像长蛇，也像端午节比赛的龙舟，在贯子头河酝酿成一道美丽的风景线。

奶奶小时候就很喜欢坐在贯子头河河畔看这些竹筏工辛勤劳作的热闹场面。偶尔她看见后队的竹筏快要超越前队时，就会在岸边和小朋友对着前队的竹筏工大喊：“叔叔加油，叔叔加油！”话音未落，忽然感觉屁股上传来一阵蚂蚁爬着一样的痒痛，她和其他小朋友“哎哟”一声大叫起来，回头一看，是母亲拿着竹条子气呼呼地站在身后。她和小伙伴们一看，然后责怪着河中的竹筏工：“叔叔坏，看见我们有危险也不说一声。”话音未落，母亲第二次就扬起了竹条子，他们立刻不敢说了，拔腿就跑了。一瞬间，小朋友们都不知跑到哪个旮旯里藏匿起来了，消失得无影无踪。原来有的躲在草堆里，有的躲在大树背后，有的躲在柴火堆里。

他们这样被打，是必要的，因为涨水时，河水暴涨，站在江畔看竹筏，那是非常危险的，一不留神，江畔的泥巴就有可能被河水冲垮，岸边的人就有可能被混合着泥沙卷入河中，很可能被河水冲到下游，有的甚至连遗体都找不到。当然，这样的危险，无法吓唬到贪玩的小伙伴，等母亲们走进屋里做饭，待烟雾从厨房瓦屋中冒出来的时候，大家又悄悄地跑到河畔去看竹筏的风景了。不过这时候，他们多了一个“站岗放哨”的小朋友，只要看见拿竹条子的母亲们气势汹汹地跑来，站岗的小朋友就吆喝一声：“危险，快闪！”小朋友们一溜烟，犹如水蒸气一样，瞬间不见人影了。母亲们只好高高扬起手中的竹条子，悻悻地走了。走了几步，又回头对着孩子们藏匿的方向，微微一笑。

“那时候，你们真的会游泳吗？”我问。

“都不会。”奶奶坐在大门口的椅子上回答。

“那还真的敢去河边？”

“都是大家贪玩。不过，这样的美丽风景，也是只有涨水的时候才能看到。平常的旱季，河水枯竭，就无法看到了。所以，大家都好奇。”

三

奶奶出嫁前，也没有见过爷爷。只是听别人说，婆家很穷，穷得就剩下一个煮饭的旧锅和几个旧碗，但是三间土房子还是有的。那是爷爷的父亲留下来的。爷爷的父亲，在爷爷六岁的时候就去世了，爷爷的母亲改嫁到别的村了，爷爷就跟着自己的爷爷过生活。听父亲说爷爷是吃“百家饭”长大的，一辈子也没有读过书。在村里，轮流帮所有的家庭做零工。所以，爷爷一辈子都本分、憨厚。当然，他也是受别人欺负过的。被欺负也就被欺负了，他忍忍，算是过去了，从来没有记仇。

“家里确实穷？”奶奶出嫁前曾向别人打听爷爷家的情况。

“确实是穷。”

“人，只要有计划，肯劳动，肯定就不会穷的。人品怎样？”

“人很老实，很憨厚。”

“那就成。”

于是奶奶放心地嫁过来了。嫁过来之后才发现，除了三间土房子，还真的穷。但是，奶奶并没有嫌弃这样的穷。嫁过来没有多久，三间土房子后面就增添了一间小房子，成了四间房子。据说，那个新增添的房子，就是我出生的地方。但是那是几十年前的事，现在那间房子倒了。

四

那时候大家都穷，她和爷爷抚养着六个孩子，的确非常辛苦。但是，一家人过得却很快乐。春天来的时候，奶奶就去山上采摘大量的春笋，晒干，然后一捆一捆放在干净的食品柜子里，等到没有东西吃的时候，就用水泡开再炒熟，配上葱花蒜子醋盐油，再放点腊肉，做下饭的菜。或者，春天到山上，大把大把地摘蕨菜回来，然后也一样晒干，以后炒熟做菜吃。奶奶还会在春天种植大量的辣椒、茄子、苦瓜等。到了夏天，茄子和苦瓜都可以摘回来，洗净晒干（茄子还得煮熟晒干），然后和辣椒搅拌均匀，放置在坛子里腌制起来。坛子入口的沿边，有水槽，需要放水来阻挡空气的进入，不放水，腌制的菜就会发霉坏掉。这些，奶奶都是非常小心的。所以奶奶腌制的茄子和苦瓜等，总是最好的。腌制的辣椒有很多种，有红色的剁辣椒、酸辣椒、白辣椒，还有豆子辣椒。当你吃腻了鸡鸭鱼肉，再来几根腌制的酸辣椒，那感觉好像是在村里做神仙。

到了秋天，还可以腌制萝卜。腌制的萝卜也分很多种，如爪子萝卜、酸萝卜、白萝卜等。最难做的还是用大火烤熟的腌萝卜，这样的萝卜用大火烤熟，然后洗干净，再晒干，再和盐及辣椒搅拌，放入坛子里腌制起来。吃的时候，可以用干净的不沾水的筷子从坛子中夹出来，直接食用。夹萝卜的筷子，是万万不能沾水的，否则腌制的萝卜过几天就会发霉，那就不能食用了。

我小时候贪玩，也好奇，总喜欢看奶奶夹菜的坛子，觉得这是一个聚宝盆，里面永远有吃不完的东西。有一次，我就悄悄地准备用沾有水的筷子夹一块烤熟而腌制的萝卜，幸亏那天奶奶回来得及时，发现了，赶忙让我换一双干净的不沾水的筷子去夹。不然过几天，那坛子里的菜就要发霉了。

奶奶腌制菜品的习惯伴随她一生，每年她都要腌制大量的坛子菜。我参加工作后，每次到奶奶家里吃饭，总是要吃些腌制的坛子菜。每次品尝这些坛子菜时，就感觉是回到了那个烂漫的童年。与其说这是在品尝坛子菜，不如说是在品尝童年的味道。

五

我的童年主要是在奶奶家度过的，因为父母家离奶奶家有一公里远，在村里的另外一个叫谭家台的地方，谭家台那边没有小伙伴玩，奶奶家这边有很多同龄的小伙伴。大家在一起打闹，可以去石溪江捉鱼，还可以去水田里捉泥鳅，一个下午，可以捉满满的一大袋。

读书，是肯定不会读的。我读书的小学叫岭口小学，是由祠堂改建而成的，所以教室的墙壁上还画着各种各样的菩萨，如文殊菩萨、普贤菩萨、观世音菩萨、金刚手菩萨、虚空藏菩萨等。我每次上课，看见那些菩萨穿着奇奇怪怪的衣服，有着奇奇怪怪的样子，我就害怕，上课自然就走神了。最好的办法，就是不上学，大家相约跑到石溪江去捉鱼。到天黑了，再背着被河水泡过的书包，一蹦一跳地回来。

父亲一看，书包里的东西全部都是湿的，那是石溪江的水泡过了，就问：“今天上学了？”

“上学了。”

“确定？”

“确定。”

“再问一次，今天上学没有？”

我一看，那脸色跌了下来，不回答，转身拔腿就跑，否则就非得被打残不可。当然，被打的还有别的小伙伴。大家一见面，惺惺相惜一番。忽然一个小朋友提议去偷西瓜吃。结果，大家揉揉屁股，想：刚打的左边屁股还疼，再去偷西瓜吃，那右边的屁股肯定会被打成烂西瓜。于是大家都不敢去，只好各自舔舔舌头，闭眼想象一下西瓜蜜甜的味道。

忽然，一个小朋友说：“去你奶奶家讨吃的。”用手指指着我。

我开始摇摇头，然后又点点头，说：“那给我什么好处？”

“我们也给你好吃的。”

“那，改天，你妈妈杀鸡，给我来只鸡腿。”

“成交。走!”

于是大家相约来到奶奶家，饱吃一顿西瓜。大家吃完了，肚子胀得圆鼓鼓的，然后跑到苦瓜园子里撒尿。我一边撒尿，一边说:“你们欠我一只鸡腿，记得噢。”

“记得记得，绝不赖账。”

一顿西瓜，换一只鸡腿，也是划算的。长大以后，独我一个人身高一米八，别的小伙伴身高最高的才一米七，大部分是一米六五。我怀疑，是不是我小时候吃他们的鸡腿吃多了。小时候听大人们说，吃什么长什么的，也许是对的，但也许是错的。听大人这样说，我和小伙伴就曾经吃过半页书纸，为什么就没有变得如书一样的博学呢?有的吃了半页书纸，最后被送进医院。

“也许吃得太少吧?”小伙伴问。

“但也太难吃了啊，吃得想吐。”另外一个小伙伴说。

“我总觉得还是鸡腿好吃些。”我说。

小伙伴们这样讨论起来，但不管怎么说，多年以后，我是长高了，而且是最高的一位。

六

因为家里穷，所以奶奶从来没有上过学，自然也不认识字，但是她的爱的教育深深地影响了村里的人，当然也影响了我。自从我懂事以来，在我的印象中，奶奶从来没有批评人甚至责难过任何人，而是非常慈祥地和大家讲一番道理，目的就是不断劝人与人为善，好生本分生活。她这种爱的哲学，在我看来，胜过我读过的所有关于爱的哲学的理论书籍。

记得我读小学三年级，有一次，我数学考试居然就得了零分。我不敢和父辈们说，但到底还是被父辈们知道了，尤其是父亲，一顿责备和怒斥。那时候我才九岁，面对如此责备和怒斥，自然吓得不轻，趁父母不注意，一溜烟就跑到奶奶家去了。

奶奶见我满头大汗，气喘吁吁，便问："发生什么事情了？这么使劲地跑，野狼追你了？"

"野狼没有追，狼爸怕是要追来了。"

"小心摔跤。"奶奶一边说，一边拿汗巾给我擦汗。然后，倒了一杯温水，递给我，说："慢慢喝，慢慢说。"顺手从旁边拖了一张凳子让我坐下来。

我壮着胆子告诉奶奶，说数学考试得了零分，怕父母揍我，所以就偷偷跑了。奶奶一听，微微一笑，说："数学考试零分，这没有什么奇怪的呀，你不是经常数学得零分的吗？你本来就不懂数学，下次努力点不得零分，多考一分就行了。"这是一句非常平淡的话，但是却留给了我一辈子的记忆。在那个"考、考、考，老师的法宝；分、分、分，学生的命根"的应试教育的年代里，分数就代表一个读书人的所有希望。当然，分数也是家长的希望，还是衡量老师教学成果的唯一标志，更是一个人改变命运的核心因素。而在奶奶看来，分数不过是一次考试的经历，生命的价值永远大过分数的价值。一个从来没有上过学的人有这样的见识和睿智，会让多少识字的人汗颜。正是因为有奶奶的鼓励，所以在我的读书生涯中，我的数学尽管成绩不是很好，但至少没有在那以后的考试中得过零分。后来读五年级时换了一个不是由祠堂改建的，而是真正意义上的现代小学。我入学一周之内，忽然成绩就很好了，直到一口气读到中国人民大学哲学博士。这大概就是奶奶爱的教育方式的一种成功体现吧。

她没有读书，不认识字，也根本不知道出生在美国的几乎和她是同龄人的劳伦斯·科尔伯格（Lawrence Kohlberg，1927—1987）的道德形成发展理论。劳伦斯·科尔伯格是美国著名心理学家，他提出过著名的"道德发展阶段理论"。在他看来，人的道德发展需要经历儿童以自我为中心的道德无律阶段、他律阶段和自律阶段。在他看来，不同道德阶段，对于对错的分析是不同的。在前习俗阶段，即儿童自我中心的道德无律阶段，所谓对的就是对习俗或者长辈的权威表示服从，避免因为违反既定的习俗而受到长辈的责备或惩罚。在习俗阶段即他律阶段，所谓对的，就是在社会中尽自己的责任和义务，尽力维护社会的发展秩序，并为了自己和他人的发展贡献自己的积极行为。这种行为包括语言的鼓励、经济的赞助或支持，或者其他实物和精神的鼓励，同时，在道德交往和伦理互动中，不断调整自己的角色伦理定位。也就是说，在他律阶段，人们往往习惯从交往的他者的评价与互动中来观照自己的角色。这个观点其实也是与人类学之母——美国著名女人类学家玛格丽特·米德（Margaret Mead，1901—1978）提出的文化决定论相一致的。但是在道德后习俗伦理阶段，即自律道德阶段中，人们就用普遍的伦理原则来指导自己的行为，并将这种普遍的正义的伦理内化为自己的内心信念和行为规范，而这样普遍性的伦理原则又往往受到国家法律最低限度的保障。劳伦斯·科尔伯格这样的道德发展理论，表面看来天衣无缝，无懈可击，但是，他却忘记了，人的道德发展和认知以及道德行为的表现，并不是沿着他预定研究的思路走的，因为人不仅仅是理性的产物，也是情感的产物。

虽然奶奶是一个不识字的农村妇女，没有劳伦斯·科尔伯格和玛格丽特·米德那样一套一套的理论，但是她却以一名平凡的农村妇女的身份诠释了她的“爱的道德教育理论”。她关爱一切事物和一切人，不断地鼓励他人，不断地推动他人进步。这是她最具特色的没有文字表述的“爱的道德教育理论”。在我看来，她的这种“爱的道德教育理论”就是儒家仁爱精神在现代生活中的继承、发展和实践。她是用一生的理念和行动来诠释这种她本人并不知道但却产生了积极的社会效益的爱的道德教育理论。

七

奶奶终于也还是有衰老的时候，尽管我心里不承认这样的事实，但是毕竟这又是人类自然的规律。

二〇二〇年八月三十日的南宁，天气很闷热，只要你在阳光下稍微运动几分钟，必然会大汗淋漓。到了下午，我看了看书房外的天气，碧蓝的天空中飘来片片乌云，这是要下雨了。根据我对南宁天气的了解，暴晒暴热之后必然要下雨的，这也是南宁的天气特点。但是，这样的暴雨不会下很久，一般在半个小时之后，就会停下来，之后，太阳就会又像往常一样暴晒。避雨的人群，只要懂得这个规律，就会在屋檐下或者商铺的台阶上，等待半个小时之后，像往常一样继续前行。我对于这样的天气是习以为常的，但是那天却莫名其妙地烦闷，心神不宁。平常我会在书房里看书，心无旁骛，沉浸在书本里，今天却出奇地不安，总感觉有什么不对劲的地方。

十几年前，我在广西师范大学读硕士研究生的时候，在广西师范大学图书馆前门外左侧台阶上朗读的时候，也出现过这样的心神不宁的感觉，心里出现一种莫名其妙的惆怅感。忽然，我拿着书本，不知道为什么，眼睛看花了，一脚踩滑摔倒在图书馆前面宽敞的台阶上，幸亏台阶很宽，没有滚到下一级台阶，膝盖传来一阵疼痛，自己想爬都爬不起来。第一次爬起来，左脚一滑，又摔倒了。我在地上躺了几秒钟，然后使劲用手撑在书包上，爬起来了。自己看了看膝盖，只是擦破了一点皮，没有什么大问题。我站立起来，拍拍自己身上的衣服，整理好书包，喝了口水，把水杯装入背包里，准备离开。这时候，手机忽然响起来，是小叔叔打来的："你在干吗？""我在读书呀！""爷爷刚刚去世了，你赶紧回来。"我的眼泪立刻滚落下来，说："……知道了，我收拾东西马上赶回去。"

爷爷八十二岁去世之前，是有征兆的。去世之前的几个月，他就说肠胃不太好，吃不下东西。他第一次和父亲这样说的时候，大家都觉得他可能受了风寒，由风寒引起的肠胃病。那时候，他还能独自走路，不需要搀扶，大家陪他去村里私人诊所刘医生那里打针、拿药。但过了一周，还没有好转。大家警觉起来，赶忙送他去永州市第三人民医院治疗。医院给他做了详细的检查，如肠胃镜和 CT 等。但检查结果显示没有什么异常，肿瘤之类的是没有的。既然没有肿瘤之类的致命病灶，大家悬着的心，也慢慢放下来。在医院拿了药，就送他回去慢慢调理了。回去以后，他也正常吃药了，但是肠胃病依然没有好转，而且精神一天比一天地差了，身体一天比一天消瘦，力气一天比一天减弱。大家再次把他送进永州市第三人民医院治疗。医院再次做了检查，依然没有发现什么异常的问题。其实，大家最担心的还是他的胃病会不会被检查出是可怕的“胃癌”。但是检查的结果显示没有“胃癌”。这也让大家的心里再次有了一丝宽慰。

父亲说：“只要不是胃癌，就不怕，吃药打针肯定可以治好的。”他这样安慰爷爷。但是，毕竟是八十二岁的老人，任何一场风吹草动的感冒，都可能对老人的身体产生暴风雨般的摧残。医生和大家都不敢马虎大意，继续让爷爷住院观察，吃药、打针治疗。他自己这段时间也很安心地在医院住院。

有一天上午，主任医师把父亲和叔叔们叫到办公室。在问了老人的基本情况之后，医生说：“病人年纪大了，内脏器官衰竭，主要是肠和胃等消化系统功能衰退了，可能没有办法治愈了，时间也可能不多了，家属要有心理准备。”大家一听，就明白了医生的意思。但是，不管怎么样，都想尽力想办法延长病人的时间。

也许爷爷自己也知道了什么，住院一段时间以后，他就问：“我到底是什么病？”大家也说不出来，只说“您肠胃功能不太好”。爷爷自然不信，就追问：“肠胃功能不太好，要住院这么久？我要回去。”说着，自己就要伸手去拔输液的针头。他坚决不打针吃药了，一定要回去。后来，他索性连饭也不吃，水也不喝了。给大家抛下一句狠话：“我就是死，也要死在家里，死在外面做孤魂野鬼？”也许一个人在生命垂危的时候，自己能够冥冥之中感觉到生命的脆弱。爷爷执意要回去，大家没有办法，只好遵从老人家的安排，办理了出院手续，送他回家了。

那时候，我在广西师范大学读硕士研究生一年级，在爷爷病重期间回去看了他几次，每回去一次就感觉到他的身体差一次。但是由于硕士研究生一年级的课程特别多，我不敢请假太久，回去几天之后，又得赶回学校。爷爷的身体一天不如一天。自爷爷病后，我读书也心不在焉了，这就怪不得自己会在图书馆前面莫名其妙地摔跤了。慈祥而敬爱的爷爷到底还是在八十二岁那年因为肠胃功能的衰竭而走到了生命的尽头。临终前他留下一句:“我先去了，你们一定要好好的。”

爷爷去了十多年了，但是其慈祥、本分和憨厚的笑颜依然镌刻在我的心中。爷爷是平凡的，但是却留给了我们慈祥、本分和憨厚的道德品质。这是中国千千万万农民的本色，也是千千万万中国农民道德的真实写照。这份道德遗产值得我们继承和发扬。

八

我八月三十日这天的感觉，似乎也是怪怪的，心里感觉到一阵莫名其妙的惶恐。忽然表弟在微信里告诉我，奶奶三天前已经病了。当然，我当场必须问清楚是怎么回事。原来是三天前的晚上，奶奶忽然感觉腹部剧痛，忍无可忍了，才告诉大家。大家立刻将其送往永州市第三人民医院紧急抢救，之后送往重症室治疗。医院做了治疗和化验，但无法确定是什么病。大家也是担心会不会是“胃癌”之类的。医院化验的结果显示，并没有“癌”的迹象。到底是什么病，还没有确诊，有待观察和检查。当表弟告诉我这些的时候，我要他立刻把医院化验的数据用微信发给我，我找南宁这边省级医院消化内科主任朋友帮忙会诊。消化内科主任朋友看到化验单，怀疑可能是胆囊出问题了，但是因为不在现场，也不能百分之百确诊。本来我打算八月三十一日赶回永州看奶奶的，但是父辈们说奶奶还在重症室，回去也看不到，叫我先不要回去，万一有什么情况再回去，因此我每天就电话联系父辈们，关注奶奶的病情。医院确实也无法确诊奶奶患的是什么病，后建议转入长沙省级医院治疗。九月四日，我强烈建议父辈们把奶奶送往湖南省人民医院。救护车从永州市第三人民医院出发的时候，我就将奶奶的个人信息和病情、病历等发给长沙的朋友，托他帮忙联系湖南省人民医院急诊科，做好接诊准备。这样做就不会耽误时间，只要病人一到，马上就可以检查治疗。两个小时后，救护车到了湖南省人民医院急诊科。经过两个小时的检查化验诊断是胆囊漏液及胆管破裂，而且破裂的胆汁已经腐蚀了内脏，引发了炎症和一系列的并发症。

医生来看了病人，很遗憾地说，病人已经无法手术治疗，因为病人已经九十多岁，身体极度虚弱和消瘦，药水已经无法通过针头输入体内，病人太瘦了，腹部几乎和背部贴在一起了，整个身体看起来就像一张薄纸。他们建议，不要手术治疗了，也没有办法手术治疗了，病人因为年纪太大，无法承受手术带来的风险，建议送回去保守治疗，尽力拖延时间。当然，医生这样说，我们都明白这意味着什么。奶奶这个时候，从昏迷中醒过来了，说自己想回去，不想待在医院。大家经过商议，最后只好又请救护车连夜将奶奶送回永州乡下。从救护车送奶奶进湖南省人民医院到离开，也只经过了短短的两个小时。

当天，我本来购买了从南宁到长沙的车票，打算赶往湖南省人民医院，后来只有改签车票，赶回永州。第二天凌晨，我起来准备了行李，就赶往南宁东站，到永州乡下已经是二〇二〇年九月五日下午了。

九

到了永州乡下，也是我自己的老家，见到奶奶的时候，她躺在床上，有气无力的。这个时候，她已经无力站起来了。输着氧气，腹部的导出胆汁的管子还固定在奶奶身上，身上盖着被子。大家围在床沿，陪着她。看到她，我强忍着泪水，轻声喊了一句："奶奶！"奶奶听到我呼喊的声音，眼睛睁开了，嘴巴还能微微动一下，我赶紧问："奶奶，您有哪里不舒服吗？"她摇摇头，示意自己这个时候的状态还很好。我就说："我拿牛奶给您喝。”她点头表示同意。我立刻去倒了一杯我带回去的牛奶，用热开水将牛奶温了一下，喂了她半杯，她摇摇头示意不喝了。这时候，她似乎感觉稍微好点，动了动嘴唇，示意要坐起来，有话要说。

我就扶着她坐起来，她说：“你这大老远赶回来，耽误你时间了，你要上班的。”她还是像往常一样关心我们的工作。我赶紧回答：“我没有那么忙，我是大学教授，主要的工作是教学与研究，不用天天上班的。”她“噢”了一下。然后就说：“这个管子让我不舒服，拔掉。”她说的就是腹部导胆汁的管子。我说：“这是导管，不能拔，拔了就很危险。”这个时候她还能明白，点头同意了。

我也知道她的时间不多了，看见她很淡定也很清醒，我就问：“奶奶，你怕不怕?”她明白了我的意思，说：“我不怕，我现在九十多岁了，我见证了七代人，经历了抗日战争，旧社会和新社会，现在的日子越来越好了，该吃的我都吃了，你们的孝心，我也领了。”我示意她休息一下，不要说太多的话，以免消耗精力。但是她还是很坚强地说：“人，总是要死的。没有永恒的人。我去了那边，你爷爷还在等着我。生老病死，是人的自然规律。所以，不用害怕的。”我感觉，她说这话的时候，很坚定，像一位饱读诗书的哲学家。尽管她没有上一天的学，读一天的书，但是她对生命的真谛看得如此透彻，对生命的本然有一种坦然和释然。“不怕死”就是对生命坚韧不拔的肯定，也是对生命周期的自然规律圆融的解答。这是一种心灵的伟大。但是，我听完之后，仍然忍不住潸然泪下。是的，谁都有离开世界的那一天，但是真正到一个至亲至爱的人行将离去的时候，任何人都不可能无动于衷。人除了是理性的存在物，也自然是感情的存在物。

但是，奶奶最终还是走到了生命的尽头。九月八日下午，奶奶已经不能说话了，眼睛也不能睁开了，偶尔只是嘴唇稍微动一下。大家也知道奶奶的时间可以用分秒来计算了。晚上八点零五分，奶奶的身体微微动了一下，嘴唇轻微地颤了一下，走了。奶奶带着红尘的一切感念和后代人的思念，沿着爷爷走过的路，走了。这位伟大而平凡的九十二岁的农村老人把爱留给后人之后，走了。这个时候，门外报丧的鞭炮声响了，村里的人一听这鞭炮的声音，也都明白这是我敬爱的奶奶走了。所以村里人第一时间，跑来帮忙处理奶奶的后事。

奶奶出殡的那天，送葬的队伍拉得很长很长，足足有一公里长，全村能来的人几乎都来了，都来送一程这位伟大而平凡的老人。

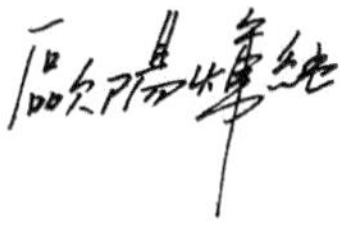

二〇二二年九月八日晚上定稿

目 录
Contents

第一章　艰辛的农活

中国南方潇湘省石溪市石溪镇石溪村七月的太阳像巫婆的脸，凶狠狠的，照得整个人都晕沉沉的。龙国祯也是生平第一次感受到这太阳的恶毒。他刚刚参加完七月的高考，成绩还没有出来。现在正帮助父母搞“双抢”。“双抢”是南方农村最忙的时候，是在与时间赛跑。一边要匆匆忙忙收割完早稻，又要赶在立秋之前种下晚稻。如果晚稻种在立秋之后，那就很难保证晚稻丰收。因此，朴素的农民把这个时间段叫作“双抢”。说白了，就是一边抢收早稻，一边抢种晚稻。

龙国祯七月上旬高考完，回到家里正好赶上“双抢”。他是家里的长子，后面还有妹妹和弟弟。父亲龙震天是纯朴厚道但也带点狡猾的庄稼人。其实，以前他也不是没有干过农活，“双抢”中收稻谷、挑粪、耕田、插秧等活儿，他样样都做过，尤其是耕田。这不仅仅是力气活，也是技术活。牛在前，牛轭套在牛的脖子上，然后人用绳子拉着曲辕犁跟在后面。耕田的时候，牛在前，人在后面，右手要把犁柄扶稳，不能上也不能下。如果往下压，犁铲会往上抬高，就吃不到泥巴，那样就没办法翻新水田。如果往上提，犁铲就会往下钻，越钻越深，这样牛轭也会死死地紧扣牛的脖子，弄不好犁梢会因为压力太大而断掉，更重要的是牛也可能会因为犁铲陷得很深，牛轭紧紧扣住牛脖子而被活活勒死。如果是这样，龙国祯的父亲一定会活活打死他。对于他父亲来说，牛是他的命，人可以不吃不喝，但是牛是一定要伺候好的，不然家里的几亩地就没办法耕种。

龙国祯十五岁时就学会了这项让他父亲感到十分自豪的耕田技术。这是他父亲向左邻右舍炫耀自己的儿子有出息的最好资本。龙国祯知道牛对于父亲的意义，所以每次耕田的时候，他都格外地小心。在正式耕田之前，往往需要仔细检查犁轭是否套好了，是否做到了恰到好处，既不能勒紧牛的脖子让牛窒息，也不能把犁轭的绳子套得太松，以致在耕田的过程中犁轭往后滑动而刮伤牛背。尽管他耕田的技术十分娴熟，但是，他很讨厌这样的工作。不是因为不喜欢，而是因为对农活的工作投入的精力太多，收效却甚微。这点道理，他在高二的时候，老师讲马克思主义理论三大组成部分之一的政治经济学课程的时候就学到了。

在父亲的眼中，他是家中的长子，也是方圆十多里唯一的省重点高中的毕业生。他父亲认为，儿子从省重点高中毕业，那就相当于皇权社会里响当当的秀才，是让人肃然起敬的“先生”。所以，这次高考完了，他父亲并没有想让他读大学，也不指望他读大学。父亲有父亲的打算，因为自己有三个子女，家境又十分拮据，如果让龙国祯读大学，那一年的学费就是三千多元，还要生活费、住宿费、学杂费等，这样算下来，一年单单在他身上就得花掉六千到八千元。而弟弟、妹妹还得读书，他们也要读高中，一年下来，每个人紧打紧算也得五千元。三个子女加起来至少得要一万五千元的费用。这样一笔庞大的开支，对于龙国祯的父亲来说，无疑是天文数字。但是儿子读完高中，少说也是省重点高中毕业的如秀才一样的知识分子，至少有两点值得考虑：一、儿子可以回家耕田种地、喂猪喂鱼、养鸡养鸭，而且还可以竞选村主任。这也是村里有头有脸的“官”，掌管着一村的行政权、财政权、协调权和治安权。作为一名省重点高中的毕业生，竞选村主任在学历上有足够的资本，而且凭借他自己在村里几十年的影响力，认为把自己的儿子扶上村主任的位子，不是一件十分困难的事。再说，读完大学未必就能找到好的工作，就算是能分配工作，未必就能分到自己满意的。何况自己的影响力就只能辐射到本村这十几里远的地方，出了村口的牌坊，人们谁也不认识他就是龙国祯的父亲。而且他还听说，大学也改革了，以后大学不包分配工作了，是自谋职业。二、作为一名省重点高中的毕业生，去广东打工，进工厂，也是十分抢手的。每月工资多则几千元，少则也有上一千元的收入。这就比读完大学找不到工作要好，更比继续在家白吃白喝要强。说不定，儿子在外面时来运转，被一位老板看上，聘他为主管，混个一官半职，管着几十甚至几百号人，也是光宗耀祖的事。或者儿子也许还能遇见一个喜欢他的姑娘，一年后再给他添个孙子，那何尝不是一件十分幸福的事。这样一来，大儿子就算是成家立业了。那么多多少少这个长子也会负担点弟弟、妹妹的生活费，乃至以后的大学学费。这样一来，自己和媳妇、儿子和儿媳妇四个人挣钱供自己的小儿子和女儿两人读书，那家里的压力就没有那么大了。龙国祯的父亲这样想着，心里美滋滋的。他这样打着自己的如意算盘，所以等龙国祯高考完回家的时候，他就吩咐了比往常更多的农活让他做，因为他知道，干农活，承担家庭责任，成了儿子今生永远无法摆脱的宿命。

正午的太阳依旧像火炉，焦烤着世界的点点滴滴。龙国祯在田里割着水稻，豆大的汗珠冒出来往下滚。尽管他戴着斗笠，但还是能感受到阳光的灼热。“锄禾日当午，汗滴禾下土。谁知盘中餐，粒粒皆辛苦。”龙国祯忽然想起来唐代诗人李绅的《悯农》这首诗。“今生绝对不能当农民，这样的日子没办法过。”他心里暗暗地想，“希望老天保佑我这次顺利考上大学，不然我就惨了。”他自言自语说道。

“龙仔，你觉得你今年考得如何?”在一旁帮他家做“双抢”的小叔叔问。

“不知道，心里的确没底。”他无精打采地说，“不过，英语专业面试是过了本科线。现在关键是看文化成绩了。”他补充道。

“如果考不上大学，那只能像我一样干农活了。”

“当农民，这辈子就惨了。农民又苦又累，而且没有成就感，进了城谁都看不起。”

“照你这样说，以后农民就没人当了？”他小学未毕业的叔叔好奇地问。

“当农民主要是不划算，一年到头忙死忙活，没啥收入。时间投入和收益不成比例。如果稻谷卖到五十元一斤，那就可以考虑当农民了。不然，宁愿去要饭，也不愿意当农民。唐代诗人白居易说：‘一车炭，千余斤，宫使驱将惜不得。半匹红纱一丈绫，系向牛头充炭直。’这样的炭农和谷农都是不值钱的。”

“噢，看来咱们家龙仔到底是读过省重点高中的，志气不小了啊！”他叔叔夸他。

“在农村干农活干怕了，现在真的不想做了，看到太阳就怕。我记得《太平御览》曾经引用过《风俗通》的一段话：‘吴牛望月则喘，使之苦于日，见月怖，喘矣。’说是牛怕热，不断喘气，见到月亮就认为是太阳，也开始喘气。”龙国祯旁征博引。

“嗨，又掉书袋子了。讲得那么玄乎又玄的，其实不就是‘一朝被蛇咬，十年怕井绳’的意思嘛！”

“对，就是这个意思。所以，唐代诗人李绅说，农民苦，‘春种一粒粟，秋收万颗子。四海无闲田，农夫犹饿死。’”龙国祯挺直腰懒洋洋地说，“农民是最苦的，这是谁都知道的。”

“但是，我们祖祖辈辈都是农民，不也过来了？”他叔叔说。

“时代不一样了，现在是改革开放，搞活经济的时代了。改革开放，就是城市化运动，就是要让农村更多的劳动力往城市里去。这是时代的趋势。如果我做农民，也要做个城市里的农民，不然整天窝在这个水田里，有啥出息？”龙国祯信誓旦旦地说。

“快点做事了，看你那懒洋洋的样儿，什么时候这块田的水稻才能割完？”他父亲在东头忙完农活走过来，厉声吼道。

“着啥急？着急这块一亩田的早稻也搞不完。只能慢慢来。”龙国祯回嘴。

“你懂啥？！你除了会吃饭，耍嘴皮子，你还能干啥？有本事你就考到清华、北大去！”他父亲骂道。

“我考清华、北大不是考不上，主要是某些做父亲的人手头紧，我在学校没吃好，营养不良，记忆力差。不然，莫说考北大、清华，就是考哈佛大学我也不怕的。”他回顶他的父亲。

龙国祯好像和他父亲八字犯冲，是天然的“敌人”，自从他懂事以来，他就和他父亲合不来，说不上三句话就会闹矛盾。他父亲为这事没少生气。

“你小子除了会说这些，还会说啥？”他父亲抬高了嗓门。

“老爸，我要是你，年轻的时候就不选择当农民。对了，难道你就没想过当农民的辛酸？如果你年轻的时候到外面去闯荡一番，说不定，你就当局长、当市长了。我们做儿子的也好沾点光。现在可是个‘拼爹’的年代了。你看你，这么一个优秀的人，居然选择做农民，真的是‘男怕入错行，女怕嫁错郎’啊。”

“那你就好好干，有出息点，不要像你老爸我，除了当农民还是当农民。不过，我告诉你，你老子我不是没有想过干一番大事，但是当时你爷爷家里实在太穷，没办法供我们读书，而且当时去外地打工，没机会。因为当年没有搞改革开放。现在你老子一把屎一把尿把你拉扯大，供到你读完省重点高中，老子已经很成功了。”龙国祯的父亲，四十多岁，也不是个省油的灯，一边反驳，一边臭骂。

龙国祯被骂是经常的事，他已经很习惯了。但是，父亲也只是骂骂而已，不敢打，一打，他就会告诉奶奶。在奶奶的眼中，也正是应了那句俗话：“奶奶眼里孙子才是宝，儿子最多算根草。”龙国祯在奶奶的眼中，就好像贾宝玉在贾府贾母眼中一样，是个宝。孙子是她的心肝宝贝，谁也不能打，谁也不能骂，一整天就是宠着。

记得读小学三年级时，龙国祯有次数学考试得零分。父亲用竹片条打得他遍体鳞伤。奶奶问他被打的原因，他说，数学期末考试得了零分。奶奶不仅没有生气，竟然非常慈祥地笑笑，说："这不要紧，下次考试不得零分就行了，何至于打成这样。"奶奶气冲冲地狠狠骂父亲："你自己的儿子你不心疼！万一打残了，缺胳膊少腿的，你就害了他一生一世。"

"'不打不成人，黄花条子出好人。'您没听说？"

"小孩子不懂事，还不知道怎么读书，你打残了，他就是好人了？我看不仅好人成不了，倒是有可能成残疾人。"奶奶用红花油敷着孙子青一块紫一块的伤口，心疼地说，"没良心的，下手这样狠。"

"您就宠着他吧，明天到了弑君杀父的地步，您就满意了？"

"我就不信数学考鸭蛋（零分）的人，就会弑君杀父?!"

龙国祯是奶奶的心肝宝贝，所以在村口读小学的几年时间，他几乎都是在奶奶家里度过的。不仅如此，奶奶的宠爱也成了他顶撞父亲和父辈们的一切资本，所以在这个平静的村落里，他就成了无人敢得罪的"小霸王"。父亲、母亲、叔叔、姑姑、堂伯和堂叔等，谁都不敢惹他。尽管奶奶这样宠着他，但他在奶奶面前非常听话。砍柴、放牛、做饭、扫地……能做的农活，他在读小学的时候就几乎全学会了。八岁那年，还跟村里的年轻人，上深山砍了一担茅草杆，卖了八元钱，买了自己心爱的文具盒，至今都珍藏在自己的箱底下作为纪念。这是他今生第一次用自己的钱为自己添置的学习用品，是值得纪念的。人们对于自己的第一次，总会分外珍惜的，第一次记忆、第一次进城、第一次见到火车，更不用说第一次爱上某个人……龙国祯可以说是在父亲的呵斥和毒打下，也可以说是在奶奶的宠爱和呵护下静悄悄地长大的。现在他十八岁了，身强力壮，能吃能跑，对于父亲，他从来是不想说很多话，独独对奶奶，他是敬爱有加。这是多年的习惯造就的，没办法改变，他也不想改变。算命的说，他和他父亲是天生的相克，父亲属火，他属水，两人水火不容。父亲有时候也没有办法，只是哀声长叹："这都是命中注定的。"可是，对于妹妹龙国香和超生的弟弟龙国杰，父亲的爱像大海，宽广而无私。家里的家务，只要是小孩子能做到的，哪怕是给父辈们端一杯水，这样极为简单的事，都不会轮到弟弟和妹妹去做的，天然地会落到他的身上。每次父母叫弟弟或者妹妹做家务的时候，弟弟、妹妹总会习惯地说："叫哥哥去做。"

大概是这样的家庭背景，造成了龙国祯对父亲的叛逆和父亲对他一切事情的不屑一顾。也许是这样的原因，才让父亲决定让他读完省重点高中就回家务农或者是外出打工。"读大学，对于这个逆子来说，大概就是一种浪费。"父亲很多次对母亲张桂琴这样说。龙国祯的母亲和奶奶一样是个文盲，大道理她说不上来，她只知道丈夫就是她的天，丈夫永远是正确的，丈夫说什么她就做什么，从来没有怨言。但是作为一名农家妇女，她是杰出的，里里外外是把好手。干农活她不输于男子，干家务活她不输于任何一位农家妇女。种菜、插秧、砍柴、喂猪鸭鸡、烧菜、做饭、洗衣……母亲总是从天蒙蒙亮忙到天黑。但是对于大道理，她说不出什么。在教育子女上，她一切听从丈夫的。丈夫说一，她不会说二，如果丈夫说月亮是圆的，她肯定会说，月亮周周圆圆的。如果丈夫说月亮是方的，她肯定会说，月亮四四方方的。如果上午丈夫教训了子女，下午她会用同样的话教训子女。只有一次是例外，那是龙国祯十二岁的时候，也开始懂事了，一次弄坏了父亲的锄头，被父亲狠狠地揍了一顿。他忍着痛，一个人坐在门槛上，心底里暗暗诅咒凶狠的父亲。看到母亲从旁边路过，顺口说了一句："妈，父亲这样揍儿子，我看我就不是他亲生的。"话音刚刚落下，母亲就勃然大怒："你这个天杀的孽障，你不是你父亲亲生的，你是谁生的？你这个打不死的。"母亲说着，就一巴掌打了过去，一个红红的手掌印赫然印在他左脸上。他捂着脸，撒腿就跑，边跑边大喊："奶奶，快来人啊，打死人啦，打死人啦！"四邻八舍都出来看热闹。

但是，母亲绝对不是一个傻子，也绝对不是一个只懂得服从丈夫意志而失去自我的女人。尽管她说不出一番一番的大道理，尽管路边的标语牌，她一个字也不认识，但是她有自己的爱、自己的恨和自己的正义感、责任心。她爱自己的孩子和丈夫，爱自己的家，她恨自己没文化，不识字，恨生活的邪恶、丑陋、抱怨、自私自利。所以，尽管她的生活爬满了苦难、辛酸和泪水，但是她为了这个家、为了孩子的幸福，依然任劳任怨，默默地起早贪黑地劳作着。

现在这个逆子居然说自己不是父亲的亲生子，这无疑对她的人格和善良是一种莫大的侮辱和挑衅，这种无教养的话如果不扼杀在摇篮里，那么这个孩子将来可能就会无法无天。这次她十分生气，狠狠地打了儿子，尽管打在儿子的脸上，儿子感到了巨大的疼痛，但更痛苦的还是她自己的心。世界上最伟大的手是摇动摇篮的手，世界上最伟大的爱是母亲的爱。这样的大道理龙国祯后来懂事了才逐渐明白。但是自从这次被打之后，他再也不敢在父母面前胡说八道了。

在龙国祯焦急的等待中，暑假慢慢地隐退，九月份大学开学的日子马上就要来临。大学是人生的象牙塔，是知识的海洋，是自由的乐土，是幸福的伊甸园……班主任老师说过，只要高中“苦战三百天”考上大学，就可以“享受三十年”。龙国祯晚上睡在床上常常想起老师说的话。老师还说，大学是天堂，高中像地狱，每天被老师像贼一样地盯着，吃饭、睡觉、读书、聊天……时时处处、处处时时都弥漫着老师的阴魂，老师像幽灵一样整天缠着每一个人。

清晨，当你还在甜美梦乡享受着校园难得的幸福时光的时候，学校晨操的铃声响了，接着就是宿舍管理员那一阵阵索命符咒：“起床了，出晨操了，快点啊！”然后就是一阵阵刺耳的口哨声，接着就是值班的校领导带队检查宿舍。谁要是故意睡懒觉，谁就得倒霉透顶。龙国祯和他的舍友们，烦透了，恨透了这样的铃声、哨声和值班校领导匆匆的脚步声。但是，他和他的“战友们”，又不能不起来。因为，万一起来晚了，跑到操场就会看到那远方的樟树下还站着一个让他们魂飞魄散的班主任。高中三年，尤其是高三，对于龙国祯来说，那是地狱般的生活，学校为了升学制定了严格的管理制度和作息时间。升学率是学校生存的唯一法宝。这是龙国祯所在学校石溪四中的办学理念，也正是这样的办学理念才使得石溪四中成为本市永恒的省级重点高中。人们说，只要考上石溪四中高中部，那么你的一只脚就跨入了大学校门，三年的高中只是为了完成另一只脚收脚的动作。所以，家长们挤破头都愿意把自己的孩子送到这里，无论是工商企业界的父母们，还是身居要职的政界的公务员们，抑或是外省家境殷实的家长们，只要能进石溪四中，就倾其一切努力，都要为儿女们搏一次。有的学生没有考上，哪怕多交几万元的择校费，也要自费帮儿子实现读重点高中的梦想。

龙国祯是幸运的，他是他们整个石溪镇中学当年八百名初三毕业生考入石溪四中仅有的三名同学中的一名。毫无疑问，这在石溪镇是一个了不起的新闻。在家人中，最高兴的就是奶奶。奶奶常常夸赞孙子这次成功，口头禅就是："我龙仔是有出息的，考这么好的学校，将来是要当大官的。"但是，不高兴的却是他的父亲。父亲在心里盘算的，是希望儿子考上中专。中专是包分配的，而且起码可以提前参加工作，这样可以让龙国祯更多地帮助弟弟、妹妹。可惜，龙国祯没有考上中专，只差一分。

按理说，龙国祯是可以考上的，因为自小学五年级以来，他的成绩都是全校最好的。小升初的时候，他的座位被安排在最后一排，最后一排又是太阳暴晒的地方，结果他被晒得头昏脑涨，镇里的重点初中没考上，只是考了一个一般的初中。但还是以当时全校第三名、全班第一名的成绩考入的。所以一进初中，他就被班主任选定为班长。一直到初三，他都是班长。按这样的优势，他被评为市优秀班干部肯定是不成问题的，但是，因为他的父亲是农民，他自己那时候也不懂事，结果，他的市优秀班干部荣誉称号，给了校工会主席的儿子，也是他的同班好友，一个从来没有担任过班干部和团干部的学生。为此，看重他的班主任还在学校的评选内部会议上发了一顿脾气，但是，终究是势单力薄，无济于事。这事也就这样，风平浪静了很多年，直到后来龙国祯参加工作回初中母校和老师们聚会时，老师们酒后吐真言说出来了，不然，龙国祯一直都会被蒙在鼓里。如果市优秀班干部给了他，他中考可以另加十分。加上这十分的成绩，龙国祯考上石溪师范学校是有绝对把握的。如果是这样，他父亲也就会对他另眼相看了。

中专没考上，在父亲的眼里，是儿子自己水平的问题。为这事，他没少挨父亲骂。“平时说得那么牛，说是全校前十名的优等生，怎么连个中专都没考上?”父亲常常这样奚落自己的儿子。“不管黑猫白猫，逮住老鼠就是好猫。平时成绩再好，考试的时候考不上，都是胡扯。”父亲不仅这样奚落他，与人闲聊时也这样说。这让龙国祯有时候很没有面子。但是，确实这次是没有考好，所以他下决心要考个好的大学。“人不能两次踏进同一条河流。”他记住了赫拉克利特的这句名言，并且活学活用。

不过，他中专以一分之差名落孙山，也不仅仅是他的原因和学校的原因，他父亲也是有原因的。按照教育局规定，凡是参加中专考试的初三毕业生，不能在本镇学校参加考试，需要到石溪市里参加统一考试。这就预示了，龙国祯需要乘车两小时到市里去考试。考试是三天，但是至少得准备四天的住宿费和生活费，因为当天八点考试，当天赶到市里参加考试是不可能的。四天的时间，需要两百元的住宿费和生活费，由带队老师统一收取。可是，龙国祯的父亲仅仅把两百元交给了老师，而自己的儿子身上没多给一分钱，因为他怕把钱放在儿子身上不安全，所以认为钱应该全部由带队老师保管。这样的话，万一出现什么差错，龙国祯就很麻烦。何况石溪市里龙国祯也是第一次去，十分陌生。遗憾的是，第一天考语文的时候，龙国祯就在早上吃了米粉之后，掉了队。老师同学上车了，带队的老师也忘了清点人数，赶到考场，发现龙国祯掉队了。老师急，龙国祯更急。因为他尽管头天去看了考场，但还是没搞清楚从哪里上车去考场。城里的路千万条，他开始不知道走哪条。

可怜的是，十五岁的龙国祯身上也没钱，打的是不可能的。如果他身上哪怕有十元钱的话，也好办。但是此刻他身上没有一分钱，上公交车都不可能。不过，幸运的是，住的地方离考场不远，大概也就一公里远，考语文的那天他们也起来得特别早，因为很多人是第一次去城里，晚上睡在招待所里。龙国祯凭借头天看考场的记忆，问了几个人，弄清了路，一口气跑到考场门口，气喘吁吁、大汗淋漓的。带队的何老师也正在考场门口，急得团团转。看到龙国祯就像看到失而复得的孩子，赶紧问:“你小子去哪里了？赶紧进考场。”

“刚掉队了，没看到你们，我跑过来的。”龙国祯上气不接下气地说。

“不要急，时间正好。赶紧上楼，你在第一考场第一排。”带队的何老师带着他进了考场。

走进考场，龙国祯的心还在扑扑地跳，因为紧张，握笔的时候手在不断地抖动，无法下笔。足足停顿了十五分钟，在监考老师的提示下，他才缓过神来，开始答题。

尽管语文是他的专长，为了提高语文，他在初中的时候把《现代汉语词典》看了三遍，做了很多笔记，还背过唐诗三百首、宋词三百首，虽然谈不上娴熟，但是熟背一百首是肯定不成问题的。他还给《故事会》和《小溪流》杂志投过稿。作文在全市比赛中还得过一等奖。但是，因为这次匆忙赶到考场，他把最擅长的语文考砸了。也正是这次不理想的语文成绩，让他考中专的梦破碎了，留给他父亲一个永恒的把柄。所以，读高中是他迫不得已的选择。本来父亲也是不想送他读高中的，但是考虑到他是本村第一个考上重点高中的学生，父亲考虑到人情面子和孩子将来当村主任的梦能顺利实现，还是咬紧牙关送他读高中了。

高中三年，龙国祯是十分珍惜的。尽管父亲给的钱少，但是他没有放弃。其实在高中，他是有名的穷学生，但是也算是活泼的学生之一。进了高中，也一直是班长。而且和市长、局长的儿子关系弄得不错。其中一个杨副市长的儿子杨志刚和他的关系特别好。

杨志刚本来是没有考上的，是花钱“走后门”进来的，为人义气，但是不好读书，成绩不好，所以，每次做作业就成了他的酷刑。他自己总得想办法叫别人帮忙解决，否则第二天必然在老师同学面前出洋相。但是，龙国祯和他是同桌。自然，龙国祯就是他的救星。每次作业布置下来，他眉头一皱，说："哥们儿，你的任务来了。""不，应该说业务来了。"说罢，两人相互莞尔一笑。

后来，他们俩达成共识，龙国祯帮助杨志刚写作业，杨志刚负责提供龙国祯相关的学习资料和生活费。比如，龙国祯想看一套《高中作文精选》，那这个任务就由杨志刚来完成。又比如，他想购买一本中华书局版的《唐诗三百首》，或者是《古文观止》，那购书的任务自然是杨志刚来完成。又比如，龙国祯想去酒店海吃一顿，只要他开口，执行人肯定是杨志刚。"龙杨组合"是石溪四中学生圈的佳话，不过老师很少有知道的，父母们更加不知道。

因为有"龙杨"的天然组合，一个愿打一个愿挨，所以龙国祯的高中生活是滋润的。到高中三年级的时候，学校把高三毕业生分成 A、B、C 三类，其中 A 班是成绩最好的班，是为了考大学本科而编排的，分为 A1、A2、A3、A4 四个班，A1、A2 是文科班，A3、A4 是理科班。每个班八十人，A 类班配备的是最好的老师，管理也是最严格的。因为 A 班学生是全校的希望，学校的升学率就是靠他们来提升的。B 类班是一般的学生，主要目的是考大专或者其他高职高专之类的学校。也有四个班，分为 B1、B2、B3、B4 四个班，每个班也是八十人，前面两个班是文科班，后面两个班是理科班。剩下就是 C 类班，也分为 C1、C2、C3、C4 四个班。前面两个班是文科班，后面两个班是理科班，这和 A、B 类班的编排是一样的。但是 C 类班的学生是全校成绩最差的，或者是准备复读"高四"的学生。这些班人数不等，有八十人一个班的，有五十人一个班的，配备的老师也是水平最差的，管理倒是很严格。这些人是学校来年复读的希望。尽管这样的分班是不合理的，但是在高考指挥棒的指挥下，学校也是在没有办法的情况下做出的无奈的选择。

龙国祯高三读的是 A1 班，但是非常幸运的是杨志刚在父亲副市长的安排下，也排在 A1 班，而且还和高一高二一样，两人还是同桌。三年的同桌，两人建立了深厚的友谊。他们两个曾经还和石溪二中另外一个铁杆兄弟周志民在众多哥们儿的见证下，在石溪公园的百年松树下学《三国演义》刘备、关羽和张飞桃园三结义，结拜为兄弟，不求同年同月同日生，但求同年同月同日死。龙国祯是大哥，杨志刚是二弟，周志民是三弟。本来杨志刚和周志民是想完全照搬《三国演义》刘关张三结义的地点选择在桃园的，但是石溪镇没有桃园，不过刘关张结拜为兄弟到底是不是在桃树下，龙国祯没有考证。

“你傻啊，桃园就一定是桃树？”龙国祯说，“如果是这样，那死海就肯定不活了！”

“那你觉得啥树好？”杨志刚问。

“我觉得松树好，古今赞扬松树的诗多如牛毛，孔子说，‘岁寒然后知松柏之后凋也’，唐代皇甫松《古松感兴》曰：‘皇天后土力，使我向此生。贵贱不我均，若为天地情。我家世道德，旨意匡文明。家集四百卷，独立天地经。寄言青松姿，岂羡朱槿荣。昭昭大化光，共此遗芳馨。’所以以松树为我们兄弟结拜的见证最合适。”龙国祯说。

“好，就选这种树。”周志民附和说。

于是三个人来到石溪公园，点燃三炷香，结拜为兄弟。当天由三人做东，还请在场的同学在碧云饭店豪撮了一顿。这件事，成为石溪四中学生中著名的一件事。

有兄弟们的帮助，龙国祯的高中读得有滋有味。尽管高中是枯燥的，但他还是得到了友谊的滋润、温馨的关怀。

考上重点大学，是他高中的理想。不然又让父亲看不起。初中的失手尽管是一次意外，但是高中绝对不能出现意外。否则，这辈子当农民干农活，那就死定了，一辈子都不可能翻身了。“穷不可怕，怕的是一辈子穷，而没有翻身的机会。”他时时记得班主任这样说。

每次放暑假，回家干农活，都让龙国祯饱受摧残，也深深地让他明白，读书，只有读书才能改变自己的命运。为此，他还把郑板桥的对联“百尺高梧撑得起一轮月色，数椽矮屋锁不住五夜书声”贴在寝室的床头，作为自己的座右铭。

尽管高三是地狱般的生活，但是，为了将来衣锦还乡，是值得的。所以，当晨操的铃声响起的时候，龙国祯和他的室友就从睡梦中醒来，毫无怨言地开始了新的一天的奋斗。“一切为了高考，为了高考的一切。我一定要考上大学。”龙国祯这样想。

高中三年，龙国祯除了语文成绩出奇地好，英语也非常好。他喜欢英语，要学英语的想法始于小学五年级。那时候邻居的姑姑读初中，偶然一次晨读英语，他觉得很好听。而且他觉得父亲每天对他都凶巴巴的，可能他长得不帅是不讨父亲喜欢的最根本原因。但是，如果英语学好了，说话，父亲都听不懂，那就水平高，显得很帅了，这样也许可以弥补自身的缺陷，也许还能在英语世界里找到独特的自我。

他这样想着，对英语就产生了热爱。读初中的时候，尽管缺乏英语资料，但是他把每本英语教材的单词背得滚瓜烂熟，甚至能够记住哪个单词在前面，哪个单词在后面。书后面单词表的顺序都没有记错。多年以后他甚至还记得这些单词的顺序，有这样的英语单词功底和记忆，每次单词比赛，无论是全班、全校，还是全市，他都是第一名。中考，他的英语是一百分，试卷满分是一百分，他是全市第一名。这在石溪镇中学是前无古人，后无来者的成绩，何况还是农村中学的孩子。记忆是成功的基础。他从英语的学习中得出这样的心得体会。这种体会，一直坚持到他读大学、硕士和博士。

只要是高中的文科课程，没有他不熟悉的。就拿政治来说吧，他几乎可以背出高三政治书中每一页的内容，所以在高考中，他的政治是全省第一名。但是，英语和语文还是他的最爱。随着年龄的增长，他越来越发觉英语和语文的重要性。

“作为未来的大学生、大作家、大教授，不懂英语，不了解中国之外的世界，那就是新时代的文盲。”这是他在高中自己悟得的道理。在初中，他因为觉得自己丑，才学英语。在高中，他不在乎自己的丑了，立志要成为一名著名的作家，而成为作家就必须得学好英语，这样才能更好地了解外面的世界，也只有了解外面的世界，才能更好地写出让人喜欢的作品，才能成为让人敬仰的大作家。现代文坛上凡是著名的作家，几乎没有不懂外语的，鲁迅懂日语，钱锺书是文学家，也是翻译家，英语好得出奇。龙国祯越是这样想，他学英语的冲动就越强烈。这样的想法让他在考大学进行专业选择时不能不选择英语。事实上，学英语专业，让他的人生增添了无数的鲜花和掌声。

“我想，真诚的付出必有回报的。”龙国祯每每躺在床上，就这样自言自语，“我相信，上天是有好生之德的。我的大学，我的梦。”他躺在床上，美滋滋地做着自己的大学梦。

第二章　金榜题名

终于，龙国祯在焦急的等待中，从邮递员手中，接到了潇湘师范大学的录取通知书。龙国祯高兴得跳了三跳，大喊：“我成功了，我成功了，我成功了。”红色通知书的封面，印着醒目的“潇湘师范大学录取通知书”几个大字，暗图印着该校标志性的建筑即学校的大门。通知书的内页的抬头赫然写着：“龙国祯同学：你被录取为我校一九九八级英语语言文学教育专业学生……”通知书还附带了学校的银行卡、入校须知、来校交通示意图等，一年学费（包括学杂费、住宿费等）三千八百元。

古人说，人生有三乐——他乡遇故知、洞房花烛夜、金榜题名时。龙国祯这个刚刚满十八岁的青年，遇上了人生第一个真正是自己勤奋得来的快乐，自然是兴奋不已。

他第一个跑去告诉奶奶，奶奶尽管不认识字，但是知道这是孙子读大学的通知书，笑得合不拢嘴。同村的邻居知道消息赶紧凑过来看热闹，个个露出羡慕的表情。

“咱村就数龙仔有出息。”

“我们龙姓家族终于出了一个大学生。”

“龙仔，你是我们村第一个大学生，叫你老爸请客祝贺！”

“这回，龙仔要吃皇粮了。”

“谁以后嫁给龙仔，谁就能享清福了！”

…………

总之，好言好语潮水般涌来，龙国祯差点被这赞美淹没在人群中。“成功，原来可以这样美好。”他这样想。忽然，他还想到了一句英国谚语：“成功也许可以来得很晚，但是一旦它来临，它可以弥补以前的失败。”想到初中考中专的失败，这次高考的成功让他体会到了这句英国谚语的内涵。

母亲知道后，流出了高兴的眼泪。“好！好！好！”母亲一个劲地揶揄着，激动得说不出话，“咱家龙仔终于考上大学了。”好半天，母亲才缓过神来，说：“赶紧把通知书藏好，千万别被老鼠咬了。”

“好！”龙国祯高兴地答应。

父亲确定知道这事，是傍晚干完活回到家的时候。在田地里，邻居的龙大爷路过田边的时候，告诉他了。

“震天，你儿子考上大学了，以后吃国家粮了，还做啥事嘛！有福不晓得享啊！”“哪有那好的事啊，现在的大学生一操场，硕士生一走廊，博士生一学堂。将来读出来，还不如初中毕业到广东的打工仔呢！”父亲很低调地回应着，心里却很高兴。

龙国祯递录取通知书给父亲看的时候，心里非常高兴。然而，父亲看完录取通知书之后，不仅没有丝毫兴奋和高兴，相反是一脸愁云。他看后的第一句话，像一声炸雷，震撼了泡在甜蜜海洋中的龙国祯，还有为她高兴的母亲、弟弟、妹妹。“要三千八百元的学费，而且在省城读四年，加起生活费，一年没有一万元根本应付不了。应付了你的学费，弟弟、妹妹怎么办？他们的学费和生活费谁来承担？你以为老子是开银行的。你这书是读不成了。”

父亲停了停，看了看他和母亲，接着说：“如果当初你考上的是中专，现在都毕业了，就是你这孽障，不争气。何况考的是一所不知名的师范大学。潇湘师范大学能和清华大学、北京大学比吗？现在的大学生多如牛毛。四年后的大学生更多，到时候你这种乌七八糟的大学生到哪里就业？我看养活你自己都难。电视里还报道了，北大的毕业生都有失业的。你没看到老虎，也没听到老虎叫？再说，你读的什么英语专业，英语不就是那种‘哈罗’‘拜拜’之类的话，这是小孩都会的事，哪能值得要学四年，这不纯粹糟蹋钱吗？学英语，把英语翻译成汉语，就像我把土话方言转换成普通话一样，这是超级简单的事，居然值得学四年。我看不是学校晕了头，就是老师晕了头。也只有你这样的蠢人才相信。还有，要是学英语，就算你学好了，你到哪里和外国人说话，我们这里到处都是中国人。中国人遇见中国人，还用说英语？你这就是花钱买失业的专业。”父亲叼了一根土烟，继续说，“我看，这样，你小子也别去读了。古话说：‘读不尽的书，杀不尽的猪。’就算你读了大学，那还有硕士、博士，读到啥时候才是个头？我想，你读了重点高中，在我们石溪镇也算是第一个秀才，回来帮我干干活。机会好点，我去镇政府走动走动，那副镇长还是我小学同学，我和他说说，说不定你四年后就能干到村主任或者村支书，至少可以做个村秘书。一个村干部，一年的收入不少于三四万，具体多少我也说不透，但肯定比你读英语专业强。这样，你还可以帮我照顾弟弟、妹妹，我们都轻松。将来做了村主任，长得俊的姑娘，我托人帮你介绍一个。我看王家坳老王家的大女儿就不错，我和她父母也熟悉，知根知底的。这样娶回来的媳妇才放心。不像一些城里姑娘嫌这嫌那，事不会做，日子不会过，挑拨是非却擅长。这样日子能过得安稳？我看务农当村主任是实在的日子。古人说，有田心不慌。”父亲越说越来劲，龙国祯越听越生气。

“老爸，不要废话了，千言万语，我就一句话。”龙国祯斩钉截铁地大声回应，“这书我读定了。我就是卖血卖肾，我也要上大学。”

“龙仔，不要和你爸吵架，有话好好说嘛！”正在厨房里做饭的母亲，听到龙国祯歇斯底里的吼叫声，赶紧跑出来劝阻。劝阻完龙国祯，回过头，对丈夫说：“你就不能省省心，孩子今天接到录取通知书，高兴的劲头还没完，你何必泼一瓢冷水，弄得大家不开心？能否读书，就不能过几天讲？非得今天要说？读大学本来是件好事，你这一搅和，大家心里都不好过。大家都别想太多，先吃饭。”母亲说着，一边进厨房上菜，一边叫龙国香、龙国杰端碗取筷子。

龙国祯耷拉着脑袋坐在桌子边，父亲坐在桌子的“上席”，一言不发，使劲地抽烟。妻子几次示意他吃饭，龙震天撸撸嘴，开口说：“按理说，龙仔考上大学，这是好事，但是，这学费的事……”话没有说完，就被母亲打断了：“现在吃饭，别的事就不要说。俗话说，吃不言，睡不语。”

接着，母亲拿起酒杯对大家说：“来来来，今天是咱家龙仔考上大学的好日子，全家人祝贺祝贺！能不能读大学那是几天以后的事情，但是，今天咱家龙仔的成功，是咱家天大的喜事，咱家甩开烦心事，好好庆祝一下。来，龙仔，妈妈平时不喝酒，今天妈和你喝一杯。国香、国杰，你们俩也敬哥哥一杯。”十五岁的妹妹和十三岁的弟弟，高兴得不得了，纷纷拿起酒杯，说：“哥，来，敬你。祝哥哥前途无量！”“祝哥哥成功！”

母亲喝下一小口酒，眼眶湿润了，不是因为她不胜酒力，而是为自己家庭的拮据和窘迫而难过，更为自己儿子考上大学付不起学费而愧疚。丈夫的想法，她不是不知道。的确，家里十分困难。

在这样的农户人家，既没有批量生产的农产品，也没有赚钱的技能，仅仅是靠家里的六亩薄田、三头黄牛、两头猪，根本就供不起自己的儿子。家里一年的收入还不到一万元。这样的家底，她不是不知道。石溪镇的农村，一亩地一年的收入，除去谷种、肥料、农药的成本，卖出去的稻谷最多能挣两千元。六亩地，除了三亩地是自家一家人的口粮，能卖粮的只有三亩地，三亩地一年的收入最乐观计算也就是六千元。一年家里可以卖一头牛，一头牛一般是一千到两千元，这得看牛的膘是不是很好，如果不好，可能还卖不掉。剩下的一头母黄牛，是自己家里耕田要用的，那六亩地的翻耕，全靠那头黄牛的力气。另外一头公牛是出租给别人耕地的，出租的收入，一天也就是五十元。但是，只有春忙和夏耕秋耕的季节才有人租，不可能一年三百六十五天都出租。再说，牛毕竟是肉身做的，不是铁打的，牛也有需要休息的时候。如果每天耕地，牛就可能会累死。同村，二顺子家正上膘的公牛就是在连续耕田十天后累死的。家里公牛出租的收入，只能用于家贴，一年最多也就一千元。自己一年最多能够养成两头猪，大概可以卖到三千元。这样算来，家里的收入一年紧打紧算也就一万元，如果全部押在儿子身上，那么全家人都得挨饿，还有国香和国杰要读书。想到这些，这位四十多岁的农村妇女，禁不住眼眶湿润了。当着儿女们的面，不好掉下眼泪来。自从龙仔读高中以来，她就为他将来读大学的学费担心。这是一直以来压在她心中的大石头。她总是希望自己和丈夫能够为子女多做点事，多赚点钱。但是，其实她也最能理解丈夫的心，如果说丈夫不是诚心想送儿子读大学，那是自欺欺人。丈夫是真心希望送儿子读大学的。可是，现在这样的家境，有什么办法去改变呢？

一张大学录取通知书，可以改变一个人的命运，也可以废掉一个家庭的命运。接到录取通知书以后，龙震天也偷偷做了很多的努力。他去镇里的信用社借钱了，问问能不能申请贷款，可是信用社的人说最多能贷款两千，可以作为农田耕种的小额贷款借贷。但是，两千的贷款有效期是一年，一年后必须得归还，而且需要连本带息一起还的。龙震天一听说利息两个字，就想到了过去的高利贷，利滚利，利加利，最后连自己的房子都搭进去了。他没有这个胆量这样做。贷款的事，也就这样偃旗息鼓了。

龙震天有三个妹妹、三个弟弟，希望自己的弟弟和妹妹都能想办法，借点钱，但是他们也都是成了家的人，也都有自己的子女要读书，有自己的新房子要建，个个手头都紧。

他不好意思向自己的弟弟、妹妹们开口，因为他还是希望自己的儿子走一条稳妥的路，要么回家务农，以后想办法当村主任，要么去广东打工，高中毕业生一进工厂，月薪两千元肯定不成问题。而且，村里年轻人去广东打工的也是成批成批的。回来过春节的，个个西装革履，抽的烟都是高档次的，不是精品“大中华”，就是精品“芙蓉王”，有的还买了小汽车。他们在和龙震天闲聊时，还时不时地向他炫耀在广东精彩的打工生活。

“龙叔，在广东只要进了厂，钱就等着您拿了。”村里打工回来过春节的小伙子这样说。

“那老板要是不给钱，咋办？”龙震天好奇地问。

“不给钱，只要一个月不给工钱，我们就走人。现在外面的工作，好找得很。农民工的工作比大学生好找，工资甚至比大学生还高。”年轻人递上一根“大中华”给龙震天。

“真有这么好，可能也是个别现象吧？电视里说农民工有的一年到头拿不到一分钱。”龙震天试探着问，他平时看过电视，但是不能确定。

“不会。你看我，在广东启明电子厂工作，是台湾老板投资的，一个月工资是两千八。每月十号钱就打进卡里了。压也只是压第一个月的工资。”小伙子自豪地说。

“要是龙仔去打工，会怎么样？”龙震天怯怯地问。

“哇，你家龙仔去打工，那不是大材小用？我才初中毕业，他一个省级重点高中毕业生，而且是准大学生。那要去了广东，广东就是他的天下了，一年搞个三五万，肯定不是问题。说不定老板一高兴还给他一个主管当当，那钱就来得更顺当了。龙叔，您舍得让您那个天才的儿子去打工？”

小伙子把外面真真假假的世界，吹得天花乱坠。这样，外面的打工世界给龙震天的印象是：那是一个到处堆满百元大钞的世界，只是看你愿不愿意去捡。因此，他铁定了心，要阻止儿子去读大学。

龙国祯知道了父亲的心思，当村主任和打工，这都不是他想要的生活。他的理想是将来成为一名大学教授、学者或作家，这是他始终不渝的坚持。他想在书海里畅游，在书海里抒发自己的情感，在书海里采撷自己的酸甜苦辣。他的大脑里时时翻滚着学校老师上课引用的各种关于拥有知识的名人名言。如，高尔基说：“书是人类进步的阶梯。”还说：“书籍是青年人不可分离的生活伴侣和导师。”“书是人类进步的阶梯，是导师和伴侣，但是我居然不能进步？”龙国祯心里想，“我得证明读书是有价值的，不然老高就是忽悠我了。”

毛泽东说：“饭可以一日不吃，觉可以一日不睡，书不可以一日不读。”

臧克家说：“读过一本好书，像交了一个益友。”

余秋雨说：“阅读的最大理由是想摆脱平庸，早一天就多一份人生的精彩；迟一天就多一天平庸的困扰。”

…………

“书籍是全世界的营养品。生活里没有书籍，就好像没有阳光；智慧里没有书籍，就好像鸟儿没有翅膀。”英国著名戏剧家莎士比亚如是说。

培根说：“知识就是力量。”

夸美纽斯说：“书籍是培植智慧的工具。”

苏霍姆林斯基说：“无限相信书籍的力量，是我的教育信仰的真谛之一。”

泰戈尔说：“知识是珍贵宝石的结晶，文化是宝石放出的光泽。”

…………

孔子说：“学而不思则罔，思而不学则殆。”“敏而好学，不耻下问。”

《礼记》说：“玉不琢，不成器；人不学，不知道。”

刘向说：“书犹药也，善读之可以医愚。”

诸葛亮说：“非学无以广才，非志无以成学。”

杜甫说：“读书破万卷，下笔如有神。”

韩愈说：“业精于勤，荒于嬉；行成于思，毁于随。”

颜真卿说：“黑发不知勤学早，白首方悔读书迟。”

欧阳修说：“立身以立学为先，立学以读书为本。”

…………

龙国祯的大脑里翻滚着古今中外名人说的读书的好处，越想越觉得读书的好处多，越想越觉得不读书是人生的最大悲哀。

如果不读书，那他就会重复他父亲的故事，一生一世面朝黄土背朝天，累死累活、毫无价值地过完一生。问题的关键是，他不喜欢干农活，觉得这样的投入根本就不划算，何况干农活还会对身体和精神造成极大的损伤。这是他一贯的想法，也是他跟着父亲干农活得出的颠扑不破的结论。

如果不读书，他可能在五十岁的时候就会变成佝偻驼背的老人，显得老态龙钟。

如果不读书，他的理想，他的人生的价值就不可能实现。人过留名，雁过留声。总得要搏一搏。

如果不读书……

想着想着，他就恨自己这个没出息的父亲，在心里他咬牙切齿地恨着自己的父亲。他想尽快逃离这样的家庭。

“我不能听老头的，这样会毁了自己的前途。”龙国祯这样想，下决心要去读大学。这是他的定论。

晚上，在昏暗的灯光下，龙国祯坐在自己破旧的书桌前，看着从死党杨志刚那里得来的卡耐基的《人性的弱点》。

其实，石溪镇的农村家家户户已经通电了，但是，龙震天为了节省电费，二十平方米的房子，用的五瓦的白炽灯，这样的瓦数与油灯没有多大的区别。所以，家里四间旧式的土房子，一个月用电的度数总共才三十度。有一次还把电费收费员吓了一大跳，认为是电表出了问题，检查了半天也没看出电表有什么毛病。“我告诉你，我用的五瓦的灯泡，家里没有冰箱，只有一台旧式的电视机，不耗电的。”龙震天告诉电费收费员。

“你也太省了，大家都像你这样，我看我们得饿死。”收费员半开玩笑半认真地说，“这是我第一次见到你这样一毛不拔的人。”

“这是响应党中央的号召，节约一切为了建设社会主义新农村。”龙震天附和着说。

龙国祯和弟弟龙国杰各住半间房子，中间是父亲用木板隔开的，幸好农村的瓦房每间房子都很大，足足有二十平方米，隔开一半，一间也有十来平方米。这样放一张床、一张书桌是足够了的。平时，只要父亲不在家或者睡觉了，他总是偷偷把自己房间的灯泡换上二十五瓦的，这样看书就有足够的亮度了。等天一亮，他就偷偷地把二十五瓦的灯泡换下来装上五瓦的，父亲一般不会发现。不过，一旦发现，最多也是骂一顿，这不伤大雅，不会伤筋动骨的。关键是看书重要。这个秘密母亲是知道的，但是她不会说，因为她喜欢看见儿子看书的样子。每次儿子偷偷换灯泡的时候，如果母亲看见，儿子就向她做个鬼脸，她抿嘴偷偷一笑，视而不见。

今晚还比较早，父亲还在自己的房间看电视，还不适合换上二十五瓦的灯泡。万一被看见，肯定被骂，而且正是在快上大学的风口浪尖上，所以凡事得比平常小心谨慎点。

正看着书，母亲偷偷走进他的房间。

“妈，你来了？”龙国祯情绪正低落。

“嗯。还在看书？”

“是的，卡耐基的《人性的弱点》。”

母亲不懂卡耐基是谁，更不懂得人性是啥，随便应了一声：“噢。”

“有事吗？”龙国祯问，因为他知道，母亲不会轻易打搅他看书的。没事，母亲不会来他的房间。

母亲挪了张凳子，面对儿子坐下。看着儿子那情绪低落的样子，她很难过。但是，有些事不能不说清楚或者问清楚。

“大学你是一定要读吗？”母亲低声问。

“是，必须去的。”龙国祯大声说，好像故意要让在看电视剧的父亲听见。

“可是家里实在拿不出那么多钱，你老爸说的也不是没有道理。这四年的大学学费，怎么能凑齐啊。你如果听你父亲的，回家务农或者去广东打工……”

还没有等母亲说完，龙国祯就打断了她的话，说：“您不用和老爸一个样，我知道您要说什么。不让我读大学，何必当初让我读高中？如果我初中毕业去上海、浙江、广东等那些地方打工，也许我现在的想法就不是这样了。现在我喜欢读书，干农活我干累了，我也不想干了。让我做农民，除非大米卖到五十元一斤。您看看，父亲当了一辈子农民，把这个家整成啥样？要钱没钱，要人缘没人缘，要地位没地位。您不害臊，我倒害臊。”

“你爸不是也没办法吗！”母亲素来是支持父亲的，在她的世界里，丈夫就是天。这是她出嫁前，她母亲告诉过她的。还有一次，她的母亲向她解释，什么叫“丈夫”。她母亲，也就是龙国祯的外婆，说：“所谓‘丈夫’，就是先让他一丈，然后再扶持他支持他。这就是‘丈夫’。”她铭记着母亲的教诲，从十七岁嫁到龙家开始，她都没有和龙家的公公、婆婆、姑姑、妯娌吵过一次架，拌过一次嘴，红过一次脸。她这种谨言慎行的贤惠举动，得到了全村人的称赞。这次，儿子要读大学这么大的事，她还是觉得丈夫的话有道理。

“其实我也知道，读大学是有用的，也是有前途的。但是成才的路有千万条，不一定非得要读大学啊。世界上很多人没有读大学，不也风风光光地活着？很多有钱的老板不也是没有读大学，照样当经理，做主管，还聘请大学生来替自己打工呢。”母亲只是在阐释和复述父亲前几天第一次接到录取通知书时对他说的那些话。

“话是这样说，条条大路通罗马。但是，得看具体的情况。要说当年，我没读高中，倒是没有这个想法。现在我考上了大学，我就肯定得读。妈，您不知道，我读高中也是很辛苦的，不比在家务农轻松。我千辛万苦考上了大学，你们居然让我放弃，那不如杀了我。书，我是肯定要读的。不读书，不如让我去死。”龙国祯还是这样坚定地说。

看儿子这样坚定，她也不好再坚持自己的想法了。知子莫如母，她知道儿子的秉性，认定了的事，是要坚持到底的。

“那如果这样的话，学费的事，怎么办？”母亲关切地问。

“不知道。”龙国祯无可奈何地说。

说到这里，龙国祯忍不住哭泣起来，因为现在他也没有想出赚钱的办法。开学的时间临近了，起码得赶在开学时交清自己的学费，取得学籍，其他的生活费，可以慢慢再想办法去凑。但是，现在他手头上只有几十元读高中剩下来的零用钱。几十元，离三千八百元的学费，是多么遥远啊。

一直以来，奶奶总是告诉他，要做一个坚强的人。“男人有泪不轻弹。”这是他从小到大，无数长辈告诫他的箴言。但是，现在在这个暑假的夜晚，这个农村刚高中毕业的准大学生在学费面前流下了绝望而无助的眼泪。用“一分钱难倒英雄汉”来形容他此刻的心态，是最好不过了。

钱，钱，钱是那样的珍贵。他不由得想起了莎士比亚的名言：“金子！黄黄的、发光的、宝贵的金子！金子，只这一点点，就可以使黑的变成白的，丑的变美的，错的变对的，卑贱变成高贵，老人变成少年，懦夫变成勇士。”

晚风拂着鱼塘边即将衰败的柳叶，发出轻轻的吱吱声，好像是在为这位即将永远离开校园加入农民工大军的青年演奏的凄婉绝唱。远处“汪汪”的狗吠声，像一阵阵锣鼓，敲打着这位为钱而抽泣的年轻人。隔着堂屋的那间房子里的电视，传出战争的厮杀：“冲啊！同志们，冲啊！”这种声音，提示着他母亲和父亲的存在。但是，这个时候的父亲，显得分外的平静和镇定，他是那样全神贯注地看着电视剧。在他的想法里，自己永远是家里的一家之主，家里一切大小事情，是他说了算，而且他始终认为自己是正确的。为儿子这样安排，也未必就不是一件好事。“读不尽的书，杀不尽的猪。”他父亲并没有因为这样无情地扼杀自己儿子的前途而感到羞愧和不安，相反，他感到自己为儿子为整个家又做了一次里程碑式的英明选择。他觉得，他把儿子送到省重点高中且毕业了，就算不读大学，那也是成功的。毕竟在石溪镇石溪村，龙国祯——他的儿子，是第一个省级重点高中毕业的，而且是考上了大学了的，这是龙家祖祖辈辈都不敢想的，他自己才读了一个小学五年级。不送儿子读大学，是为了儿子和全家的发展而做出的正确的抉择。书读得再多，也仅仅是过程，是手段，工作、劳动、赚钱、过日子那才是人生的目的。龙震天，并没有为断送儿子读大学的机会而感到懊悔、自责和不安。相反，他感到无比的惬意、镇定和沉着。

“父亲在哪里？父亲的价值在哪里？”龙国祯这样扪心问自己。“人说，父爱如山。人说，父爱如海。可是，我父亲的价值在哪里？”深夜，龙国祯躺在床上，辗转反侧，难以入睡。他深度失眠了，眼泪像开闸的洪水，汹涌滚滚，整整一夜他都没有合眼。

“这个老头，既然养不起我们，为什么要生我。我难道就这样因为钱这种身外之物，断送了读大学的机会？不会的，不会的。”他自己鼓励自己。“孟子说：‘天将降大任于是人也，必先苦其心志，劳其筋骨，饿其体肤，空乏其身，行拂乱其所为，所以动心忍性，曾益其所不能。……然后知生于忧患，而死于安乐也。’孟德维尔也说过，走过黑夜的人，才能感到阳光的可贵，走过隆冬的人才能倍感春天的温暖。诗人顾城也说：‘黑夜给了我黑色的眼睛，我却用它寻找光明。’我不能这样接受命运的安排。哎，我自己也没用，当初投胎，咋就没有投个有钱的人家。像杨志刚、周志民就会投胎，一个父亲当官，一个父亲在广东做生意。”他这样自言自语。但是，刚刚想到他的那两个死党杨志刚和周志民，龙国祯忽然灵机一动，来主意了：“对，对，找他们商量，看看他们的情况如何。”

第三章　筹学费

第二天清晨，龙国祯比往常起得更早，因为今天他要干一件天大的事情。他洗漱完之后，匆匆吃了点红薯，对母亲说："妈，我今天出去办点事，可能晚上不回来。"

"去办啥事?"母亲诧异。

"现在还不好说，到时回来告诉你们吧!"

"你到底去哪里?"母亲逼问，"连地点也不说吗?"

"噢，去城里见见同学。"

"见同学？这毕业才一个多月就想见同学?"

"哎呀，你咋这么烦，跟个女人一样。"

"妈本来就是女人。"

母亲是担心他做坏事，现在正处于临上学的节骨眼上。他为读大学的学费揪心不已，为了学费，万一到城里做出一个好歹来，那可不得了。

龙国祯好像看出了母亲的心思，放开嗓门说："您放心，我不会去抢银行，不会去打劫……总之，是不会干坏事，不会出家里的丑。我只是去见见同学，您别胡思乱想。"

他给母亲吃了这颗"定心丸"。

"那好吧，你这么大的人，我放心。天热，你自己照顾好自己。"

听他这样说，母亲这才舒了口气。

"车费钱有吗?"母亲走近他，关切地问，顺手摸出一百元。她想，也许是儿子这几天为读大学的事，焦心过了头，找同学聊聊，年轻人在一起谈得来，这样也好。尽管几千元的学费不能满足他，一百元这样的零用是一定要满足儿子的。“穷家富路，拿着这一百元钱。万一去同学家，也好买点礼品。”母亲把钱塞到他衣袋里。“记住，人穷志不穷。不要为钱的事，总想不开。心情要好起来。”母亲一再叮嘱。

“放心吧，您儿子不会那么没出息。只要饿不死，天塌了，也不怕的。”龙国祯接过钱，高兴起来。

“不要说这么不吉利的话，人生一世，草木一秋。既然要见同学，就开心去。回头你爸那边我帮你说一声。”母亲教导他，安慰他。

“好嘞！那我去了。”

龙国祯吃不准，今晚回不回来，所以为了保险起见，他还拎起几件换洗的衣服，拿着银行卡和身份证就走了。他想万一事情没办好，肯定不能回家，在城里过夜换洗的衣服、身份证是必需的。银行卡里尽管只有十元的开户费，但是这也是出门必备的。

从家里到石溪镇，不远不近，走路一个小时足够了，而且都是平坦的大道，是水泥公路，尽管不宽，但是过一辆解放牌大卡车是绰绰有余的。石溪镇，农历每月逢一、四、七日赶圩，其他时间街上是冷冷清清的，人不多。但是街两边的铺面是敞开的，在镇中的十字路，是农村信用社、农业银行。此外，还有邮局，还有卖猪肉的摊位。总之，石溪镇的街上集合了石溪镇的政治、经济、文化和娱乐中心。镇政府、镇中心小学、镇中学、镇卫生院、各式药店、大型农贸市场、卡拉 OK 厅、招待所、镇汽车站等都集中在镇上。有点钱的还在靠近镇中心地带买了房子，再有点钱就在石溪市城里买房子了。这样，大人购物，小孩读书，走亲访友，看病等都方便。

党的十一届三中全会决定实行改革开放，给这个曾经封闭的小镇带来了活力和繁荣。没有党的好政策，就不会有石溪镇今天的繁荣。可以说，石溪镇的建设，一个月一个样，发展得极快。而且镇政府、镇中心小学、镇中学和下辖的十几个行政村，每年都有新考上的大学生。据说，石溪镇政府去年还引进一名北京大学的博士担任挂职副镇长。这在石溪镇引起了不小的震动。镇中心小学和初中，每年也有考进来的新教师，这些教师尽管有的教学经验欠丰富，但是单单就那一口标准普通话就羡煞很多人。听年轻大学毕业老师说普通话，简直就是一种享受。身边的小朋友尽管生活在农村，也能说一口标准的普通话。说普通话这是学校的规定，只要进了石溪镇的学校，上课必须要用普通话。不懂普通话的老师，年龄偏大的要按教育局的规定去进修学校或者是参加普通话培训，年纪再大点的如果不想去进修，那就安排内部退休。考进教师队伍的英语老师，英语好得不得了。所以，小学一年级的小朋友，在和你聊天的时候就会猝不及防地冒出一句“What's your name?”笑得大人们前俯后仰。这点龙国祯是知道的，而且他还和新来的英语老师钟欣欣很熟悉。现在学校的英语老师，已经不像龙国祯当年读初中的英语老师了，他们都能说一口流利的英语。龙国祯二十世纪九十年代初期读初中的时候，老师念英语十二——twelve，正确的发音，不论是英式音标还是美式音标，都读［twelv］。但是，龙国祯的初中英语老师的发音是不标准的，会读成“土老虎”。他也在twelve单词的后面写上“土老虎”三个汉字。幸好，当年他们初中毕业考试，英语是不考听力的，如果考听力，龙国祯的英语不可能考到一百分。所以，进了高中，他花了很多的时间才纠正了自己的英语发音。当然，这还得感谢他的死党杨志刚给他弄来的“随身听”——国际标准音标卡式磁带。否则，他的英语发音会成为他一生的弱点。

这次进城，他得见见他的死党杨志刚和周志民。他们住在城里，日子比他过得滋润。龙国祯来到镇汽车站的公用电话亭，给杨志刚甩去一个电话。

“阿姨，您好！请问杨志刚在吗？”龙国祯对杨志刚母亲的声音十分熟悉，因为去他家已经是家常便饭了。

“是龙国祯吗？”那边再次确证。

“是。”

接着听到电话里头说：“志刚，起来接电话。”

因为是一大早，他确定杨志刚肯定在家。等了十几秒钟，电话里传来死党低低沉沉的“喂，谁啊？”一听就知道才刚刚睡醒。

“哥们儿，才睡醒？我是龙国祯。”龙国祯提高了声音。

“龙国祯?！你小子这一个月死到哪里去了，电话也不来个。”显然，电话里头从梦中回到了现实，变得清醒而兴奋了。

“哎呀，命运多舛，一言难尽。我们今天见面再说。”

“好好好，快点来。我通知一下周志民和其他兄弟。”

“好的。那我们老地方见，人越多越好。”

“不见不散。”

石溪市是县级市，隶属于潇山地区。城市不大，据前几年的人口普查可知，城市人口大概三十万。因为这里是整个潇山地区进出外地的交通要道，交通十分发达，是湘桂和洛湛的铁路交会点，是京海高速、昆沪高速、衡桂高速等多条交通线的交会点。随着改革开放的深入，这里云集着各种各样的人才，流动人口自然逐年增多。如果流动人口也算在内，那么整个城市的人口可以达到四五十万。

蜿蜒绵长的潇湘河，像一把菜刀，将石溪城劈为两半，一边是河西，一边是河东。河东主要是文化和政治中心。市里最好的学校如石溪四中，就在这里。石溪市人民政府也位于离学校不远的北京路上。河西主要是交通、经济和娱乐中心。石溪市火车站就位于河西。这是一座大型的火车站。前几年，政府投资了一百多亿元资金新建了这座大型火车站，这是石溪市人进出外地的必经通道。龙国祯对此是十分熟悉的。

记得三年前中考时初次来石溪市，龙国祯还是个懵懂莽撞的孩子，第一次在天桥见到飞驰而过的火车，兴奋不已。三年前，石溪市对他而言是那样的陌生，正是在这座陌生的城里，他遭遇了人生第一次挫败——中考的失败。因为那次中考的失败，让他的父亲对他的信任度大打折扣，让他在村里丢尽了颜面。如果不是奶奶的鼓励和呵护，也许他都没办法完成高中学业。三年的高中生活，每个周末，他和他的死党总会到城里新华书店、旧书街、投影厅，或者是桌球场去玩玩。玩桌球，输了钱是死党的，赢了钱也不是自己的。不过，每次总是有输有赢。要是运气好，赢了，他不会自个儿把钱揣在怀里，不会像巴尔扎克笔下的守财奴葛朗台一样，死死地盯着滚入口袋的金币。他会很大方地请兄弟们到一流的餐馆撮一顿，剩余的钱大家一起分了。

"我是从这个城市摔倒的，我就会从这座城市爬起来。"龙国祯每次都会像个失败的商人，在朋友面前发豪言壮语。三年的高中生活，他摸透了这个城市的性格，熟悉了这个城市的节奏、品味和人气。对城市里的大街小巷，他都能像自己的名字一样烂熟于心。"眯着眼睛，我都能从河西走到河东。"他在校的时候，这样向同学炫耀自己对这个城市的熟悉度。

他不仅熟悉这个城市的自然地貌，而且在这个城市，他有自己知心的朋友和老师。高中三年，他年年担任班长，经常参加学校召开的班干部会议，因此他熟悉学校领导、别的班级的班主任、年级组长和班干部。更重要的是，他的成绩一直是全校前五十名，全班前十名。高中的语文、英语、政治、历史和地理，这些都是他的专长，更为突出的是语文和英语，这是他的绝活。能够在一千多名同年级的同学中脱颖而出，有时候就需要语文和英语的特长。就拿英语来说吧，高中的英语教材，总共是六册，人民教育出版社出版的，基本上每本教材他都能背出来。每次英语背诵比赛，如果他是第二名，就没有人是第一名。他能做到这样，主要是得益于他的语文老师周德华。

周德华老师第一次来上课，就说了一种让龙国祯终生难忘的学习方法。周老师站在讲台上，西装革履，领带金光闪闪，风度翩翩，信心十足。"如若要在冷漠中领略新生的希望，除了勤奋学习你别无选择。考大学是在座各位成功的不二法门。但是怎样才能在考试中击败他人呢？除了背诵，就没有别的选择。考大学就是背诵，尤其对于文科的学生来说。人的智商有多个标准，最核心的标准，除了超强的记忆力，没有别的标准。比如，一位天才的学者，今天上午出门，晚上忘记了回家的路，迷失在茫茫人海的十字路口，你能说这个人是智商极高的人？我看那就是典型的老年痴呆症患者。”这时，台下一阵哄笑。“但是，卡西尔说过，人是文化的产物，人是在自己编织的符号中过着超动物的生活。人之所以是人，是因为人类具有能动性，能够按照自己的意志制造和使用工具，更重要的是人具有超强的记忆力。人类几千年的文明，没有中断，是因为人类具有记忆力。你不能忘记你曾经的欢乐和悲伤，是因为在座的各位都有超长的记忆力。没有记忆力，人类无法生存；没有记忆力，人类就寸步难移。”周老师讲的，在学生看来，是闻所未闻的观点，深深地吸引着学生。“正是因为人类具有超强的记忆力，人类才能从前辈的人的经验中懂得新生，人类才能从茹毛饮血的时代，走入今天的现代文明。更加让人类感到可喜的是，人的超强的记忆力，不是天生的，而是后天努力训练的结果。只要你愿意背诵，只要你愿意记忆，只要你愿意反复记忆，那么你的记忆力就会对你发挥巨大的作用，结出无法想象的累累硕果。对于三年后参加高考的你们，这是又好又快又省事的硬功夫。”周老师清了清嗓子，继续说，“我的成功就是这样走来的。这个学期，我教你们语文，语文许多文章，我能背。我给大家背诵一下范仲淹的《岳阳楼记》：‘庆历四年春，滕子京谪守巴陵郡。越明年，政通人和，百废具兴，乃重修岳阳楼，增其旧制，刻唐贤今人诗赋于其上，属予作文以记之。……’”

他背完《岳阳楼记》，全班响起了雷鸣般的掌声。这些经历过中考战场的学子，无不欢欣鼓舞。龙国祯听得全神贯注，满头大汗。

“牛，太牛了。”龙国祯良久才缓过神来，对邻座的同学杨志刚说，“背书背到这种火候，那才是真学问。”

“这老师不会是吹牛吧？也许那篇《岳阳楼记》，是他今天早上临时背出来的，也许老师就只会背这一篇来忽悠我们。”杨志刚持怀疑态度。

“那你今天早上怎么不试试背背《岳阳楼记》?”龙国祯这时才刚刚进入高中，和杨志刚还不是很熟悉，所以这样不客气地说。

第一次课给他的印象很深，他也刻意学了周老师的这种背诵方法。所以，高中三年，他的文科成绩特别好。甚至在高考前，他居然还背完了《唐诗三百首》。

用背这种方法去学习，他的高中生活读得还算是轻松，只是数学不适合背诵，所以他最恨的就是数学课。这门课程在高考中他也勉强得了及格。也正是因为他偏科，数学成绩不理想，才考上潇湘师范大学。当然，能考上潇湘师范大学，他已经很满足了，毕竟潇湘师范大学是省属重点，对于他这种数学不好的学生来说，能考上已经算是功德圆满了。

上午十点多钟，龙国祯到了学校对面的石溪公园门口。这也就是他在电话里对死党杨志刚所说的“老地方见”的地方。

石溪公园是石溪市最大的公园，正大门与石溪四中正对门。这个公园与其说是石溪市人民的公园，还不如说是龙国祯他们这些朋友的聚会点。只要是在学校外面，这里就是他们的天堂。高中三年，他们对公园非常熟悉，公园的管理员也都认识他们。

龙国祯坐上中巴到石溪市汽车西站，然后再坐第 12 路公交车就直接到了石溪公园门口。他在公园旁边的饮料店里招呼了一声“李大爷好”就坐下了。店老板李大爷早就认出是龙国祯了，赶忙招呼：“小龙啊，有段时间没见你了。高考怎么样啊?”

“一般般啦!”

“早听说你的成绩很好，考大学肯定不成问题。考上哪所大学，说给大爷听听，我也乐和乐和。”

“哎，就是一般的大学，潇湘师范大学。”

“好啊好啊，这读书人就是有出息。不像我，年轻的时候没念到书，现在只能在这里混饭吃了。”

“大爷，您谦虚啦。”

正在说笑间，杨志刚和周志民领着王洪、张勇、朱忠华三个同学，有说有笑地过来了。“你要想他不读书，那还不如杀了他。”杨志刚进门指着龙国祯说。

“哥们儿都来了，走。”龙国祯站起来，向他们打完招呼，提起刚从李大爷店里买的几瓶石溪牌矿泉水，一边发给众人，一边带队往学校里走。

“我说，这一两个月，你小子怎么电话也不来一个？”周志民埋怨说。

“哎，快别说了，我们家老爷子逼着我搞‘双抢’，整天累得骨头都疼，散架一样的疼。家里又没有电话，公用电话到镇上才有啊。”

“你家老爷子，没对你怎么样吧？”杨志刚说。

“还好。吵架是难免的。他那思维，我真是不敢苟同。”

“对了，你们考上哪所大学了？”龙国祯看着各位。

“哎，其他同学都考得好。我考得最惨，被我们家那个老头修理得很惨，差点丢了半条命。”杨志刚垂头丧气地说，“我只考上了萧山师范学院，就是本地的学校了，本想考个起码能坐火车去上学的学校，结果还是不理想，怪自己没读书啊。”

“我去重庆工业学院。”周志民说。

王洪说：“我的是东山师范学院。”

张勇说：“我，江南师范学院。”

朱忠华说：“湘江文理学院。”

周志民说：“只有你考上的潇湘师范大学，是省属重点本科，是我辈中最好的学校，据说那里的英语专业是江南地区最好的。”

“考清华、北大有几个？”龙国祯关切地问。

“听我爸讲，好像有好几个，具体是多少不清楚。学校的公示栏肯定会有的。待会儿去看看就知道了。”杨志刚说。

“我是真的很羡慕他们啊。我的数学太差，考清华、北大肯定不行的，我知道的，所以我一直想考中华大学，那里的文科是中国最强的。可惜没考上，就我这个偏科的学生，能考到潇湘师范大学，已经很满足了。”

他们边走边聊，不知不觉走到了学校里面的沁心亭。沁心亭是石溪四中最有名的亭子，四周是湖，亭在湖心，环境幽静而典雅。因为是放假，学校的人很少，这里的环境十分静谧。

他们几个人，围着亭中的石桌坐下来，你一言我一言地海聊着。大家的兴致都很高。

“老龙，你今天约我们出来，是不是有事商量?”杨志刚直接问。

“是啊，但是，现在见到你们了，反而不好意思开口说了。”

“怎么不好意思说，都是自家的兄弟。说。”周志民说。

“老班长，你有什么事就直接说。能帮，我们肯定帮。”王洪说。

“别婆婆妈妈的，像个女人，有话直接讲。你一直是我们的主心骨。”张勇说。

“对，我们同学，一方有难，八方支援。”朱忠华说。

“哎。”龙国祯长长地叹了口气，接着说，“我考上潇湘师范大学，我是很想去啊。可是，学费要三千八百多。我家老爷子不想送我去读，他想要我回去当村主任，或者去广东打工。这样可以减轻家里的负担，毕竟我弟弟、妹妹也是要读书的。我家庭的情况，不说，你们也是知道的。”龙国祯语速缓慢、无精打采地说，“所以这次是走投无路，眼看就是九月一日大学开学的日子了。今天是八月二十日了。”龙国祯扫视每一个人，“你们看，帮我出出主意，我怎么样才能凑齐那三千八百元的学费。不然，我的大学梦就要成为泡影了。为这事，我揪心很久了。”

“哥们儿，我看你今天是有点啰唆，是男人，就快人快语啊。”杨志刚拍拍他的肩膀说。

“那好吧！兄弟我就不客气了。”龙国祯站起来说，“你们总不能看着我辍学吧？大家帮我想想办法，能不能帮我凑点学费。一人帮我借点学费。只要凑齐了四千元，能在九月一日赶到潇湘师范大学报到，只要报到了就好办，没钱，我想潇湘师范大学也不会看着学生饿死啊。只要注册，取得学籍就好办啊。我能不能上学，就看在座的各位了。你们帮我借的钱，我会在大学期间如数奉还。如果大学期间还不了，大学毕业之后一定连本带息归还，以借条为准……”

“哎呀，还钱的事就不用说，兄弟情感牵扯到还钱上面，就没劲了。现在的关键是凑钱，不是还钱。”杨志刚打断他的话说。

大家在沉思，此刻沁心亭出奇地安静。每个人都在思考凑钱的路子。这帮小子，大的也就像张勇，二十岁，小的朱忠华才十六岁。他们平时的经费都是父母给的，每个月的零花钱都限得死死的。要借出一大笔钱，必然要惊动家长，而且自己也要读大学。忽然问父母要几百几千元，父母一定是要搞清楚其中的原因的。告诉他们借五百元或者是一千元是给同学读大学的，父母如果同意还好，如果不同意，那就惨了。不仅不会给钱，而且可能还会痛骂一顿。就算是愿意借钱的话，肯定也会问问龙国祯父亲的意思，毕竟他才高中毕业，很多事自己是做不了主的。很明显，龙国祯的父亲是不赞同自己儿子上大学的。这样一来，如果龙国祯的父亲不认这笔账，那么，各自的父母也不可能借钱给他。如果是这样的话，事情就会更加糟糕。

“你们看看是不是有把握借到钱?”龙国祯心里其实很紧张，他很清楚各位也是靠父母的钱吃饭的，自己并没有收入。

“我可以搞到三千元，我直接可以问父母要，因为我父母答应过我，只要我考上本科就奖励六千元，考上大专奖励三千元，我考的是大专，奖励的这三千元，我可以自由支配的。钱已经在我银行户头里，马上可以取出来的。”杨志刚信心十足地说。

“真的？兄弟，你真是雪中送炭啊。”龙国祯高兴地紧紧抓着他的手，感动得眼泪都快出来了。

“我也可以搞到两千，我这次考上大学，父母给我的两千元是准备买大学四年的图书的。我暂时可以不买，先帮你渡过难关。”周志民说。

“好，谢谢，兄弟。”龙国祯感激地说。

“已经有五千元，足足可以交完这次学费。我谢谢各位兄弟！真的感谢各位兄弟。”龙国祯真诚地说。

“老龙，我搞不到老杨、老周那么多。平时我父母给我的零花钱，一个月才二百。其他的开支是一个萝卜一个坑，都是专款专用。我没办法挪作他用，但今天中午吃饭我请客。”王洪说。

“好，谢谢你！钱不在多，关键你们对我的这份感情，我铭记着。”

“我出五百，不是问题的。”张勇说。

“我也可以出五百。”最小的朱忠华说。

“你小子出的压岁钱吧?”杨志刚打趣地说，引得大家哈哈大笑。

“好，谢谢各位!!!”龙国祯感动得眼泪都流出来了。

“这样算来，已经有六千元的经费，除了交足学费、学杂费、住宿费共三千八百元，自己手头上还有两千两百元的经费。如果扣除坐火车车费一百元，至少到潇湘师范大学身上还有两千一百元，这两千一百元吃四个月应该不成问题。大不了一天三个馒头，多喝点开水。而且自己也不小了，或许在省城还能挣点生活费。至于明年的学费，到时候再说。现在只能走一步看一步了。”想到这里，龙国祯好像看到了希望。

“兄弟有难，兄弟不帮，谁帮啊!”王洪说，“老龙啊，我看你这次暑假的筹款大会，很成功啊。走，我们去学校别的地方转一下，看看母校。中午，我做东，大家去潇湘菜馆庆祝一下。”

大家有笑着的、有喊着的、有吹着口哨的、有哼小曲的，离开了沁心亭。

第四章　鲤鱼跳龙门

龙国祯回到家里已经是第二天傍晚了。他路过石溪镇的街上，也没有忘了给弟弟、妹妹买几斤苹果和麻糖，这是弟弟、妹妹最爱吃的。

昨天中午吃完饭已经是下午了，他晚上找了个便宜的招待所过了一夜。第二天，他把向兄弟们借来的钱，共计六千元稳稳当当存入自己的工商银行卡里。走出银行，他才感到一身疲劳。幸好，身边一直有杨志刚、周志民两位死党陪着。这也是为了安全起见。有他们在身边，至少自己可以感到踏实、安全、惬意。

朋友是最真实的存在。经历了这样的人生十字路口，他再次感受到了朋友的重要性。“在家靠父母，出门靠朋友。”这话简直是太对了。马克思曾经说过，人之所以是人，是因为人是一个“类存在物”，这个类就包括了人与人之间的物质交往和精神交往。马克思还说过，一个人之所以是人，是因为一个叫保罗的人把一个叫彼特的人当作自己的同伴。在社会上，人的本质就是一切社会关系的总和。这种人的社会关系的总和，自然包括朋友与朋友之间的深厚的感情。战国时期著名的思想家荀子也说过：“人，力不若牛，走不若马，而牛马为用，何也？曰：人能群，彼不能群也。”还说：“人之生也，不能无群。”如今他真真切切感受到了朋友的伟大和价值。难怪儒家的“圣经”——《论语》，一开篇就说：“有朋自远方来，不亦乐乎！”难怪马克思和恩格斯在革命事业的进程中，能够成就伟大的友谊。这是朋友价值的最直接、最现实的体现。

友谊就是当你处在人生十字路口，陷入悲观和绝望的时候，他能伸出援助之手，及时而有力地拉你一把，让你脱离痛苦和绝望的深渊，获得新生，让你感受到活着的巨大幸福感。

这大概就是龙国祯所体会到的友谊的真谛吧！

母亲看见儿子回来，心里十分高兴，一边招呼着弟弟、妹妹帮助生火做饭，一边关切地问："龙仔，事情办得怎么样？"其实，儿子去之前不说是什么事，她猜想十之八九也是为了学费的事去城里找朋友想办法的，只是不知道到底能不能成功。

不过，现在龙国祯的心情特别好，基本上是面带着微笑回来的。甚至觉得路边的野菜和鲜花也比往常要婀娜多姿，风光无限了。过往的行人，每个人看起来都是那么亲切，仿佛每个人都是似曾相识的朋友，人们的脸上充满善意、正义和良知。这是他以前从来没有体会到的感觉。

以前，他憎恨生在石溪镇这个穷山恶水的地方，龟不靠岸，鸟不拉屎，刁民经常横行；现在，他居然发现，家乡的山是那么美，石溪江的水是那么温顺、蜿蜒。大概是因为他要离开这个生他养他的地方了，忽然间他还真的舍不得离开这个地方。蓦然，他好像觉得父亲的安排也许是正确的。做个村主任，好好地把这个村的经济搞上去，让每家每户都有两层的小洋楼，楼上做住房，楼下做杂物间，堆放农具，让村民人人老有所养，壮有所用，家家夜不闭户。就像陶渊明在《桃花源记》里所描绘的那样："土地平旷，屋舍俨然，有良田美池桑竹之属。阡陌交通，鸡犬相闻。"如果能那样，也真的是人间天堂了。正如《礼记·礼运》说的："大道之行也，天下为公，选贤与能，讲信修睦。故人不独亲其亲，不独子其子，使老有所终，壮有所用，幼有所长，鳏寡孤独废疾者皆有所养，男有分，女有归。货恶其弃于地也，不必藏于己；力恶其不出于身也，不必为己。是故谋闭而不兴，盗窃乱贼而不作，故外户而不闭。是谓大同。"如果真的是如此，那该多好啊。

但是，也许暂时的离开是为了更好的重逢。家乡的一草一木，都浸入了他的心扉。一个人对家乡的思念，可能是一生最难遗忘的记忆，尤其是像龙国祯这样从小到大都没有离开家乡半步的书生。他怎么可能说忘记就忘记呢？如果真是这样，那对于他来说未免太残忍了。真的，当他生活在家乡，在石溪江的水田里辛苦劳作的时候，他真的想逃离这人间地狱，因为农村尤其是“双抢”这种超负荷、超年龄、极度透支身体的艰苦劳作，他是对付不了的，真的吃不消。那个时候，他感觉农村就是地狱，农民就是生活在地狱中的小鬼，父亲就是地狱中的索命鬼，而他就是无家可归的任人宰割的游魂。每次暑假回家，他都成了父亲的长工、非法的童工、用人，父亲就成了他的债主、恶霸地主和十恶不赦的老板。此刻在劳动面前，好像他们父子之间的亲情关系根本就是欺骗全世界的超越时空的谎言，他除了恨，还是恨。

不过，这一切过去了，父亲也变得那么和蔼可亲了。他人生的新篇章就要开启了，等待他的将是让他羡慕已久的大学生活。大学是天堂，是乐园，是自由的福地。不读大学，那是人生不圆满的表现，是人生最大的败笔，是人生最大的遗憾。

今天的龙国祯，思绪缥缈，像喝醉的酒鬼，飘飘欲仙。人生的美妙和幸福，大概莫过于通过自己的努力走向成功，并能有机会拥有和享受这份难得的成功。

母亲的提问，打断了他的遐想。他顺手把买回来的苹果和麻糖分给弟弟、妹妹，爽朗地回复:“还好，一切顺风顺水。”

快吃晚饭的时候，父亲扛着锄头回来了。

从龙国祯童年懂事的时候开始，父亲就一直这样忙碌，好像他总有忙不完的事，但是好像也没有忙出一些成绩来。父亲是很勤劳的农民，不像村里其他的伯伯叔叔，爱打牌，爱搓麻将，爱赌博，爱酗酒，爱打老婆。父亲好像没有这些恶习。说实在的，父亲对纸牌、麻将、赌博、酗酒等恶习是深恶痛绝的。每次在农忙的时候，看见这样的行为，总会嘀咕隆冬地啐上一句："不务正业，农民不像农民的样子。"在母亲的眼中，他可以说是模范丈夫了。在龙国祯的记忆中，父亲是从来没有和母亲吵过架的，哪怕是红脸都没有过，更不用说打老婆了。这点真的让龙国祯感到父亲的伟大。父亲唯一的恶习，就是吸烟。他自己为了省钱，曾经花了很大的心思去戒烟，但是最终还是没有戒掉。这让他有一段时间对自己无奈的行为感到惋惜。

"我看您还是戒烟的毅力不够。"龙国祯曾经这样对父亲说。

"是啊。还是毅力不够。"父亲叹气，"所以，你长大了一定要学会坚强，要有毅力，凡事要坚持到底，要有不到长城非好汉的决心。不能像老爸这样，连戒烟这样的小事，都做不好。"

"嗯，那是一定的。"

说这话的时候，父亲总会摸摸他的头，说："我们家龙仔，将来肯定比父亲强。这叫长江后浪推前浪。"

那已经是他小时候的事情了，后来父亲也慢慢把戒烟的事淡忘了，所以烟至今没有戒掉。家人也慢慢习惯了他的这个恶习。傍晚忙完农活回来，父亲会习惯性地坐在大门外的矮凳上，摸出一袋土烟，卷起一个粗大的"喇叭筒"，擦燃一根火柴，点燃那支"喇叭筒"，自顾自地在那里烟雾弥漫，腾云驾雾。他感觉，那就是他全部的自我陶醉和满足，直到母亲叫他去吃饭，他这才会很疲倦地"噢"一声。

龙震天小学毕业曾经以优异的成绩考上了初中，但是因为家里穷供不起，就放弃了升初中的机会。他的父亲，也就是龙国祯的爷爷，从小就是一个孤儿，由龙氏的一个远房叔叔抚养成人。他们龙家几代都是穷人。龙震天十七岁就成家立业了，为了这个家他做了许多的努力，但是成功却很少。

记得龙国祯读初中的时候，父亲有一年养了二百多只雏鸭，想等雏鸭几个月长大以后，赚一大笔钱。"这种家禽，喂养的时间短，主要在野外喂养，吃的粮食不像猪那样多，只要在时间上多多投入，应该可以赚钱的。”龙震天是这样想的，也是这样做着自己的美梦。可惜天有不测风云，人有旦夕祸福。等雏鸭喂到两个月大，鸭翅膀开始长羽毛，再等一个月就可以卖的时候，鸭子就开始发瘟疫，一只一只死掉，一天一天减少。等到最终卖的时候，就剩下十来只了。这次养鸭不仅没赚到钱，相反，还浪费了二百多斤粮食，连购买雏鸭的钱都没有收回。

养鸭不成，龙震天就去养牛卖，他曾经一次养了十头牛。“牛只是吃草，不用吃稻谷，上午把牛赶到荒山上喂养，下午到天快黑的时候接回来，在时间上保证它们吃饱青草，很快就会上膘。一头牛犊只要两年的时间就会养得很肥，价钱也不菲。十头牛，如果平均一年卖掉三头牛，起码可以赚到四千元到五千元。这样算来，养牛卖也是很划算的。”想到这里，龙震天就会开心一笑。每次十头牛出栏，走在路上，那是浩浩荡荡、气势磅礴的。村里的人还戏称龙震天是“牛司令”。

“牛司令，又上山了？”村里人看见龙震天赶牛到山上放养的时候就这样说。

他对“牛司令”的头衔似乎很享受，每次别人这样称呼，他微微一笑，还会顺口补上一句：“下次要耕田，尽管来找‘牛司令’，牛司令给你派兵。”

“牛司令”的头衔，龙震天用了两年多。但是，有一年的冬天，牛快要能卖的时候，在野外放养，被小偷一次就偷走了七头。后来派出所侦破了这次盗牛案件。案是破了，但所有被偷走的牛，被牛贩子卖了，在牛市场被杀了。尽管抓住了这些盗牛贼，也赔了一些钱，但是牛是永远回不来了。这次事件对龙震天的打击很大，使得他很长一段时间处在悲痛之中。导致后来，他再也不敢多养牛了。现在谁要是叫他“牛司令”，定然会遭到他的一顿臭骂。

后来龙震天还贩卖过谷种，但是也以失败告终。

总之，龙震天好像天生就是一个种田的农民而不是商人，他在生意的道上做啥赔啥，只有种田他是成功的。别人的稻田，每亩如果产八百斤，他的肯定可以产九百斤。这是他最引以为豪的事情。

“看来，耕读传家，是最实在的。”每次秋收，看到金黄色的稻谷，他总是这样自言自语，“做农民就要有做农民的样子。”接着，他就后悔当时为什么要疯疯癫癫去养鸭子、养牛、贩谷种，这是不务正业的表现。农民就应该做好农民的事，工人就应该做好工人的事，当官就应该做好当官的事，同样，读书人就应该做好读书人的事。

经过一系列事件之后，龙震天认定自己就是一个农民，不敢再做别的与农业无关的事。所以，他对自己是农民这份职业，认定了。对于其他的工作，不再幻想。不过，他把所有的梦想集中在子女身上。希望子女们有出息，比自己强。比如，大儿子龙国祯读完省重点高中，回来待几年就可以当村主任。这好歹也是一个村干部，很多人梦寐以求的。儿子是村里唯一的省重点高中的毕业生，博学多才，能说会道，农活也样样精通。这样的人，如果当村干部，既有丰富的书本知识，也有丰富的农村实践经验，是非常合适的。万一不行，还可以到广东、上海、浙江一带打工，进工厂，混个工厂的主管肯定是不成问题的。龙震天一直是这样想的。因此，对儿子读大学的事，他是不赞同的、不支持的。

昨天晚上回来，没有看见儿子，他问妻子，妻子说他去城里了。

“他去城里干啥?”龙震天问。

“不知道，说是找同学玩。”龙震天的妻子张桂琴回答道。

“在城里玩了三年，还玩不够。那他哪来的钱去玩?”

“想必身上的车费钱是有的。我给了他一百元。”

“给一百元可能是不够的。到同学家随便买点东西，都要花钱的。大学没让他读，让他去城里玩几天，见见同学也好。这小子，也不和我说一声。”

“他敢跟你说吗？一说，你们准得又吵架。他要读大学，你不让，这能说到一块吗?”

“读大学不是唯一的选择，现在那么多的大学毕业生都找不到工作。你在电视里没看见？很多大学生毕业后去卖猪肉，去做城管，去环卫局做清洁工。他一回来，我着手活动，让他做村主任，那最实在。这样也能照顾家里，也好了他自己。这样一举两得，一箭双雕的事，你们就看不明白？”

“我不明白没关系，关键你要让咱家龙仔想明白。”

父亲不吭声，卷了一根土烟，在“吧嗒吧嗒”吸着。良久他才叹了口气：“哎，真是儿大不听话，女大不中留啊。这小子从小就不听话。”

“他有他的主见，由他去吧。”

一晚上，龙震天都没睡好，他担心儿子心情，也担心儿子在城里的安全，只是表面不好说。但是，他万万没有想到儿子去城里借学费。

九月一日，是潇湘师范大学开学的日子。不过，对于龙国祯来说，八月三十一日就应该出发，如果是当天赶到潇湘师范大学是肯定来不及的，何况他对省城江州市也不熟悉。因此，在开学的前几天，他从石溪镇上的银行取出了存入的六千元，把其中三千八百元的学费用布袋缝好了，缝在上学穿的那条青色旧裤子的裤腰的左边。生活费一千七百元，他缝在裤腰的右边。另外还拿出了五百元作为车费和零用。他也想带着银行卡去省城江州市的，但是，他担心到时候开学人多，一个人去取钱不安全，万一被小偷，或者其他坏人抢走了，那这辈子就完蛋了。这样的事情，他在读高中的时候是听说过的。大学“入学须知”上也说过了，可以通过银行把钱汇过去。这点龙国祯更加不敢了。因为他不清楚学校的这个银行账号到底对不对，万一汇错了，钱进了别人的账号，那怎么办？等银行查出来肯定就错过了开学的日子了，这样的话学校会除名的，那他的大学就读不了了。其实，银行汇款是最安全的，不过龙国祯毕竟是年轻，还没有经历过这么多的事情。在他的眼中，钱在身边是最安全的。到了学校，用剪刀把布袋一剪，立马就可以交钱。再说，钱在身上，而且藏得严严实实的，肯定是安全的。钱在人在，人在钱在，这是最为稳妥的办法。这个办法，虽然很土，但是对于龙国祯来说，是最实在的。尽管他后来也对自己这样的行为感到可笑，但那是以后的事了。

母亲张桂琴其实心里很清楚，儿子这几天不吵不闹，有说有笑，那就是可能已经凑齐了学费钱。她好几次问过儿子，到底凑齐了学费没有。但是龙国祯，这次出奇的冷静，他担心母亲告诉父亲，也就不敢告诉她。万一父亲知道，他借了这么多钱，不打死他才怪呢。为了自己的安全、自己的前途，他还是得瞒着母亲。

八月三十日晚上，就是龙国祯第二天上午去上大学的头天晚上。龙国祯像往常一样在家里吃完饭，帮助母亲收拾完碗筷之后，就一直坐在餐桌前，没有动身到自己的房间看书。今晚，他要和父亲、母亲、弟弟、妹妹商量一件大事。

“老爸老妈，我今晚要和你们商量一件大事。”与其说是商量，不如说是告知。因为这件事，龙国祯已经准备了很久了。等母亲从厨房回到客厅，他这样说。

“什么事？”父亲正在看那黑白电视的节目，听儿子这样说，转过头，看着儿子。

“我准备明天上午，离开家里，去上大学。”龙国祯鼓起勇气说。

“读大学？不行。”父亲非常肯定，“不让你去的理由，上次接到录取通知书，我已经说得很清楚了。”

“我知道您说得很清楚，但是那是您的意思，并不代表我的意思。再说，我上次接到录取通知书时也说得很清楚，这个大学我是读定了。”龙国祯丝毫没有让步。

“你这是成心跟我作对，是不是？”父亲的怒气慢慢在心底燃烧。

母亲和弟弟、妹妹坐在一旁，一会儿看看龙国祯，一会儿看看龙震天。

“我不是跟您作对，我只想读大学。关于读大学的好处，我想不说，您也很清楚。我也不想多说。我只是告诉你们，我明天就去上大学。”

“我说不行，就是不行，行也不行。”父亲生气。

“我说行就是行，不行也行。”龙国祯寸步不让。

“你这个逆子，成心想气死我。”父亲勃然大怒。

“您这个老头，成心想断送我的前途。”龙国祯气愤不已。

“能不能不要吵？就不能好好说？”母亲赶忙劝道，弟弟、妹妹也忙劝。

龙震天开始认为，儿子和他商量事，认为儿子同意了自己的意见，放弃读大学。没想到儿子一开口就说是读大学。当然，龙震天始终认为，“杀手锏”掌握在自己的手里，那就是钱，儿子读大学的学费钱掌握在自己的手里。他认为，不论儿子怎样想读大学，如果没有学费，一切都是海市蜃楼，美梦难成真。

“你不要那么自私，行不行？你去读大学，四年的大学学费，会耗光家里的所有。你不为我想想，也要为弟弟、妹妹想想。妹妹过几天就要读高中，弟弟过几天就要读初中。你不能以为自己读完了高中，就不顾弟弟、妹妹的前途。你是长子，你就不能为家里多担待点？”父亲语气缓和了一些。

“我读大学，我怎么就自私了？我读大学并不是就不为家里担待了，只是方式不一样而已。说不定，我读完大学以后，可以为家里担待得更多一些。”

“你这孩子，你就咋说咋不明白？”

“我很明白。我知道我应该怎么做。您不是常常告诉我，男子汉做事一定要坚持到底，不能遇到一点困难就打退堂鼓。”

“既然你说不通，要读书，你自己去读。学费钱我是一分钱也没有。”父亲使出“杀手锏”。

“我不用您的钱，我只要到了学校，我相信，学校总不会饿死人吧！”龙国祯知道父亲肯定会这样说的，他早就做好了应对的准备。

“那行，那你就去学校饿肚子吧。”

“放心，饿也不会饿到您肚子，饿到的是我的。今晚，我只是告诉您，我明天会去读大学。我告诉您，是我尊重您。”

“你是不是借到学费钱了？”母亲实在忍不住关切地问。

当时，当着父亲的面，他不敢说。他担心父亲会阻挡自己读大学，借了那么多钱，父亲肯定是不允许的。目前家里虽然穷，但是毕竟没有外债，他这还没有上学，就已经欠了六千元，这猴年马月才能还清。

龙国祯看出了父亲的心思，说：“学费钱，我想只要到了学校，自然有办法想的。天无绝人之路的。”他看了一下母亲。

他转过头，看了看弟弟、妹妹，说：“国香、国杰，你们俩要好好读书，努力考上大学，等哥哥读完大学，挣大钱送你们读书。”

“嗯！我听哥哥的。”妹妹国香说。

“我就怕我考不上大学。”弟弟国杰说。

“没出息。你比哥哥聪明，哥哥都能考上，你一定能考上。听到了吗？”龙国祯鼓励弟弟。

“嗯。可是，哥哥，读大学要很多很多钱的。”弟弟做了个要用大钱的手势。

“没有关系的，钱是小事，等你读大学，哥哥早就有很多钱啦。”龙国祯笑起来。

“老爸，今晚就说到这里。明天我就去上学了。”他对龙震天说，然后又回过头对母亲说，“妈，那床盖的旧被子，我明天要带到学校去。”

说完，回自己的房间了。

留下沉默的父亲。

八月三十一日，是龙国祯去上大学的日子。

这天，龙国祯一大早就起床铺被子，整理自己的行李，如书、衣服、牙刷、毛巾等之类的。母亲比往常起得更早，一起来就杀鸡，烧菜做饭，为儿子送行。不断叮嘱他在学校要如何听老师的话，如何注意自己的安全，不要惹是生非，不要走夜路，不要做对不起父母的事……龙国祯一味地只是答应：“听到了。”

吃过早饭，准备出发。他看见父亲还在堂屋做事，他的父亲是故意留在家里的，要是往常，他一大早就出去干活了。

“老爸，我上学去了。您在家多注意身体。”龙国祯心平气和地说，他想，毕竟要去读大学，起码要过春节才能回来，尽管和父亲观点上有很多矛盾，但是如果临走前还吵架，显然是不合适的。

“噢，知道了。”父亲语气也缓和多了。他也想，儿子既然这样坚决去读书，连钱都没要，再骂也无济于事。但是他最担心的还是学费问题，出门在外，没有钱，那是寸步难移的。一分钱难倒英雄汉。终于，他还是忍不住，认真地问：“你到底有没有学费？前几天去城里，大概也是凑学费，情况到底怎么样？”

其实，龙国祯昨夜本来想说的，但是担心父亲极力反对自己读大学，怕父亲把自己捆起来不让去读书，那样就断送了自己的前途。现在要走了，免得父母担心自己，所以，现在他很诚恳地说：“我已经向几个同学借了六千元。您不用担心。”

“借了这么多，怎么还呀?!”

“都是很好的同学，我把账记好了，等大学毕业后就还同学。”

父亲还不放心，又啰唆地问：“这些钱该不会是抢的吧?”

“老爸，您把我想成什么人了。我怎么会去抢钱呢？真要是去抢钱，我还能回家吗？放心，钱是从同学那里借的，来路正当。”

“噢，那就好。我这里还有一千元，你拿去吧。省点用，实在不行，就写封信回来。家里给你想办法吧。”看到儿子忽然要离开自己了，龙震天还真的有点舍不得。说着，就把一千元现金从口袋里取出来，递给龙国祯。

龙国祯很感动。但是没有接，他担心弟弟、妹妹的学费。“我不要，弟弟、妹妹明天要开学了，也要交学费。您留给他俩吧!”

“你这孩子。妹妹读高一，学费就二百多元，弟弟读初一就一百多元。这点钱父亲还是供得起，就算开学不交，欠一两个月也没关系，都是镇里的熟人。这一千元你先拿着，家里也只能拿得出这一千元了。你不要嫌少。父亲不中用，挣不到钱。你也不要怪父亲。”

父亲这样一说，龙国祯的眼泪都快下来了。他感觉真的好像在逼父亲，忽然感到自己真的不孝，还真有点不想读书了。但是，他又不甘心。都到这个份上了，不去读大学好像对不起自己说过的那些豪言壮语。忽然，他感觉到了父爱的伟大，感觉这么多年，对父亲是一种天大的误解。

“叫你拿着就拿着吧!”母亲在一旁劝说。

他从父亲手里接过那皱巴巴的一千元，这一千元不都是一百一张的，有的还是五十、二十元一张的。当他接过那一千元的时候，眼泪流出来了，心情特别地沉重。

“老爸，谢谢您！儿子不听话，儿子不孝，请您原谅儿子，不要见怪。”龙国祯哭泣起来。

“你爸怎么会怪你呢？你既然有自己的主见，以后的路要自己走稳。”母亲赶紧说，眼睛湿润起来。

“读大学是好事。都不许哭。”父亲说。

“哥哥，我们会想你的。你要写信回来噢。”弟弟听见说话声，早就起来了，眼泪汪汪地说。

“嗯，哥哥知道的。”

“哥哥，你不在家，我会帮老爸干活。”弟弟抱着龙国祯的腿说。

“好，那哥哥就看你表现了啦，过年回来哥哥陪你玩。”

正说着，奶奶来了。龙国祯家里离奶奶家，大概一公里路的样子，走过一片田埂路就到了。

奶奶自从知道龙国祯接到录取通知书，就一直担心他的学费。龙国祯家里的状况，奶奶是最清楚的。这么长时间，她一直在担心孙子的学费。

她是绝对支持孙子读大学的，尽管她不明白读大学究竟有多大的价值，但是有一点她是清楚的，读大学总比没有读大学好。读完大学就算回家种田，那也是大学生农民，比没读书的农民肯定强。有的不认字的农民，连农药水牌子都不认识，有的甚至将九二零当甲胺磷药水用。

奶奶自己肯定拿不出几千元的学费钱，她左思右想，最后放出话来，要求每个子女每人出五百包括自己，支持孙子读书，谁要是不答应，就和谁过不去。拿不出，就是借也想办法借五百元，否则，自己就和他们没完。其实奶奶六十多岁了，是和小儿子一起生活的，她根本没有收入，她的钱也是自己的子女给的。尽管龙国祯的三个叔叔和三个姑姑的家庭条件也都一般，但是听母亲这样说，无论如何也要想办法凑五百元给侄子读大学。这样，在开学前奶奶就将三千五百元准备好了。

今天是孙子读大学的日子，这是龙国祯早就告诉过她的，所以，一大早就来了。

“奶奶，我的学费钱有了。您不用拿了。”当奶奶把三千五百元钱塞到龙国祯手里的时候，他这样说。

“怎么不要？只怕钱不够用。穷家富路，没听说过吗？”奶奶爽朗地说，“我啊，就担心钱太少，不够用。龙仔，你先拿着这点，先用着，要是不够，你再告诉奶奶，奶奶会给你想办法的。你爸爸不给，我叫叔叔姑姑们给。”奶奶安慰他说。

“好。谢谢奶奶！”

“这读大学，那是咱家最高兴的事。这要是放在旧社会，那就是相当于考上进士了，是要坐八抬大轿的。现在是新社会，那就是国家干部。所以，要去读就要风风光光地去。”奶奶很高兴地说。

龙国祯很感动，收下了钱，放在行李箱的衣服口袋里，藏得严严实实的。

他去镇上搭车进城里，是父亲、弟弟、妹妹送的，母亲留在家里陪奶奶。奶奶本来也是执意要送孙子到镇上搭车的，但是考虑到奶奶年纪大，龙国祯坚决不让她送。父亲一路上都是说些要他注意身体和营养、努力读书、节约用钱之类的话，龙国祯一个劲地回答：“知道了，知道了。”弟弟、妹妹没完没了地问，大学的生活会如何如何，大城市的生活如何如何。龙国祯因为没去过大城市，一味地回答：“不知道，不知道。”这样的神秘感，让弟弟、妹妹不由自主地冒出一句：“到时，我也考大学。”“考更好的大学。”

父亲是执意要送他去学校，龙国祯坚决不让。

“您送我到学校，到时您回来，我更担心。我到城里汽车西站，杨志刚就在汽车西站门口等我，他已经给我订好了车票。他直接送我上火车。您就不用担心，高中三年，我不也是在城里度过的？不是也平平安安的？”

“我担心你带着钱在身上。”

“没事的。谁知道我带钱了。我在车上钱没暴露出来，谁知道。再说，我一米八的个子，谁能把我怎么样。何况大白天的火车上还有警察。下了火车，学校有迎新站，很安全的，放心。”

听他这样说，父亲才放心。

上午十点，在石溪镇的汽车站，开出了一辆通往石溪城的中巴班车。龙国祯就坐在这辆班车上了。车上挤满了人，龙国祯抢占了一个紧靠司机后面的座位，行李箱和被子也放在自己座位下面。坐在前面是安全的，这是他读高中得来的经验，就是有小偷，也一般不会在司机后面下手的。

车子开动的那一瞬间，他的眼泪禁不住拚命地往外涌，窗外的景色，一片模糊。透过窗户，他也模模糊糊看到父亲在用手抹着眼泪，弟弟、妹妹流着泪，跑着挥手向他说：“再见！”“有空就回来！”送别的场面令龙国祯感动万分。

第五章 走进象牙塔

潇湘省是因潇湘河而命名。省城江州市是中国南方的文化古城，有着几千年的历史文化底蕴。这个城市十分重视文化人。如果你是一个千万富翁，只有小学文化，人们会对你得来的财富，露出一种诧异的眼神。如果你是一位局长，却是高中学历，人们会怀疑这位局长的能力。但是如果你是一位博士，尽管身无分文，人们也会对你肃然起敬。“身无分文，心怀天下”是这个城市的最好的写照。

坐落在紫霞山脚下的大学有好几所，有部属的，有省属的，有理工科见长的，也有文科见长的，还有各式各样的专科学校和职业技术学院。几乎可以说紫霞山脚下就是江州市的大学城，潇湘师范大学就坐落在城西的紫霞山脚下。受江州城市文化的影响，这里的大学学风非常好。比如说，星期六晚上，你偶尔去教室看看，会让你大吃一惊，教室里不是空无一人，而是坐着许多的看书的学生。有在校的本科生，为考英语四六级而来的；有为了出国，考雅思、托福而来的；有为了考研而来的；还有为考博士而来的；有在校的大学生，也有毕业的大学生。总之，无论是“考研族”“考证族”，还是“校飘族”“蚁族”，应有尽有。更为重要的是，这所大学没有围墙，城西的一条主干道——潇湘大学城大道贯穿整个大学和整个紫霞山脚下。所以，这所大学，谁都可以随意地来，随意地去，但是要考上这所大学却不容易。所以，没有考上这所大学的人就会嚎称：“要想进潇湘师范大学，没门。”

整个紫霞山就是紫霞山公园，山上有紫霞寺、枫林亭、鸟语林等风景区。紫霞寺建于魏晋之际，经过一千多年的风雨，经过翻修，至今香火不断，僧侣满寺。据说紫霞寺还是南方净土宗最大的供奉地。每月初一或十五，善男信女，焚香不断。枫林亭，就位于山脚下的紫霞湖的东岸，该亭已经有一千五百年的历史了，至今完好无损。枫林亭是为了游人而建的。游人从山顶下来，累了，在流入紫霞湖的溪水边，喝一口清澈的紫霞山溪水，然后坐在枫林亭，歇歇脚，吹吹柔和的山风，飘飘欲仙。每每到了这里，喝着这样的甘泉，吹着这样的山风，看着这样的山湖，游客们就忍不住诗兴大发。自然，枫林亭的柱子上，旁边的树干上，写满了“某某到此一游”的张三李四之类的“题词”。尽管这有点大煞风景，但是也足以体现“题词”者当时惬意的心境。每逢春节、中秋、国庆假日，整个紫霞山从东门到西门，从南门到北门出来游玩的人络绎不绝，热闹非凡。不过，从潇湘师范大学的后门出去有一条小山路，可以直接通达紫霞寺，这样可以避开川流不息的人群，也可以逃避五十元一张的门票，这是外地游客们所不知道的。龙国祯也是后来才知道这条秘密小径的。

从石溪市火车站到江州火车站，大概需要七八个小时的行程。龙国祯是下午一点的火车，一路平安，到江州车站的时候已经快到八点了。下了火车，走出车站，他背着被子，右手拖着中等型号的行李箱，东张西望，想找潇湘师范大学的迎新站。

本来九月一日开学，但是八月三十一日肯定是有学生要来的，所以学校的接待工作是提前两天就开始了。好在还不是迎新的高峰期，在出口站五十米的地方，一条红色横幅上，写着大大的宋体字“潇湘师范大学迎新站”。龙国祯看到这个条幅，喜出望外。出了火车站，踏上江州这个他从来没有来过的省城，面对陌生的人群，要说龙国祯不紧张，那是骗人的。其实，他很紧张，紧张的原因主要是身上揣着一万多元的现金，万一被人家抢走了，怎么办？所以，他下火车的时候，右手死死地抓着行李箱，机灵地搜视着靠近自己身边的每一个人，额头的汗珠雨点般地往外冒，直到看到迎新站的横幅，他才深深地松一口气。

“同学，请问这里是潇湘师范大学迎新站吗？”龙国祯走到横幅这边怯怯地问。

“是的。新生同学吧？”迎新站的同学站起来，热情地帮他卸下被子。一个女生赶紧递给他一瓶矿泉水。“来，同学，喝口水。”声音甜甜的。

“谢谢！”

“你一个人来的？”一位学生会的干部说，看了看他后面。

“哇！真了不起！”旁边的女生们一听，异口同声地喊叫起来。

“哪个专业的？”有同学问。

“英语教育专业。”龙国祯详细地说。

“来来来，这位是英语专业的同学。大家快来帮忙。”一位男生吆喝着。

话音刚落，立马传来几位女生一阵“噢”的喊叫：“……外语专业的帅哥来了！”

“快上车，等下汽车就直接到学校。”迎新站的同学一阵风似的把他送上了停在旁边的学校豪华大巴。

“好的。谢谢！谢谢！”

龙国祯被迎新站的同学簇拥着送上了学校的大巴。迎新站的同学本想把他的行李箱放入大巴行李舱，龙国祯一看，想到行李箱里面有钱，立马着急了：“喂，同学，那个行李箱，我要随身带。”

“放在行李舱是很安全的，放心。”同学不解地说。

“啊，这，不行，不安全的。我这里面有重要的东西。”说着，他赶紧用力抓住行李箱，使尽力气把行李箱拖上车。“我就放在车前面，不会占着别人的位置。”

迎新站的同学见他是一个人，也不好再坚持。龙国祯还一直都在抓着那个行李箱，直到到了报名站他才放松警惕。

迎新总站，设在学校的大礼堂。收费处、宿舍管理中心、保卫处、各个院系的接待处等，凡是与新生入学有关的各个部门都在大厅设有相关的接待处，可谓是新生的“一条龙”服务。礼堂里里外外，校保安人员谨慎查看，以免小偷偷走学生的钱财。还好，人不算多，龙国祯在迎新同学的陪同下找到礼堂里外国语学院的迎新接待站。

到了外国语学院新生接待站，他好像回到了自己的家，异常高兴。外国语学院新生接待站站着十多个人，时刻准备欢迎新生。

“同学，你贵姓？”一位女生微笑着问他。龙国祯发现她美得像仙女，高高的个子，苗条的身材，水灵灵的大眼睛，硕大的前胸，藏在薄薄的花格子短袖衬衫后面，让人看了还想再看。

“龙国祯。”他大声说。

“龙国祯……英语教育专业……噫，找到了，在这里。你住求知园四号楼五一二房间。”这位女生在花名册上找到了“龙国祯”三个字。

“国祯同学，我是张灵秀，英语专业，大二的。”就是这位点名的女生自我介绍，“你幸好来得早，人不多，明天人就多了。现在你去那边交学费，然后去宿舍管理中心领取宿舍钥匙……有什么不懂的随时来这里问我。”

“噢，谢谢！”张灵秀说了一大串事情，他没反应过来，显得木木的。

“李建东同学，麻烦你陪龙国祯同学去交费，他是一个人来的。”张灵秀指挥着。

龙国祯按照同学的吩咐，首先找的是收费处，人不算多，过了几分钟就轮到他交费了。

“同学，你帮我看好行李。”龙国祯对李建东说。

“好的。”

龙国祯在收费处的财务处工作人员面前，搂了搂裤子，不好意思地说：“老师，我的钱在裤腰里，您等下哈。”

收费处的工作人员是位女的，一听他这样说，忍不住“扑哧”一声笑了起来。看见龙国祯像个捉“虱子”的孩子，赶忙说：“不急，你慢点。”要不是龙国祯事先和她说钱在裤腰里，那么，一到她面前又是搂裤腰，又是翻裤袋的，就还会以为他耍流氓呢。

只见，龙国祯取右边钱袋时，左手提裤腰，右手取钱袋，手插进裤腰带，把裤头往外一翻，鼓鼓的钱袋就翻出来了。他再用左手拿出左裤袋里的钥匙圈上的小剪刀，双手扒开剪刀，右手几下就把缝好的钱袋剪下来了。取左边钱袋时，左右手调整了一下位置，几下就把钱袋取出来了。

“天啊，人家捆小偷，也没这么结实。”收费员大惊。

“嘿嘿，安全第一嘛。”龙国祯笑着说。

“人家是一个人坐火车来报名的。”李建东赶紧说。

“噢，原来如此。好样的。”旁边的老师赞美说。

“哇，真的好勇敢啊！”后面在排队缴费的女生们，对着旁边各自的父亲惊讶地说。

交费，领取住宿凭证、开学典礼资料和入学日程安排表…… 等他把一切安顿好之后，已经是晚上十点多钟了。

他的宿舍在学校求知园四号楼五一二房间。他在李建东的陪同下，来到求知园四号楼一楼的宿舍管理员处，交了一张相片，做了登记，取了钥匙，来到五一二宿舍。

四号宿舍楼，中间是过道，两边是一间间的房间。厕所和洗漱间不设在房间里，是公用的，在楼层的中间。龙国祯上楼的时候，其他宿舍零碎碎来了几个人，他宿舍的其他同学还没有来，他打开灯一看，宿舍干干净净。宿舍有六个床铺，一个床铺分上下两层，上面是床铺，下面是书桌。一边三个床位，中间是房间的过道。进门的左边是六个大铁柜子，是给每个学生放贵重物品的，右边是个十多层像书架一样的架子，是供学生放牙膏、牙刷的。房顶上挂着吊扇，他赶紧打开风扇。谁睡哪张床，学校已经贴好了标签。他找了自己的床铺，是一个靠左边窗户的位置。

“天哪，这么好的房间！太好了！”龙国祯兴奋不已。

“是的。我们学校学生宿舍环境算是比较好的。只是遗憾的是男生宿舍是公用的卫生间和洗漱间，这是美中不足的。女生宿舍有卫生间。住宿费是一样的。”李建东说。

“卫生间不设在房间里好，免得有异味。女生宿舍，学校考虑晚上上厕所女生怕黑，所以就在女生宿舍设卫生间了。好，大学就是大学，真的很人性化的设计。”龙国祯似乎对学校的这种管理理念很满意。

“走，辛苦你了，我请你吃饭去。”龙国祯忽然想到还没吃饭。

“不用了，太晚了，你忙了一天了，早点休息。我在品知园二号楼二一二房间，有空你去那里玩。”

“好。”

送走李建东，等把床铺铺好之后，他感觉非常疲劳。还好，早上来之前，母亲还给他塞了几个鸡蛋和几块饼干，当时他还不想要，现在想来，这些鸡蛋和饼干真是应急啊，不然今晚非得饿晕不可。他赶紧吃点东西，拿出一瓶矿泉水，喝了，又冲了一个冷水澡。最后，他躺在床上，看着洁白的天花板，忽然很想家人了。宿舍里有电话，可是家里没有电话，不然可以打个电话给父母报个平安。他只好在心里默默地告诉家人，自己已经很平安地来到学校了，一切都很顺利，学校的同学都很亲切，叫他们不用担心。他这样想着，眼泪夺眶而出。

大概是因为太累了，他自己也不知道什么时候睡着的。一觉醒来，已经是大天亮了。

第二天，宿舍的其他同学都陆陆续续地来了。他们分别是孔庆华、董恩泽、程显颐、朱继贵、王子涵，加上龙国祯，除了王子涵是汉语言文学专业的，其他都是龙国祯同班的学生，而且非常荣幸，龙国祯被选为班长。后来，他们自号为“潇湘六剑客”，把五一二房间称为“潇湘书斋”。

第六章　课堂上的第一次邂逅

龙国祯上大学前，发誓一定要好好地努力学好专业知识，且不说将来为祖国，为社会主义现代化，为人民服务这样的大话，但是，起码要做到除了自己养活自己之外，还能为父母在经济上减轻负担。因此，大学生活开始的时候，他还是坚持高考的“三点一线”原则，后来改为“四点一线”。“三点”就是：教室、食堂和寝室。“四点”就是在前三者的基础加上图书馆。“一线”：就是看书、吃饭、睡觉。早出晚归是他大学开始的生活习惯。每次同学打电话到宿舍，室友总是说：“找龙国祯啊？”“不在，在图书馆。你十点半以后打来吧。”

有一天晚上，龙国祯很晚才回宿舍，孔庆东实在忍不住了，见他推门进来就问：“龙国祯，你一天到晚，到底是到图书馆看书了，还是恋爱了？”

“看书啊。”龙国祯说。

“你小子，不会以看书为名，行恋爱之实吧？大伪似真。坦白招来，你那美人是哪个学院的？大几？啥专业？芳龄几许？有无恋爱史？何方人氏？尊姓芳名？兄妹几人？父母贵干？”董恩泽查户口式地追问。

“就算地球人都恋爱了，我，龙国祯，依旧独善其身，守身如玉，洁身自好。”龙国祯说。

“你小子，不会在图书馆见到美女，走不动了吧？这么晚才回来，我们还担心你在图书馆被狐狸精叼走了呢。”程显颐的话引来大家一阵哄堂大笑。

“哈哈，让我看到走不动的美女，还在娘胎里呢！”龙国祯说。

“鬼信。”孔庆东说。

“龙大才子，你对美女这样不感兴趣，是不是身体有问题啊？要不，明天我们哥儿几个送你到医院检查？”朱继贵说。

“对。尤其到男科诊室，好好查查！”王子涵附和说。

于是，又引来哄堂大笑。

“你们说人话！我这叫‘横眉冷对秋波，俯首甘为光棍’。”

龙国祯信誓旦旦这样说，但是他却是“潇湘书斋”里第一个打破自己诺言的人。在说出这番话不久之后，他恋爱了。

大学一年级第一个学期漫长的国庆假期也结束了，龙国祯迎来了他们军训之后真正上课学习的大学生活。不过，国庆节七天假，龙国祯哪里都没有去，就在校园里的行政楼、各个教学楼、各个学院办公楼、图书馆、食堂等地四处转悠，以便熟悉校园环境。

国庆后的第一个星期一，学校规定正式上课。下午是班委会组织的自由活动，班主任组织。这个活动的一个重要内容是自我介绍。龙国祯非常幸运，一入学就被选为班长。他是第一个上讲台发言的。站在讲台上，他生动而充满激情地讲述了自己的经历，赢得了阵阵掌声。但是在教室最后一排的角落，他发现了她，一个人静静地坐在后排，一言不发。这是同班同学张晓娟，人称娟娟。

张晓娟一米六八，身材窈窕，婀娜多姿，天生一张美人脸，白里透红，粉黛含情，像盛开的芙蓉。一束长长的秀发，像随风而下的瀑布，充满诗情画意。眼神碧波荡漾，似妖非妖。圆鼓鼓的胸部，像一座无穷的矿山，给人无穷无尽的遐想。坐着静如止水，像一尊慈悲万度的观音菩萨。尽管外国语学院美女如云，而像她这样的，在龙国祯眼中是空前绝后的。

张晓娟的美撩起了龙国祯的原始欲望，他静静地观察了她一周的时间。这一周，他没敢和她说一句话，每次看见她进教室的时候，他冲她微微一笑。上课她回答问题的时候，他借机含情脉脉地看着她，欣赏着那张让他魂牵梦萦的脸。

好几次上公共课，他想选择和她坐在一起，但是，她总是特地和她的好同学坐在一起。比如，有一次上马克思主义基本原理课，是外国语学院的大一公共课，所有的新生都要上的，是在阶梯教室。教室很大，可以容纳四五百号人，座位是随便选的。龙国祯心里很想和娟娟坐在一起，他帮她占了一个座位，等她进来的时候，向她挥手，示意她坐过来。但是她好像故意没有看见，一弯身居然坐在了最前排。这让他整个上午都不自在。

但是，她越是这样，龙国祯就越觉得神秘，越觉得神秘，他就越觉得她的可爱。他几乎一整天大脑中总是浮现她的影子。在他的心中，她的一切都是美丽的，一个简单的手势，一个眼神，甚至连走路的姿势，都是那样充满魅力。这是多年来，从来没有的感觉。龙国祯自己无法控制自己，感觉心中燃烧着一团火，仿佛要将自己烧成灰。他自己也不清楚，这是怎么回事。以前，他郁闷、烦恼甚至痛苦的时候，可以通过看书来缓解这种状况，但是现在，他无法集中精力看书。听英语的时候脑子里是娟娟的影子，一句话也听不懂。

“我这是怎么了？”他暗暗地问自己，“我这是要被青春闪腰了？”

随着时间的推进，他居然越来越害怕见到她，但是不见的时候，他心里十分难受，好像丢了魂魄似的。好几次，在教室的门口，遇见她，他向她微笑，想和她说句话，但是不知道为什么，他刚想开口，感觉喉咙好像有个什么东西塞住一样，一句话也说不出来，眼睁睁地看着她从自己身边擦肩而过。他闻到了从她身上散发出来的香味，大脑一阵眩晕，浑身一阵瘫软。

他晚上开始失眠，脸色变得憔悴，精神也变得恍惚起来。

“我可能要死了。”一天晚上，龙国祯靠在床头，双手枕着头，他对室友们说。

“兄弟，这玩笑开不得。”大家一阵惊讶。

“真的。如果我死了，你们要好好活着。”龙国祯精神恍惚地说。

“出什么事了？”孔庆东惊讶地问。

“哎……”龙国祯长长叹了口气。

“兄弟，你别这样。有什么难处直接讲，我们帮你。”王子涵关心地问。

“我爱上了一个女人。”龙国祯无奈地说。

“啊！你不是说，让你走不动的女人还在娘家养着吗？”董恩泽说。

“爱女人是男人的天性。这很正常的，不用大惊小怪。不爱才不正常。爱上了就追，谁怕谁啊！”朱继贵说。

“你爱的女人知道你爱她吗？”程显颐问。

“我见到她，就说不出话，她怎么会知道啊？”龙国祯说，“你们说说，我该怎么办啊。”龙国祯求助。

“直接表白。不就一女人吗？你不说，人家肯定不知道的。”王子涵说。

“对对，谈恋爱，首先得谈，然后才能爱。不谈，何来爱啊？”孔庆华说。

“可是，我现在怕和她说话。其实，从开学到现在，我一句话也没和她说过。”龙国祯沮丧地说。

“噢，原来你是单相思啊。”孔庆华说。

“我们建议你去大胆地说。不说肯定搞不成的。”王子涵说。

龙国祯看着室友，心里很不是滋味，特别地难受。出现这种状况是他自己都没有想到的。他也想好好看书，好好学习。想想自己的大学学费的事，想想家里的条件，想想农村的困难，自己没有理由不认真读书。可是，现在他居然出现这种情感危机，这是他从未想到的，他很难过。但这样的问题必须得马上解决，否则的话，会废掉自己的大学生活。弄不好，自己还会疯掉的。他意识到了问题的严重性。

一天下午，上完大学英语阅读与实践课后，他几乎是冒着杀头的勇气，叫住了正要离开教室的张晓娟："张晓娟，你等下，我有重要的事找你。"

她回头看了看他，莞尔一笑："班长大人，有何吩咐?"

他领着她来到校园里一个偏僻的石桌旁边坐下了。他看着她说："我觉得我快要死了。"

"啊！你，别吓我!"张晓娟刚坐下，一听这话，马上弹起来。

"真的。"龙国祯盯着她。

"你得病了?"张晓娟关心地问，慢慢坐下来。

"是的。可能，那个，我没救了。"

"不会吧。是……是……什么病，这么严重。"

"哎，我也不想这样啊。"

"你才刚刚上大学，你的人生才刚刚开始啊。"

"是啊，我的人生刚刚开始，我就要死了。"

"那你父母知道吗?"

"不知道，我也不想告诉他们。"

"啊，这，这，这怎么行。是啥病，要多少钱?"

"你愿意帮我?"

"我可以让全班同学帮你?"

"这么说，你愿意帮我?"

"嗯。"

"真的。"

"是的。告诉我是啥病。"

"相思病。"

"啊……"

"是的。"

"吓我一跳。我还以为你得的是绝症。"张晓娟长长地舒了口气，"是谁害你得相思病，我去告诉她。"张晓娟微笑着说。

“是你。我喜欢你很久了，从开学第一天见到你，到现在，我一直都是这样，整天想着你。我不敢和你说话，我和你说话就紧张，今天是鼓足了勇气告诉你。我想要你做我的女朋友，可以吗？尽管现在我不懂恋爱，但是我会像照顾自己一样照顾你。我希望我们天长地久，执子之手，与子偕老。Only you and you can thrill my heart with love like you do!（仅仅只有你才能让我爱你爱得如此心跳）”龙国祯虔诚地说。

“Oh! My God（啊，天哪）！这，怎么会这样……”张晓娟默默地低着头，脸一阵红一阵白。

等了良久，张晓娟忽然抬起头说：“天快黑了，我走了。”说话间，还没等龙国祯说“我送你”，她便起身风一样地跑了，留下呆傻的龙国祯凝固在时间里。

龙国祯把这话说出来之后，他感觉轻松多了，压在心中的石头终于放下了。原来恋爱可以这样轻松，这样简单。

晚上，他兴高采烈地向室友们庄严地宣布：“张晓娟是我女友。”大家一阵狂欢，然后异口同声地对他说：“请客！”

第二天，全班同学都知道了，随后，龙国祯恋爱的消息像瘟疫一样传开，不久全外国语学院的同学都知道了。

龙国祯沾沾自喜，踌躇满志，春风得意。

两天后的一个下午，张晓娟主动对他说：“龙国祯，我找你。老地方见。”

她说的那个老地方，就是前天下午他们见面的地方。

还是那张石桌旁边。

“龙国祯，我什么时候答应做你女朋友了？”张晓娟坐下来，气愤地说。

“啊，那天咱们不是……”龙国祯怯怯地说。

“那天是你说我做你女朋友，可是我答应了吗？嗄？你怎么弄得满城风雨？唯恐天下不乱。我告诉你，我不会做你女朋友，至少是现在。”张晓娟狠狠地说。

“可是，这是为什么？我不好吗？”龙国祯底气全无。

“我对你没感觉。”

“感觉可以慢慢培养嘛！”他狡黠地说。

“龙国祯，你不看看你自己。要不是看在同班同学的份上，我真的从今往后都不想理睬你。你看看你，我怎么说你好呢。总之，我告诉你，我不是你女朋友。请你以后不要这样四处张扬，我希望你不要污蔑我的清白，好吗？癞蛤蟆想吃天鹅肉。你就不撒泡尿照照你自己！”张晓娟说完转身气冲冲地走了。龙国祯再次凝固在时间里。

龙国祯的初恋还没有开始就结束了。严格意义上来说，他这不算是初恋，应该算是暗恋的夭折。

后来从女生口中传出话来，他才知道，张晓娟根本就不喜欢他，理由是他土气，他家穷。她不喜欢龙国祯这样的男生，身上穿着西装，脚上穿着回力牌跑鞋。他的家境在全班同学中是最差的一个，开学报名他从裤腰里取钱，那是全院系出了名的。她也不想找个又土气，家境又不好的男友。她想，凭啥她要和男朋友一起艰苦创业，奋斗半生，才可能迎来晚年的家境殷实。她想找一个家境富有的男友，“高富帅”“官二代”“富二代”都是她的所爱。“宁愿坐在宝马车里哭，不愿意坐在单车上面笑。”这是她的座右铭。坐在宝马车里哭，有什么不好？她这样想，总比坐在墙角边哭好。这年月笑贫不笑娼，有钱就有一切。有一次众女生聚会，有人祝张晓娟越来越漂亮。她说：“你千万别祝本小姐漂亮，只要祝我将来嫁个有钱的老公就阿弥陀佛了。”

这突如其来的打击，如五雷轰顶，几乎要击垮龙国祯所有的精神力量，他号啕大哭。当年晚上，孔庆华做东，为龙国祯压惊，他们宿舍六人就在一家“再回头”餐馆里，海吃了一顿大餐，一醉方休。

在接下来几天的时间里，龙国祯像走了魂一样精神萎靡，每天浑浑噩噩，不知道想干什么。他觉得，他的大学生活就要这样颓废了。

十月最后一个星期二，即十月二十七日，用数字来表示就是1027，意蕴为“要你爱妻”。这天下午两点半，是龙国祯这个学期开始的第一次大学英语听力课。

这天下午，天空一片纯蓝，像是抹上了一层蓝蓝的油漆，显得那么纯洁。太阳像往常一样从紫霞山上直接照射下来，还像往常一样火辣辣的。潇湘师范大学校园里人流涌动，都是赶着去上课的。有跑步的，有快步走的，有骑自行车的，有结伴而走的，有单独匆匆忙忙走的，也有像龙国祯这样慢悠悠、无精打采走的。

“快点了，班长，等下迟到了。今天第一次听力课，不要迟到。”孔庆华在前面督促他快走。

“你先走，我随后就到。”龙国祯有气无力的样子。

“你不能因为一个张晓娟就颓废成这样啊？”孔庆华说。

“才不是她嘞。以后不要提她了。我已经忘记她了。”龙国祯故意这样说。他感觉这次夭折的“恋爱”中，不是张晓娟伤了他的心，而是自己被一个叫“爱情”的东西伤了心，是自己动了“爱心”，是自己的这个“爱心”伤了他自己。尽管书上的爱情专家说，发现一段不适合的爱情，也是一件令人高兴的事，即失恋也是值得庆贺的事，因为失恋能够发现一个不爱的人。这也是一件极好的事。龙国祯尽管也是懂得这个道理，但是，自己的心就是解不开这个失恋的“爱的情结”。

他无精打采地上了外国语学院教学大楼的二二〇语音教室。他是最后一个进去的，当他走进教室的时候，主播讲台上坐着一位美丽的女老师李晓琪。她身材曲线蜿蜒玲珑，脸上的肌肤细腻如玉，扎着马尾辫，穿着白色薄丝衬衫，黑色的西裤和高跟鞋。龙国祯是从李晓琪的右手边的教室东门进去的，而窗户却在李晓琪的西边。宽大明亮的玻璃，被阳光穿透，经过玻璃过滤后的阳光十分柔和，像爱人的手轻轻地抚摸着情人熟悉的脸蛋。龙国祯本来是无精打采地看了李晓琪一眼，却忽然发现如此美丽的老师来上课，精神就忽然抖擞起来。他莫名其妙地冲李晓琪微微笑了一下，李晓琪也冲着龙国祯微微笑了一下，她那一张美丽的笑脸，尽管有些憔悴，但是依然美丽动人，阳光灿烂，令龙国祯心旷神怡。大概是因为李晓琪穿着白色的薄丝衬衫的原因，也许是因为阳光太过明亮的原因，龙国祯和李晓琪与教室的窗户形成一条美丽的直线，龙国祯从这个直线的角度一眼就能看到李晓琪坐在凳子上的上半身的美丽的曲线。透过阳光，龙国祯还能隐隐约约看见李晓琪穿着红色的文胸，那个文胸还包裹一对巨大的硕果，显得那么饱满，那么迷人，这深深地吸引了他。龙国祯惊呆了，一下子像触电一样，浑身震动了一下，这才发现李晓琪正冲着他微笑。他的脸立刻红了起来，感觉很不好意思，冲李晓琪微微又笑了一下，赶紧跑到语音室最后一排，坐下来，心里“怦怦”跳得厉害。在坐下来之前，他又看了一下李晓琪，发现李晓琪还坐在讲台上主播台上的凳子上看着他。他又冲老师第三次微微笑了一下，然后赶紧坐下来。坐下来之后，他狠狠地在自己的右脸腮上掐了一下，自己批评自己：“我这是在上课，还是在看老师。你个龙公子，该掐。”

听力课老师李晓琪坐在那里看见龙国祯走进来，冲他微微一笑。她看见这个同学身材高大、标致、帅气，心里震了一下，有一种触电般的感觉，但是这样的感觉瞬间消失了。她感觉心里这会儿很舒服，就又冲他微微一笑。凭直觉，她感觉他有一米八高，是班上同学最高的男孩，甚至可以说，是外国语学院最高的男孩之一，犹如她是外国学院最高的女孩之一。如果他们走在一起，一个一米八,一个一米七二，那绝对是潇湘师范大学，甚至是江州市最美丽的风景线之一。想到这里，她的脸一下子就红了，心想：“我怎么拿男生的身高和我来比嘞！真是羞人!”但是，看到他那一张幼稚而又帅气的脸上写满了忧愁，像失恋了，她又有些好奇，但也有些心疼。不过，尽管如此，他这失恋的神态却掩盖不了他的朝气，所以，听力课老师看到他，第三次冲他微微一笑。

这两个人在语音教室第一次邂逅，在短短的几分钟时间里，两个人相互彼此微微笑了三次这也算是美丽的相遇。只是，两个微笑的灵魂，当时还没有解读出这微笑的姻缘。根据爱情专家的说法，每个人今生，每天都有一个有缘的人和对方相遇，或者擦肩而过。但是，为什么这些有缘的相遇，最后都匆匆而过了呢？这大概可以说明，相遇其实是一件很容易的事，但相识相处就是一件很难的事，如果彼此没有很高的德性和德行，那长久的相处就很难很难了。正是因为相处是一件很难的事，那么又何必相识呢？所以，当有缘的人和你擦肩而过，相视的人也就会视而不见，听而不闻了。佛说："五百年的修行，才换得今生的擦肩而过。"那么，龙国祯和李晓琪在短暂的几分钟见面的时间里，彼此相互微笑三次，那是多少年的修行得来的结果呢？这算他们的一见钟情吗？不是，因为这是上课，但是好像也是，因为他们彼此又相互微笑了三次。这谁也说不清楚，因为有的人相信一见钟情，有的人不相信一见钟情。而事实上，爱情本来就是人类永恒的谜。古今中外的哲学家、文学家、艺术家等都想把爱情说清楚，但是事实上，谁也说不清爱情究竟是什么。当然，你要问龙国祯和李晓琪，估计他们也说不清楚。但是，他们却在刚刚邂逅的时候，彼此微笑了三次，这又说明了，人与人之间的邂逅也是一种上天赐予的缘分。

三点到了，上课铃声准时响起来了。

"Good afternoon everyone! Class begins（下午好，我们开始上课）!"李晓琪和学生同时拿起耳机，她启动讲台上的语音机，开始全英语上课。

在正式上课的时候，她用了一分钟介绍了一下自己。她说她叫李晓琪，是潇湘师范大学外国语学院在读英语专业博士一年级学生。她十六岁就考入首都一所著名的北方师范大学读英语本科专业，二十岁大学毕业后，考入潇湘师范大学外国语学院，跟随著名翻译家王道德教授攻读英语翻译文学硕士学位。

她二十三岁还差几个月的年龄，就以优秀成绩考入潇湘师范大学外国语学院攻读英语翻译文学博士，继续跟随王道德教授学习。她从读硕士二年级开始，由王道德教授推荐担任本院英语专业本科生大学英语听力课老师，至今上了快两年了。但是最近几天，她心情非常糟糕，因为和相恋快两年的男朋友分手了。尽管两个人真正相处不到一年就各自毕业了，但是因为她非常重视感情，所以这样短暂的初恋后的分手也仍给她造成了极大的伤害。

她是硕士研究生三年级第一学期才认识本校文学院古代文学硕士专业男朋友的，男朋友硕士毕业后回北方老家一所本科院校文学院担任老师。本来她想等读完博士，两个人就完婚的，结果男朋友一毕业，到新单位报到完，就和她提出分手，理由是“他不想再等了”。这等于毕业即分手。本来考博士的时候，男朋友就是反对的，但是李晓琪很想读博士，这点两个人其实早就产生了分歧。男朋友告诉她，他不要娶一个博士老婆，以后结婚了时时处处压制自己，让自己有强烈的自卑感。在校的时候不好意思这样说，现在毕业了才可以说出自己真实的想法。甚至，男友还说：“女的大专生，是小龙女，人见人爱；女的本科生，是赵敏，聪明伶俐；女的硕士，是李莫愁，自己不爱人，也不准别人爱人；女的博士，是灭绝师太，自己不爱，还毁灭别人的爱情。”李晓琪尽力想挽留这份感情，但是缘分已尽，男朋友心意已决，坚决不回头。

当然，分手还有一个原因就是：李晓琪是一个非常矜持的女孩。他和男朋友恋爱，言谈举止，仅仅限于拉手、拥抱，最出格的就是亲吻、相互抚摸，点到为止。她是坚决反对未婚同居的。她认为：“只有在结婚的床上，性才是合理的。”在没有结婚的时候，男女之间是绝对不可以有性行为的，更不要说同居了。这是她的爱情道德底线和伦理底线，谁不答应，就和谁分手。至于坊间说的，什么“试婚”“同居”“未婚先孕”“私生子”等，她是坚决反对的。最坏的结局，大不了就是单身到底，永不脱单。这样的恋爱观，当然，男朋友接受不了，说她是冰山上的来客，不食人间烟火。

这次男朋友坚决要分手，并且告诉李晓琪，说自己已经找到了喜欢的女孩了。李晓琪开始还不相信，但国庆节之后，李晓琪居然收到了男朋友寄来的和新女友在一起的合影照片。看见两个人亲密的样子，这让李晓琪不仅相信，而且她气炸了，哭了足足三天三夜。自然，她也对男朋友彻底伤心、痛心、死心了。但是，失恋的痛苦是不可能一下子从心里清除的。

李晓琪生日是五月二十日，读博士是九月份，因此从年龄上来说，也算是二十三岁。龙国祯农历二月二日生日，如今已经满了十八岁，但未到十九岁，这样算起来，她比龙国祯大五岁左右的样子。李晓琪身高一米七二，身材匀称，不胖不瘦，凹凸有致，美如天仙。但最近因为分手，脸色显得十分憔悴。李晓琪强装欢笑自我介绍完之后，开始上课。她让大家先听一段原版英语录音，然后点名问问题。

龙国祯坐在语音教室里，迷迷糊糊地听着，也不知道耳机里说什么，只听到如此美丽柔和的声音，这柔和的声音感觉要把他的骨头融化了。“世界上怎么有如此美丽的声音啊！”龙国祯心里想，然后梦游一样地开小差了，大脑里想着和李晓琪漫步桃花源的意象。这是真的在白日做梦。

“Monitor，Please answer my question（班长，请回答问题）!”耳机里传来李晓琪柔和圆润的、富有磁性的声音。

班长，龙国祯，此刻的他还处于“梦游”的迷糊之中，根本没有反应过来。

“Monitor，Please answer my question!”李晓琪又说了一遍。

但是，他还是没有反应，其他的同学向他使眼色，龙国祯坐在后排，眯着眼睛，睡眼蒙眬的，像喝醉了的“酒鬼”，沉溺于自己编织的所谓的“梦游”幻觉的世界里。

李晓琪脸色大变，粉脸含怒，忍着一肚子气。

“Monitor，Please answer my question!”李晓琪第三次这样说，声音

变得严厉，明显生气了。

但是，龙国祯同样还是没有反应。

下课休息的时候，李晓琪向一排的女生问到了班长龙国祯的名字，就气冲冲地来到龙国祯身边靠左边的空座位上坐下来。“你刚才干什么去了？”李晓琪忽然用中文问，非常严肃，而且带着怒气。

龙国祯戴着耳机，眯着眼，梦游一样，根本没有看到李晓琪到身边来了。因为是戴着耳机，龙国祯还是没听见。

李晓琪以为龙国祯是在藐视自己，更加愤怒了，立即取下龙国祯的耳机，厉声喊道：“龙国祯！”

“啊！在。”龙国祯这才反应过来，本能地弹起来，看见李晓琪正坐在自己的身边。她坐在那里，怒气冲冲地看着他，气得呼吸都急促了。她身上散发出来的香气，让龙国祯有点迷醉，但看见她这样愤怒的架势，龙国祯也吓得七魂丢了三魂，头脑清醒了大半。

“你给我坐下来，听到没有？”李晓琪呵斥道，龙国祯赶紧坐下来，她继续说，“你在干什么？梦游吗？”

“噢，我，对不起！对不起老师！”

“你上课想什么来着？”

“啊，不知道。”

“是不是女老师好欺负？”

“不是。”

“是不是女人好欺负？”

“不是。”

“告诉我，是什么让你可以这样不听课？”

“啊，不知道，不敢说。”

“我要你说，大丈夫敢作敢为。”

龙国祯当然不敢说自己失恋了，这要说出去，那不丢死人啊。但是，他当时看见李晓琪如此漂亮、端庄和大方，就是生气，也是那么美丽可爱，觉得如此美丽的老师来上课，自己不听课，是不应该的。他感到自己确实太造次了，非常内疚。

“李老师，你太漂亮，我被你迷住了，就像‘走魂’一样地梦游了，而且你声音那么好听，非常柔和，富有磁性，我听得心和骨头都酥软融化了。”龙国祯低着头，小心翼翼地说。但是，他这样的表达是真实的，这是一个小男生的自然的情感表达，尽管不合适，但却是真实的。

李晓琪一听，更加生气了，哪有上课的男生看见美女老师就这样开小差的。“你！太不认真了！气死我了！”李晓琪说着，蒜一样白嫩的手指狠狠地戳了一下龙国祯的额头，然后右手狠狠地掐着龙国祯左手上臂。刹那间，一块鸡蛋大的鲜红的血块凝结起来了。

龙国祯今天穿着短袖的衬衫，这血印很容易看出来的，血迹印在手臂的毛孔里，出现明显的红血印。但是，血不会流出来，而是堵在毛孔里，整个毛孔涨得非常饱满，而且明显是红肿了。因为她用力过猛，皮肤是被掐得起皱了，像得了荨麻疹一样血红，血印看起来像翻开的书本，仔细一看又像是显出了一个红红的“爱心”字。再认真一看，感觉那块红血印又犹如婚礼上的“囍”字。

正是这样“狠心”的一掐，让龙国祯记住了一辈子。在后来的生活中，他时常想起这狠狠的一掐。这也是他人生第一次，以这样疼痛的方式和女生第一次这样“亲密”接触。这次给龙国祯留下了或者说是后遗症，或者说是内心深处的伤痕，或者也可以说是永远不会忘记的人生第一次男性和女性的“亲密”行为。当然，这是以后龙国祯体验出来的，或者解读出来的。但是在当时的情况，他感觉到的是从骨髓里传来的疼痛。

但是，对于李晓琪来说，这样的一掐，其实不是老师对学生的“虐待”，而是恨铁不成钢的教训。当然李晓琪还不能算是老师，她自己其实这个时候还是一名刚入学的博士一年级学生，自己也才二十三岁。当然，那一刻，她也把龙国祯当作甩了自己的男友来对待，龙国祯那一刻不过是她前男友的替身。所以，在那一刻潜意识里，李晓琪根本就没有考虑这是一个本科小男生，而是把他当成了自己的男朋友。这是一种情感复杂的“角色代入”导致的复杂行为。

李晓琪因为和男朋友分手了，本来心情就不好，而且是第一天来上龙国祯班的课，就遇见这种不听话的男生，还尽说些“混账话”，对她来说这简直是无法容忍的。她男朋友是学古代文学专业的，现在被男友甩了，她恨死男朋友了，反而迁怒到学英语专业的所有男生。她甚至认为，学英语专业的男生都是“坏人”，是“花心鬼”，是“骗子”。这种迁怒，加重了她对撞在她爱情伤口上的龙国祯的恼怒。

龙国祯痛得大汗淋漓，眼泪忍不住夺眶而出。全班的同学，只好眼睁睁地看着他被掐，吓得不敢出声。语音室里开始死一般的寂静。再次上课，没有谁敢开“小差”了。

大学英语听力课结束后，李晓琪卷起书本，向龙国祯的位置上，看了一眼，脸红了下，气冲冲地，头也不回地走了。李晓琪走后，几个好心的同学，赶紧围过来，关心地问龙国祯：“班长，怎么样，还疼吗？要不要去校医院？”

“噢，谢谢！没事！”龙国祯边说，边擦眼泪。

“这‘灭绝师太’也太狠了吧！”孔庆东走过来，“走吧！我去给你弄点云南白药，帮你擦擦！”

当天晚上，李晓琪回到宿舍，心情依然不好。她因为导师是王道德教授，又从硕士开始担任大学英语听力课老师，又想要有自己独立的空间看书，因此，通过她的导师王道德教授的帮助，申请到了本校女教职工单身宿舍。宿舍里带有卫生间，居住条件不错。李晓琪是住在单身女教职工宿舍二〇二房间。一般情况下，女教职工宿舍男生是不允许进去的，以免有不必要的麻烦。宿舍阿姨是严格遵守这个规定的。

李晓琪躺在床上，想到自己被男朋友甩了，心里就十分痛苦。这个男人硕士一毕业就忽然跑了，让她一点思想准备也没有。这种悲痛的感觉，是她以前从来没有经历过的。可是，那个叫龙国祯的男生，居然这样不听她的课，第一次课提问就不理睬她，让她难堪。这与落井下石，在她伤口上撒盐有什么区别。想着想着，竟然号啕大哭起来。

但是，她又想到今天是自己读博士以来国庆节后第一天上课，对学生有点过分了，心里很内疚。严格说来，这就属于体罚，一旦被学生举报，这属于严重的教学事故。更何况，面对的是龙国祯这样的大学本科新生。她把自己的失恋和学生上课开小差绑架在一起，对学生是不公平的。“哎，我真傻。我怎么可以这样对学生。”她心里自责了。

想到这里，她睡意全无。

第二天，她在教学楼门口，特意等着龙国祯。一会儿，龙国祯一个人揣着几本书，无精打采地从教学楼走出来。

“龙国祯同学！”她笑起来面如桃花。

“啊！李老师？！”龙国祯大吃一惊，情不自禁地后退了一步。

“龙国祯同学，昨天的事，真的对不起。”李晓琪看见他后退几步，觉得自己让学生感到害怕，这让她感觉更加愧疚了。

“没关系，是我没用心听课，下次一定改正。”

她把他拉到教学楼的旁边，手臂上掐的印记已经不明显了，红色的血块已经褪去了，变成乌黑了，但还有点肿。她赶紧从包里拿出红花油，涂抹在上面，心疼地问：“还疼吗？”

“不疼了，没关系的，谢谢李老师！”他看见李晓琪这样关心自己，大为感动。今天看李晓琪，感觉和昨天上课不一样了，感觉今天的李晓琪比那天更加迷人、随和。

“李老师，您昨天掐我真的吓到我了，不过，今天更加迷人，我喜欢您今天的样子。”龙国祯憨厚地笑起来，说，“这是我的右手臂，还要来‘掐’一下吗？”说着撸起右手的衣袖。

“好了，昨天是我太冲动了，是我不好，我不该‘掐’你，请你原谅！”李晓琪非常诚恳地说。

“我才不原谅您嘞，我得记一辈子。”龙国祯开了个玩笑，又说，“好了，李老师，这不是一个事，放心吧，我会努力学习的。”

“不要贫嘴了。中午，我请你到‘家的味道’饭店吃饭，算是向你赔罪。”李晓琪说。

“不用啦，真的。”龙国祯有点不好意思。

“不啰唆哈！走吧！”李晓琪说着，推着他就往学校附近的名为“家的味道”饭店走去，坐在“家和”卡座上。李晓琪点了龙国祯爱吃的猪肚炖鸡汤、三鲜鱼头、红烧猪脚、糖醋排骨等。他暗暗地看了一下价格，要一百多元，唬住他了，没想到江州城的消费这么高，一顿饭相当于他一周的生活费。

“李老师，这里太贵了，我们换个地方吧！”

“不贵的，放心吃吧。”她笑着说，心里美滋滋的，没想到这孩子还真会替他人着想。

吃饭的时候，她告诉他：“我昨天打你掐你，是我没控制好自己。我这段时间心情糟透了。所以，我没控制好自己。我向你道歉！真的对不起！”说着从包里拿出一千元，递给他：“这是我赔你的医药费，请你收下！”

“老师，您这也太见外了。我不要，您收起来吧！”龙国祯把钱推回去。

“这是你应该要的，别客气！”

李晓琪再三坚持，龙国祯无论如何也不要。

最后，没办法，龙国祯只好说：“老师，如果您执意要这样，那您是要赶我离开学校，那我只好退学了。”

听他这样说，李晓琪才把钱收回去，微笑着说：“谢谢你！以后你有什么事不懂的，尽管来问我，我乐意帮助你！”

“李老师，您不用老把这事记在心上。说心里话，您这样掐我，是很轻的。我父亲打我，那才是动真格的，往死里打的。记得我十岁那年，有一天晚上，我嚷嚷着要跟村里的大叔去十里外的邻村看电影，父亲担心我的安全，不让去。我从后门偷偷溜出去，走到半路被父亲截住了，拉回来，一顿暴打。拇指粗的棍子打断三根。我被打得差点晕死过去，后来发现手臂、大腿、屁股上处处是伤痕，伤口肿得像包子，痛了我一个月。”龙国祯停了停，“……那才叫欠揍啊！哈哈！我啊，就是被父亲打大的。”

“谁叫你顽皮的呀！”李晓琪甜甜地笑着说，用手指轻轻戳了戳他的额头。

“所以，老师，您昨天那嫩嫩轻轻的一掐，根本就不疼的。”他这样安慰老师，又说，“怕疼，就不是男子汉了。人家关羽刮骨疗伤，还跟人下棋，那才是真英雄。”

李晓琪知道他这是在安慰自己，听着听着眼睛就湿润了。

龙国祯看老师这样，本来是侃侃而谈的，突然，他的心凉了一大截，也不知道说什么好，关切地问：“李老师，您也有心情不好的时候？”

她莞尔一笑：“我又不是圣人，怎么会天天开心。”

“是什么原因不开心？”

“失恋了，这个月和男友分手，心情坏透了。所以，那天情绪失控了。”

“噢，失恋的确痛苦。我昨天上课的状态也是失恋的状态。”

他把他和张晓娟的事说了一遍，听罢，李晓琪“咯咯”地笑起来：“你这也叫失恋啊，你这是一时的冲动，根本不是爱情，一定要说是，不过是你一厢情愿罢了，本质上就是单相思。你们的爱情根本就没有开始。”

“那啥才叫恋爱啊？”龙国祯认真地问。

“你今年多大啦？”

“过几个月，过了农历二月二日就十九岁啦。”

“你生日是农历二月二日？”

“是的。二月二，龙抬头，就是我的生日。”

“真好。好年轻啊！”

李晓琪眼睛一亮，说：“看看，还这么小，就想恋爱了。啥是爱情，以后告诉你吧。”

“好！”

“你这种感觉是一个人成长过程中产生的很自然的感觉，没关系的，过几天就好了。以后要好好读书，现在读个大学不容易。往后，有什么不懂的，等我从美国回来后随时问我。”李晓琪关切地说。

“李老师，您要出国？”

“嗯，学校和美国那边有交换学生的项目，我去那边学一年的样子就回来，手续正在办理，上完这个学期的大学英语听力课，就准备办理出国手续，估计也是明年四月份的样子，就可以到美国。”

“噢。那您去美国，一个人得照顾好自己，我们会想您的。”

“谢谢！那你要努力学习，不然我回来，再测试你，如果水平没有提高可能又一生气，又‘掐’你的，我很凶的噢。”说着，她自己也笑起来了，笑靥如花，龙国祯看得阳光灿烂，但是内心还是有点怕这个李晓琪。

真是不打不相识，就这样，龙国祯和李晓琪之间，建立了很好的“亚师生”情谊，不过，这种“亚师生”情谊，在她和龙国祯以后的交往中，慢慢地发生着莫名其妙的变化。但是，作为老师，龙国祯很害怕她，因为她上课掐了他，这注定了他没有办法忘记这样的情深之处的一“掐”。

第七章 赔了夫人又折兵

钱是摆在每个农村大学生面前的首要难题。龙国祯开学带来的一万多元，除了交给校方的三千八百元，剩下的钱，是他大学一年级一学年的生活费。每个学期必须得控制在二千五百元左右。这样算来，他一个月的生活费大概在五百元。可是在江州城这个地方，一个月五百元的生活费，只能维持最起码的生活，根本没有多余的经费来购书、购物、请朋友吃饭，这让龙国祯感到十分窘迫和难堪。但是，自己家里的条件如何，他自己是最清楚的。

经过很长一段时间的反思，他才走出对张晓娟单相思的阴影，慢慢地褪去了对张晓娟的无穷无尽的眷恋和痴迷，逐渐恢复了往日的龙虎精神。只是偶尔遇见张晓娟的时候，他有点不好意思。上课的时候，他尽量避免和她同桌。基本上是，她坐在前排，他就一定坐在后排，反之亦然。张晓娟也很知趣，尽管他是班长，但是，也尽量回避和龙国祯正面相见。

其实，龙国祯在她眼中根本就没有存在过，更不会影响张晓娟快乐的大学生活。她只是表面维持和龙国祯的同学关系，事实上两人形同陌路。她喜欢有钱的感觉，讨厌贫穷。她选择英语专业，目的很简单，就想出国，最好能有一天移民到美国去。她认为，西方，尤其是美国，就是她向往的乐土。

每次她看见龙国祯穿着那身土里土气的衣服，听到那充满石溪口音的普通话，就会油然而生一种反感的情绪。“怎么会有这样没品位的男生？

这样的男生居然还打本公主的主意，真的是癞蛤蟆想吃天鹅肉。”每次见到龙国祯她就产生这样的感觉，打心眼里就讨厌他。

上次英语听力课，龙国祯被李晓琪狠狠地掐了，张晓娟也看见了，心里油然地生出快感。“掐得好，免得这样的男生在学校惹是生非。”她心里这样想。晚上回到宿舍，开心得不得了，还特意吃了几串羊肉串以示庆祝，并更加坚信自己的眼光，对拜金主义价值观深信不疑。

“今天，总算把那小子，整治了一下。”张晓娟幸灾乐祸地说。

“娟娟，你好像蛮高兴。”同学说。

“我为什么不高兴？谁让他不听课的。”

“难道你看不出，班长是因为喜欢你才变成这样的。他入学的时候可不是这样的。”

“这个我就不知道了啦。”她心里美滋滋的。

“反正，我不喜欢他这样的人喜欢我，我喜欢我喜欢的。”

“都是同学嘛，喜欢一个人，也没有错的啦。别这样说人家啦。”同学劝说。

但是，见她那不屑一顾的样子，一副高高在上的姿态，她们也不好说什么了。

可是，毕竟是同班的学生，低头不见抬头见，上课的老师总有不知道两人曾经有过的尴尬。有时候上英语课，需要两人对话，老师偶尔也会叫他们俩搭档，回答问题，或者表演一段英语对话。这样总是弄得张晓娟极为不高兴，发挥得也不是很好。这更加重了她对他的反感，这却是龙国祯没有想到的。

寒冷的冬天慢慢走来的时候，龙国祯的钱也慢慢地变少了。他开始为钱发愁，尽管还没有到山穷水尽的地步，但是，人无远虑，必有近忧。真等无钱那天到来的话，那就是生死存亡的大事了。他的危机感，一天天在加深。

“我必须得赚点钱。不然下个学期，大二的学费也是个麻烦事。”一天下午，他坐在图书馆前面的草坪上自言自语地说。

正巧李建东从图书馆出来，看见他一个人坐在那里，就过来招呼一声：“龙国祯，发什么呆？想‘美眉’了？”他顺便坐下来了。

“建东兄，你好啊。好久没见了，还这么刻苦啊。”龙国祯喜出望外。

“怎么啦？”

“嗐，快要囊中羞涩了。”

“怎么，缺钱用了？”

“是的。”

“我正想办法，如何才能赚钱，不然这个大学就很难熬呀。我家老头子是不喜欢我来读书的。”

“在江州市要赚钱的门道，可多啦！关键是看你有没有胆量。”李建东拍拍他的肩膀。

“真的？说来听听。”

李建东看了看周围，见没人，附在他耳边低声说：“做英语四六级‘枪手’，干不干？”

龙国祯大吃一惊。

“帮人家考一次四级，通过了就是这个数。”李建东伸出右手的拇指和食指，形成一个“八”字，“六级是两千。”

“八百？两千？”龙国祯尖叫起来。

“死鬼，别喊那大声。”李建东压低声音说，“答应后，先付一半的钱，另外一半，进考场前半小时付清。万一没过，退一半。我认识一个学兄，就是靠这个吃饭的，一年考两次六级，纯收入就是四千，考前还被人家供奉为神明，伺候得像皇帝爷。”

“但是，要是被监考老师逮住了，怎么办？”龙国祯着急地问。

“一般不会，客户也会想办法疏通关系的。”李建东停了停，“不过，万一被发现，学校会勒令退学，风险就在这里。”他又认真地说：“但是，有高回报，就有高风险。凡天下事，莫不如此。”

“这个我有点怕。万一逮住了，那我死定了。我父亲不杀了我才怪。”

“不过，根据我们的经验和观察，被抓的概率是很小的，一般不会被逮住。听大三大四的学姐学兄说，被抓的可能性只有百分之五左右。我知道的，去年我们学校有几个宿舍的学生帮农业大学的学生代考，只有一个被发现。”

“这个，我干不了。有点怕。”龙国祯吓得手心都冒汗。

李建东看看他说：“你就这点出息。还没接活，手心就冒汗了。”看他这样，李建东起身说：“情况我告诉你了，你好好想想，如果想通了，告诉我一声，我帮你联系客户。但是记住，千万不要告诉别人是我说的。”他听见龙国祯应了一声“守口如瓶”后就走了。

这事肯定不敢做。尽管利润很高，但是万一被逮住，一切都完蛋。龙国祯没这个胆量，不敢去试。

不一会儿，社会学专业的王建宏骑着自行车路过。龙国祯看见了，站起来马上叫：“王建宏。”

“怎么是你？”王建宏下了车，走近他。

“你在这里干啥？大汗淋漓的。”龙国祯好奇地问。

“嗐，快别说了，帮蓝河公司做广告。今天没课，忙了一天，刚刚才送完。”

“待遇怎么样？”

“还可以，就是比较累。勤快的话，一天赚一百元不是问题。”

“这么多，快说说。”

“你想试试？”

“也不知道适不适合我。”

“这个很容易，只要把货送到了就可以了。是这样的，蓝河公司是一家女性日用品公司，公司新生产了一款卫生巾，免费送给客户。你只要在公司规定的区域尽可能挨家挨户送完，通过公司验收，就可以拿到钱了。送一包五毛钱，一天送完二百包是一百元。公司会打电话给你送出去的客户，调查你是否送到了客户手中。调查客户说没有接到货的不能超过百分之五，否则只能给你十元一天的劳务费。如果连续三天都是这样，你就会被辞退。”

“送卫生巾？这个，我们是男生耶。”龙国祯脑袋一阵眩晕。

“看你那德行。送卫生巾怎么啦？这丢人吗？你想不想锻炼一下？”王建宏问。

“你干了多久了？收入如何？”

“干了一年多了。感觉还可以，公司还比较信任我。”

“我双休日去，成吗？”

“随时都可以去的。做一天事，第二天就可以领到钱，很简单的。说白了，就是做业余的促销员。”

龙国祯想，如果一天能有一百元，周六周日两天就是二百，这个划算，于是拍拍脑袋，说：“好，我跟你一起干。”

“成。那你这几天准备一辆自行车，我周六带你去公司提货。”

“一言为定。”

龙国祯花了二十元在旧自行车市场买了一辆旧的凤凰牌自行车。尽管是旧的，不过踩起来还比较轻松。

龙国祯初一第一个学期就学会骑自行车了。那个时候，他父亲的一位远房刘姓亲戚骑自行车来村里办事，自行车就停放他家堂屋里。刘姓亲戚想车是放在亲戚家的，如果锁了就显得见外，就没锁。龙国祯好奇，平时没事就坐在自行车后座上推着玩。起初他纯粹是为了好玩，根本没想到要学骑自行车。推了几天，忽然有一天，有几十秒钟，不用脚顶地，车也能走。这让龙国祯兴奋不已，索性就把车推到自己家宽阔的晒谷场上学骑。过了几天他就学会了上车、下车和溜车。后来，只要看见村里有伯伯或叔叔的自行车停在外面没锁，他就赶紧抽时间，把车推到门前的公路上练习一下。就这样，他学会了骑自行车。在相当长的一段时间，他很迷恋骑自行车，整天嚷着让父亲买，甚至做梦也梦着这事。父亲起初装着没听见，后来他说多了，父亲就忍不住了，一顿狠骂："你一天总是想着买车玩，你还想不想读书？如果整天想到玩，就别读书了，回来跟我种田、放牛、砍柴。"其实，买自行车和玩根本就粘不到一块，但是，听父亲这样说，他被唬住了，以后再也不敢在父亲面前提买自行车的事了。每次看见别的同学骑自行车上学，他只有眼睁睁羡慕地看着，心情好的话，还会跟在自行车后面跑一段路，偶尔也会借同学的自行车来过过车瘾。不过，后来他买车的瘾就慢慢退却了。

龙国祯数着日子终于等到了周六的来临。这天清早，龙国祯洗漱完毕，骑着自行车跟着王建宏来到了公司。公司大厅，人头攒动，一位负责介绍公司促销规定的女主管，在主讲台上，口若悬河地讲公司的各种规定和市场营销过程中遇见的各种各样的问题。等她讲完之后，王建宏引荐龙国祯给这位女主管。在相互寒暄之后，这位女主管又再三叮嘱龙国祯记住公司的规定和纪律，不然就达不到营销的效果。之后，他们各自领了各自的产品奔向各自的促销区域。

龙国祯分在雅苑小区。他到了雅苑小区，和小区的保安打了招呼，说是免费来送卫生巾的。他送了几包卫生巾给保安，保安先是一惊，接着赶紧说不要，龙国祯说："这是不要钱的东西，有比没有要好嘛。再说，拿回去，说不定嫂子喜欢。来，别客气。"说着一把塞到保安手中，龙国祯顺便就溜进了小区。

他从 A 栋第一单元一楼开始促销，心里有点紧张，按第一家门铃，没有反应，再按，还是没反应。龙国祯想，现在已经过了八点，可能是主人上班去了。接着按第二家，还是没反应。连续按了好几家还是没反应。他拿出笔记本记下了这几家。

来到二楼，按了半天的门铃，好不容易听到里面说了一句："来了啦，死鬼。”龙国祯一惊，还未反应过来，门开了，探出一个蓬头散发的年轻女子。她刚刚说：“怎么才来……”未说完，一看是个年轻的陌生人，马上黑了脸，问：“你谁啊？”

“噢，不好意思，打扰了，我是来免费送‘蓝河卫生巾’的。”龙国祯脸红红的。一定要说“蓝河卫生巾”这是公司促销的规定，因为是新产品，为了宣传起见，必须这样做。

“卫生巾，你有病啊！不要。”那女的说完，“哐”的一声把防盗门关上了。龙国祯愣愣地站在那儿。这是他没想到的，等他反应过来，门早关得死死的。“你才有病。”龙国祯低声回应了一句，想去隔壁的一家。

本来隔壁的一家门是开着的，听见隔壁有送“蓝河卫生巾”的促销声音，赶紧过来把防盗门关上。龙国祯也不好意思敲门，只好再往别的一家走。

如此忙乎了一天，累得他呼天喊地，才送出五十包。公司规定，一位促销员一天至少得完成二百包的任务。下午快下班的时候，他不得不去公司交货。

王建宏问他：“兄弟，战绩如何？”

龙国祯沮丧地说：“一败涂地，只送去五十包。这东西没人要。”

“不会吧，我去人家抢着要啊。对，可能人家不熟悉你，你自己也没经验。搞促销，时间越长越好办。”

“哎，算了，成不了功。我实在是不好意思开口说‘蓝河卫生巾’五个字。看来只有放弃了。”

这一天，他累得腰酸背痛，还浪费了一天的时间。公司看在他是新手的分上，给了他十元钱。但是，他想既然自己干得不好，自己也不想到公司来干了，连这十元也不要了，算是自己给自己增添一点经验吧。

“看来这钱真的不好挣啊。”回来的路上，他对王建宏说。

“那是肯定的了。钱来之不易啊。”王建宏附和说。

“可是有些人几千万、几个亿，不知道是怎么来的。你看人家美国比尔·盖茨，几百亿的财富。”

“哎，赚钱是有门道的。只是我们还没有找到这个门道，所以很累了。”

“应该说每个行业都有自己的挣钱渠道。当官的有当官的渠道，搞艺术的有搞艺术的套路。那我们搞英语的赚钱的渠道在哪里？”

“据说做同声翻译可以赚很多钱，而且还是按小时收费的。”王建宏说。

“那是同声翻译，我现在哪来这个水平。我们得找适合我们大学生的发财途径。”

“他们学画画的，周六周日在紫霞山寺门口帮游客画素描，一张二十元，十五分钟搞定。据说一天能赚钱两三百元呢。唱歌的，有时候晚上去夜总会唱歌，一晚上也能赚几百元。”王建宏说。

“哎，那些是专业性很强的，我们搞不来的。我们得找我们自己的路。这就像中国人走中国特色社会主义道路一样。我们不能跟人家学，一定得找出属于自己特色的生财之道啊。”

“是的。”

“你做促销是成功的，这是你的特色，而且局面打开了。不过，我学不来。今天体验了一天，我得好好想想我的生财之道。”

龙国祯抱着周六周日赚二百元钱的宏大计划，结果不仅没有赚到钱，反而为买自行车倒贴了二十元。真的不划算。

他郁闷至极，后悔不已。

一天，他正在学校图书馆“经济学”类的书架上寻找发财之道。恰好遇见在军训的时候认识的许宝山。许宝山是学经济学专业的，正想找一本高鸿业的《西方经济学》，就看到了龙国祯。

“国祯，你想找什么书？”因为在图书馆里面不允许大声说话的，许宝山只好走近他低声问。

“看看，有什么书能拯救我的‘经济危机’。”龙国祯幽默地说。

“大才子，经济学并不会告诉你如何发财的。要想发财，得学哲学。

我们老师上课说的。”许宝山神气地说。

“不会吧，学哲学能发财？这年头，谁喜欢哲学。据说有的全国名校的哲学本科才招到三个人。现在的人，谁学哲学？”龙国祯非常好奇。

“你傻啊，高中老师不是说过，哲学是爱智慧之学。赚钱靠的不就是智慧吗？所以学哲学应该可以赚钱。”

“那你怎么不去学哲学？”

“我当然会学啊，但是经济学也得看。经济学的最高境界是经济哲学。对了，有空你可以去哲学院旁听一下哲学课程，就是‘串串帮’‘跑跑龙套’，总比没去好。学好了哲学，你人聪明了，还怕不能赚钱？这是我们城市经济学课的老师说的。”

“是的，你说的很有道理，很美好。可是后天虽然很美好，明天我可能会饿死。”龙国祯调侃他。

“啥意思？”

“我马上就陷入经济危机了啊。你讲的那套是远水救不了近火啊，我想尽快能赚点钱。”

许宝山沉思了一会儿，说：“我有办法，走，到外面说。”

两人一前一后，出了图书馆，来到了学校路边的石椅上坐下来。

“啥办法？”龙国祯迫不及待地问。

“你真的想赚钱？”许宝山再次问。

“你不想？”龙国祯反问。

“当然想了，搞经济学的不想搞钱，那白学了。”

“嗯。最好是那种投入少，见效快的那种，而且不耽误时间，毕竟我们还得抽时间看书啦。”

“你这要求很高啊，又想马儿不吃草，又想马儿跑得好。”

“哎呀，你快说啊，别卖关子了。”龙国祯有点急。

“不急，心急吃不了热豆腐。”许宝山慢条斯理地说，“我问你，是不是元旦节马上要到了？”

“是。”龙国祯丈二和尚摸不着头脑，“这和赚钱有啥关系？”

“这就是商机。”许宝山神神秘秘的。

“啥商机？”

“你看，元旦节快到了，各个商店、超市、购物广场等不都在打折吗？这说明消费者的需求在节日到来之际会更加强烈。薄利多销，这是假日经济的表现。商品从一级市场转到二级市场……”

“啥啊啥！什么一级二级。”龙国祯马上打断他的话，“这和我们有关系吗？”龙国祯感到奇怪。

“怎么没关系？”许宝山提高了声音说，“元旦节谁都会消费点商品的，上至上班族，下至初中生。上班族，走亲访友，联络感情。初中生也会和朋友、老师联络感情。就是你龙国祯不也得寄几张明信片给高中的老师、同学吗？如果这个时候，我们去批发市场，买几百张明信片，中午摆在潇湘师范大学附中的校门口，那些初中、高中的小弟弟、小妹妹出来吃午饭，肯定会来我们这里看看，顺便就会买几张。我还打听到了，批发市场的明信片是三毛一张，我们如果卖五毛或者一元一张，那就是百分之二百到三百的利润。这在经济学上，就是奇迹了。”

龙国祯听后，如醍醐灌顶，茅塞顿开，大喜：“哎呀呀，你小子不愧是学经济学的。太好了！太绝了！太牛了！马克思说过，资本如果有百分之五十的利润，它就会铤而走险；如果有百分之百的利润，它就敢践踏人间一切法律；如果有百分之三百的利润，它就敢犯下任何罪行。咱们不践踏法律，不犯罪，但得铤而走险，试试。明天就去进货，如何？你敢不敢？”

“谁说不敢？大丈夫敢说敢做。”许宝山拍拍胸膛说。

“这叫‘知行合一’，真知即所以为行，不行不足谓之知。”

“妙。”

两人一唱一和，计划着元旦的发财梦。

第二天，天麻麻亮，两人就起来了，骑自行车赶往批发市场，买了六百七十张明信片，批发价是每张三毛钱，共计二百零一元，但老板只收了二百元。两人合伙均摊，每人出一百元成本，利润平均分配。老板见他们买得多，格外又免费送了三十张，共计七百张明信片。这些明信片是经过两人反复挑选的，各式各样的图案都有。有港台明星如刘德华、张学友、关之琳的，也有欧美的明星如席琳·迪翁、莎朗·斯通、迈克尔·杰克逊的，有山水风景图，也有各地有名的建筑风景图片。现在的问题是，得赶快脱手，否则过了元旦，这些东西就是废纸。

所以，周一到周五的中午和下午，学生快放学的时候，他俩匆匆忙忙背着一袋明信片，赶到潇湘师范大学附中门口设摊，看见学生出来了，两人赶紧拉直了嗓子喊："来啊来啊，明信片有卖嘞！"

设摊的头一两天，来的学生还很多，学生围着地摊，有的说这些明信片太老气，有的说颜色也不鲜艳，有的说图案不好看，还有的说太贵了。两人开始见人多大喜，转而大悲，因为卖出去的很少。

他们本想卖一元一张的，结果根本没人要，看到情形不对，马上降价，由一元降到八毛，但还是没人要。再由八毛降到七毛六毛，销量还是不佳。到最后实在没办法就买两张送一张。

两人这样坚持了半个月的时间，直到元旦节放假。两人把账一算，结果只卖出去一百张，而且是五毛一张的，总共收回五十元，亏损一百五十元，平均每人亏损七十五元，还累得半死。剩下的明信片只好做废纸处理了。

过了几天，龙国祯到许宝山的宿舍，两人总结这次营销失败的原因。

"真的是郁闷，怎么会这样啊。"许山宝见到龙国祯进门就说。

"按道理，这些图案也不错的啊。怎么就没有人要啊?"龙国祯走近他，顺便拖了把椅子坐下。

"从销售逻辑来说，这并没有错的。问题的关键应该是，我们并不了解消费者的心理和爱好，没有对市场进行调研。"许宝山在宿舍里徘徊。

"得了得了，等你调得研来，元旦早过了，鸡不叫鸭都叫了。"

“也是。”

龙国祯想了想，说：“我看，我们太教条主义了，也太本本主义了。对这次销售的失败，我想了很久，也总结了一些经验。其实，我们应该多个地方设摊的，不仅仅是集中在附中门口，而且应当在我们校园的食堂门口、研究生宿舍门口、女生宿舍门口等地设销售点的。我们应该一天换个地方，这样就可以给消费者带来新鲜的感觉。同时，我们不应该用废报纸垫在明信片下面的，应该弄张桌子，铺上红布，上面再摆上明信片，那样给人的感觉就很高雅。因为消费者买明信片是为了送给亲戚、好友、老师们的，所以，如果从地摊上买地摊货，肯定不太好意思送了。”

“……噢，对，问题出在销售末端市场，产品没有包装好，缺少人文含量。”许宝山想了想，很认同龙国祯的观点。

“哎呀，这次真的是赔了夫人又折兵啊。”龙国祯叹了口气，“老天爷负我啊！”

“没关系的，年轻人嘛，失败是福。好在这几十元的亏损，我们还是亏得起的。吃一堑长一智。”许宝山自我安慰。

第八章　柳暗花明

发财梦一次次破碎，让龙国祯心寒，也让他体会到了钱来之不易，现在他非常能够理解父亲的难处，更能理解父亲为何当初不支持他读大学了。自己这么长时间连续两次投资失败，尽管亏损的数额尚少，但是毕竟也是亏损了，往后三年的大学学费和生活费加起来要几万元，这要如何应对？大学学费和生活费像巨石一样压在他的心中，使得他喘不过气来。但是，有压力就有动力，龙国祯在不断寻找改变自己经济状况的商机。

有一次，从图书馆看书回来，王子涵问龙国祯："兄弟，听说你做生意失败了好几次？"

龙国祯郁闷地说："不只是失败，简直是血本无归。原来我认为在省城，满地都飘着钞票，只要你愿意动手去捡，钱就会像黄河之水，滚滚而来的。现在发现不是滚滚而来，而是一去不复返。"

"嗨，不要急嘛！凡事有个过程的。俗话说，万事开头难。说不定过了这个难关，一切就顺利了呢。所谓，山重水复疑无路，柳暗花明又一村，说的大概就是你这种情况。我们这学期的专业课中国文学史，就讲了很多前半生受苦，后半生享福的文人墨客。"

"天，要前半生受苦，后半生才享福，那我们就惨了。我们还没满二十岁，活九十岁去见马克思的话，那吃苦到四十五岁，那真的是惨死了。那社会主义制度的优越性体现在哪里呢？邓小平说，社会主义的本质就是解放和发展生产力，消灭剥削，消除贫穷，最终达到共同富裕。贫穷不是社会主义，我们可不能做知识的受害者，我们一定要改变生存环境，而赚取金钱是改变这种生存环境的最好途径。”

“我看你是掉进钱窝窝里去了。”王子涵说。

“你是不当家不知柴米油盐贵啊。”龙国祯说。

“看你说的，跟个怨妇似的，天天喊缺钱。”王子涵瞟了他一眼说，“你看你还像不像潇湘师范大学的学生。孔子说，君子喻于义，小人喻于利。董仲舒也说，正其义不谋其利，明其道不计其功。讲义就是讲利。义者，利也。这些我们上周上选修课中国儒学文化的时候，老师不是说过?你忘了?”

“没忘记，但是也没怎么吃透其内涵。义者，利也。那是不是，利者，义也呢?”龙国祯问王子涵。

“这里的‘义者，利也’中的‘利’是指大利，肯定不是你龙国祯整天想到你自家的一亩三分田。我记得，法国著名伦理学家居友曾经说过，人常常需要超出自己走向他人，一个正常的成熟的人都有着多于自己的痛苦所需要的眼泪，也都有着多于自己的幸福所证实的更多的欢乐。人不能过于悲观也不能过于乐观，因为过分的悲观可能是一种为生活的不幸所严重伤害了的道德情感的不健康的过度刺激的症候；相反，盲目的乐观却常常表明对一切道德情感的一种无动于衷和麻木不仁。所以，我们应该有更高的精神追求，而不是仅仅停留在个人得失的层面。”

龙国祯听到王子涵滔滔不绝地讲，妙语连珠，大惊：“你小子，士别三日当刮目相看。看来，你们汉语言文学专业的课程开得比较全面深刻，对你启发很大。我得好好向你们学习，有空的话好好去你们学院听听课。”

“我们老师说，现在的大学生，整天想到的就是赚钱，其实又没能赚到钱，把大好的青春时光搭进去了，书却没看。不能从道德境界层面上提高自己，这样以后是要吃亏的。”

听王子涵这样一说，龙国祯惊得满头大汗。

“你老师说的有道理。看来‘博学之，审问之，慎思之，明辨之，笃行之’才是大学最实在的方法。”

这次谈话，对龙国祯的启发很大。但是，不知不觉，他开始对外国语学院开的那些课程不满了。这学期，龙国祯他们英语专业的学生，除了马克思主义哲学、邓小平理论概论等这样的公共课，就是比较浅的专业课，如大学英语精读、大学英语口语、大学英语听力、大学英语阅读与实践、大学英语泛读等之类的，就没有开设中国传统伦理思想史、中国哲学史、西方哲学史、中国儒学史等之类的启发人的课程。这些也是他后来在潇湘师范大学哲学院旁听哲学本科和哲学硕士课程后才知道的。

寒假很快就过去了。这个寒假，他除了见了石溪市的周德民、杨志刚、周志民、王洪等师友外，其他时间就窝在家里陪父母，给弟弟、妹妹讲大学的故事，顺便看点英语书，翻翻曾经看过的《三国演义》《红楼梦》《西游记》《水浒传》等古典名著，显得百无聊赖。

三月初开学了，他还是没有提起精神来，心里很郁闷和压抑，感觉大学最大的痛苦是无聊。他看见别的同学好像日理万机，看书的看书，上课的上课，恋爱的恋爱，逃课的逃课，睡懒觉的睡懒觉。他好像玩也不是，不玩也不是，站也不舒服，坐也不舒服，吃也吃不好，睡也睡不香，看书也看不进，恋爱也没兴趣，变得无事可做了。想想两次做生意的失败，感到既无助又无奈。“大道如青天，我独不得出啊。这日子何时是个头啊。”他仰天浩叹。

农历二月二日，龙抬头，阳历大概在三月的样子。这天是龙国祯十九岁的生日。但是，他无心过生日，也不想告诉朋友今天是他的生日。况且这天他自己没课，想起王子涵的话，就漫无目的地来到潇湘师范大学哲学院博雅教学楼，漫无目的地从一楼走到二楼，又从二楼走到三楼。这个教室看看，那个教室瞧瞧。有的教室有课，有的教室零零散散坐着几个学生在看书，还有的教室几对恋人在卿卿我我，看见龙国祯，不好意思，赶紧分开。

他刚走到三楼，最北端的三二〇大阶梯教室传来阵阵的笑声。这吸引了他。他循着声音走过去，看见教室里黑压压一片，偌大的教室挤满了学生，估计有二三百人，后面还站着很多学生。教室里时不时地传来一阵阵笑声。

他走到教室后门，伸进半个脑袋，看见一位五十多岁戴眼镜的男老师在讲课，老师精神矍铄，博学多才，上课旁征博引，口若悬河，神采飞扬。学生们全神贯注地听着，教室里除了老师引发的阵阵笑声和学生忍不住的几声咳嗽声外，显得格外安静。

这是潇湘师范大学的伦理学原理通识课，龙国祯没选这门课，他听了几分钟，一下子就被老师精彩的内容吸引住了。

"今日之我，非昨日之我，明日之我，非今日之我。"教授引用王夫之的话，并对此做了精彩的阐释。他还提到"贫穷是一种病"。这些观点对龙国祯的冲击很大，几乎要击垮他曾经在高中建构起来的精神堡垒。"读大学，就是要解构你曾经建构起来的精神防线，重新认识自我，重新去构建更高级的自我。现在很多的大学，'唯专业主义'，把大学变成了职业培训中心，而忘记了大学是对唤醒主体教育的事业，说白了是培养人格完善的人，是为了培养德才兼备的人，而不是培养单面向度的人，更不是为了培养性格畸形的人。大学，如今大学自我异化，形成了一股强烈的'反知识主义'和'极端功利化教育'思潮，结果大学生不仅专业没学好，人格修养也欠缺，走上社会一事无成。有的学生，只看自己的专业书，其他的书一概不看。比如学历史的只看历史，文学书、哲学书不看的。学英语专业的，整天都在学单词、语法、翻译之类的，文学尤其是中国文学和哲学史是不看的。试想，一个中国人连自己的母语文化都没学好，如何去翻译？这不是天大的笑话吗？所以，大学的不仅仅要学专业，还要广泛涉猎其他专业，并且在学习中历练自己，在学习中提高自己，坚持理论和实践相统一的原则。"教授的话如雷贯耳，龙国祯好似大梦方觉。

在最后的提问环节，龙国祯带着崇拜之心站起来说："老师，您好！您讲得太好了，让我受益匪浅。正如您所说的，那我们以后怎么做呢？"

教授看后排一男生，身材高大，眉清目秀，"国"字脸形，透着俊气，不由得眼睛一亮，爽朗地问："这位帅哥是哪个院的学生？尊姓大名？"

"小姓龙，贱名国祯，龙国祯。外国语学院大一新生。"他有点紧张。

坐在教室前面的同学，忍不住回过头来，几个女生，"哇"的一声惊叫起来："好帅啊！"

"龙国祯同学，这问题问得好。"老师满脸微笑着说，"我个人的意见是这样：首先，专业肯定要学好，尤其是针对你的英语专业，起码英语你要听得懂，说得出。绝对不能学成哑巴英语，说不出；也不能学成聋子英语，听不懂。第二，需要广泛涉猎其他专业的知识。英语专业和文学、历史、哲学等关系是十分密切的。你在学好本专业的基础上，应该多去别的院系听听著名教授的课。咱们学校尽管不能和北大、清华比，但是也还是重点大学，这里的学术大师还是有很多的。多听课的好处在于，让你快速掌握本学科的知识结构和前沿动态。这样为你以后看书，做学问做了铺垫。有些问题，你看了很长时间的书，但不明白，老师一句话也许会让你茅塞顿开。或者我把这种方法，叫作'知识进口'，也可以说在知识上，是借得追风马，好度玉门关。第三，坚持学以致用。就是要把学到的知识用到实践上去。那何时去实践呢？我个人认为，你可以利用周六周日的时间去校外体验一下你所学的知识。我很反感，读死书、死读书这样的书呆子式的学生。不要等到大学毕业了才去实践，那个时候已经来不及了，因为已经毕业了。第四，需要强壮的身体。雄心万丈，躺在床上。那是很悲惨的。更惨的是，出师未捷身先死。三国的周瑜、孔明就是典型。没有强壮的身体，任何梦想都等于零。因此，你需要计划自己的健身时间。第五，最重要的是需要一定的物质基础即金钱做后盾。谈钱并不是一件见不得人的事，也不是一件很俗的事情。我的看法是，人一定要提高赚钱的能力。也就是说，赚钱是一种能力和素质，尤其是对于大学生而言。一位哲人说，人生百分之七十的痛苦是因为缺钱。同时，赚钱还是人自我对象化的一种体现方式。要做到用自己的知识和能力去赚钱，最终把赚钱上升到一种艺术的高度。等有了足够的金钱之后，你不能变成守财奴，而是要用钱为社会效力。我这样回答你，你看是否满意?”教授一说完，整个教室响起了雷鸣般的掌声。

下课后，龙国祯意犹未尽，陪着老师走了一阵，直到把老师送到一楼最北端的一二〇办公室。老师的办公室，放着八个书架，里面塞满了书，靠窗的办公桌上堆满了书籍。在交谈中，他才知道，老师叫刘东海，是全国著名的伦理学家、哲学家，他博士毕业于首都一所著名大学的伦理学专业，是潇湘师范大学哲学院伦理学博士生导师，向全校学生开设伦理学原理通识课程。

他向刘老师请教了许多让他困惑不解的问题，聊了半小时，他见老师的电话响个不停，不好意思耽误老师，只好和老师告辞。刘老师从办公椅上站起来，把他送到办公室门口。这一举动让龙国祯感动不已。

“有空你可以随时来办公室找我，这是我的名片。”刘教授递给他名片，和蔼可亲地说，“同时，随时欢迎你来我的课堂捧场。不仅如此，我上的中国哲学史、中国伦理思想史、经济哲学等本科生、硕士生和博士生的专业课，也欢迎你来听。”

“好嘞！谢谢刘老师！”龙国祯微微鞠躬，双手接过名片，受宠若惊。

这次遇见刘老师，犹如久旱逢甘霖，让龙国祯兴奋不已。这大概是他十九岁生日最好的礼物了。

他按照刘老师说的，计划好了自己的学习和实践，并不断加以研习。

大致说来，周一至周五除了安排适当吃饭时间外，龙国祯的计划是这样：清晨起来读英语和中文，尤其是古文。上午如果有课就上课，没课就去图书馆看英语专业书，重点是西方文学、西方哲学的英文版原著。中午睡觉一小时。下午两点半到五点半，有课上课，没课就去图书馆看中国文学和中国哲学类的书。下午五点半跑步一小时。晚上七点半以后或看书或写作。周六和周日去校外实践，主要包括赚钱、拜访老师和朋友、认识社会等之类的活动。同时在日程表上，他也注明:“锲而不舍，相时而动。”还写明了人生的宗旨:“吾貌虽瘦，心肥天下。”

龙国祯按照这个计划读书、背书、看书、听课，开始几天很新鲜，过了两周，他感到有点累了，也有点厌烦。但是，这次他没有放弃，因为每次听完刘教授的课，他都精神振奋，慢慢地就养成了按计划行事的习惯了。他开始从书本中获得了快乐，感觉每天都有事做，很充实。尽管偶然学院有事或者同学有事找他，这暂时会打断他的学习计划，但是等办完这些事，他还是能按计划做事。这个大学学习计划，他一直在坚持，这让他收获良多。

自从认识刘东海教授之后，每逢他的课，龙国祯定然会去听，风雨无阻。在刘东海教授的指导下，他逐渐对文学、历史和哲学，尤其是对哲学有了深刻的认知。

同时，在刘教授的指导下，他还去文学院旁听了中国文学史、中国文学批评史、古代汉语、文学概论、周易研究和中国思想史等课程。甚至后来最难的训诂学、音韵学，他也去听了。还去历史与文化学院听了中国通史、宋史研究等课程。周一到周五，他像打仗似的，在外国语学院、文学院、历史与文化学院、哲学院之间穿梭。

他感觉他找到了自己，知道自己想干什么，懂得自己如何看书，看什么书了。每个月他感觉自己会有质的变化。从他外表来说，以前，他的头发短短的，现在留着新潮的青年头。以前几天不洗头的，现在基本上天天洗头，出门前总要对着镜子，梳几下头发，看看是不是乱了。每次上课，他走起路来，精神抖擞，健步如飞。英语口语和普通话也变得标准起来了，尤其是英语听力和口语，进步飞快。这也得益于李晓琪的指导。

在李晓琪四月份出国之前，有一次，他因为心情好，读了一个上午的英语，结果吐出了一口鲜血。吓得他满头大汗，赶紧跑到李晓琪所在的英语听力教研室告诉她。

“李老师，我可能快死了。”他就站在教研室门口，看见李晓琪，他着急地说。

当时李晓琪一个人在教研室，其他老师上课去了。她正在做上课课件，一听这话，吓了一大跳，抬起头，忙问：“怎么啦？帅哥。”

“我今天上午啥也没干，就在图书馆的草坪上读英语，刚刚吐口水的时候，突然吐出一口血。”龙国祯走进教研室，脸色绯红。

“过来，张开嘴，我看看。”李晓琪站起来走近他，一阵香味向龙国祯袭来，他差点眩晕。她发现老师的脸，像一张绯红的细滑的丝绸，大大的眼睛，透着女人特有的柔情。

龙国祯张开嘴，露出一口洁白的牙齿，口腔壁红得像猪血，舌头像春蚕一样蠕动着。李晓琪看着他那蠕动的舌头，忽然脸上一阵发烫，身子情不自禁地颤抖了一下，娇声地说：“你舌头别乱动啊！动了就看不见口腔壁了！”说这话的时候，脸一阵潮红，她好不容易才镇定下来。

她认真地看了一会儿，忽然手捂着嘴，发出“咯咯”清脆的笑声。龙国祯莫名其妙，傻傻地看着她。这一阵银铃般的笑声，引得李晓琪苗条的身材自然而然地有节奏地轻轻扭动着，像正在演奏《高山流水》的琴弦。她那白色衬衫里裹藏着的丰满像被震动的战鼓，一颤一颤地随着笑声而弹抖着，像刚刚倒入碗里的水豆腐。

“没事的，是你读英语太用功了，口腔充血了。喝点水，就好了。注意下次不要那样傻读了，知道吗？”李晓琪柔柔地说。

“噢，好。看来我学英语的方法不对。”龙国祯看见李晓琪今天这一惊一乍的，也不好意思说别的。

“谁叫你那样傻傻地读书，我见过学英语学傻的，没见过你这样傻的。下次注意了！”李晓琪关切地说。

“噢，谢谢！那我走了！老师再见！”龙国祯这才放心地走了。

李晓琪注视着他那高大的背影，本想再和他说点什么，但是等她想说的时候，龙国祯的背影已经消失了。“这孩子！”她自言自语，忽然间她不想备课，不想做课件了，情不自禁地走到了窗户边，看着龙国祯的背影，消失在人群中。她心中不由得产生一种怅然若失的感觉。

自从和男朋友分手之后，这几个月的时间，她一直没有走出失恋的阴影。总感觉心里难受，开心不起来。遇见一点点不顺心的事，就大发脾气。以前，就是天塌了，地陷了，她也不会生气，更不会情绪失控。但是这次，失恋让她有段时间性情大变，甚至在第一次给龙国祯所在的班上课时，就体罚了龙国祯。这是她根本没想到的。

这几个月以来，也有很多男性向她抛来丘比特之箭。这些人中，有当公务员的，有大学里的博士，也有身价过千万的青年企业家，但是都被她挡回去了。她感觉，她的心已经死了。

按理说，二十三岁的女博士生，要想找个男朋友是很容易的。她母亲委婉地催了很多次，劝她有合适的就应该接受，她年龄也不小了，人不能在一棵树上吊死。她根本听不进，也不想听，心就像静静的湖水，不能激起一点涟漪。每天，她按部就班，该上课的时候上课，该看书的时候就看书，该吃饭的时候吃饭，该睡觉的时候睡觉，好像外在的世界都与她无关。

如果说她还有歉疚的话，那就是第一次给龙国祯所在的班上课时，她那样凶狠狠地虐待了自己的学生，掐了龙国祯是她这几个月以来最后悔的一件事。其实，这件“掐人事件”，学院的领导也听学生反映过，大致知道有这事，但是具体情况还需要了解。

外国语学院院长、副院长、纪检组组长等领导找龙国祯了解情况，问有没有这事。龙国祯死不承认。

“那你手臂的伤是怎么来的?”学院领导关切地问。

“手臂是我自己不小心弄的，那天在宿舍里取东西，被砸伤的。”他自圆其说，“我是自己造成的。”

龙国祯不想给李晓琪惹麻烦。他想自己本来没听课，李晓琪这样也是为了自己好，这样自己吸取教训，长点记性，下次听课就认真了。再说，从小到大他又不是没被父亲打过，这点伤根本不算什么，他扛得住。

无论领导怎样劝导他说实话，他都像个坚贞不屈的战士，咬紧牙关，死不承认李晓琪上课掐伤了他这件事。领导们尽管心知肚明，但因为当事人拒绝承认，也只好作罢了，说了几句鼓励的话就让他走了，这事后来就不了了之了。

李晓琪知道这件事后，心里万分感念龙国祯的好，对他刮目相看。她知道这次“暴力事件”一旦传出去，会让她在学院里颜面扫地，甚至无法继续兼职担任大学英语听力课教师，如果这样，导师也不可能帮得了她。不过，龙国祯矢口否认，维护了她的名誉。所以，以后无论是在学习上还是在生活上，她都特别关心和照顾龙国祯。

龙国祯一天天在进步。这种进步不仅仅是学习上的和生活上的，而且更重要的是气质和内涵上的。

他的纯真、善良和乐观，他的积极上进，他的善解人意，他的勇敢和责任心，他对生活充满激情和期待……龙国祯的这些进步和提高对于一个有一段恋爱史的女人来说，是最容易感觉到的，也最容易捕获到的。

她越来越喜欢这个充满活力的学弟兼学生了，有时候做梦都梦见他。也正是这个男孩，让她看到了生活的阳光和希望。

每次他来请教她，看见他那生动活泼的样子，她那静如止水的心就会泛起一阵阵涟漪。有时候，她看见他的进步时，感觉他就是她培育出来的教育产品，一种莫大的幸福感袭上她的心头。

第九章　第一桶金

遵照刘东海教授的教导，五一节期间，龙国祯晚上看书，白天骑着自行车，在江州市四处溜达，看看是否能够找到发财的商机。这样既可以提高赚钱的能力，也能实质性地为下学年的学费做点准备。他去了动物园门口，尽管那里人山人海，但是并没有发现任何能够发财的蛛丝马迹，反倒看见几个扒手偷了游人的钱包。等龙国祯走过去正想暗示失主的时候，几个扒手似乎已经反应过来了，转身跳上摩托车逃之夭夭了。

他还去过江州书城，书城的门口正在搞书展，一个著名的作家在签名售书，场面甚是壮观，一个花枝招展的女主持人在搔首弄姿地吆喝着，围观的人时不时地发出“哈哈”的笑声。尽管这里围观的人多，但是购书的人却很少。龙国祯里里外外观察了一下，也没有发现赚钱的门道。索性，他锁好自行车，就去三楼的社科类专栏，翻看了一些新上架的书，但是他一本也没有买，当然更重要的是买不起，太贵了，囊中羞涩。越是新上架的书，越是贵得离谱，而且不打折，有的最多也仅仅是打九折。这对于穷困的龙国祯来说，显得太贵了。花钱买这些贵书，还不如去图书馆借阅。古人说，书非借不能读也。也许买回去，自己不一定看，说不定就被宿舍那几个难兄难弟借去了。借来借去，那书就不知去向了。

他还去了紫霞公园门口，在那里蹲了一个上午，看着川流不息的人群，也没有发现赚钱的门道，直到中午肚子饿得咕咕叫，才离开。

不过，在江州大桥附近的一个繁华的新桥十字路口，他看见几个擦皮鞋的大妈生意很好，忙得不可开交。他伫立在一棵大树下，看着一位穿绿色衣服的大娘，让顾客坐在椅子上，一只脚放在一个矮矮的擦鞋凳上，另一只脚踩在地上。他看见那位大娘笑呵呵地吆喝着，请客人坐在对面事先准备好的椅子上。她擦鞋很麻利。首先是用旧布把皮鞋上的污垢去掉，其次是上鞋油，再次是用旧布条在上了鞋油的皮鞋上来回拭擦，一会儿皮鞋就铮亮铮亮的，最后是给皮鞋上蜡，这样显得皮鞋更亮，然后再次拭擦。一会儿鞋子就擦好了。顾客非常客气地付钱离去，接着另外一位顾客就来了。根据龙国祯的观察，来擦皮鞋的顾客，基本上都是有身份的人，或者是打扮得时髦的年轻美女，有的人还特意把轿车停到旁边，走过来擦皮鞋。龙国祯看了很久，也想了很久。一个小时的工夫，那位擦皮鞋的大娘就赚了十多元。这让他兴奋不已。

“擦皮鞋，好生意，投入少，收效快，擦完鞋就给钱，两元一双。”龙国祯心里想，“如果我对这个擦皮鞋的项目，进行包装，那么肯定生意很好。我要擦皮鞋。”他这样想好了，就准备行动了。

晚上回到宿舍，在大家闲谈的时候，他把擦皮鞋这个消息告诉室友。大家一听，目瞪口呆。睡在邻铺的孔庆华，正要喝茶，听他这样一说，愣在桌前，像被孙悟空点了定身法。过了一会儿，他走近龙国祯，伸手摸摸龙国祯的额头，说：“不烫啊，没发高烧啊，我还以为你脑子烧坏了。正事不做，去擦皮鞋。潇湘师范大学的丑，被尔等丢尽了。”

大家看到孔庆华这一举动，先也是一愣，听他这样一说，就附和起来。

“是啊是啊，这真是正事不足，邪事有余。”大家附和着。

“国祯兄，你能不能有点正常的思维啊。先前你送卫生巾，后来学销售明信片，现在要去擦皮鞋。我真是搞不懂你了。”王子涵劝他。

“燕雀安知鸿鹄之志乎？”龙国祯捡了《史记》里的话，笑呵呵地摆起八卦阵来。

“我不管你是燕雀也好，是鸿鹄也好，反正擦皮鞋就是不好。”董恩泽说。

“我们会阻止你的。我们要拯救你，免得你在错误的道路上越走越远。”程显颐说。

“上帝啊，救救这个可怜的孩子吧！”朱继贵半开玩笑，边说边指着龙国祯。

龙国祯看看这个，看看那个，笑道：“你看看你们这些闷骚男，安于现状，没有创新思维，倒是呼天抢地就有一手。知道吗？真理往往掌握在少数人手中。”

“得得得，别在那里像个虚伪的启蒙主义者。我看，我们还是明天带你去看心理医生。”孔庆华说。

“是啊。上次你说，让你看到走不动的女人还在娘胎里。弄得我们对你肃然起敬，以为是柳下惠再世了。结果，你老兄，上课的第一周你就破了戒。没逮到狐狸，还弄一身臊。”董恩泽挖苦他。

“你啊，别忘了，一失足成千古恨啊。”孔庆华说。

“我这叫接地气。算了算了，我看和你们是说不通的了。”龙国祯说着，爬上床，睡觉了。

他并没有放弃自己的想法。通过这近两个学期的大学学习，他开始懂得，自己应该做什么，能做什么。自己选择的路，需要自己去完成，别人说什么并不重要。意大利诗人但丁说过，走自己的路让别人去说吧。刘东海教授有次上课，专题是讲王阳明哲学思想研究，王阳明是他最佩服的先贤大儒之一，可谓是立德、立言、立功的典范，是他效仿的对象。他提出的“知行合一”，可谓是空前绝后。马克思主义不也是强调，理论与实践相结合！想法如果仅仅停留在脑海里，那与幻觉没有什么区别。“老师说，年轻人要有闯劲，因为年轻，就算是失败了，还可以站起来。人生难得几回拼搏。”龙国祯这样想着，还是决定去试试这擦皮鞋的事。

既然决定去做了，那么接下来就应该策划如何去做。为了策划擦皮鞋的事情，他想了很久，也查阅了相关资料。他想把擦皮鞋这样的事，做成一件空前绝后的大事。

他开始物色擦皮鞋的合作对象。

龙国祯这一届的英语专业，共有四个班，他被分在一班。每个班有学籍的学生四十五人。还有几个是跟班进修的，没有学籍，纯粹是为了提高自己的英语水平。外国语学院，最大的优势就是美女多。龙国祯这个班，除了他们宿舍的几个男生，剩下就全是女生了。整个外国语学院的男生加起来也就几十人。这些男生在女生看来可谓是珍奇异宝。

龙国祯所在的班级，又美又活泼的美女，多如牛毛，但是愿意陪他一起去擦皮鞋的人很少。他找了几个同班女生，得到的答案和室友们说的差不多，不是说他疯了，就是说他有病，也有的说太丢人。总之，是找各种理由不去。

他本想找张晓娟，张晓娟现在变得越来越性感美丽了，而且心细，口才也好。但是，因为开学之初发生那件“失恋”事件后，他不太好意思找她。尽管偶尔两人还在一起搭档帮老师做点事，如改函授生的作业，或者帮老师搬点东西，但是，基本上很少说心里话。考虑到同学关系，只是象征性地打个招呼，说心里话是不曾有的。其实，他对她是没有恶意的，毕竟同学一场。而且，更重要的是，张晓娟现在已经有男朋友了，据说是个富二代。在他的印象中，这个富二代应该是她的第三个男朋友。她基本上每三四个月就会换个男朋友。现在正跟男朋友热恋，他也不好意思找她合作。再说，她也不缺钱花，找她不被羞辱一番才怪。好几次下课，他想找她说这事，但是话到嘴边又咽下了，他实在是羞于开口，找她擦皮鞋的想法只好放弃。

想来想去，他觉得学习委员司马兰比较合适。司马兰，大家也叫她小兰或者兰兰。今年二十多岁，有魔鬼般的身材，一张人见人爱的脸蛋，笑起来两个酒窝格外惹人喜欢。她喜欢穿性感而暴露的衣服。有一次上课，还穿着吊带裙去，连深深的乳沟都一览无余显示出来了。结果那天被任课教师、辅导员和班主任训斥了一顿，现在除了上课她穿正装外，其他时间，她披丝挂带，看起来婀娜多姿，粉面含情。说起话来，娇滴滴的，柔情万种。而且，她为人也很好，善解人意，尤其是和龙国祯的友情很好。毕竟一个是班长，一个是学习委员。他们是班里最好的搭档。

但是，不知道擦皮鞋这事，她是否同意去。他决定试试。

一天上午十点多钟，他们刚上完三节大学英语语法课，他就叫住司马兰："小兰同志，有事找你。"

司马兰正要下楼，听见叫声，转过头，一看是龙国祯，笑起来说："班长大人，你有何吩咐啊！"

"你们肉麻不肉麻啊！"路过的孔庆华顺便说，"龙大才子，别把咱们的小兰带坏了。"

"去你的。"司马兰向他啐了一口。孔庆华知道他们有事说的，不便打搅，便下楼了。

"啥事啊？"两人来到教学楼下面的露天石凳上坐下来。

"当然有。"龙国祯放下书本，看着她，"只是担心你不帮我啊。"龙国祯很认真地说。

"你看你，我们都搭档快一年了，你还见外啊。来来，快说！"司马兰见他这样说，以为是他喜欢自己，显得有点不好意思，脸一下子红起来了。女人看来是自作多情的多啊！

"我说了，你别笑我。"

其实，开学时，龙国祯和张晓娟的事，她是知道的，后来发现这不过是一个闹剧。经过近一年和龙国祯同班学习，又在班委会一起共事，她发现龙国祯很优秀。从内在方面来说，他学习刻苦，思想端正，作风正派，心地善良，是很有责任感的男生。尤其是学习成绩，简直扶摇直上，一周一个样。以前他的英语发音地方口音很浓，现在几乎没有了，能说一口流利的英语了。不仅如此，他还懂文学和历史，连最难的音韵学、古代汉语都懂，说起话来头头是道，很有学问和想法。从外在这方面来说，他长得也很帅，身高一米八，让她这个一米六二的女生，羡慕不已。两人走在一起，有点小鸟依人的感觉。找个自己最了解的最有责任感的男朋友，然后大学毕业后就嫁给他，这是她学习之外的最重要的想法。她之所以每天打扮得性感妩媚，目的就是吸引男生眼球，然后就可以更多地了解男生，为找到自己的心上人打下良好的基础。经过近一年的观察，发现班长真的不错，而且还是同班同学，知根知底，彼此相互了解。尽管自己比他大两岁，这也说明他被改造的空间很大。只是，她不知道他喜不喜欢她，不敢造次。自己把这层心思，埋在心底，不显山，不露水，谁也不知道。除非他向她表白，她才能告诉他。她期待他的表白。今天，班长主动约他，和她谈事。开始，她以为是班委会工作的事，现在看来好像不是。她现在觉得班长谈的应该是私事，是向她表白的事。她能不害羞吗？

想到这里，她耳根子都红了，她压低声音，说："那你说吧，什么事，我听着……"

其实，龙国祯还没想到这层意思，因为上次张晓娟的事，让他很尴尬了，他再也不敢对同学随便表白，更不敢恋爱了。尽管对司马兰有好感，但那也只是同学和搭档之间的友情，他肯定没往爱情方面想。

龙国祯看她这样的窘态，以为又是他们宿舍那几只鹦鹉把他女娲补天的大计泄露出去了。上次，张晓娟事件也是这帮狐朋狗友传出去的，结果闹得满城风雨，沸沸扬扬。"难道这事又被他们这帮蠢蛋糟蹋了？"想到这里，他长长叹了口气，说："你看你，我还没说，你就这样了，我不敢说了。"

"……其实，你不说，我也明白。"司马兰含羞地垂下头，不敢看他。

"你明白？"龙国祯大惊，心想，果然是那帮乌龟孙子传出来了。事情既然这样了，他只好斗胆问一句："那你同意了？"

"是的。"司马兰这个时候更加害羞了，心跳加快，她感到自己的身体都快瘫软了。

"哎呀呀，太好了，太好了，谢谢你！谢谢你！"龙国祯一激动，情不自禁地抓住司马兰的手臂，不断地摇晃。

“哎呀，你弄疼人家啦!”司马兰不敢抬头看龙国祯，脸红得像三月的桃花。

龙国祯赶紧松手，赶忙说:“对不起，对不起。我是太高兴了。终于有人支持我了。”

司马兰一听“支持”，感觉不太对，抬起头，看着龙国祯，好奇地问:“什么支持?”

“擦皮鞋啊!”龙国祯睁大眼睛看着她，他也觉得奇怪。

“啊……，你!你!天啊!”司马兰一听这话，原来自己是自作多情，又气又悔，脸一阵红一阵白。但是，她转而一想，还好没有露出马脚，这个呆子还不知道自己的心思。她迅速调整心态，说:“你擦皮鞋?你不是脑子烧坏了吧?是不是没生活费了，我这里有，我给你。”当她说出“我给你”的时候，脸又是一红，知道自己说漏了嘴，马上补充:“我给你钱。”

“不是要你钱，我这是去体验生活，是为了提高赚钱的能力和艺术，懂吗?”

司马兰感到更加奇怪:“赚钱也是能力和艺术?”

“嗯，是啊!刘东海教授说的。”龙国祯看着她，很认真地说。

看他那样认真的样子，司马兰很想笑出来，不过，她觉得这个观点很新鲜，忙问:“本小姐愿闻其详。”

龙国祯就把如何接受刘东海教授的教导的，从头至尾说了一遍。司马兰听得津津有味。说完，龙国祯问:“怎么样?去不去试试?如果能挣到钱，咱们平均分，一人一半。好不好?”

“好是好，可是擦皮鞋，在那大街上，那很丢人啊。”她蹙了蹙眉头。

“你只要坐在我旁边，只要帮我吆喝顾客就行了。擦皮鞋的事，我来做，不会弄脏你的手的。我会好好包装一下的，你尽管放心。就算亏本，不过就浪费几块钱的鞋油。但是，你得发挥你的口才，要说得那些顾客很开心。怎么样?”

司马兰想了想，感觉擦皮鞋还是怪怪的，但又觉得很刺激。不去，感觉有点可惜，毕竟擦皮鞋去体验一下赚钱生活，也未必不是好事。去嘛，感觉很丢人。要是多一个人去，可以壮壮胆子，这样也不至于孤男寡女在大街上，招摇过市。想到这里，她说："就我们两人啊?"

"有三个人去更好。但是，我一下还想不起来叫谁去。再说，要找也找不到合适的人选。有的人合适，但是不一定会去。有的想去，但不一定合适。"

"张晓娟如何?"司马兰脱口而出，"她这个人又性感又含蓄，肯定合适。"

"你怎么哪壶不开提哪壶。上次我和她的事……"

司马兰也忽然想到了他和张晓娟的事，赶紧打消自己的这个想法。她想，他俩有过那样的绯闻闹剧，她也不想龙国祯和张晓娟走得近，不然，以后张晓娟万一成了她的情敌，她不后悔死才怪。现在龙国祯和张晓娟虽是同学，但已形同陌路。她可不想引狼入室，祸起萧墙。

见他的话到这个份上，司马兰灵机一动，索性问个明白，免得以后节外生枝。于是龙国祯就把和张晓娟的事的来龙去脉详细说了一遍。司马兰听完后，心里很踏实地说："如此说来，你和娟娟的事，就缘去缘散了?再无和好的可能了?"说这话的时候，司马兰偷偷地观察他的眼神。

"我和她根本就没开始，是我自己当时鬼迷心窍啊。哎呀，现在想来真的是后悔莫及啊。我和她根本是两种完全不同性格的人。怪我自己当时自作多情啊。"龙国祯说这话的时候，显得很难过，懊悔万分。

司马兰心里偷偷乐着，举止神态很镇定，进一步追问："那如果你的娟娟回头喜欢你，你怎么办?"她特意把"你的娟娟"说得很重，不过，她问完这话，心里就很紧张，也有点后悔，因为她生怕得到的是肯定的答案。

"看你说的，还'我的娟娟!'笑死人了。娟娟是咱班的，不是我的。我和她根本就没有什么，什么也没发生过。"

“龙大公子，我是说‘如果她回头喜欢你’，你还喜欢她吗?”司马兰面带坏坏的笑，步步逼近。

“不可能啦。所谓‘道不同不相为谋’啊。不过，我感谢她，她的一些话让我理性起来，也让我认识了自我。她说我‘癞蛤蟆想吃天鹅肉’，这话彻底打醒了我。当然，也深深地伤害了我。所以，我和她仅仅是同学关系，不论是过去、现在还是将来。”龙国祯很理性地说。

司马兰听这话，心里很受用，偷着乐坏了，毕竟自己可以无后顾之忧了。“看在你这么坦白和诚实的基础上，本小姐就帮你再找个人。”司马兰拍拍他的肩膀一副得胜回朝的神情。

“那是谁呀?”

“今天本小姐心情特别好，我就告诉你，她是张灵秀。你开学见过的，大二的学生，目前是院学生会外联部部长。”

“张灵秀！噢，我知道。但是，她同意去吗?”

“放心吧，我和她关系很好，是老乡，更重要的是，她是我亲姑妈的女儿，是我亲表姐。我考进师大，也是因为她在这里。懂吗？我们俩是死党，从小一块长大，我对她是言听计从，她对我也是言听计从。这事你就甭管了，包在我身上。你只管准备其他的。我们等你通知。”司马兰扬扬得意地说，“走吧，这事就这么定了。现在咱们去吃饭。你请客!”

“噢，原来如此。好！好！好!”龙国祯欢天喜地。吃饭的时候，他告诉司马兰擦皮鞋应该做的准备工作，尤其再三叮嘱司马兰要及时告诉张灵秀，到时候一定要吆喝“擦皮鞋”以吸引顾客，不然肯定不会成功。

反反复复说了好几次，司马兰一个劲地回答:“知道啦，知道啦！你一个大男人，怎么这么啰唆啊!”

“这是我第一次亲自策划的社会实践，绝对不能失败。”龙国祯很严肃地说。

“知道啦。龙老板，龙大经理，龙策划师。”司马兰戏谑他。

他这才放心点。

龙国祯知道，人力资源是第一资源。最近他看报纸，也知道了，美女也属于人力资源。既然这样，何不好好开发和利用这些资源，何不好好发挥她们的能力呢。现在司马兰帮他解决了这个难题，接下来的准备工作就很容易了。

一般来说擦皮鞋的工具有凳子、鞋油、刷子、擦布和装这些东西的小篮子。但是龙国祯做了改革，加上了擦皮鞋的旗子、竖旗子的细竹竿、细绳子、工作服、手套、学生证、身份证、校徽等。

他去院学生会，借来了“潇湘师范大学外国语学院大学生勤工俭学中心”的旗子。去借的时候，院学生会办公室主任大二男生王帅感到莫名其妙，问：“老龙，你要这个东西干吗？”

龙国祯笑着说：“呵呵，这上面不是写着吗？”他指着旗子说。

“那记得及时还啊。”

“懂的。”龙国祯狡黠地笑笑。

他还去食堂向一位关系不错的尹师傅借了一套新的白色厨师服，他私下称之为擦皮鞋的工作服。“你要这个东西干吗？学烧菜？”尹师傅也是莫名其妙。

“呵呵，做实验。”龙国祯笑着说。

“做实验？实验室有白大褂的。”

“那种不好，你这个好点，用完就还你。”

“记得别弄破了。”

“放心，绝对完璧归赵。”

旗子和工作服有了，顾客坐的凳子可以从宿舍里搬。鞋油两元，鞋蜡五元，鞋刷子三元，手套两元，他在超市买的，一共才十二元成本费。擦鞋用的小凳子在旧货市场买的，花了二十元。总共成本是三十二元。擦鞋的时候穿的白色衬衫自己有，领带是金利来的牌子，春节期间死党杨志刚送的，一直没用，现在可以派上用场了。皮鞋是红蜻蜓牌子的，黑色的，是周志民春节的时候送的。

期待已久的星期六终于来了，这天天公作美，阳光普照，晴空万里。龙国祯的心情特别好，早早就起来了，打了电话给司马兰和张灵秀，通知她俩八点钟在他宿舍大门口集合，顺便再次告诉她们检查一下自行车是不是打足了气。尽管他昨晚打电话告诉她们了，但是还不放心，今早又打电话叮嘱了一次。两个美女还很配合，真的早早地起来了。龙国祯吃了早餐，穿了一件崭新的白色雅戈尔短袖衬衫，这是他上次逛街特意在一家打折的专卖店买的，是断码，低价买的。西裤是七匹狼的牌子，今年上半年在打折的超市买的。

他六点多就吃了早餐，像个淑女似的一直在打扮，试衬衫，穿西裤，擦皮鞋，系领带，梳头发，喷啫喱水，提篮子。凳子早就绑在了放在楼下的自行车后座上了。出门的时候，宿舍的其他人还在睡觉。

八点，他准时到了一楼宿舍门口。两位美女如约而至，打扮得很成熟，也很性感，让人看了还想看。

只见张灵秀穿着绿色低胸“V”领的贴身休闲蕾丝衣服，露出乳沟，穿的紧身牛仔裤和高跟鞋，尽显出她那魔鬼身材。司马兰穿一身性感的吊带白色裙子，配上披肩，胸部显得硕大无比，白皙无限。

“哇!”三人一见面，大叫起来，为彼此的精心打扮而感到惊讶。司马兰和张灵秀，平时看龙国祯穿得很朴素，今天这身打扮，让她俩耳目一新。

“小龙哥哥，你也太帅了吧!”张灵秀笑嘻嘻地调侃他，“你看看这领带，你看看这衬衫，你看看这皮鞋，天啊，全是名牌。真的受不了啦！我们今天只能是做绿叶了。”

“得了吧，别臭美啦！没见过本少爷平时帅气的样子?”

“给你一点阳光，你就灿烂啦!”司马兰开始看着他一身名牌打扮，先是一愣，继而脸一阵红，心里欢天喜地的，但看他这样说，又给他一瓢冷水。

这时候路过一群文学院男生，认得龙国祯，见到两位美女和他在一起，就起哄："哇，龙国祯艳福不浅啊！"

"看这美女，真是'此景只应天上有，人间哪得几回见（闻）'啊。"

"'宁可花下死，做鬼也风流'啊。"

"'日午画船桥下过，衣香人影太匆匆。'"

"'凌波不过横塘路，但目送，芳尘去。锦瑟华年谁与度？月桥花院，琐窗朱户，唯有春知处。飞云冉冉蘅皋暮，彩笔新题断肠句。试问闲情都几许？一川烟草，满城风絮，梅子黄时雨。'"

…………

大家一唱一和，有的还吹口哨。弄得她俩不好意思起来，脸上红晕密布。

"瞧你们那点出息。"龙国祯对他们笑笑，转头对她俩说，"我们擦皮鞋工作队，出发。"

说完，三人上了自行车，一字排开。出了校门，走在路上，路上的人时不时地回头看看两位美女。

四十分钟后，三人来到新桥十字路口，这是龙国祯上次踩好了点的。三人把车停好，取下擦鞋工具。在一棵大树下，摆起擦鞋的摊来。

龙国祯把"潇湘师范大学外国语学院大学生勤工俭学中心"的旗子套在细竹竿上，然后把竹竿绑在带来的椅子上。司马兰和张灵秀感到很新鲜，听从他的指挥，忙前忙后。龙国祯又从包里拿出厨师服，司马兰帮她穿好。他再从包里拿出手套戴上，又叫她们都把校徽挂在胸前。三人坐在一排，龙国祯坐中间，三人的间隔大概可以容纳龙国祯擦皮鞋用的空间。

这个时候，周围的人时不时地扭头向他们看来，路过的人偶尔留步驻足，感到很好奇。

"现在你俩可以吆喝了。"龙国祯说。

"啊？真的要喊吗？"司马兰有点不好意思，看了看他。

“这不是说好了的吗？”龙国祯急了，扭头对张灵秀说，“姐，你不紧张吧？”

“不紧张啊，挺好玩的。你吆喝一声，我们不知道吆喝啥词。”张灵秀到底是大二，胆子大点。

只见龙国祯试了试嗓子，拉大了声音，喊：“来来来，师大学生勤工俭学，擦皮鞋嘞！擦皮鞋嘞！”

这一吆喝，吸引了周围所有人的目光。接着，张灵秀也拉长了声音喊：“擦皮鞋嘞！师大学生，擦皮鞋啦！”

司马兰看龙国祯和张灵秀吆喝起来，自己也不管是否紧张了，也吆喝起来：“擦皮鞋！擦皮鞋！擦皮鞋！”

三人唱戏似的在吆喝，热闹非凡。

这时，一位中年男子，大腹便便地走来，笑嘻嘻地弯下腰说：“小伙子，擦皮鞋！”说完就坐在龙国祯前面的凳子上，但是他说这话的时候，眼睛却溜溜地在张灵秀和司马兰身上打转。

龙国祯赶紧拿出擦布，开始擦皮鞋，他很认真，低头忙着。

“你们是潇湘师大的学生？”男子问张灵秀，色眯眯地看着她。

“是啊，老板，我们擦皮鞋很辛苦的，您要多多支持啊。”故意嗲声嗲气地说，还向那中年男子抛来一个媚眼。

那中年男子心花怒放，高兴不已，忙道：“一定，一定。”

“是啊，老板，我们周六周日都会来这里擦皮鞋噢。只是苦了我们这位帅哥。”司马兰见表姐临场发挥得这么好，大惊，自己也不甘心落后，向老板娇滴滴地说。

“你们都好样的，好样的。”男子看见司马兰穿着吊带裙，皮肤细嫩无比，心里美滋滋的。

不一会儿，龙国祯说：“老板，您的皮鞋擦好啦。”龙国祯满头大汗。

“噢，这么快啊！多少钱啊？”男子看着两位美女，心猿意马。

“两元。”龙国祯说。

那男子站起来，从怀里摸出钱包，递给龙国祯一张一百元的大钞票。

“哇，这么大的钱，老板，你叫我们怎么找零啊！”张灵秀撒娇地说。

“不用找啦，其他的算是给你们的小费。”那男子神气十足，顺便还递给他们三位每人一张名片，“这是我的名片，欢迎来我公司做客。”说着把名片分别递给他们。显然，他这是醉翁之意不在酒。

“好好，一定。谢谢老板。”张灵秀说着，还做出一个飞吻的姿势。

“谢谢老板！欢迎下次光临！”司马兰和龙国祯异口同声地说。

那男子笑笑，走向不远的私家轿车，开车走了。

三人一下得了一百元，欢喜不已。

“看那男的，色得不得了。你们知道吗？”龙国祯提醒她们。

“知道啦，我是故意做给他看的。”张灵秀说，顺便把名片撕碎，丢进旁边的垃圾箱。

“你不是要我们吆喝吗？所以就临时发挥了。”司马兰得意地说。

刚说着，另外的一位五十岁左右的男子来擦皮鞋了。司马兰和张灵秀也使出浑身的魅力，逗男子开心。一会说他帅，一会说他好有男人味之类的。那男子，一高兴又给了她们一百，说就凭你们这些创意，我得鼓励你们。

还有的顾客，非常认定龙国祯团队的合作精神，也给一百元，不让找零，这样的人很多。当然，也有只给两元的，而且，这样的顾客也很多。

一天下来，除了中午休息，其他时间，他们都在擦皮鞋。天快黑了，累得三人骨头都快散架了。收工的时候，他们点了一下数，足足有一千二百五十元。

“哇，这么多。一人四百。剩下的，晚上我们上馆子，庆祝一下。”龙国祯喜出望外。

张灵秀和司马兰不好意思拿，张灵秀说：“我们只是帮你喊喊话，功劳主要是你的，我和司马兰合起来分一半，你一个人拿一半。”

“哪能这样。不行。三人平均分。不要啰唆了，下次我们再来。”龙国祯把钱塞给她俩。

“那我们就恭敬不如从命啦。”两人笑呵呵的。

三人坚持了两个多月，每个周六周日都去。这两个月擦皮鞋，三人平均赚了三千多元，成了学院十大新闻之一。这是龙国祯进入大学后的第一桶金，这次策划，他感觉非常成功，自信心大增。

到大一期末结束的时候，龙国祯还得到了学校五千元的一等奖学金。这样，除了大二的学费、学杂费和住宿费三千八百元，他手头上还剩下四千多元。这样他大二的生活费和学费暂时可以解决。暑假很快就要来了，但是龙国祯没有回家帮父母搞“双抢”，一则是因为“双抢”太累，二则是他觉得“双抢”实在是不划算，投入的体力、精力与实际的收入差距太大。他想留在江州市多挣点钱，这样可以给自己和家里减轻负担。

第十章　宾馆风云

哲人说过，人生再怎么难过，都不要和钱过不去。人生再不健康，都不要和身体过不去。困惑龙国祯致命的伤痛，不是学习的困难，不是与同学、老师关系的紧张，也不是与张晓娟爱情的夭折，而是他始终有着金钱的困苦。缺钱，这个阴魂不散的魔咒，时时困扰着他。有时候，他解决了这个月的生活费，就开始想着下个月的生活费。吃着中餐，就想着晚餐的费用。尽管擦皮鞋可以临时解决生活问题，但是这毕竟不是长久之计。何况擦皮鞋的业务，后来又随着城管的干预而宣告破产。

在擦皮鞋的业务中，司马兰之所以加入龙国祯的团队是因为她暗暗喜欢龙国祯，就她本人来说，她觉得擦皮鞋是件很害羞的事情。但是，第一次看见龙国祯成功的策划，她对擦皮鞋业务也充满了信心和乐趣。尽管有的时候，她很不习惯顾客用那色眯眯的眼神瞅着自己，但是，慢慢地，自己也习惯了被人盯着看。反正人总是要让人看的，只要龙国祯在，她什么都不怕的。

有的时候，她真的很想单独和龙国祯去擦皮鞋，或许这样也可以演绎一段新时代的“天仙配”——“你擦皮鞋我吆喝”。夫唱妇随的现代爱情恐怕是不多见了，但是司马兰很享受这样夫唱妇随的夫妻搭档。

有一个星期六上午，她终于可以单独和龙国祯去干一件充满情趣的事，这对她来说就是幸福。所以，来到新桥十字路口的时候，司马兰非常熟练地摆好了龙国祯所需要的一切。然后一边吆喝“擦皮鞋”，一边笑眯眯地看着她心中的男人。

“兰兰，看来你可以单独作业了。”龙国祯看着她麻利的动作说。

“这都是跟你学的。我离出师还远着呢。”司马兰幸福地看着龙国祯。

“我发现，你今天特别勤快，也特别大胆。”

“那是因为秀秀姐没有来嘛，我当然要做好你的助手了。”

但是，今天的运气很不好，把摊摆上，还没有一个时辰，城管就来了。这是龙国祯事前不知道的。因为他摆摊已经两个多月了，都没有见到城管的影子。今天见到城管过来，他也大吃一惊。但是城管来是他预料中的事情，只是他没有想到会来得这么快。这点，他本想早点告诉司马兰和张灵秀的，但是他担心擦皮鞋的事还没有做就告诉她们这个行业的职业风险，两位女生会不肯干。所以，直至今天他都没有开口告诉她俩。因为事先有了心理准备，所以，龙国祯根本不紧张。可是，这吓坏了司马兰。

城管来了两辆车，十多号人，一路赶鸭子似的使周围所有的小贩小摊，统统躲闪。其实，城管的车刚刚开过来的时候，那些摆摊卖小杂货的，卖甘蔗、苹果、橘子的小贩，就风一样早跑了，还引起了一阵阵骚动。但是，龙国祯却来不及收摊。当城管过来的时候，他的那面红色的印有“潇湘师范大学外国语学院大学生勤工俭学中心”的旗子还在迎风飘扬。

“这里不准摆摊，收起来。”一个穿城管制服的高个子男人厉声喝道。

司马兰一见是城管，吓了一跳，赶紧拽着龙国祯的衣服，低声地问龙国祯：“咋办啊？”

“不用怕，有我呢！”龙国祯安慰她说，然后回头对着城管说，“好，马上撤。”

其他的城管也围拢过来，吆喝着叫他俩走。

“以后，这里不准擦皮鞋了。大学不好好读，跑来擦皮鞋，丢不丢人啊？！”一个年轻的城管说。

“你们是潇湘师范大学的学生，来来，看看学生证、身份证。这年月骗子太多。”另外一个说。

“老兄，骗子再多也不会学擦皮鞋啊。”龙国祯一边回答，一边收拾擦皮鞋用的材料。然后，拉着心跳加速的司马兰走到停自行车的地方。

“天啊，吓死我了。”司马兰看着龙国祯，“你好像一点也不紧张？”

“我为什么要紧张啊？”

“你不怕？”

“怕啥？我是人，城管也是人。”

“听说城管很坏的，抢人家东西，罚款呢。”

“抢东西？我这点鞋油，这点擦布能值几个钱？他们不会要的。至于罚款，更加不可能，我不会给，因为我今天还没赚到钱呢。”

“哎，真的是运气不好啊！秀秀姐没来，我们就做不成生意。那现在怎么办？”

“这是正常的，现在才遇到城管，算是很幸运了。这是必然中的偶然啦。我担心第一次擦皮鞋就遇见城管呢。今天既然出来，时间还早，我们不如去江城卧佛寺玩玩。你去吗？”

一听出去玩，司马兰高兴得不得了，连忙应声：“嗯。”

他俩把东西捆绑在自行车的后座上，一整天就游览了江州城最著名的卧佛寺。据说，卧佛寺是可以保佑善男信女们找到好工作好姻缘的。

不过，对于司马兰来说，去哪里不重要，重要的是和龙国祯在一起就好。甚至这一天不擦皮鞋，对司马兰来说也是非常愉快的，因为，她可以放心地说话，放心地看任何一道美丽的风景。

暑假在人们的期待中姗姗到来。但是，潇湘师范大学并没有因暑假的到来就显得冷清、寂寞和宁静。函授班、在职研究生班、中学生夏令营活动等各种各样的教学和学习活动，增添了潇湘师范大学的热闹。尽管求知园四号楼五一二房——潇湘书斋里只有龙国祯一人在宿舍，但是，他并没有感到寂寞。宿舍其他的同学有的回家了，有的去广东了，有的去外地随父母旅游去了。龙国祯在策划和设计自己的赚钱计划，因为擦皮鞋业务随着城管的到来而夭折了。但是龙国祯并不认为这是夭折，相反地，他认为城管的到来宣告了他与擦皮鞋的事业已经缘散缘尽了。这也是他带司马兰去卧佛寺玩的原因。

“我总不能一辈子擦皮鞋，现在做的不过是为了摆脱贫困。所以，这不是擦皮鞋事业的夭折，而是我今生不再从事擦皮鞋的业务了。”这是他对司马兰说的话。

“你总是这样积极、乐观，充满了革命的浪漫主义。”司马兰对他是这样评价的。

但是，美赞归美赞，自己总不可能在美赞中饿死。钱对他是一个十分重要的价值符号。既然擦皮鞋赚钱的事业因为城管的到来而宣告终结，自己也与擦皮鞋的业务缘散缘尽，那么，总还有更高级的业务在静静等待他的到来。

他在宿舍里来回徘徊，反复思考着下一步的赚钱计划，而且这种计划应当是出乎常人意料的，不然，按照自己的学习计划和时间安排，就很难高效率地赚钱。

“肯定是有计划的，世界上没有做不成的事，只有想不到的事。”他这样想。

突然，房间的电话响起，打断了他的沉思，是司马兰打来的，有事想找他商量，约好了下午三点在校园的岳王亭见面。

下午，龙国祯如约而至。

“兰兰，这么急，是有重要事了？”一见面龙国祯就直接问。

司马兰提前十多分钟就到了，几天没有见到龙国祯，她心里总觉得慌慌的。其实，她本来是可以回去的，母亲也催了很多次，但是，她见龙国祯暑假没有回家，自己就借口留下来了，向父母撒了谎，说是学校安排暑假实践就不回去了。

不过，她是为龙国祯而留守校园的，这事她没有告诉龙国祯。现在见他这样问自己，心里就觉得怪怪的。眉头紧锁的她接着说：“你是不是觉得，我只能有事才能找你？”

“没有，你随时都可以找我的啦。”

她一听，满面含春，笑容可掬，柔声细语地说：“真的呀！”

说着，偷偷地扫了龙国祯一眼，心里甜甜的。

“来，你坐，我和你商量一件事。”她拉着龙国祯坐下来，“但是，这件事，你得认真给我想想，好啵。”

“你的事就是我的事，我一定绞尽脑汁帮你想。”龙国祯炯炯有神地看着司马兰。

“真的吗？好高兴你能这样说。”

因为是暑假，江州市天气炎热。司马兰穿着短袖低胸的贴身衣，胸部像快要膨胀的大西瓜，呼之欲出。超短裙，尽显嫩白的大腿。这样的打扮是司马兰刻意的追求。性感，这是她今天要追求的效果。

龙国祯看着，也不知道为什么，感觉忽然心跳加速，但是，他又在不断地压抑着自己。

“兰兰，你真的是太漂亮了。此景只应天上有，人间能得几回见。”

“你啊，少贫嘴了。说正事呢。”

“我想去一家酒店做兼职的礼仪小姐，一小时一百元，每天晚上在酒店门口站两个小时，也就是工作两个小时。暑假兼职两个月，开学就不做了。你觉得如何？”司马兰认真地问。

“啊！酒店！礼仪小姐！”龙国祯大惊，心里忽然悟出了一个赚钱的思路，接着说，“就你这样的美女去做礼仪小姐？不行，让你这样在校的大学生去做礼仪小姐，我看人家是别有用心的。现在外面那么乱，你一个晚上站两个小时，那哪能成啊。不行，我不赞同。”

“那你是怕啥？”司马兰试探性地问。

“我怕你吃亏啊。你长得这么漂亮，万一酒店来了个富豪式的色鬼，瞄上你了，你咋办？”

“你看你，讲得这么难听啊。哪来那么多色鬼啊。”

“你是女孩子，注意安全是必需的啦。要是干点别的还行。酒店的礼仪小姐，我建议你就别干了，行不?”龙国祯这样劝道。

“这样说，你是为我好了？没想到，你还这么关心我啊。”

“那是当然，咱们一起擦过皮鞋的，是共患难的同学，不，是共患难的朋友。你，我不能不关心啊!”

“呵呵，看你说的，让人听了很舒服啦。你说不去，那我就不去。我听你的。”

“这就对了。”龙国祯很高兴能有人这样听他的，至于她的弦外之音，他就不懂了。

“可是，暑假不去做礼仪小姐，我又不想回家，那我暑假干什么呀?那我在潇湘师范大学的第一个暑假，就没有一件值得怀念的事可做了。而且，又没有朋友陪我玩。”司马兰嗲声嗲气地说。

“你可以看书，可以去图书馆啊，也可以去你表姐那里玩啊。”龙国祯根本没有听懂她的弦外之音。

“哎哟，表姐有表姐的事啊。我总不能天天黏着她啦。泡图书馆，也没心情，开学就天天泡了，现在都放假了，也该好好玩玩了。”

“要不，我陪你去泡图书馆，我陪你出去玩。行吗?”龙国祯傻傻地说。

“真的！说话算话！来拉钩!”司马兰一听，高兴得立马雀跃起来。

看她这样，龙国祯也浮想联翩了。他忽然想到李晓琪老师了，感觉几乎要窒息了，心跳也随之加快。但是，他还是尽力压抑着自己。尽管他十九岁了，但是还从来没有有意识地摸过任何一个女人。除了在书本上见过女人身体特有的部位，可以说，在现实中，他还从来没有真真切切地见过真正的女人的身体。他想，但是，他不敢。现在面对司马兰这样熟悉甚至共患难的朋友、同学，他更加不敢了。他只是觉得，司马兰就是他的同学，纯洁的同学关系，不允许掺杂个人的私欲，如果那样就玷污了同学的感情。他这样想着，但是，他好像感觉手臂在疼痛了，感觉这种疼痛是来自李晓琪那使劲的一掐。如果深究，他在成年之后和女生是否有过真正的身体接触的话，李晓琪这样用手掐他算是一次真正的接触。当时，他感觉到的是害怕和紧张，还有钻心一样的疼痛，但是现在回忆起来，感觉好像是被丘比特之箭射中了一样。他忽然感觉到了一种莫名的幸福和满足，忽然生出一个奇怪的念头，要是李晓琪什么时候再掐他一下就好了。他可以再享受一次被掐的疼痛和快乐。他这样想着，感觉自己脸上发烧，忽然觉得，自己心理好变态，成了一个喜欢受虐的男生。

这一夜，他没有睡好，辗转反侧。他一边想到李晓琪的美丽，一边想到自己窘迫的财务状况。对司马兰，他不能说不喜欢，但是，这只是同学之间的纯情。他的这种喜欢，其实只是同学之间的好感，这与爱情的喜欢，是两回事。但是，每次他想到司马兰的时候，出现的人，却是李晓琪。李晓琪成熟、大方、知性，而且学识渊博。他觉得如果要娶老婆，就应该娶李晓琪这样的女性。但是，现在李晓琪是博士生兼老师，怎么可能呢？如果他说他喜欢李晓琪，那她不掐死他才怪呢。这是不是自己找死？忽然，他又害怕起来，摇晃着脑袋，自言自语："我这是啥人啊，想的啥事？这是恋姐恋母情结。真是异想天开，白日做梦呢，癞蛤蟆想吃天鹅肉嘞！如果自己轻易地表白，很可能就会落下像上次表白张晓娟那样的爱情后遗症，他不想再在班上留下自己的尴尬，除非有十足的把握。不然他很难启齿告诉自己的女神，他喜欢她。再说，万一她答应了，那么自己这样的财政状况，又如何能够承担爱情的甜美？爱情不是幻想，不是不吃不喝。从某种程度上来说，爱情是一种巨大的经济消费。这种消费，在潇湘师范大学里很自然地就会落在男生的身上，女生自然是在享受这巨大的爱情消费。如果消费不起爱情，那么，最好就不要轻易地把自己的丘比特之箭射出去，否则，迎来的不是悲恸欲绝的失恋，就是酿成失恋的悲恸欲绝。当然，李晓琪会答应吗？这是不可能的事呀。"他自己糊里糊涂的，尽是一些胡思乱想。这也表明他潜意识地是喜欢李晓琪的。"但是，大学规定是不准搞师生恋的，否则老师是要被开除的，这不是害死李老师吗？

我这人，真是愚蠢至极。”龙国祯自责起来。其实，李晓琪这个时候，也只是兼职的代课老师，还不是正式的老师。李晓琪这个时候只是潇湘师范大学外国语学院的在读博士生，本质上也是学生。当然，龙国祯这个时候还不知道李晓琪的实际身份，就算是他和李晓琪相恋了，也不是师生恋爱，而应该算是博士生和本科生的恋爱关系，算是姐弟恋的关系，但是绝对不是师生恋。当然，龙国祯的这些想法，其实都是他潜意识的，等他彻底清醒起来，忽然觉得自己滑稽可笑。而且想到李晓琪那可怕的手会掐人，他就胆战心惊。因此，现实一点、理性一点、考虑问题周全一点，总还是件好事。

不过，他从司马兰想当礼仪小姐的想法中得到了赚钱的巨大灵感，他的新的赚钱计划在大脑中酝酿。

去酒店做免费的服务生。这是他忽然冒出来的想法，也是他即将要执行的方案。

江州大酒店是江州城著名的五星级酒店。以前是国营单位，叫江州宾馆，生意惨淡，许多员工下岗回家了。现在改制了，变成了民营企业，由一个上海的大财团承包，对以前的在岗员工进行了买断工龄处理。现在的服务员是重新招聘培训上岗的。酒店生意火爆，远近闻名。

龙国祯认为，既然这样出名的酒店，肯定有不同寻常的管理理念或者经营理念。其实，龙国祯这点想法，还是刘东海教授教他的。刘东海教授常常说，人是靠思维来支配的。思维的创新性对个人、集体、国家，乃至一个民族都是至关重要的。而人就是思维创新的载体，所以，当今之世，技术、资本、自然环境固然很重要，但是最重要的还是人，尤其是人的前瞻性的思维。人才的竞争，说到底就是人才思维创新的竞争。楚汉战争中不可一世的项羽之所以失败，除了其个人英雄主义之外，最根本的是思维方式的落后。这是项羽失败的致命原因。本质上楚汉战争，项羽一直都在胜利，但是，他越是打胜仗，就越是失败。项羽以为是上天要灭他，其实，是他自己灭了自己，自己把自己葬送在乌江里，因为他不重视人才。可见，思维是何等的重要。哲学作为爱智慧之学，最重要的就是培养思维的问题。因此，哲学家认为，哲学就是爱智慧之学。全部哲学的基本问题就是思维与存在的关系问题。哲学是时代的精华，是人们对感知存在事物的抽象的把握。而这样抽象的哲学，本质上就是一种思维的把握。

中国哲学不仅仅研究思维的创新性，而且还在人们的实践中动态地辩证地把握外在的事物。因此，它是整体地把握人们的思维和实践活动。从这个角度来说，中国人的思维始终不是知识论的，而是实践性的。中国人甚至中国学者不屑于追求哲学体系的系统化、抽象化、形而上学化。而是从实践、从活生生的社会实践中获得思维的印证方式。因此，从这个角度上来说，中国哲学家不像康德、黑格尔、海德格尔等那样研究一种极抽象的哲学命题。这种命题只不过是他头脑中的一个逻辑体系，是纯知识论的，与实践无关，或者说与实践脱节。比如，你用康德的伦理学去指导你自己的人生，最终，可能会陷入宗教的迷狂，而于现实无补。所以，从这个角度来说，中国的思维具有实践性，针对的就是实践。这是中西方哲学思维方式的不同，把握了这点，你就可以在很多的社会事务中如鱼得水。

刘东海教授的这番宏论，铭刻在龙国祯的脑海中。因为，他做的每一件事、策划每一个项目都时时想起刘东海教授的教诲。上次擦皮鞋项目的成功，也是得益于刘东海教授的教诲。这次去酒店做服务生也是得益于刘东海教授的哲学启发。

他来到江州大酒店服务总台。

“美女，请问，你们经理在哪个办公室？我有重要事情找你们经理。”龙国祯大大方方地对服务台一位年轻的女工作人员说。

后来，他才知道这个女孩叫段淑梅，中专毕业就来这里打工了，家是四川偏远农村的。段淑梅看了看这个西装革履的帅哥，彬彬有礼，眼睛一亮。她柔和地说："你找我们经理?!"

"是的。"

"请问您是哪个单位的?"

"潇湘师范大学。"

"请您稍等一下。"段淑梅很客气地说，同时拨通了总经理办公室的电话。"王秘书，有位潇湘师范大学的先生找经理。"说完，抬头看了看龙国祯，"先生，请您稍等。"

"呵呵，谢谢!"龙国祯面带微笑地看着她。她穿着白色的格子衬衫，丰满的身材，细小的蜂腰，黑色的裙子。段淑梅的这身穿着一看就知道这是酒店的工作服。最吸引他的还是她那白里透红的脸蛋，尽管是化妆的效果，但是依然遮盖不住白皙的脸庞。

"美女，如果你不化妆的话，绝对会更美。"龙国祯调侃道，"化妆是美女不自信的表现，但是，你有这样美丽的脸型和皮肤再去化妆，那是对化妆技术的讽刺，因为你的皮肤和脸型本来就非常具有天然美。"龙国祯这样说，也是鼓足了勇气的。

"是吗?谢谢!看你小小年纪，没想到嘴巴这么甜，真是讨人喜欢。"段淑梅说，"你还是个学生吧?"龙国祯尽管是西装革履，但是毕竟只有十九岁，脸上的幼稚掩盖不了由西装扮出来的成熟。这点，龙国祯走进酒店大厅，段淑梅一眼就看出来了。这个四川妹子，中专学的专业就是酒店管理，毕业后就一直在酒店里工作，是个二十五岁的成年女性了，已经有七年多酒店工作经验了。男人在她眼中已经不是奇怪的动物，相反，不过是她经历人生的一种方式。现在龙国祯这样的小男生，在她的眼中不过是一个刚刚出炉的包子，缺少成年男人的老练和成熟。不过，出于酒店"顾客就是上帝"的原则，她还是非常客气地招呼着龙国祯。当然，段淑梅对男人的这种透彻的了解，是龙国祯不知道的。大概女人的成熟需要经历男人，男人的成熟也需要经历女人吧。

不一会儿，总台的电话响起来，段淑梅接完电话后，礼貌地对龙国祯说：“先生，经理有请！在一五一二办公室，电梯在您身后左侧。谢谢！”说完，段淑梅冲他莞尔一笑，呈现出一张迷人的笑脸。

“谢谢！”龙国祯说完就上了电梯。

酒店经理的办公室在一五一二房，也就是十五楼第十二个房间。龙国祯来到经理办公室，门是开着的，里面坐着一位美女，这是经理的秘书。

龙国祯看着她，轻轻地敲门：“请问经理在吗？”

“在！”女秘书立马站起来，引着龙国祯来到隔壁一间大的办公室。“王经理，这位先生找您！”

“来来来，请坐！”王经理非常客气地站起来与他握手。

龙国祯打量着王经理。这位中年的男子，尽管挺着大大的将军肚，但是给人的第一印象是干练、果断，做事有魄力。

秘书给客人端了杯水，礼貌地退出了。

“经理，久仰大名了！我是龙国祯，潇湘师范大学外国语学院英语专业的本科生，九月开学就大二了。今天来这里，是希望能有机会到贵单位效力。我的目的不是薪水，只是为了提高社会实践能力。所以，我不要求薪水，我愿意免费做贵单位的员工，请您考虑我的申请。”龙国祯进门之后开门见山地说。他将随身携带的求职信、自荐书和身份证、学生证原件呈递给经理。

“哦，免费工作？少见啊！”经理一边看着他的资料，一边打量着这个男生。这是他任经理以来第一次遇见这样的求职者。出于职业的警惕，他一边谈，一边认真地看着龙国祯的身份证和学生证。

“你怎么想到来我们酒店的？”

“原因有几点：一、贵酒店坐公交车方便，出门就是公交站，直达我们学校。二、听说贵酒店是一家国营改民营以后效益最好的酒店之一，这里有出色的管理经验和用人制度。这是我最为钦佩的。三、我听说贵店的员工都很出色，是经过严格培训上岗的，所以，员工的素质在同行中是佼佼者。四、我是一名大学生，缺乏社会经验，酒店是接触陌生人最多的场所之一，我相信在贵酒店可以学到很多书本上学不到的知识。这是我来贵酒店效力的原因。我是诚恳地希望您能在百忙之中考虑我的求职申请。”龙国祯非常虔诚地说。

“你能干什么？”经理认真地问。

“我能打扫卫生、拖地板之类的。方便的话，我还可以帮助贵酒店接待外国客人，我懂英语，听力和口语应该可以应付酒店的工作。不信，请您安排工作人员面试我。”

“不错，自信，坦诚。小小年纪有这样的心态，我很高兴。”

“说说你的工作条件或者其他问题。报酬为何不要呢？”

“我不要薪水，是因为我没有酒店工作经验，权当是自己实习。工作时间，我想最好安排在下午和晚上，上午我可以在学校看点书。但是晚餐，我希望贵酒店能够安排。我工作的时间大概是暑假两个月。等开学了可能就不能为贵酒店效力了，因为自己还有学习的压力。”龙国祯坦诚地说，“我是诚恳的，希望贵酒店能给我一次机会。如果决定聘任，我明天就去医院检查身体，办理健康证。”

“现在有的人一听说在酒店工作，总是担心会和色情联系在一起，你怎么看？”王经理显然在考验他。

“要说色情，人间的一切都是色情。不光是在酒店，树下、草地上、厨房里、公园里、公交车上、汽车站里、火车上、飞机上、夜总会里、酒吧里，甚至在公共厕所里都有。可以这样说，有人的地方就有色情。关键是看人自身如何把握。一个人如果惧怕色情或者别的事情，那么这个人永远是不能长大的。读万卷书，行万里路。这分明是说，书本知识要与实践结合。那种温室的花，书斋里的呆子，纵有满腹经纶，无非也就是一个不食人间烟火的书虫、书痴。当然，我们不能说这样的书虫、书痴没有用，但是起码我们感觉他们总缺少点什么。孔子说：‘诵诗三百，授之以政，不达；使于四方，不能专对，虽多，亦奚以为？’我始终主张理论与实践的结合，书本知识与社会经验结合，有字之书与无字之书结合，重视学以致用，修身、养性、乐学、弘道、济民、致用是我所追求的。这也是我利用暑假到处体验生活的原因。”龙国祯的这番宏论，立刻让王经理刮目相看，一个十九岁的大学生，能有这样的见解和学识，是难能可贵的。王经理一边听一边忍不住点头称赞。

“高见。现在的大学生能有你这样的高见，实属罕见。这样，我相信你。你先回去，我会安排人事部组织一次面试，你听我们的通知。”王经理顺手递给他一张名片，“这是我的名片，随时可以联系我。”

“非常感谢！”龙国祯接过名片，才知道王经理的全名是王子鹏，是江州大酒店的总经理。

一周之内，龙国祯通过了江州大酒店的面试，收到了聘用通知，第二周星期一下午正式开始上班。上班时间是从下午三点到晚上十二点，晚餐时间可以休息一个小时。具体工作是负责总服务台的接待，主要是负责外国客人的接待和酒店走廊的卫生工作，如清扫走廊地毯上的灰尘，具体负责一楼的工作。至于酬薪，尽管龙国祯是申请做义工，但是作为正规酒店，是不可能让员工免费工作的，就算是试用期的员工也是如此，酬薪是每月一千五百元，聘用两个月。这是王子鹏特意安排的。本质上，这样高规格的酒店是不会招聘这样的短期员工的，但是特殊的情况特殊对待。在江州大酒店，聘请大学本科生做服务生，这是酒店的第一次。王子鹏也想借这样的机会，让员工们有更大的提升。这也是双方各有所需吧！

对于龙国祯来说，这是他的第一份正式工作，尽管是试用期的工资，但是对他来说意义重大。这说明，在他成年的时候，他就开始工作了，而且这是他自己靠自己的能力申请到的职位。

正式上岗前，酒店还安排了龙国祯和其他正式招聘的员工进行了为期一周的专业培训。酒店请来的都是全国知名的培训师。这样的培训让龙国祯受益匪浅。

因为这是龙国祯第一份正式工作，所以他特别认真。每天下午准时上班，上班时间他一刻也没有闲暇，一直在忙，不论是自己的工作还是同事的工作，只要自己能够帮上忙的，他就积极帮忙。对他来说，服从酒店的制度安排是他遵循的第一原则，勤勉是自己分内的工作态度。尽管每次拖地板，他都累得满头大汗，但是这些活比起家里的“双抢”来说容易多了。

起初，其他的员工还看不上他，背后窃窃私语议论：“现在读大学也没用，还不是来拖地板啊。”

“大学培养的不是人才，是废才，没想到大学本科生居然来酒店拖地板。”

“读大学是投资的极大失败，幸好，我们早工作了。”

…………

不过，龙国祯听到这些议论，权且当作没听见，或者是淡淡一笑。他相信但丁的那句名言：“走自己的路，让别人去说吧！”

他的这种准时、勤劳、低调和积极的工作态度，都被王子鹏、酒店人力资源部部长、大堂主管看在眼里记在心里。尤其是王子鹏，暗暗称赞：“孺子可教也。”

段淑梅起先也很不看好这个小男生，直到有一天来了一群外国客人住酒店，不懂英语的段淑梅不知道该怎么办，以前有外国朋友来都是其他同事帮忙的，现在因为龙国祯在，所以懂英语的同事暂时调到别的部门去了。龙国祯一口流利的英语，让外国客人称赞不已。他们也没想到，一个内地省会城市的五星级的酒店会有这样好的英语工作人员。他出色的表现，让段淑梅刮目相看。

一个月后的一天晚上，快下班了，段淑梅问龙国祯：“帅哥，晚上下班有空没？我请你吃夜宵！”

“好啊！”龙国祯爽快地答应，“但是明天还要上班，晚上熬夜不能太晚，不然会影响明天的工作。”

“我啊，都是上午睡懒觉，下午上班的，习惯了。”段淑梅和气地说，

“那就这样，不见不散。”

晚上，“好有缘”夜吧里，人山人海。段淑梅选了一个靠窗的双人卡式椅子坐下来，点了杯柠檬奶茶和珍珠奶茶，还有一点红酒，几盘菜。

“第一次来夜吧吗?”段淑梅问。

“是的，没想到会有这么多人。这里的夜生活真的丰富啊。”

一会儿，服务生送来他们点的奶茶、菜和红酒，他们边喝边聊。

“来，谢谢你加入我们!”段淑梅倒了一杯红酒，举起来，两人干了一杯，段淑梅轻轻呷了一下，龙国祯没喝过红酒，也不懂喝红酒的规矩，一口就干了。段淑梅看着，忍不住笑起来:“你真能喝啊!”

“好喝，这酒的味道不错，比我们家的米酒好喝。”龙国祯一边抹嘴巴一边赞叹。

“没想到你的英文这么好，怎么学的?”

“你不会也想学英语吧?”

“是啊，可惜没人教啊。如果我英语好，我早去上海那边的涉外五星级酒店了。”

“其实很简单，英语只要记住单词，读一读，背一背，听一听，看一看，说一说，自然会了。不过坚持背单词是关键。英语一旦黏上，就自然成了你每天生活的必需，这就像每天要吃饭睡觉一样。英语这个东西，三个月不看，你就会忘记大半。你想想看，如果你三个月不说中文，那中文水平自然也会下降。所以，这就是为什么，有的人被困在深山老林，每天还坚持自言自语。鲁滨逊在荒岛上，每天还坚持自言自语，就是怕忘记语言。人类发展的第一贡献自然是劳动，语言的产生是人类发展的第二大进步。”龙国祯像个教师似的口若悬河。

段淑梅听他这样说，忍不住“咯咯”地笑起来。

“你笑起来真的很好看，像一朵玫瑰花。”

“少贫嘴啦！看你小小年纪，嘴巴还很甜啊。有女朋友没，要不要姐帮你介绍一个？”

“女朋友？哈哈，自己都吃不饱饭，要是再交个女朋友，那一起饿死啦。”龙国祯说到这里，忽然想起了李晓琪，因为很久没有见到李晓琪了，不知道她在美国留学的情况如何。

“说说，你书念得好好的，干吗来酒店工作，为何不找个好点的单位实习啊？”

“这里不是很好吗？不来这里，我怎么能认识你啊。我觉得，什么样的工作都应该尝试一下才好呢。”

“可是，酒店是个很敏感的地方，你难道不觉得吗？”

“敏感？啥敏感，我没觉得啊。我做好我的工作，别人的事情和工作我不打听的。”

“你真的没发现？”

“真的没有。我不懂你所说的敏感指的是啥？是人际关系的敏感，工作性质的敏感，或者你特指的敏感是因为有的酒店有色情或者小姐之类的？”

“主要是色情方面。现在的酒店没有色情，没有美女小姐服务，根本就没办法生存。我很气愤这样的场所。可惜，我只是一个中专生，而且学的也是酒店管理，换别的岗位，我不会做啊。”

“梅姐，我看你想得太多了。社会上很多的事情，是我们自己没办法改变的。与其改变不了现实，不如改变自己，以适应社会。这样自己也没那么多的困惑。一个人的力量，是不可能改变整个社会的。雷锋叔叔曾经说过，一个人前进总是单枪匹马，众人前进才能移山填海。”

“你小子，说起话来一点不像十九岁，比我的感慨还多呢。”

“不是感慨，其实是生活的一点感悟而已。”龙国祯把自己家庭，自己如何读大学，在大学如何生存的事情一一说了一遍，听得段淑梅一脸的惊讶和爱怜。忽然她对这个男生充满了喜爱，或者说喜欢上了这个男生。其实第一眼，她就知道这个男生的心里装满了故事，但是没想到，这个男生的故事会如此之多。

“其实，我家在四川，家里还有三个妹妹、一个弟弟读书，家里很穷，父母不怎么管自己，上不起学才选择读中专的。尽管我们那时候读中专国家包分配工作，可是我被分在一个小县城的国营宾馆里，工作了两年，觉得没前途，就辞职了，来到了江州。在这里，我换了好几家酒店，最终选择江州大酒店，是感觉这里相对于别的酒店要干净得多。”

说着，段淑梅的声音越来越低：“人啊，只有经历了才知道自己最想要的是什么。其实我很想做一名大学老师，但是现在是不可能了。现在只能在酒店工作了，挣点钱，等自己有资本了自己开一家品牌服装店，自己做老板。这是我自己的理想。”

“来来，为你的梦想早日实现，干一杯。”龙国祯很高兴，又喝了一杯，满脸发红。

不知不觉，已经到凌晨三点多了，段淑梅喝得有点微醉，心里还清醒。但是，不知道为什么，她总觉得龙国祯的淳朴、厚道、博学、睿智和浑身散发出来的青春气息吸引着她。有时候，她觉得和他认识是相见恨晚。

“你喜欢我吗？”段淑梅借着酒劲，这样直接地问。

“喜欢啊！”龙国祯直接地说，其实他说的喜欢，是个很平常的词。但是在段淑梅看来，这个“喜欢”就是“爱”的意思。

“谢谢你！”

“天不早了，我们走吧！”

龙国祯叫服务员要买单，但是段淑梅知道龙国祯身上没钱，自己付款了。龙国祯一脸的尴尬。

“你送我回去吧！”段淑梅说，“我怕，晚上。”

龙国祯自然是答应的。他扶着有点微醉的段淑梅，叫了一辆出租车，来到了紫苑小区。段淑梅就租住在这个小区里。她租住的是一室一厅，面积不大，但是一个人住绰绰有余了。

进了门，段淑梅就软得像根面条。他扶她坐在沙发上，给她倒了一杯水问："梅姐，你没醉吧？"

"没醉，喝的是红酒，醉不了。谢谢你！"

段淑梅睡眼蒙眬地看着这个高大帅气的男生，心里热浪翻滚。

"那行，你好好休息，我走了。"龙国祯看看墙上的钟表，已经快四点钟了，他准备回学校。

正当他转身要离开房门的时候，段淑梅不知道自己是哪儿来的冲动，一把抱住龙国祯："不要走，我要你。"

龙国祯第一次这样亲密地接触女人，这样现实地、真真切切地拥有现实的女人，而且是个成熟的女人。她从后面抱住他，胸部压在他的背上，他不知道是什么原因，只是感觉一阵阵眩晕，头晕，心跳也随之加快，但他的大脑里闪过的居然是李晓琪的丰满的、匀称的身材。

"梅……姐，梅……姐，我们不能这样……"龙国祯支支吾吾地说，腿有点发抖而且感到十分害怕。

"我都不怕，你怕什么呀？"段淑梅说。

"不行。我个人觉得，只有在结婚的床上，性才是合理的。我们不能这样。"忽然，龙国祯清醒起来，也许理性在起作用。

他这样一说，段淑梅忽然觉得眼前的小伙子，异常高大起来。一下子也清醒起来，"对不起，是我错了。"她后退了几步，然后看着龙国祯说："这么晚了，那你就睡这里吧。我帮你打一个地铺，你睡地铺，我睡床上，可以吗？"

"那你帮我在客厅打一个地铺吧。"龙国祯很认真地说，因为这个时候回宿舍，宿舍楼下的大门早就锁了，根本进不去的。

"嗯。"段淑梅感觉这才是真正的男人所应该做的，越发对这个帅哥刮目看了。客厅的地铺一铺好，龙国祯躺下，辗转反侧了几下，也许是太累了，很快就进入梦乡了。

快到中午了，龙国祯才慢慢醒来。

"起来吧，我已经做好了午餐，还炖了鸡汤。"

吃完饭，休息了一会儿，龙国祯就出去上班了，他不敢和她同去。他害怕同学知道。

很快在酒店做服务生就过了两个月，学校开学的时候，龙国祯结了账，辞掉了酒店的工作，回到学校。尽管这个暑假他只得到了三千元的薪水，但是他感觉，虽然失去很多宝贵的读书时间，但同时也收获了很多宝贵的人生经验。或许，经历本身就是一种人生收获。

第十一章　人生困惑释疑

江州市的丽园专线公交车是从江州火车站直达潇湘师范大学校门的。每到周末，这趟专线公交车上总是人山人海。有一天，龙国祯去市中心办完事下了开到校园的公交车，已经是满头大汗。他在图书馆附近的站台下车。下了车，他忽然感觉心里很难过，有种想吐的感觉，恶心的感觉涌上心头。也许是天气太热的缘故，也许是忽然想到和段淑梅那些不愉快的经历，他感觉人生忽然荒谬起来。

他也不知道，这是怎么了，也许是中暑了，谁都知道江州是出了名的火炉。这次在酒店打工，给他一个最大的体验，就是感觉人生在世，生存不容易，尤其是在这样一个市场经济主导的社会，在一切围绕金钱转的利益关系中，一个从农村出来的穷大学生担负了太多的人生责任。

他想到自己从“万恶”的高中考入潇湘师范大学，从大学一年级筹学费到父亲因为贫穷而产生的冷漠，从自己赚第一分钱开始，到现在千辛万苦地去为了生存而四处奔波。他现在是大学二年级的学生了，本应该在学校好好读书，过的应该是教室——宿舍——食堂这样“三点一线”的生活。但是，他好像是过早地进入了职场，尽管这种职场的生活是非正式的，但是他毕竟体验到了。

“人生其实很荒谬，人生其实就是苦。”龙国祯这样总结人生，“难怪佛学说，人生就是苦。所谓苦海无边，回头是岸。大概也就是这个意思。可是，我人生的路在哪里？我的未来在哪里？我这样农村出来的人，有未来吗？是不是我要重复放牛娃的故事？记者问放牛娃为啥放牛，放牛娃说放牛将来娶媳妇。记者问娶媳妇干啥，放牛娃说生娃。生娃干啥，记者追问。放牛娃说放牛。记者问放牛干啥。放牛娃说娶媳妇。这种放牛娃的生活，就是我以后的人生？”龙国祯想着想着，就潸然泪下了。索性，他就坐在图书馆外不远处的石凳上，背对公路，偷偷抹泪。好一阵子，才缓过神来，转身看着穿梭于校园公路上川流不息的各式各样的汽车。时而一辆宝马呼啸而过，时而一辆保时捷箭一样地穿过，他的眼神还没有收回，一辆豪华版奔驰又从他眼前飞过……

“Hello！国祯。”龙国祯身后传来声音。

龙国祯转身就看到司马兰飘然而至，面带微笑，眼神含情，望若秋水。

“噢，是你。”龙国祯无意识地赶紧擦擦眼眶。

“你怎么啦？哭了？”司马兰走近他，一脸的诧异，一屁股坐在龙国祯旁边上，关心地问。她看着龙国祯，脸上露出一丝怜惜。

“没有啦。”龙国祯掩饰着内心的世界。

“你呀，就不要骗我了。”司马兰关切地问，“说说，什么事，看看我能不能帮你。”

“没有。真的没有。”龙国祯仍然这样掩饰。

“你就骗我吧。一个暑假，我几乎都找不到你。偶尔看见你，都是匆匆赶路。你是怎么了？按道理，你一个学生，平时有必要这样匆忙吗？而且是放暑假，天又这样热。”司马兰说。

“噢。”

“你‘噢’啥呀？到底什么事惹你哭。说说，我帮你。”

“没有。真的没有。”龙国祯叹了一口气，“也许，我命该如此吧。”不知道怎么回事，龙国祯忽然像个女孩似的又流泪了，自言自语：“我是怎么了今天？”

“国祯，你不要这样，有困难，你说出来，我们一起想办法，好吗？你这样哭，我都想哭了。”司马兰柔柔地说，“是不是你失恋了？”她自己又忽然莫名其妙地来了这一句。或许，女人的世界，大概就是感情吧。

“啊，失恋?”龙国祯大吃一惊，“女朋友都没有，何来失恋?”龙国祯实事求是地说。

“对不起，怪我多嘴嘛。”司马兰一听他这样说，暗暗高兴，心里更加怜爱他了，“国祯，有什么困难，你说出来，我一定尽力帮你，就是上刀山，下火海，我都不怕。所有的困难，我们一起克服，好吗? 你一个大男人，这样偷偷流泪，又不说，我不知道你的困难是什么，这样也会让我着急，会把我急哭的。”司马兰轻轻地说。

龙国祯看了一眼司马兰，这真是一个美女，皮肤细腻得像初生的婴儿，睫毛长而细。“你真美，像李晓琪老师一样美!”龙国祯眼神锁定在她的脸上，忽然冒出这么一句话。

“啊? 是吗? 你怎么想到李晓琪老师了?”司马兰感到非常诧异。

“李老师，是我心目中的女神。尽管她在美国，我在中国，我仰望她，但是我会想着她。”

“啊!? 国祯，你这是说的什么话，我咋听不懂。等李晓琪老师回国，我抽空去问问李晓琪老师。”

“你敢问李晓琪老师，我就去死。”

“啊? 你这是怎么了? 那我不问。”

“你千万别去问。好烦。”

龙国祯痴痴地看着远方，心不在焉，忽然说:“女人总是美丽的。世界上所有的女人都是如此，只是欣赏女人的角度不同而已。”龙国祯这才低头，看着脚下的蚂蚁爬来爬去，接着淡淡地说:

女人是平凡的。

月朗星稀，是女人用晨炊点燃新的一天。

牵牵连连，是女人将零零碎碎补缝成一个美丽。

女人是不平凡的。

风雨交加，是女人为我们打开家门。
坎坎坷坷，是女人给我们关怀和温馨。

女人又是伟大的。
人们常把母亲比作美丽和博大的化身。
人类在生育女人的同时，女人也养育了整个人类。

世界少不了女人。
如果少了女人，
这个世界将失去——
百分之五十的真，百分之七十的善，百分之百的美。

没有女人就没有人类！

好一阵子，没有声音，只听见汽车的鸣笛声，摩托车的呼啸声。龙国祯才抬起头，发现司马兰盯着自己看，眼珠一动也不动。

“你干吗，这样看我呀？”龙国祯说。

“听你说你的女人的真理呀。”司马兰莞尔一笑。

“噢，我哪有什么真理。女人都没有碰过，何来真理。刚刚这首《女人颂》的诗，是孙中山先生写的，我只是引用。”龙国祯说完后，忽然意识到“女人都没有碰过”这句话是说漏嘴了，头上冒汗，心跳加快。

司马兰一听，也有些不好意思，脸颊上飞过一阵红晕，手心都开始冒汗。此刻，双方都没有说话，静静地让时间流淌。不过，这次对话，司马兰好像明白了龙国祯的心思，所以，对他的困惑，他为什么流泪，就没有必要追究下去了。凭女人的直觉，她猜测到了，龙国祯的困惑不是金钱，不是学业，而是前途、爱情和命运的困惑。如果再一直追问，会让双方陷入极为尴尬的境地，与其这样尴尬，不如不要点破这一层纸。但是，她心里已经知道这个答案，这个答案就是，龙国祯其实在暗恋李晓琪博士。她真的没有想到，龙国祯居然喜欢一个比他大五岁的女孩。但是，她不知道李晓琪身上有什么值得他暗恋的地方。她想:“说年龄，她比他大五岁，一般男生都是会找比自己年轻的女生，他怎么会去找比自己大的女生呢?说学历，李晓琪是博士，他是本科生，这学历也不匹配呀？除非龙国祯是博士，李晓琪是本科生，那也许是可能的。说身材，确实，李晓琪身材真的很美，身高一米七二，凹凸有致，身材匀称，不胖也不瘦。”想到这里，司马兰认为，龙国祯还是暗恋李晓琪且迷恋着她成熟女人的身材。

她看了看龙国祯说:“你喜欢李晓琪老师的身材？真的很美噢。”

“你这人，怎么这么龌龊?”龙国祯生气了。

“那你喜欢她什么?”

“我什么时候说喜欢李晓琪了？是你说的呀。我提一个人的名字，你就说我喜欢她了。我能说什么嘞？再说，学生崇拜老师，很正常的嘛。不过，我总觉得李晓琪身上有什么东西吸引我，但是我说不上来。你可别说出去，否则，我完蛋了。”

“噢。”

“我在想，那天上课，她为什么‘掐’我，你说，她会不会喜欢我，看我长得这么帅，这么‘男人’?”龙国祯笑起来，自信地说。

“你别臭美啊，也太自作多情了。李晓琪那么漂亮、博学、睿智，你暗恋她还差不多。她怎么会喜欢你。你不害臊，我替你害臊嘞。”

“好了，别损我了。我只是说说。你可别说出去，否则，我饶不了你。我就把李晓琪当我的女神吧!”

“我知道了。放心吧!”司马兰认真地说，忽然想起了一件，赶紧告诉龙国祯，“国祯，差点忘记告诉你了，今晚有一个大型的学术讲座。去不去?”

“谁主讲?”龙国祯问。

“听说是著名学者罗忠儒的讲座，中华师范大学的著名教授，专门研究人生哲学的。”司马兰说。

“那得去听听。时间？地点？”

“田家炳教学楼学术报告厅，晚上七点。”

“走。一定去。”龙国祯斩钉截铁地说。

晚上的江州市灯火辉煌，到处洋溢着改革开放带来的勃勃生机。位于江州市西边紫霞山下的潇湘师范大学里，四处可以看到忙碌的学生身影，或读书，或恋爱，或兼职。晚上七点，在田家炳教学楼学术报告厅，人头攒动，大学生、研究生、记者等都聚集在此。

龙国祯和司马兰，早早地吃了晚饭，提前半小时就来到了学术报告厅，坐在第二排，第一排是专家们和教职工的座位。七点整，六十多岁的罗忠儒教授在廖副校长和几位大牌教授的陪同下来到了报告会现场。顿时，会场响起雷鸣般的掌声。

精神矍铄的罗忠儒教授连连向同学们挥手示意，稳步走向主席台，在“罗忠儒教授”指示牌的座位上坐下。廖副校长主持今晚的讲座。

“亲爱的同学们，老师们，同事们，朋友们：大家晚上好！今晚我们非常荣幸地请来中华师范大学著名学者罗忠儒教授给大家做精彩的学术报告。罗忠儒教授是我国著名哲学家，教育部长江学者特聘教授。今天他的学术报告的题目是‘伦理学视野下的善即中庸’。为了节约时间，关于罗忠儒教授的详细介绍和学术成果，我就不多说了，图书馆有很多关于罗教授的资料，大家有空可以去查阅。现在我们就以热烈的掌声，欢迎罗教授作报告。”会场再次响起雷鸣般的掌声。

罗教授站起来向大家鞠躬，然后示意会场安静，他对着话筒，开始发表演讲：

有人说“善”就是好，那么，“好”是什么？美女人见人爱，是不是就是好呢？庄子说："毛嫱、丽姬，人之所美也"，然而"鱼见之深入，鸟见之高飞，麋鹿见之决骤。"因此，仅仅是说"好"就是善，显得过于简单。

孟子认为："可欲之为善。"所以，有人认为值得人们追求的、喜欢的事物是"善"，如名誉、金银、权力等，那么是不是名誉、金银、权力这些就是"善"呢？如果是，那么为什么人们还常说"人怕出名，猪怕壮""金钱乃身外之物，生不带来，死不带走""权力是双刃剑，用好了可以为民造福，用不好自己伤自己"之类的话呢？所以，仅仅认为"可欲之为善"，显得也不合理。

那么，什么是"善"呢？"善"的本质是中庸，不过也不及，它是事物内在的本质属性。它既不是外在的好，也不是或者仅仅是值得人们追求的东西。宋代大儒朱熹对"善"的理解值得借鉴。他在《中庸章句》中解释"子曰：'舜其大知也与！舜好问而好察迩言，隐恶而扬善，执其两端，用其中于民，其斯以为舜乎！'"这句话时，说："盖凡物皆有两端，如小大、厚薄之类。于善之中又执两端而量度以取中，然后用之，则其择之审而行之至矣。"朱熹的解释表明了"善"的含义："善"就是事物或行为本身的中庸状态，非不及也不过。古希腊思想家亚里士多德在《尼各马可伦理学》中也认为，"善"即"中道"，也就是"中庸"。"善"即中庸或中道，这正是表明了"善"不是外在的"好"或者"可欲"性的东西，而是事物的内在本质。通常人们说的"好"或者"可欲"性的东西多是强调事物的外在性，是一种工具理性，而非事物的本质。正是因为人们对"善"的误读，所以产生了各式各样偏离正道的善恶观。而事实上真正的"善"的本质就只有一种，即中庸或者中道。在道德哲学视野中"善"是事物处于"不偏不倚，无过不及而平常之理"中的那种存在方式。"善"的这种中庸或中道的本质内涵，不是一种固定的存在，而是事物存在的方式，是动态的，它随物与事、时与地而变化，在这种变化中，"善"

又往往处于“不偏”“不倚”状态中。所以，我们说“舜”是善人，不仅仅因为他“好问而好察迩言”，更重要的是他具有道德智慧，能“执其两端”，后“用其中于民”，能够把握好善的本质。

既然“善”是事物的中庸状态，那么，一切道德规范的创建和应用，无非就是为了实现“善”的这种中庸状态。例如，救人就是如此。孟子列举了一个很有名的案例。他说，“嫂溺，援之以手”是正当的、善的，“嫂溺不援，是豺狼也”。但是，假如将嫂子救上来之后，还不放手，就过了头，违反了“善”的中庸状态，那就不是救嫂了，而是涉嫌“淫嫂”了。因此，嫂溺要及时救，救上来之后要及时松手，这才是“善”，反之，不救或救上来之后不放手，都不是“善”。同理，在现代社会中，青年人给老人让座位是“善”。但是在通常情况下，青年人不让座，该青年的行为是“不善”，是“不及”。但是如果老人强行将青年拉起来，或者强迫他人让座位，那这位老人的行为就显得“太过”，也是“不善”。

由此可见，“善”是事物的内在本质或是事物的中庸状态，代表了事物发展方向，“善”不是外在的“好”，或者“可欲”，“善”是中庸或中道。

…………

罗教授的演讲中有引用学者欧阳辉纯教授的一篇文章《善即中庸》。龙国祯边听，边做笔记。虽然他没有完全听懂，但是听懂了一部分，至少“善”的定义他懂了。

在最后的提问环节，他第一个提问。

他站起来说：“尊敬的罗教授，您好！非常感谢您精彩的演讲，让我受益匪浅。我的问题是，既然善是中庸，那么我们是不是可以说，‘善’既是目的论又是方法论？如果‘善’既是目的论又是方法论成立的话，那么，是不是说‘善’是不可定义的？这样不可定义的‘善’，必然涉及元伦理学问题，也涉及‘休谟难题’：事实判断何以推出价值判断问题。休谟认为，事实推不出价值。因此，这样的话，我们是不是该说，‘善’仅仅是‘善’，与道德实践无关了？如果这个又成立的话，那么，‘善’是否还有价值？我们何以要追求‘善’？”

他问完之后，全场响起阵阵掌声。坐在旁边的司马兰，吃惊得说不出话，她不知道龙国祯居然有着如此深厚的道德理论功底。“他不是外国语学院的学生吗？什么时候居然懂得‘元伦理学’了。真是深藏不露。”她这样想，明显是走心了，心已经不在报告厅了，而是飘然到未来的人生世界了。这个世界里，只有他和她两个人。这个世界大概就是女性的青春梦的世界吧！

在场的所有教授、副教授、讲师、博士生都对这个小伙子的提问感到惊讶，纷纷啧啧称赞。罗忠儒教授喜形于色，认真听完他的提问之后，满心欢喜地说：“我非常感谢这位同学的提问。在回答你的问题之前，我得专门表扬你和你的问题。你能问出这样的问题，说明你在大学里是认真读了书的，至少可以说在哲学伦理学领域是花了很多时间的。不仅如此，你不只是理论上学习，而且在实践上也是去体会、体验和感悟了的，不然你问不出这样的问题。如果说我今晚讲座有什么收获的话，遇见你和你提的问题是我最大的收获。”教授神清气爽地问：“请问同学，你叫什么名字？什么专业？几年级的学生？”

龙国祯再次站起来，礼貌地回答：“谢谢老师的美赞。我叫龙国祯，是外国语学院英语专业学生，大学二年级学生。”全场再次响起雷鸣般的掌声。有人窃窃私语：“天，逆天了，外国语学院的学生居然能问出如此专业的哲学伦理学问题，让我们这些哲学系的学生情何以堪呀。”“就是，这也太厉害了吧！”“怎么可以这样厉害，真的，没有想到，外国语学院还有这样的‘杰青’。”

罗忠儒教授一听，异常高兴：“好呀好呀，外语系学生，又能通哲学，非常不错。龙同学，如果你乐意，希望你以后报考中华师范大学哲学院的硕士和博士，我们非常欢迎你这样优秀的同学报考我校，尤其是欢迎优秀学生报考我的硕士和博士。我相信你通过自己的努力，一定可以在你研究的领域成为出色的学者。”

“哇！天呀！”

…………

全场再次掌声雷鸣。

其实，机会往往会留给有准备的人。罗忠儒教授的一番话，几乎就预言了龙国祯以后成为名校博士、博士后和著名教授的未来。龙国祯自己也不明白，怎么忽然就能问出如此深奥的问题。大概，这就是暑假的勤工俭学的心得吧，也许就是在潇湘师范大学哲学院“蹭课”的效果吧。

在他看来，读书，一定要知行合一，学以致用。纯粹的理论，不行；一味地实践，也不行。一定要理论与实践相结合，理论与实践两者相互交融和促进，才能让人真正把握事物的本质。这才是真正的学习方法。

很多人满腹经纶，结果却变成百无一用的书生；有的人一辈子都在实践，但是因为缺乏理论的指导，无法提升，一辈子也无法摆脱艰辛的生活。只有理论和实践两者结合，不断创新，才能结出硕果。

这次提问，让龙国祯一夜成名。一周之后，《潇湘师范大学报》和潇湘师范大学电视台专门报道了此事，一时间，龙国祯成了潇湘师范大学的著名人物。学生中，一提起“龙国祯”三个字，大家都说知道。

这样忽然出名，也超出了龙国祯的想象。他没有想过要成为著名的人物，只想充实地过好自己的每一天。所有的人，无论生前如何辉煌和沉沦，最后的结局都是一样的。只是人一辈子在有生之年如何高质量地度过自己的一生，这才是每个人都应该思考的人生哲学话题。

其实，在哲学院“蹭课”的一年时间里，龙国祯对哲学尤其中国哲学和伦理学有了比较深入的认识。从某种意义上说，他已经深深地爱上了中国哲学和伦理学。

大学里，其实学习多少知识不重要，因为知识是很容易过时的，关键是要学会如何去学习，学会如何去完善自己的人格，学会如何去掌握知识和创造知识，学会如何去实践，并且在方法论上达到一种自我圆融的境界，同时，在人格修养上达到尽可能完善的程度。这样，大学教育才是真正的教育。因为，大学教育不仅仅是专业教育。如果把大学教育看成是一种专业教育，那大学和一般的职业培训中心就没有区别。如果那样，那么大学还是大学吗？

所以，龙国祯一边反思自己的学习，一边反思中国的高等教育。尽管，他的一些思考，在他后来看起来又觉得十分幼稚和肤浅。但是，人，总是从不成熟走向成熟的，从肤浅走向深刻的。因为，人，终究是要奋斗的，懒惰是不行的。当然，奋斗，也是一种讲究方法的奋斗，绝对不是盲目地、毫无计划地蛮干。所以，读书，要会读书，要反对死读书，读死书。书呆子是没有多大价值的。

“国祯，你怎么如此厉害。我觉得你越来越厉害了，我都跟不上你的节奏了。”听讲座回来的路上，司马兰这样告诉龙国祯。

“是吗？我没有觉得呀，我只是对中国哲学和伦理学感兴趣。”龙国祯回答。

“中国哲学和伦理学如此有意思？比我们英语还有意思？”司马兰这样问。

“英语，不过只是一种语言，语言只是一种思想和思考的工具。”龙国祯说。

“噢，明白了。”

其实，这次提问奠定了龙国祯日后对学术的兴趣，也为他日后成为著名的哲学博士教授打下了坚实的基础。不过，现在的龙国祯怎么也没有想到日后他会以全国第一名的成绩考入中华大学哲学院攻读伦理学博士学位，并且日后成为著名的哲学教授。在很多人看来，哲学是没有用的，至少是不实用的。但是这些，并没有妨碍龙国祯喜欢中国哲学和伦理学。因为，在他日后的生活中，中国哲学和伦理学扮演了精神导师的作用，让他终身受益。这些理论的价值是他父母给不了的。因此，对于他来说，读书是改变命运的最好、最快的一种方式。选择读书作为职业，也是他以后慢慢体悟出来的。

他人生的困惑以一次学术报告结束后的提问而得到了比较圆满的解答，这大概就是作为知识殿堂的大学所给予他的最有价值的回报之一吧！

培养人，并且使之成为道德高尚的人，这是大学的使命之一，也是龙国祯自己让自己成为道德高尚的人的要求。这是他在大学里所学到的最为核心的内容。

第十二章　假牌男朋友

一个不可雄辩的事实是大学文科院系的女生比男生多，尤其是外国语学院，更是如此。龙国祯所在的英语一班，全班四十五名同学，只有五名男生，即龙国祯、孔庆华、董恩泽、程显颐和朱继贵五个死党。龙国祯作为院学生会主席和一班班长，在同学中算是绝对“权威”。班上别的女生的男朋友，要来班上找某女生，首先得过五名男生这一关。否则，他们谁都不会保证，下一周该女生是否还是某男生的女朋友。每次女同学的男朋友要来班上找人，得请五名男生吃饭。这是必需的功课，也是班上女生公开承认的男女恋情的一个标志。否则，女同学就认为，该男生太不给她面子，不会和其交往的。

有一天下午，同学们在集体自习，这种集体自习其实在大学里是很少的，因为今天上课的教授临时有急事处理，所以，临时改为集体自习。临近下课，忽然教室外面传来一声：“段子祺。”大家应声抬头望去，教室门口站着一位大约一米六五高的黝黑男子，三十多岁的样子，穿着红绿相间的花格子衬衫，系着一根粗大的鳄鱼牌腰带，一身牛仔裤，一双擦得发亮的黑色的皮鞋。最刺人眼睛的还是他脖子上套着的一根粗大的金色的男士项链。龙国祯一看，心里想，这厮必然是社会上混的，走江湖的，并不是大学里的男生。

其实，龙国祯经过暑假宾馆兼职事情之后已经成熟很多了，社会上的三教九流，虽然谈不上非常了解，但是也是有些接触，大学生的那种单纯、幼稚、天真的想法在他那里已经慢慢被男人的理性代替了。

这个时候，全班同学很惊讶于这位男性的打扮，尤其是女生占绝大多数的班级，一看这打扮，都不敢吭声，都看向段子祺。段子祺更加不敢应声，赶紧把头埋在桌子下面。

班长龙国祯却一点不害怕，直接从座位上走到门口，问："请问尊姓大名？"

"噢。我是刘浩，刚从广州来，来找段子祺。"刘浩还是很有礼貌的，毕竟面对如此多的学生，起码也得给段子祺留个面子。

"我是龙国祯，这个班的班长。你找段子祺什么事？"龙国祯看着刘浩的一身打扮，心里有点不舒服，感觉这个人在道上混了很久了，有点渣。学校规定教学时间教学楼是不允许外面的人进来的，但不知道他是怎么进来的，不知道门卫为什么没有拦住他。

"噢，其实也没有什么事，我是专门来看段子祺的。"刘浩边说边往教室里扫视。

龙国祯听他这样说，又回头扫了一眼段子祺，发现段子祺不仅没有搭理他，反而把头深深地埋在了课桌下。他心里就明白了几分，知道段子祺其实是不想理睬刘浩。凭龙国祯的直觉，这个刘浩是喜欢段子祺，而段子祺不喜欢刘浩，所以，刘浩来找她，她就不会主动搭理他。

"先生，我们正在自习，还没有到下课的时间，请你到教学一楼的大厅等。好吗？"龙国祯这样打发他走。

"是吗？还有这规定。好，谢谢！"刘浩表露出不高兴的神色，但是因为在教学楼，也不敢发飙，只好悻悻地离开。

刚一离开，全班同学都看着段子祺。安静的班上，顿时不安静起来。

"段子祺，这个人是谁，是你男朋友吗？"一个同学关心地问。

"什么呀！就一地痞流氓，我怎么会有这样的男朋友嘛。"段子祺紧张地说。

下课后，龙国祯走到段子祺身边，厉声说："段子祺，你出来一下。"

“嗯。”班长龙国祯这样一说，她不敢不听。

他把段子祺约到教学楼最西边的旮旯，直接问：“刘浩到底是你什么人？我看这人是在社会上混的，很渣的。”龙国祯开门见山。

“我是去年暑假在回老家的车上认识他的。他说他是岳州人。我不知道他是做什么的，好像说是在江州市开饭店的，但是我又没有见到他的饭店在哪里。他说他喜欢我，可是我对他一点感觉都没有。”段子祺表现出鄙视此人的神色说，“他这次来，没有通知我，我事前也不知道。”

“一句话，他到底是不是你男朋友？”龙国祯直接问。

“不是。以前不是，现在不是，以后也不是。”段子祺肯定地回答，“班长，我真的很害怕，我怕他打我，他老缠着我。”段子祺紧张起来。

“你们之间，没有发生什么吧？你要和我说实话。”龙国祯直接问。

“没有，真的没有。”段子祺肯定地说。

龙国祯听见她最后补充了一句，“真的没有”，感觉他们肯定有故事，只是不好意思说。

龙国祯也顾不了那么多，直接问：“你们是不是去开房了？”

“啊？你。你怎么这样说？——没有。”段子祺着急而且害羞。

“因为凭我的经验，如果你跟他不熟，他不可能这样大胆地来找你。你要理解我的问题，我也是为你安全着想。”

“嗯，我知道。”段子祺低头答应，眼睛里含着泪水。

“你怎么了？”龙国祯关切地问。

段子祺这才说出她和刘浩的邂逅。

原来段子祺去年上学期在回家的车上，遇见了去岳州办事的刘浩。两个人谁也不认识谁。当时正好段子祺也坐大巴回家，两个人是坐同一班车，同一排座位。段子祺坐靠窗边的，刘浩坐靠临走廊的座位。

上车后，刘浩就一屁股坐在段子祺的身边，问：“美女去哪里？”

段子祺抬头看着这个凶神恶煞的男人，满身的肌肉和胸前刺的一条龙的文身，吓一跳。幸亏是上午坐车，要是晚上坐车，就麻烦大了。段子祺很害怕，只是怯怯地说："回家。"其实段子祺平时回家是坐火车的，五个小时就能到家。因为去年暑假她原本不打算回家的，打电话告诉父母了，所以就没有购票。放暑假十来天，段子祺觉得学校太热，家里虽然是农村，但是凉快，所以就想回家了。这才临时决定回家，再去车站购火车票时，车票已经售完了，只有长途汽车票。所以，她就选择了这趟大巴。这也是她读大学以来，第一次坐长途大巴回家。她的家在岳州农村。她打电话告诉了家住岳州市的同学刘慧，车子会到岳州车站，然后再在刘慧那里玩几天，再坐中巴回家。这是她暑假计划的。

"你是岳州的？我也是岳州的。"刘浩天喜出望外地说，"不过，我现在在广东那边做点生意，在江州市准备开一个饭店。下次有机会，我请你去我们饭店吃饭。"刘浩直来直去，眼睛在段子祺身上上下扫视，一副色眯眯的样子。

段子祺瞟了他一眼，没有出声。

过了十来分钟，大巴上坐满了人，汽车缓缓从江州汽车客运站驶出来。刘浩趁着车开动的机会，假装向窗外望去，其实眼睛的余光盯着段子祺看。他发现坐在身边的段子祺，肤色、身材和三围都可以说是上乘的，至少在他见过的女人中是这样。

刘浩其实就是广州黑社会成员之一。他十六岁初中毕业就去广东打工，进工厂，嫌工作压力大，不肯干，辞了。进公司做保安，也嫌弃工作低端，钱也少，又不肯干。一年之内换了好几份工作，都是半途而废，没有一样工作是做到头的。

有一次，同村的哥们儿在广东帮别人打架，一天赚了三百元，还管吃管喝，他羡慕不已。后来，在这哥们儿的帮助下，他进入了广东打架流氓队伍。所谓打架，就是别人发生矛盾，在不通知警方的情况下，双方私下武力解决。谁打赢了谁就有理，谁就决定解决事情的方案。这其实就属于黑社会性质。在打架队伍中，因为刘浩舍得打、砍，而且非常勇猛，舍得一身肉搏，具有莽夫的蛮力和豪横，深得“豪哥”的喜欢，索性带头大哥给他取了一个绰号或者说是封号叫“黑马”。当然，“豪哥”在黑社会里不一定是名叫 ×× 豪的，而是黑社会的一种“官职”，最大的“官职”是“洪哥”。因此，“豪哥”大概相当于第二把交椅。就按刘浩的身份，暂时还没有机会见到“洪哥”的。据说这样的“洪哥”头把交椅，源于袁世凯称帝的“洪宪”皇帝的年号。到底是不是这样，还需要考证一番。龙国祯自然是没有时间去考证这样的无聊的历史故纸堆。

当然，刘浩虽然被称为“黑马”，也只是“豪哥”临时起的绰号，但是这并没有改变他在黑社会中的底层地位，本质上他还是一个低端社会成员。黑社会中的大事他根本就无权过问，只是服从“豪哥”的“命令”，大哥叫他往东，他不敢往西；否则，违反“豪哥”的“命令”，按内部规矩是要被滚烫的烟头烫胸部的。他有好几次在广东，因为打架跑得慢，被警方逮住，还被行政拘留了十五天，自己身上也有几处被砍伤的，还有几处是被烟头烫伤的。

经历了在黑社会苦闷且具有风险的生活，他自己也明白，这样混下去迟早要进监狱的，所以，这次回江州开饭店，也是想脱离黑社会的日子，不想在黑社会中混了。当然，江湖险恶，不是他想抽身就可以抽身的。他和黑社会“豪哥”说了好几次，不想干了，好几次被黑社会的人打得死去活来。他明白了这一点，以后就再也不说了，但是自己得多处找借口，慢慢抽身。叫他一起打群架的时候，他就行动迟缓，或者故意摔伤自己，逃跑的时候就兔子一样飞快地溜走。这大概也算是一种明哲保身的方式吧。

这次他在江州开饭店，是真的想做一位本分的饭店老板，赚钱娶妻生子过安稳的日子。因为开饭店资金短缺，他想向在江州的朋友借点钱，结果平常称兄道弟的所谓朋友，在他需要借钱的时候，个个作鸟兽散了。他一分钱都没有借到，就只好回岳州筹钱，没有想到在大巴上邂逅段子祺。看到段子祺身上彰显出来的清纯的气质，他就被深深地吸引了。尽管他尽量地克制自己的欲望，但是因为在黑社会里混了几年，那点流氓的作风还存在，他看段子祺的时候，眼神是直勾勾的，典型的一副色鬼的淫荡相。吓得段子祺心里惶恐不安。幸亏是上午，要是在晚上，她一定会被吓得直呼“救命”。因此，一路上，段子祺根本就不想和他说话，只是默默地听刘浩夸夸其谈，自己把牛皮吹上天，说自己在广东打工如何能干，如何赚钱之类的“英勇故事”。其实，段子祺根本就没有听进去，她在想，如果到岳州车站，如何赶紧逃离这个刘浩的视野，免得自己担惊受怕。

刘浩说了很多自己的故事，不管段子祺听不听，他都把自己在社会上的“出彩”的故事一一说来，说得唾沫横飞，自鸣得意。但是，他绝对没有提“黑社会”这三个字。这是绝对不能说的，他只是说了和一些朋友在广东打工，认识社会、接触社会、了解社会、结交江湖豪杰之类的。这样做，就是为了将来在江州发展，在江州购房购车娶妻生子，好好过日子，只是可惜没有遇见合适的姑娘，这是最遗憾的事。

足足说了四个小时，他自己都觉得口干舌燥了，段子祺根本就不在乎他说什么，因为他说的，她根本就不感兴趣。不知不觉，大巴就进了岳州车站。一到站，段子祺就跑去公用电话亭，打了一个电话给高中同学刘慧。她说她已经到岳州车站了，叫刘慧来接她。还说她遇见一个色狼，想请她赶紧过来“解救”。

刘慧一听，也吓坏了。放下电话，就赶紧给自己的堂哥打电话。不巧的是，他的堂哥就是刘浩。刘浩手里拿着大哥大，一听也着急，说：“刘慧，你告诉我，你同学遇见的色狼在哪里，老子削了这个色狼。”

“在岳州汽车站。我马上打的过来，你等着。”刘慧匆忙挂了电话，夺门而出，也没有回答她妈问她什么事这样急着出门的问题。

刘慧知道今天堂哥刘浩要回岳州。前几天，刘浩告诉过她，今天准备回来。她知道，堂哥在外面混，喜欢打架，遇见色狼，叫他去，绝对有胜算。

刘慧赶到岳州车站的电话亭，段子祺一见到刘慧，大哭起来：“吓死我了，吓死我了。”一边说，一边哭，忽然看见刘浩也匆匆忙忙赶过来，更加吓一跳：“就是他，就是他。”段子祺一边哭着一边用手指着刘浩。

刘慧一回头，看见刘浩，就说：“哥，你怎么回事？”刘浩自己大吃一惊：“我怎么啦？”然后看见段子祺，就忙解释：“对不起，对不起，美女吓住你了。我该死，我该死。”

刘慧一头雾水，看看刘浩，又看看段子祺，问：“子祺，到底怎么回事？你怎能把我哥当色狼？”

“啊？他……他……，他是你大哥？你怎么有这样的大哥嘛。”段子祺很生气。

“是堂哥，是堂哥。今天刚从江州回来，他在外面混很多年了呀，挺好的呀。他是来帮你打色狼的，你怎么说他是色狼？”刘慧忙解释说。

“在车上，那样色眯眯地看人家。又说个不停，明明就想……你那点花花肠子，你以为我不知道呀。”段子祺指着刘浩说。

“对不起，对不起，是我说多了，不该说，是我看你看得久，不该看，都是我的错。可是，我真的不是色狼嘛。我要是色狼，我还能在外面混那么久，早就进监狱了。其实是我喜欢你，就忍不住多看了你一眼，就话多了一点嘛。谁叫你长得那么漂亮。但是，我声明，我尽管喜欢你，但是我绝对不是色狼。”刘浩坚定地说。

“子祺，你可能是误会了，我哥绝对不是色狼，这点我可以保证。虽然他看起来很不正经，但是肯定不是社会上的二流子、色狼之类的。这点你放心。”刘慧善意地劝段子祺。

“我就是喜欢多看几眼美女。但是我不是色狼，就是色，也是色而不淫的。”刘浩狡辩。

“哥，你闭嘴，你不说话，不会把你当哑巴。”刘慧生气了。

段子祺听刘慧这样说，才慢慢平静下来。

“走吧，先回家。咱们很久没有见面了，回家好好聊聊。”刘慧这样说，同时回头看着刘浩，使了一个眼神。刘浩明白，就赶紧跑过去帮段子祺提行李，一路献殷勤。

段子祺就是这样和刘浩认识的。但是，刘浩自认识段子祺之后，就单相思地认为，段子祺就是他的女朋友。不过，这时他还不敢声张。一是他还没有完全脱离黑社会，二是自己内心深处有种自卑感，感觉自己配不上段子祺，所以，对自己的单相思也仅仅停留在单相思上，还不敢大胆追求。尽管，他很想约段子祺去开房，心里想不管成不成事，先上床了再说。男人的一夜，女人的一生。他这样想，但是有这贼心，没有贼胆。因为段子祺对刘浩一点感觉都没有，只是因为看在刘慧的面子上，不好意思拒绝。但这样羞羞答答不肯定的拒绝，就让刘浩又生出了许多奇怪的幻想。所以，事情就这样藕断丝连，延续到现在。

“原来如此。没事的，这事我来摆平。”龙国祯说着，走进教室，拿着书包，就带着段子祺下楼了。

走到外国语学院教学楼大门外。刘浩从大门外的柱子背面蹿出来，大喊：“段子琪！段子祺！段子祺！”

“你作死呀，这样大声地喊。没有看见标语上写着‘请保持安静’？”龙国祯骂道。

段子祺看着刘浩：“你跑来干什么？你是怎么混进教学楼的？”

“我想请你吃饭。我是假扮成学生的样子混进教学楼的。”刘浩喜出望外地说。

“我没有饭吃吗？你跑回来，就是为了请我吃饭？真是的，什么脑子！”段子祺非常厌烦地说。

“不是。我，我有话说。”刘浩吞吞吐吐地说。

“什么话？”段子祺直接问。

刘浩看了一眼龙国祯，鼓足了勇气说：“我喜欢你，请你做我女朋友，好吗？”

“就这话，还特意从外地跑来说？不可以打电话？或者在信里说也可以呀!”龙国祯调侃他说。

“你这说的是什么胡言乱语呀。我是看在刘慧的面子上，才搭理你的。我怎么可能做你女朋友?”段子祺鼓足了勇气拒绝说。

“她有男朋友了。”龙国祯直接拿话诈他。段子祺一听，莫名其妙地看着龙国祯，心里想:“我有男朋友，我自己咋不知道呢?”她心里想，但是没有问出来，看龙国祯怎么说。

“有男朋友了?”刘浩大吃一惊，旋即就明白了是龙国祯诓他的。他就理直气壮地说:“有男朋友，我也不怕，我喜欢竞争。我和段子祺男朋友竞争，只有在竞争中，才能显示我美的本质。”

“兄弟，你这事做得就不漂亮，很混蛋。你看不出来?段子祺的男朋友是我。”龙国祯拽着段子祺的纤纤玉手说。刘浩一听，惊呆了，触电一样站在那里，呆若木鸡。

“啊?龙国祯，你……”段子祺一听龙国祯这突然的一句表白，尖叫起来，而心里涟漪泛起，脸色潮红。其实，在内心深处，她是一直暗恋龙国祯的，感觉龙国祯有勇有谋，有担当，是个真正的男子汉。只是，她自己不敢表白。听龙国祯这样一说，她又是激动又是害羞，但是内心深处无比高兴。其实，她不知道，这不过是龙国祯打消刘浩喜欢段子祺念头的一种手段，一种策略。但是，言者无心，听者有意，段子祺就是因为龙国祯这样一句大白天说的瞎话，而在往后的生活中沦陷了。

“啊?!”刘浩大吃一惊，赶紧问，“段子祺，这是真的吗?”

沉沦的女人总是糊涂的，或者在心爱的男人面前，女人总是把男人的假话也当作是颠扑不破的真理。沉醉在龙国祯所谓感情表白中的段子祺，想都没有想龙国祯说的话是真是假，就百分之百相信刚刚龙国祯说他是她男朋友这句话是龙国祯拯救她的爱情的星星点灯。尽管这样的星星点灯犹如夜空的萤火一样渺小，但是，她希望在未来的岁月里它一定能形成燎原之火。所以，她想到这绚烂的、未来的爱情，就肯定地说:“是，他就是我男朋友。”一边说，一边紧紧拽住龙国祯的手臂，生怕龙国祯从自己的身边跑掉。龙国祯明显感觉到了这双柔软的手还在颤抖。

龙国祯微微转头，看着满脸堆着幸福的段子祺，看着那双满眼含情的眼神，好像被电击了。顿时，龙国祯感觉这次玩笑开大了，有点后悔了。但是说出去的话，怎么能立刻就收回呀。龙国祯真实的想法，其实不过就是让刘浩死心，让他不要在段子祺身上打主意了。他是想用假牌男友的方式让刘浩不要再做这样无谓的事情，让他知难而退。

刘浩听他们这样一唱一和，居然也就相信了。他看着龙国祯和段子祺深深地“噢”了一声，然后转身就走了。

龙国祯追上他，说：“兄弟，真是不好意思，感情这样的事，是不能勉强的，希望你好自为之。我们还是好朋友，尽管认识的时间非常短。”龙国祯又说：“要不，你等下，我请你去饭店吃饭。”

“噢，不了。我还有点事要去做。”他回头对段子祺说，“子祺，你好好学习，我是真的配不上你。希望我还是你永远的大哥。”

“嗯。”段子祺不知道怎么回事，居然感觉到一阵酸楚，或许这大概是人的正常感情的流露吧。

这时候，整个教学楼下课的学生蜂拥而出，刘浩转身，随着下课的学生流渐渐消失在远方。段子祺尽管也很难过，但是这样的拒绝，对她来说是最好的方式。她一直没有勇气拒绝刘浩的表白。她知道，他和她一开始就不是一路人，是两条永远也不会交汇的铁轨。但是，她又迟迟没有勇气和刘浩说清楚，这大概是她害羞胆小的性格所致吧！这次拒绝，让她绷得紧紧的心弦彻底放开了，就像千斤重担落地了。一种从未有过的舒坦感围绕着她的心头。这样一份释放，不仅让她理清了自己的心弦，而且在内心深处让她感觉到自己收获了自己的感情，或者坦白地说是爱情。因为在她的心中，龙国祯是她永远的白马王子，如今白马王子在这样宽敞明亮的教学楼大门外表白，天地可鉴，她相信这应该是真的。至于以后是不是还是像现在这样真，这是她无法掌控的。在这样一个变化多端、诱惑四射的社会里，谁敢说，有什么东西是永恒的？当然，尽管人们相信有永恒的存在，尽管人们渴望永恒，这只是人们的一厢情愿，但是现实在金钱物质面前，就很难有永恒的存在。悲剧的发生，也许往往就是因为人们太相信永恒。在生命的短暂岁月中，人们渴望永恒，甚至渴望不朽。尤其是善男信女，更加相信爱情的永恒。其实，真正的爱情，能够相爱相恋相依五十年，就已经是非常难得了。可是，在这样一个人性觉醒的时代里，又有几人的爱情能达到五十年？很多人，一开始，是如胶似漆在一起，三年，五年，或七年之后，夫妻就反目成仇了。这样的例子，报纸上、电视上比比皆是。

无论别人怎样责怪爱情如何的短暂，但是，段子祺相信，爱情是永恒的，永恒的爱情也毕竟还是存在的。“所以，既然有这样的可能，那为何我们要放弃？”段子祺想到这里就满怀信心，脸上露出幸福的微笑。

其实，她也知道，司马兰是她主要的“情敌”，因为她多次看见司马兰和龙国祯走在一起，还靠得那么近。有好几次，她都亲眼看见了。

有一天，她直接问司马兰：“兰兰，你是不是龙国祯的女朋友？”

“什么什么呀，你说什么呀？”司马兰被弄糊涂了。

“别什么什么呀的，别糊弄我，直接回答。”段子祺不懂这次哪来的勇气去拷问她，平常段子祺是胆小怕事的，但是这次为了爱情，她居然胆儿壮了。女人为了保卫自己的爱情，看来也是挺疯狂的。

“不是，只是同学关系。”司马兰不好意思直接说，因为龙国祯没有表白呀。

“噢，明白了！懂了。”段子祺心里非常踏实，但是这个司马兰，不得不防，毕竟她和龙国祯走得如此近。

第十三章　拜师学南少林拳

这件事，光速一样飞快地传到司马兰的耳中，气得司马兰直跺脚，心里想:“你个死段子祺，平日看你安安静静、斯斯文文、胆小谨慎，居然和我抢男朋友。这是应了那句话:‘防火防盗，防闺蜜。’你这是釜底抽薪，看我怎么收拾你。”第二天下课后，司马兰直接拦住龙国祯，拷问:“龙国祯，你等下，本姑娘有话问你。”她一脸怒色。

“好的。”龙国祯看见她怒气冲冲，估计她是有要事急事找他。但是，他怎么也没有想到自己触碰“地雷”了。

“去校行政楼前的观景亭。”司马兰压抑着怒火。

“好。”龙国祯爽快地回答。

“国祯，你去哪里，等等我。”段子祺一看，司马兰找龙国祯，心里着急，也赶紧问。

“司马兰找我有事说。”

“我也要去。”

“我和龙国祯的事，你去算什么呀?”司马兰更加生气了。

“你什么意思嘛!”段子祺也生气。

一场硝烟弥漫的战争，由这两个女人发起。其实，平时看段子祺斯斯文文，但是女人一旦涉及自己的爱情，为了捍卫自己的爱情，就会有超乎寻常的勇敢。在爱情或婚姻保卫战中，女人往往是拼死搏斗，甚至不惜牺牲自己的前途，不顾一切地往前冲的。段子祺就是这样的女生。在这一点上，她是不会输给司马兰的。

“国祯，我可以去吗？”段子祺不想和司马兰辩论，柔柔地对龙国祯说。

“你先别去吧，司马兰找我是有事。但是肯定不会有什么大事，放心吧。”龙国祯说着，转身对司马兰说，“走吧，美女。”

到了校行政楼前的观景亭，司马兰一屁股坐下，脸色铁青，质问：“龙国祯，你是不是喜欢段子祺？”

“啊？！”龙国祯还没有反应过来，“这哪跟哪呀？”

“别说哪跟哪，你是不是喜欢段子祺？直接回答。”司马兰大声说。

“你要干吗？吃人吗？”龙国祯开始反感。

“你不要狡辩，直接说，不要顾左右而言他。”

“我喜欢谁，很重要吗？”

“当然重要。”

“重要在什么地方？”

“你，混蛋。”司马兰很生气。

“你怎么骂人？”龙国祯异常生气，忍着司马兰的无理取闹。

“你不是人，你是披着人皮的狼，色狼，渣男，混蛋！”司马兰骂道。

“司马兰，你怎么这样欺负人。”龙国祯气愤至极。

“龙国祯，我告诉你，我不会让你得逞的。”司马兰不甘示弱。

这一路的拷问，彻底激怒了龙国祯。他大声吼道：“司马兰，你不要太过分？我什么得逞？我做什么事需要向你汇报吗？你是我什么人？女友？老婆？母亲？姐姐？我的事，你管得着吗？你有资格管我的事吗？我们只是同班同学，是曾经共同听课的同学而已。你有资格这样拷问我？你有资格干涉我的自由？你有资格这样逼供我？”

“你？！”司马兰气得一句话也说不出，只是嘤嘤哭泣。

看见司马兰哭，龙国祯就心软下来，平静地说：“我搞不懂，你问我喜欢段子祺是什么意思。我那天不过是想替段子祺做个挡箭牌，是假冒男朋友的。你这个人，怎么这样不分青红皂白？好丑不分？真是糊涂虫。”

“真的是这样的吗？”司马兰一听，转变了脸色，轻轻地再问，“是吗？那现在你不是她的男朋友？”

“男朋友？怎么可能，我们是正常的同学关系。”龙国祯说。

“那你喜欢她吗？”女人总是这样爱打破砂锅问到底。

“我和她是同学关系，正如和你是同学关系一样呀。”龙国祯这样说。

“这……那你喜欢我吗？”司马兰问。

“喜欢呀。你是我同学，我怎么不喜欢？”

司马兰高兴地问：“那你喜欢段子祺吗？”

“也喜欢段子祺呀，都是同学嘛，有什么不喜欢的？”

“我说的喜欢，不是那种同学的喜欢，是那种不同于同学关系的喜欢。”

“那种不同于同学关系的喜欢？那就是不喜欢嘛。”

“不是，你没有明白我的意思，我说的是男女之间的那种喜欢。”

“什么男女之间的喜欢？我和你，和段子祺就是男女同学之间的喜欢嘛，是正常同学的喜欢，一个简单的问题弄得如此复杂。”

“龙国祯，你不要装傻，回答我的问题。”司马兰严肃地说。

“我就是在回答问题呀。”

“我的意思是，我做你女朋友好不好，我喜欢你。”司马兰这样说。

“啊？不可以，你不能喜欢我，因为我们是纯洁的同学关系。”龙国祯直接说，“同学之间，一旦涉及男女之间的关系，就变得复杂了。”他接着说：“我负责任地告诉你，我和别人不一样。我家境不好，出身贫寒，没有值得别人喜欢的地方。我唯一能做的就是好好读书。所以，我常常在读书之余，不断地赚钱。但是赚钱这不是我喜欢的生活方式。但是为了生存，我又必须赚钱养活自己。父母是想帮助我，但是心有余而力不足。我只能靠我自己，这个时候，我真的要是恋爱了，我不会给别人带来任何幸福，所以，我凭什么谈恋爱？但是，我可以和同学建立很好的正常的同学关系，而不是男女之间的感情。你懂吗？一个人的贫穷，会限制他的视野。贫穷是一种病，要想治疗这样的病，最好的办法就是赚钱。这就是我的行动指南。生存，对于我来说，是一件很不容易的事。至于要感谢贫困之类的豪言壮语，我说不出来。我要做的就是学习、学习，再学习，加油、加油，再加油！‘革命尚未成功，同志仍须努力’。”

“噢，我明白了。谢谢你。”

龙国祯的一席话，让司马兰茅塞顿开，没有想到龙国祯的思维、分析问题的能力也远远在自己之上，是她把爱情想得太简单了。

龙国祯在经历了段子祺和刘浩所谓的“恋情”之后，忽然发现，学点防身功夫很重要。他忽然想学武功了，因为懂了武术除了自我保护，还能保护他人，还可以“路见不平一声吼”，为别人伸张正义。他这样想，就决定这样做。但是，师父到哪里去求呢？去嵩山少林寺，路途遥远，不现实。去江州市中的振华武术馆，学费贵，要时间，不靠谱。龙国祯是潇湘师范大学外国语学院著名的穷光蛋，哪有钱去武馆学武术。只有在潇湘师范大学体育学院找武术专业的学生业余学学，这比较现实。他这个想法，想了几个月，终于行动了，决定抽空跑体育学院去问同学，看看谁可以教武术。

转眼间，已是到龙国祯大学三年级第二个学期了。六月的江州，火炉一样的热。一天中午，他从体育学院办公楼出来，顺便就想在办公楼附近的小饭店吃顿快餐。他走进快餐店，里面有空调，很凉爽。他想在靠饭店最里面的窗户边的饭桌边坐下来。正好，对面的桌边，坐着一个女生，大概二十四五岁，像是大学高年级的学生。她国字脸，皮肤白皙，身材圆润健硕，笔挺地坐在那里，在等炒菜上来。

“美女，我可以坐这里吗？”龙国祯走过去，很有礼貌地说。

“可以的，帅哥。”那女生说话，声音非常细软。

龙国祯说了一声“谢谢”，就坐了下来。然后问：“美女是来吃饭的吧？你点菜没有？我帮你点菜？咱们一起吃，如何？反正都是同一所大学的同学。”

“你咋知道我们是同一所大学？”美女问。

“咦，这是潇湘师范大学体育学院地盘，吃饭的基本都是体育学院的学生。我猜你也是。”龙国祯看着她，认真地说。

“那你是哪个学院的？啥专业？”美女微笑着问。

“我是外国语学院的，英语专业，大三。”龙国祯直接说。

“看你不像大三的，像是硕士研究生。”

“啊？也许是吧，我长得很显老相，看起来，熟男一样的。”龙国祯自己把自己虐了一次。

美女“扑哧”一笑，说：“你这个人，挺自信的。”

“不是挺自信，是本来就得自信。男人不自信，等于半条性命就没有了。”

“有那么严重吗？”

“男人的自信，女人的自恋。我不仅自信，而且自恋。但是只有一个人，让我在她面前不自信，有点害怕。”

“谁？”

“外国语学院李晓琪博士。在她面前，我有点害怕。”

“哦，那个‘灭绝师太’？有所耳闻。你有那么怕她吗？”

“是的。第一次上课，就给我下马威了，以后不敢见她。”

“我听同学说过她，是外国语学院第一美女，身高一米七二，美得可以迷倒整个江州市。听说去美国了。”

“是的。她太美了！是外国语学院的院花。”

“你说，她那么漂亮去了美国，会不会找个美国男朋友，就嫁到美国，不回来了？”

“不会的。她喜欢中国，喜欢中国文化，肯定会回来的。”

“回到外国语学院，你不害怕吗？”

“那我看见她来，我躲在树下，偷偷地看她走过，总可以吧？”

“你这人真逗，性格这么直爽。”

“我啊，就是这副德行。别的本事没有，特自恋，浑身都是毛病。”龙国祯开玩笑说自己。

“你啊你，真逗。”美女莞尔一笑。“你不会是来体育学院找女朋友吧?”美女忽然这样问。

“女朋友？我的天，就我这一身穷相，还找女朋友？我看是光棍一辈子好了。”龙国祯很自然地说。

“那你来体育学院干啥?”美女直接问。

“想找个体育专业学生，拜师，学点散打什么的，防身用。”

“想法挺好的。”

“想法好是好，但是没有找到合适的人选。今天转了半天，没有找到合适的。问了几个同学，都不熟悉，不愿意教。有的收费太高，我交不起学费，太穷。”

“你那么想学武术？学武术的目的是什么?”

“就是健身、防身之类的，谈不上很深层次的目的。也许以后英语专业毕业了去做商务翻译，在谈判桌上，打起来了，好保护自己。但是这个想法也是挺幼稚的，将来从事什么工作，我也不知道。如今是市场经济，将来的事，也不好说。对不对?”龙国祯这样分析，又说：“反正，每天过好自己的，努力珍惜每一天，不浪费时间就行。”

美女一听，觉得有点道理，频频点头：“你说的很对。那你叫什么名字?”

“龙国祯，英语专业，九月份，读大三了。”

“就是那个外国语学院学生会里的大三学生龙国祯?”美女大吃一惊。

“对啊!”

“天！真的是你，久仰大名。”美女一脸兴奋。

“你知道我?”龙国祯怯怯地问，有点害怕起来，担心自己又做错什么事了。

“你那么紧张干吗呢?”

“我不是紧张，是好奇嘛。体育学院，我一个同学都不认识。你咋知道龙国祯。”

“上次那个学术会议，你回答罗忠儒教授的提问，名震校园呢。”美女说。

“噢，原来如此。”龙国祯这才松了一口气。其实他是担心，他擦皮鞋、去酒店做服务生的事被人知道。毕竟，这是自己工作的隐私，不能让别人知道。

“那天我没有去，但是我宿舍美女去听了，回来就说你提问题很经典。所以，大家就印象深刻了。”美女微笑着说。

“噢，原来这样。你还别说，那天听了罗教授的讲座，我最近几个月的时间里还真的对伦理学更加感兴趣了，感觉伦理就是人的生活指南。比如《论语·学而》篇有一句话，是孔子说的，他老人家说：‘弟子入则孝，出则弟，谨而信，泛爱众，而亲仁，行有余力，则以学文。’我认为说得非常好。”

“说来听听。”美女好奇地说。

“孔子的意思是说，为人子弟的人，在家要孝敬父母，出门要孝敬兄长，行为谨慎且言出必行，博爱众人，亲近有仁德之人，这样做了以后还有余力，就可以学习诗、书、六艺等学问了。所以，你看，孔子就谈了一个教育原则：德育第一，智育第二。所有的教育，其实就是德育。一个人的教育，没有德育，仅仅是强调智育，强调专业，那这人就成了‘单面向度’的人了。所以，我觉得，不读《论语》，不是合格大学生。”

“我觉得你好博学啊！承教了！”

“我最近还在看《中国伦理思想史》呢。也学了古代汉语，读读古籍，如《资治通鉴》。如果把中文和英语结合起来，再学点武术，那我水平就肯定提高了。你说是不是？”

“对，有理想，帅哥不错，加油。”美女赞美说，“要不，你跟我学武术吧，我教你南少林拳法。”

“真的假的?”龙国祯大吃一惊。看这美女，皮肤白皙，身材壮硕，说话声音柔和，也不像是学武术专业的。龙国祯盯着美女看了很久。

“帅哥，有这样看人家的吗?”美女打断了龙国祯的眼神。

“你真是，真人不露相啊。看不出你懂武术的。”

“我晕，懂武术还有什么相的?”

“也是，不过还真看不出来。”

“我是武术专业，九月份大四，比你高一级，明年六月份毕业啦。”

“尊姓大名?”

“彭秋月。”

“彭师父好!”龙国祯做了一个拜师父的作揖姿势，“那我请你吃饭，等下我拜你为师父，如何?”

“这么急吗?”

“得抓紧时间。学费，我给你两千元，学半年，如何?”

“不要你学费，只要我有空，我就教你。你认真学就行。如何?”

“成交，太好了，但是拜师礼和礼物还是要给你的。”

就这样两个人，你一言我一语，聊熟悉了，吃完中餐，约好下午在潇湘河畔的草坪上练武术。

潇湘河畔，绿草如茵。

潇湘河，也叫江州河。在整个潇湘省来说，叫潇湘河，潇湘省因它而得名。就江州市来说，它从江州市穿过，叫江州河。其实，江州河是潇湘河的下游。潇湘河的最上游就是石溪江，也就是龙国祯老家所在的石溪镇石溪村的石溪江。河流发源于腾云山下的岩石缝里，山谷因为溪水长年累月的冲刷，就成了小河，所以叫石溪江。石溪江底全部都是石头，没有泥沙，所以，石溪江的水非常清澈，水遮盖的石缝里还能经常看见游玩的小鱼。龙国祯小时候，就经常在石溪江里摸鱼，这是他儿时的乐园。石溪江的水，流进潇湘河。潇湘河途经整个潇湘省的十四个地级和县级市，最后通过县级市望州市望州镇，也就是李晓琪的家乡，再流进江州城。到了江州，潇湘河就成了江州河。江州河是江州市最大的河流，有九道湾。弯弯曲曲的江州河写尽了人间的沧桑，见证了从古至今江州市的历史变化。

自改革开放以来，江州河畔被大规模改造了，两岸的河堤加固加牢了。河中有一个小岛，叫望江岛，面积大概三百亩，被开发成旅游景点。岛上，还修建了一个亭子，名曰“望江亭”。岛上有宽广的草地，这是江州市民的乐园。每到傍晚，就有很多人或开车，或骑车，或步行，来此休息、游玩，儿童在这里追逐、打闹、戏耍，也有大妈们在这里跳广场舞，还有年轻的恋人在这里憧憬未来。

彭秋月就经常在这里练习武术。她是学武术教育专业的，主要是学习散打，尤其擅长南少林五十四套拳法。所以，她非常喜欢这里，这里的一草一木她都非常熟悉。她对望江岛充满感情。

“这是我练习武术的乐园。”彭秋月把龙国祯引到这里。

龙国祯看到这样的美景，诗兴大发，开怀朗诵：

从明天起，做一个幸福的人
喂马，劈柴，周游世界
从明天起，关心粮食和蔬菜
我有一所房子，面朝大海，春暖花开

从明天起，和每一个亲人通信
告诉他们我的幸福
那幸福的闪电告诉我的
我将告诉每一个人

给每一条河每一座山取一个温暖的名字

陌生人，我也为你祝福
愿你有一个灿烂的前程
愿你有情人终成眷属
愿你在尘世获得幸福
我只愿面朝大海，春暖花开

看到这样的美景，龙国祯很自然地背出了诗人海子的名诗——《面朝大海》，最后一句两个人同时念起来："我只愿面朝大海，春暖花开。"然后双双开怀大笑。

龙国祯念完之后，单膝跪地，双手作揖，一脸严肃地说："弟子愿拜彭秋月为师，请彭师父受我一拜。"龙国祯这一动作，把彭秋月吓一跳，赶紧说："你这是干啥呢？我可不敢当你师父呢，我也不够资格当师父呀。快起来。"

"你教我武术，我得叫你师父。不然，名不正言不顺呀。"龙国祯很认真地说。

"不行啊，我比你高一届，你叫我学姐，我叫你学弟就行了，不能叫师父。"彭秋月也很认真地说。

"那行，我叫你学姐，但在我心目中，你就是我师父。"龙国祯站起来，向彭秋月作揖，以示尊重。

"OK。这样就很好了。"彭秋月回敬了一个武术礼。

"那我们今天就学吧？"龙国祯很着急。

"对，马上就学。我从基本的套路教你，但是事后，你得练习。至于《中国武术伦理思想史》之类的关于武德修养方面的书，你自己去图书馆借阅。"

"好，一切听学姐的。"

这样，他们就在望江岛上训练起来。彭秋月将南少林拳法演示了一次。那身影犹如蛟龙过海，狂风闪电，慢中见快，快中有力，身手敏捷，动作轻盈，看得龙国祯眼花缭乱，心中暗生敬佩之心。

一套拳法下来，彭秋月心平气和，只是额头微微冒汗，没有气喘吁吁。可见其功底之深厚，体质之强壮。

“彭姐，你也太厉害了，我得向你好好学习。以后每周一次，向你学一个小时，坚持学半年再看看我学的效果如何。”龙国祯心中充满钦佩之情，顺便递上一瓶矿泉水。

她这一套拳法打下来，也吸引了周围游玩的人。大家观看之后，啧啧称赞，人人称美。

“人长得美，拳法还打得这样好，真是厉害。”

“这应该是潇湘师范大学武术专业的学生，不然，不会有如此好身手。”

“生女当如此。”

“现代的年轻人真是越来越优秀了。”

…………

围观的人你一言我一语地称赞着，彭秋月向周围的人一边作揖，一边说：“谢谢大家的鼓励和支持！”

等大家散开之后，彭秋月就开始教龙国祯南少林拳法。这是六月六日的下午，值得龙国祯一辈子纪念。因为，这样的南少林拳法，从此以后，就伴随了他日后的生活，对他的健康有极大的益处。以至于若干年之后，他还记得这个美丽的下午。

很自然，下午练完之后，龙国祯就请彭秋月去南国饭店吃晚餐，以示对师父的尊重。晚餐之后，他送彭秋月回到体育学院的女生宿舍。

彭秋月说：“我是学武术的呀，你没有必要送我的。”

“学姐，这是男生的礼节嘛。再说，我还想请你讲讲学武术的基本问题呢。”龙国祯憨厚地笑起来。

其实，龙国祯今年才二十岁，彭秋月二十四岁，两个人看来很像是姐弟俩，很多人看见他们走在一起，都羡慕不已。

回到宿舍，已经十点多钟了。一进宿舍，龙国祯就宣布：“兄弟们，我学武术了。从今天开始的，明天我就要早起练武术了。”

“你就心血来潮吧。”宿舍的同学不屑一顾，抛来一盆冷水。

“我得持之以恒，你们得支持我。”龙国祯很认真地说，“师傅领进门，修行在个人，我必须努力。”龙国祯坚定地回答。

“龙国祯，你死期到了，你还练武。”宿舍死党孔庆华一句话，吓得全宿舍人不敢说话。

“咋啦？天塌了？”龙国祯也大吃一惊。

“今天我在教学楼自习，遇见李晓琪老师了，她说她从美国回来一段时间了，找你有事。叫你明天去办公室找她。具体什么事，她没有说，但看她的口气，估计是你被她逮住什么把柄了。龙国祯你麻烦了。你说当初上听力课，你惹谁不好，去惹‘李师太’干什么？”孔庆华说。

“兄弟，你别吓我，她是王道德教授的弟子，我害怕她。此人，你们都见了的，我看见她，我腿就发软啊。”龙国祯担心起来。扭头又生气地说，“你这个死孔庆华，你就不能明天清早告诉我。这大晚上的，你告诉，我怎么睡觉呀！你说，我晚上会不会做噩梦啊。”

他虽然表面这样说，但是又有点高兴，内心又很想见到李晓琪。因为，从那次“家的味道”见面之后，他联系了李晓琪几次，但李晓琪第二年四月份就去了美国，至今差不多快有一年时间他俩没有联系了。当然，她也没有必要联系他。尽管当时饭店见面他感觉很好，但是，内心还是有点害怕她的，虽然有时候他很想念她。他有时候想，她在美国会不会被欺负？会不会很多人追她做女朋友？再说，这一年多没有见面，也不知道她在美国干了什么，也许真的如彭秋月说的那样，在美国找到了男朋友，等博士毕业就移民到美国。龙国祯这样胡思乱想。

“这个我们就不知道啦。总之，‘李师太’说找你，我已经把话带到了。你不要说，我没有告诉你。大家作证。”孔庆东这样说，宿舍的其他几个人也是一样说：“我们作证。”说完个个举手做出作证的姿势。

“唉，是祸是福，听天由命吧。”龙国祯真的害怕起来。这个晚上，他就不说话了，默默刷牙，洗脸，洗澡，上床睡觉。但是，真的，整整一个晚上，龙国祯都没有睡好，他是真的很害怕李晓琪，又很想见到李晓琪。

晚上，他躺在床上，辗转反侧。他想，也许李老师在美国真的认真学习，拒绝一切爱情丘比特之箭。现在学成了，就回国继续攻读博士学位，研究学问，以后成为一名著名翻译家嘞。他想一下就坐起来，坐起来又躺下，折腾到半夜才入睡。

第十四章　静悄悄的“亚师生恋”

时间，不管你是高兴还是痛苦，是担心还是害怕，总是以它固有的速度奔驰着。而对于人类来说，高兴的事总是那么短暂，而痛苦的事总是那么难熬，从而就显得时间是那么漫长。龙国祯就经历了这样的难熬的不眠之夜。对于一个大学二年级的小伙子来说，生活的经验毕竟是不足，除了满身的执着、坚强和认真之外，成熟男人这个词，离他还是那样的遥远。但是，新的一天的太阳毫无阻挡地冉冉升起，担忧的上午踩着时间的脚步准时到来。

“龙公子，还不去办公室见‘李师太’？你等下怎么死的你都不知道。”孔庆华掀开龙国祯的被单，大声叫唤起来。

“你总是吓唬我，又不给我壮壮胆。我一夜没有睡好，我很害怕见到她。上次上课，你们也看到了，她居然有暴力倾向。”龙国祯从床上坐起来，蒙眬着眼神。很明显，他是没有睡好。就是因为他想到要去见李晓琪，所以所有男生的胆气和魄力都没有了。“兄弟，你昨天就不该告诉她我在学校，就说我回家搞‘双抢’去了，不好吗？或者找个别的理由搪塞一下也好呀。”龙国帧责怪起孔庆华来。

“龙公子，你这是啥逻辑。是李晓琪老师——‘李师太’找你，我敢说你不在？我敢骗她？你不想活，我还想多活几年呢！”孔庆华也是很害怕李晓琪的。

“听说，‘李师太’和男朋友分手之后，对男生够狠的，有虐待情结。

我们都害怕呢。”程显颐也紧张起来。

“是的，我也听说了这件事。好像是真的。”朱继贵也附和起来。

“我也听说这件事。据说，‘李师太’是要报复男生的。”王子涵也这样说。

“你们今天是怎么了，不帮我出主意，还尽落井下石？”龙国帧下床一边穿衣服，一边责怪大家，“平常大家说，有难同当，有福同享。这回，大家就看我落井？没有一个人救我？我怎么就这样命苦呀。”龙国祯把宿舍所有的人一起都数落了。

“龙公子，这事，我们怎么帮啊？是‘李师太’找你，我们都不知道什么事啊。你只有去她办公室，见到她，才能知道。”孔庆华劝他，“等你见了她，回来了，告诉我们具体的事，我们才好帮你。”

“我觉得，‘李师太’人很漂亮，你去见她，近距离欣赏一下她的美，也不枉在师大外国语学院混四年。”王子涵打趣道。

“王子涵，你个色鬼，我揍死你。”龙国祯做出要打他的动作，他是不允许同学这样去意淫他心中的李晓琪的，尽管他怕她，但不能精神玷污她。这是道德底线。

“我也害怕‘李师太’，见到她，我也脚发软。我先走了。本公子今天有大事要做。”王子涵看见龙国祯做出要打他的姿势，就一溜烟跑出宿舍忙自己的事了。

“我也有事要去做了。”程显颐说着，也出门了。

“我也走了，有事要办。”朱继贵也出门。

孔庆华见状也想走，被龙国祯逮住：“你不能走，你得给我支着儿，我怎么办？我真的很害怕这个李博士。”

“没事的，不要怕，兄弟。天塌了，我们帮你顶着。”孔庆华说，“但是，你总得去见她，看看是什么事情呀。不然，我们怎么帮你。退一万步，你万一被弄死了，我们肯定帮你收尸的。放心！我走了，忙去了。”孔庆东甩开他的手，向他抛了一个眼色，出门了。

“都是一帮烂人，大难临头各自飞。气死我了。”龙国祯骂道。

他自己也说不清楚，他为什么既害怕李晓琪，又想见到李晓琪。自李晓琪那次上课掐他之后，他时时记得当时的场景，大脑放电影一样，那情形历历在目。后来，每次李晓琪来上课时，龙国祯都听得心潮彭拜，想认真看看李晓琪的脸，因为她的脸美得像一朵盛开的芙蓉花。她皮肤白皙，犹如出水的芙蓉。她的身材，是那样苗条，凹凸有致，匀称丰满，尽显一个年轻女人特有的美。

从伦理美学的角度来说，李晓琪的身材是完全符合美学标准的，无可挑剔。她在很多男生心中，是不可动摇的女神，犹如曹植笔下《洛神赋》中的洛神美女。不仅如此，李晓琪说话的声音也非常柔和且富有磁性，像是广播电视柔情蜜意的恋爱节目的女主持人的声音。听她说话，那声音，可以融化寒冬的冰块，温暖而又有温度。但是，那次上课，龙国祯因为她的美走神而被李晓琪狠狠掐了一次之后，这样的“暴力行为”就镌刻在龙国祯的心中了。尽管事后，李晓琪和他解释了，但他还是很害怕见到她。可是，再害怕，人不能不见。否则，被李晓琪再次逮住，就完蛋了，到时候说不定不是被吓疯就是被逼疯。

其实，李晓琪对龙国祯那样的深深的一掐已是一年多前的事情了。那之后，李老师也是做了深情的解释。本来这件事他可以放下的，可是对于龙国祯来说，却留下了严重的“后遗症”。他根本无法忘记第一次被一位女性这样深情的一掐。就是在多年以后，他当了教授，成了著名学者，也无法忘记那深深的一掐。

龙国祯尽管这样想着，但是人不能不见。他看看宿舍墙上挂的时钟，已经快十点钟了，得去了。他早餐不用吃，也吃不下。现在最重要的就是及时去见李晓琪，去见她是下地狱还是上天堂，谁也不知道。

龙国祯尽管还是很害怕见李晓琪，但是必要的装束还是要的。他穿上了左胸带有国旗图标的白色运动短袖休闲装，这表示他欢迎李晓琪回国。他还穿着黑色的休闲裤，黑色的红蜻蜓皮鞋。黑色代表庄重。他戴着无边框的眼镜，显得斯斯文文。这样的打扮，已经不像是快读大三的学生，反而像快要毕业的大学本科生了。

龙国祯过了这个暑假，就是大三了，大学四年的时光，快要溜走了两年。不过，通过这近两年的大学学习，龙国祯确实改变了很多。他对于英语专业和汉语言文学专业、哲学专业，尤其是伦理学，有了深度的认识。他慢慢也喜欢上中国伦理思想史和中国哲学史了，尤其是那次罗忠儒教授的讲座让他深刻认识到了伦理的重要性。

他平常在外国语学院上课，抽空还跑到文学院去蹭课。他完整地听了古代汉语，还听了中国古代文学史和西方哲学史的课程。平常，他自己在业余赚钱的时候，也非常抓紧时间学习的。他还经常去图书馆，翻阅各种图书资料，自己也开始学会收藏一些图书。日后，购书成了他的日常习惯。他自己也常说，自己不抽烟，不喝酒，把省下来的钱，用来购书。他这样说，也是这样做的。

现在的龙国祯看起来，还真的很像一位温文尔雅的小学者。那一米八的壮硕的身材，配上端庄的国字脸，显得非常儒雅。读书是可以熏陶一个人的气质的，这是真理。至少在龙国祯身上，是这样体现的。

龙国祯打扮一番，背着“雅儒牌”背包，就出门了。包里装着餐巾纸、水杯、雨伞、笔、钱包，还有一本他喜欢的中华书局版的《论语译注》。他刚要出门，回头又看到自己的桌上放着两个特大的红富士苹果，红红的，这是前天一位老乡来看他，从市场上购来的，说是保平安的。他洗干净了苹果，舍不得吃，就放在桌上。他不懂为什么，这一出门，他顺手又把红富士苹果用自来水洗了一下，再用冷开水洗了一次，用一次性袋子装好，放进包里，准备给李晓琪老师，也算是给李老师一个小小见面礼吧。他自己也不懂为什么要这样，但是心里，还是希望李老师和自己能平安快乐，红红火火。

他自己这样想，不知不觉，脸上红起来，感觉有点烧。这样的感觉，让他自己也莫名其妙。他下意识摸了摸左臂被李晓琪掐过的地方，然后就心里惶恐地出门了。“菩萨保佑我平安!”他关掉宿舍门，在门前作揖，祈求菩萨保佑。

外国语学院大楼像往常一样安静地凝固在时间里，默默地庇护着进进出出的师生员工。李晓琪的办公室在外国语学院大楼的五楼，五二〇房间，是那间靠最西边的大学英语听力教研室。龙国祯从宿舍出来，下楼，左拐，再直行，再左拐，再上十米高的坡，再右拐，就看见了外国语学院大楼了。这栋外国语学院大楼，建于二十世纪八十年代，是一栋五层的大楼，高大气派。潇湘师范大学外国语学院是江南地区著名的外国语学院，是培养外语人才、研究外国文学的南方重镇。能考入这里的学生，都是优秀的高中生。学院大门上赫然写着毛体字“外国语学院”。今天是星期六，大楼进进出出的人不算太多，但也不算太少。

龙国祯一步一步爬上楼梯，上一层楼学生就少一点，最后到五楼就很安静了。因为五楼主要是教研室和会议室，所以来的学生很少。龙国祯轻轻地走过走廊，经过的两边的几间教研室，门都是关着的。走到最西边，左侧是实验设备室，右侧就是大学英语听力教研室，门也是关闭的。龙国祯抬头看看“英语听力教研室”的牌子，又看看门上面的窗户，是敞开的，里面没有什么声音。“李老师不在?”龙国祯心里想。但是，他此刻既希望她在，又希望她不在。希望她在，是确实他很想见见一年没有见面的李晓琪。希望她不在，确实，龙国祯很害怕李晓琪，就是因为那次上课李晓琪愤怒的一掐，他害怕。但是，这次是李晓琪约见面的，她不可能不在。龙国祯壮着胆子，“咚咚咚”敲了三下门。

“来了。”屋里传出清脆而柔和的声音。很明显，是李老师。几秒之后，门开了，李晓琪出现在龙国祯的面前。

她穿着一身职业装，洁白无瑕的衬衫，宽大的衣领搭在肩上。胸圆鼓鼓的，尽显女性的曲线美。这样的身段是一定可以给自己带来幸福的。她穿着黑色的裙子，配上黑丝袜，双腿匀称而笔挺。脚上穿黑色高跟鞋，高跟鞋大概有两寸高，油光发亮的，将这个一米七二的女性的高挑尽显出来。李晓琪不胖，但也不算瘦，是那种非常匀称的身材。戴着无框的眼镜，脸上和往常一样，白里透红，精神饱满。身上喷了香水，闻起来沁人心脾。很显然，李晓琪比一年前成熟多了，也漂亮多了。

“李老师好！”龙国祯见到李老师，心里尽管紧张，但是，鞠躬作揖还是没有忘记。

“啊！国祯同学，不必多礼，快进来吧。”李晓琪做了一个“请”的手势。她看见龙国祯这身打扮和精神状态，感觉很好。明显，这孩子成熟了很多。一米八的身材越来越显出男性的气质，不再像一年前那样羞涩了。

“快，你请坐。”李晓琪将门半关着，然后赶紧给他倒水。龙国祯一看老师要倒水，他赶紧起身说:“李老师，我来，您不用客气的。”他赶紧走到饮水机旁边，自己倒水，侧过李晓琪时，李晓琪身上的女性气息和香水味道让他差点眩晕。龙国祯摁开门边的饮水机接了一杯水，坐在靠门边的沙发上。

他打量了一下办公室。办公室是四个人合用的，每个人有一张一米四长的实木办公桌，板栗红颜色的，显得非常端庄，办公桌是像教室座位一样排列的。靠门右边的是沙发和茶几，靠门左边的是饮水机。饮水机对着门口。和饮水机并排的是书柜，一共有四个板栗红颜色的实木皮书柜。很明显，是四位老师一人一个书柜。桌上放着各种资料和书籍。看得出来，这个办公室应该有四十平方米，还是挺大的。对于大学青年教师来说，有这样的办公条件，已经是非常不错了。很多大学青年教师都是在综合办公室，很多人集体合用一个办公室。只有教授才有独立办公室。当然，有的大学，教授、副教授、讲师都没有独立办公室，只有院长、书记才有独立办公室。

“李老师，您这办公室，好漂亮啊！在这里工作，很舒服吧?”龙国祯坐在沙发上，挤出这样一句话，因为他不想沉默而让自己害怕。

李晓琪见他自己倒水，也没有刻意谦让，就随龙国祯自己去做。她就坐在自己办公桌前，办公桌正好也是对着沙发和门的。她和龙国祯还隔着办公桌和茶几，办公桌和茶几还隔着一米的距离。她和龙国祯相隔大概三米的距离。

“这办公室，是四个讲师合用的呢。相对于别的大学，这样的办公条件已经非常不错了。我是在读博士，本来是没有办公室的，但是我兼职担任大学英语听力课的老师，博导王道德教授向学院申请，给了我这个办公桌呀。”李晓琪非常惬意地说，“很多大学讲师，是没有这样办公室的，都是在一个综合办公室，卡式座位，和公司综合办公室一样的呢。不过一般所谓好点的大学，教授有独立办公室，副教授两个人一个办公室，讲师四个人一个办公室。”李晓琪说得很详细，一是为了介绍大学的情况，二是为了缓和一下他们之间的气氛。

“咱们学校，还是不错的。据说教育部准备启动‘211’大学工程了。我们潇湘师范大学，应该会努力争取的。何况我们校长是著名教育家。应该希望很大的。”龙国祯一边说话，一边喝水，来缓解自己的紧张。然后就问：“李老师，很久没有见您了，您去美国留学一年，现在学成归国了，真是羡慕您。这么年轻就是海归人员了。”龙国祯东一句西一句的，自己不知道扯到哪里去了。

“不是什么海归人员啦。就是去美国哥伦比亚大学做交换生，不拿学位的，是学校和哥伦比亚大学合作的。但是我如果没有去美国做交换生，博士四年就可以毕业，这次去了美国一年，博士毕业得延迟一年，也就是读五年，才能进行博士论文答辩。”李晓琪很耐心地说，“不过，多读点书总是不错的。如今就业竞争很激烈，你毕业后怎么打算？”

“我还没有想好呢，本科都还没有毕业呢。”龙国祯第一次正式听她这样说，忽然也思考起自己的未来。

“你很勤奋的啦！我回来一段时间了，同学们都说你很努力，是我们外国语学院的骄傲呢。”李晓琪毕竟是女人，这次说话说漏嘴了。一个年轻的女博士兼职老师，回国一段时间，首先想到的就是去了解一个学生，这当然是一种关心，但是从另外一个角度来说，龙国祯也足够引起了她的注意。

她这样说完，忽然意识到自己说漏嘴了，脸一下子泛起了红晕，不过很快就消散了。这样微妙的变化，并没有引起龙国祯的注意。因为龙国祯一听李晓琪在了解他，心里又开始紧张起来，心里想：“她怎么这样关注我，我幸亏没有做错什么事，而且也庆幸自己的成绩还可以。”所以，他根本就没有注意李晓琪一刹那间心态和脸色的变化，等他缓过神来的时候，李晓琪已经调整好了心态。

“我到美国一年，你在学校怎么样？”李晓琪问。

“没有怎么样呢，就是看书，然后周末出去赚生活费，也是为了锻炼自己。”龙国祯实事求是地说。

“谈女朋友了吗？”李晓琪忽然严肃地问。

龙国祯一听，又紧张起来，眼睛看着李晓琪。李晓琪也不知道为什么，眼睛就盯着龙国祯看，两个人的眼睛一下子对视上了。龙国祯一看那美丽而严肃的眼神，心里又紧张起来，手心微微冒汗，低声回答说：“李老师，我能力不够，不能吸引女孩子呢，我没有女朋友呢。”

“哦，真的吗？”李晓琪莫名其妙地微笑起来，心情似乎也放松许多，眼神也柔和许多，甚至带着几分柔情看着龙国祯。但是这样的变化，龙国祯作为一个即将进入大三的学生，是不可能知道的。尽管他身高一米八，一身壮硕的肌肉，但是女性这样细微的变化，他现在是不可能知道的。他还只是一个羞涩的男孩，尽管看起来已初步显示出了男性应有的成熟和庄重。

“是的。只是和同学，包括女同学在内，相处得比较融洽。”龙国祯羞涩地说。

“那个张晓娟同学，还找你吗？”李晓琪关切地问。

“没有了，大一那次，和您说了呢，人家看不上我呀。没有办法。据说，她和潇湘理工大学一个硕士研究生在处对象呢。我是听她亲口说的。”

龙国祯沮丧地说。

“你看你这孩子，还沮丧起来啦。你啊，就别往这方面想了，你们是不适合的啦。”李晓琪很认真地说。

“噢。都过去了，之前是不懂事，太冲动了，弄得自己很尴尬。”龙国祯不好意思起来，感觉像做错事的小孩。

李晓琪见他这样，心疼起来，忽然想到自己被男朋友甩了的感觉，一种强烈的感情代入让她很自然地同情龙国祯了，赶紧安慰说：“你还年轻，也许缘分没有到，缘分到了肯定挡都挡不住的。”

“这个，我没有想呢，之前是太冲动了，我现在就是想自己赚钱养活自己，然后充分利用时间多读点书。至于读到什么程度，我也不知道。但是我觉得读书总是有点用的吧。”龙国祯这样自我安慰。

“嗯，读书肯定是有用的，放心啦。何况你的成绩在院里很优秀的呀。”

“优秀的人太多了，他们很多人有足够的生活费，我家境不太好，父母是种地的朴素农民，我只能靠我自己。要靠我自己，我只有读书。我们农村的孩子，一般就是三条路可以走：读书，当兵和打工。我选择读书。”

“总之，就是要努力珍惜每天的生活，每天都有提高。这样时间长了就优秀起来了。”

“行，我听您的。您说咋办就咋办。”这个时候，龙国祯心态彻底放松了，之前的那种紧张感、局促感没有了，感觉和李晓琪可以开怀畅谈了。这是一种非常轻松和愉悦的感觉。

忽然龙国祯意识到，李晓琪叫他来办公室，肯定不是为了谈心，而应该是有什么事的。他因为心情放松了，就直接问：“李老师，您找我来，是有吩咐？”

“是找你有事，但是吩咐谈不上。我在翻译一部书稿，叫《儒即凡尘》，是我国一位著名的哲学家写的书，他的朋友委托我将此书翻译成英语。当然，这也是我博导帮忙搭线的啦。他们给我四万元，咱们一起翻译，翻译费，我们一人一半。你是否可以帮我翻译一半？时间是一年，费用是两万元。你看如何？王老师也同意了的，我和他汇报了这个事。”龙国祯一听，天，这是两万元的报酬，很多了。他的学费一年才三千八百元，每月的生活费才六百元。现在忽然能在一年之内赚两万元，那是多么大的经济诱惑啊。龙国祯一听，激动起来：“李老师，这费用很高啊，但是我担心，我胜任不了这样的翻译任务。您懂的，中文翻译成英语，还是很有难度的。英语翻译成中文就容易一点。再说，翻译费两万元，我不能要，我是帮您翻译，这也是学习的机会，我怎么好意思要您的钱呢。”龙国祯纠结起来。

“你啊，别这样顾虑重重的。翻译费用，肯定要给你的，这也不是我的钱，这是别人给我们的劳动报酬。其实，这个四万的翻译费，是导师帮我谈下来的。开始他们只给三万,三万我们就不帮他们翻译了。毕竟儒家思想博大精深，要翻译起来还是有难度的。甚至在某种意义上说，中国儒家思想是不可翻译的，一部《论语》就难倒了很多人。”李晓琪很认真地说起来，“我找你来翻译，是觉得你是我们外国语学院非常优秀的学生。我听说，你的词汇量已经达到了两万。那本余士雄编的《实用英汉词典》你大部分可以背下来，这就很厉害了。我都佩服你了。我也想过找一位教授来帮翻译，但是我担心教授太忙，没有时间。何况翻译出来，教授做第二译者，我做第一译者，总感觉不太合适。所以，我找你来帮我翻译，署名的时候，我一作，你二作。而且，在英语方面，我还可以指导你。这也是你学习提高的机会。”说着，她就将近五百页的书稿从书柜里拿出来，递给龙国祯，顺便说：“就是这本《儒即凡尘》。”

龙国祯一听，这是李老师抬举自己，如果拒绝，就很难为情了，以后遇见李老师就很不好意思了。尽管这种翻译有难度，但他还是决定答应下来。当然，龙国祯这样答应，也是有几个方面的原因：第一，从经济角度上来说，这是一种极大的激励。刘东海教授就说过，贫穷就是一种病。现有两万元的报酬摆在面前，对于一个贫穷的学生来说，不能不说这是一种诱惑，很多人是很难抗拒这样的诱惑的。第二，这也是学习中国传统文化的机会。学习英语，不懂中文，是很难达到炉火纯青的地步。中文和英语的学习，应该是同步的。这是刘东海教授授课的时候多次讲过的。这也算是一种知行合一的实践。第三，李晓琪能指导自己，这也是全面提高自己学习的好机会，何况李老师刚从美国回来，对西方文化也非常熟悉，并且还非常热心，从她那里可以学到很多书本上学不到的知识。他这样想着，就答应下来："行！干！我答应您。以后您多指导我，我一定努力把书稿翻译好。"

"这就对了嘛。回头你把银行账号给我，我把两万元汇给你。我想有了这两万元的报酬，你就可以基本解决后面大学一年的生活费。而且，这还可以极大地提高你的中文和英语水平。这是一箭双雕的事。但是，我丑话说在前面，既然我们收了别人的翻译费，就应该好好工作，尽可能高质量地把书稿翻译出来，尽可能达到'信、达、雅'的标准。这是翻译纪律和翻译学术规则，你应该明白的。同时，我强调一点，在翻译过程中，不懂的，你一方面要多找资料，一方面要多问问我。我们都不懂的，我们一起去查阅相关资料。你看如何？"李晓琪说着，不经意间就走到办公桌前，这大概是职业习惯，她身子靠在办公桌边，手撑在办公桌面上，双腿来了一个公主站的姿势。这样的姿势，犹如仙女下凡，整个人的玲珑曲线，在龙国祯面前展现无余。这样的造型，是李晓琪很自然做出来的，人长得美，又有气质，何况李晓琪还受过高等教育，怎么站立都是一种美。

"好，我听您的，我向您学习，您说怎么做，我就怎么做，服从您的安排。"龙国祯看到李晓琪这样美丽的身段，也是大受鼓舞。男人，其实在任何年龄段，对美女都是感兴趣的，大概这是不变的真理。

"书稿一共是十章，五百页，你翻译后面五章，我翻译前面五章，一年的时间翻译出来，应该可以了。其实，这本书的字，也不是很多，一共也就是四十万字，书中排版的字比较稀疏，行距比较宽，书上还配了很多儒家的插图，所以，就显得此书特别厚。其实，字数还真的不多。"李晓琪鼓励他说。

“好，我们把这本书拿下，翻译出来，也算是我大学四年的一点学术成果。”龙国祯说着站起来，一米八的身高，加上皮鞋的高度，显得高大帅气起来，站起来一下子就高过李晓琪一个额头。此刻，他和李晓琪大概只相距一米远的样子。李晓琪一下子感觉到了一股青春男人的气息迎面扑来，忽然一阵眩晕。当然，这样的眩晕，是成熟女性和男性之间正常的心理现象，大概也是荷尔蒙分泌旺盛的结果。其实，在李晓琪的心中，她觉得这孩子具有中国男人应该有的稳重、庄重和勤奋。尽管他不怎么说话，但是在她眼中，这样的沉默，就是成熟男人应该有的品质。在李晓琪看来，龙国祯具备了她欣赏的男人的很多优点。她冥冥中就感觉，龙国祯一定能够做出一番大的事业来。当然，这是一个女人的直觉。她的这种直觉，在十年之后，就在龙国祯身上得到了验证。事实证明，女人的直觉往往是对的，尤其是女人在第一次审视男人的时候，直觉的命中率往往高达百分之九十。目前，李晓琪在他面前，只是眩晕。但是此刻的眩晕，很快一闪而过，她得保持老师应该具有的矜持和端庄。

“哇，国祯，你好高呀，感觉你又长高了。”李晓琪这样说，是为了掩盖刚刚心中的眩晕，或者是一种泛滥的母性感情。

“没有呢，还是一米八，穿上皮鞋，可能高一点点呢。”龙国祯不好意思起来，因为这样近距离站在李晓琪面前，自己感觉有点不适应，心中也泛起了若干涟漪。自己也不懂为什么居然会产生这样泛滥的涟漪，这是一种说不清楚的感觉。冥冥中，忽然感觉自己要慢慢靠近这样的美女老师，犹如梦游一样的感觉。但是，很快，这样的涟漪就消散了，龙国祯很快又调整了自己的心态。这样的感觉，其实，李晓琪是能感觉到的。她也不懂为什么，忽然手心也微微出汗了。

“李老师，我带来了两个红富士苹果，您一个，我一个，我们分了吃了。”说着，龙国祯就从背包里拿出来今天早上洗好的苹果，递给李晓琪。

“哇，你还这么有心啊。真的谢谢你！”李晓琪高兴起来，她因为很长时间没有收到礼物了。这次，就算是一个苹果，也是显得那么欢天喜地。她左手接过龙国祯从右手递过来的苹果，龙国祯很刻意地保持不让自己的手指接触到李晓琪的手指。李晓琪接过苹果，看着龙国祯这样的细微的动作，她心里欣慰地笑了，心想：“这孩子，还真的很庄重，是真的很有绅士风度。真棒。”她这样想，就接过了苹果，放在自己的办公桌上，然后说：“我们吃饭去吧，到了吃午餐的时间了。”她说着，看看手腕上的天王女士表。

“啊，这，真不好意思呀。”龙国祯有点不好意思。

“好了，吃顿简单的饭，花不了几个钱啦，没必要搞得那么紧张啦。”李晓琪微笑着说，显得特别开心。

“我请您吃饭。”龙国祯说。

“你不要说您，你对我说‘您’，显得我们很生疏，就说‘你’好啦。等你毕业了再请我吧。在校读书，我请你吃饭，算是今天我们合作的开始。”李晓琪摆了一个合作的姿势，然后回到座位上取自己的女士提包。

中午，他们在校门外的“家的味道”饭店吃了午餐，其中就有龙国祯喜欢吃的猪脚和潇湘省的一道名菜“东安鸡”。当然，在最后付款的时候，龙国祯悄悄地付了，一共是一百二十元，这对于他来说，不多也不少了。毕竟这是他学生的消费水平。平常，他吃一顿便餐也就五元钱。不过，这个一百二十元，和那两万元的翻译费比起来，是九牛一毛了。他们吃完饭，就去复印店，将书稿复印了一本，龙国祯拿走了复印的《儒即凡尘》，送李晓琪到楼下，然后就回去了。

李晓琪的宿舍在紫霞山脚下，也就在潇湘师范大学最西边的山脚下。女教师宿舍，男学生去肯定不合适，所以到宿舍楼下，龙国祯就和李晓琪道别。李晓琪目送他走，对于她来说，这也是愉快的一天。

从那天以后，龙国祯好像变了一个人一样，也很少讨论金钱和权力的价值了，为了翻译书稿，他经常挤时间去图书馆查阅相关资料，也看儒学相关的书籍。这也为他日后学习和研究儒学，尤其是研究儒家伦理思想，打下了坚实的基础。这也许是顺应了王阳明说的“知行合一”。理论学习和实践一定要结合，学英语不去尝试翻译文本，就很难学好的。翻译，是英语的实践表现形态之一。龙国祯从英语的翻译实践中，悟出了很多学习的心得体会。这为他以后进一步的学习打下了坚实的基础，同时，他的英语水平也井喷式地提高了。从暑假到大学三年级第一个学期结束的那个六月，龙国祯的气质也在汉译英的翻译实践中慢慢发生了变化，他看起来很像是一个青年学者了。那种从农村出来的“野男孩”的胎记在慢慢褪去。事实上，从大二的暑假开始，龙国祯实质上就成了一个青年学者了。

七月一日，暑假正式开始，江州市像火炉一样热。其实，江州市自古以来就是江南地区的四大火炉之一。暑假是最热的时候，你只要在房间里稍微运动一下，就会大汗淋漓。房间的风扇，几乎起不到任何散热的作用，而对于暑假留校不回老家的大学生来说，图书馆是最佳的去处。因为潇湘师范大学图书馆在暑假是开放的，暑假也有工作人员轮流值班。其中空调是必须开放的。这是潇湘师范大学的特色。因此，暑假，学生们基本都是在图书馆度过的。去图书馆，既可以看书还可以避暑，一箭双雕。图书馆的地下一层和一楼的几个二百平方米的自修室里，每天都坐满了看书的学生。大家都是来读书的，进了自修室就自觉起来，不会说话，只是偶尔有学生咳嗽几下。总体来说，非常安静，这也显示了潇湘师范大学良好的学风。二楼的现代期刊图书室、外文图书室和三楼的古籍图书室等都是按时开放的，学生们想去翻阅或借阅各种图书资料都是允许的，也非常方便。这些，如果学校不舍得投入巨大的财力和物力，是很难做到的。也正是有着这样良好的管理制度和学风，潇湘师范大学为社会和国家培养了大批人才。它无论是在政界、商界还是在学术界，都有很多优秀的校友。这些校友，常常被邀请回校园做讲座，又进一步促进了在校大学生读书的积极性，这样的良性循环，对培养大家的学习兴趣，起到了非常好的榜样示

呼大睡的时候，你却在发奋读书，你就浑身充满了力量和希望。尽管从养生学的角度来说，熬夜是最不利于健康的，但是因为大学生年轻，精力旺盛，养生对于他们来说是那么的遥远，所以，你在泡一碗“康师傅”的时候，内心深处就会说：“让养生见鬼去吧，老子读一个晚上的书，爽一下再说。”龙国祯和许多其他大学生一样，有时候也想在自修室熬一个通宵，试试熬夜看书的感觉。据说，马克思在大英图书馆看书十几年，用屁股将座位板凳坐凹进去了。这是何等的读书境界啊。

《明儒学案·崇仁学案一》曾经记载了这样一个故事，说：

（吴与弼）居乡，躬耕食力，弟子从游者甚众。先生谓娄谅确实，杨杰淳雅，周文勇迈。雨中被蓑笠，负耒耜，与诸生并耕，谈乾坤及坎离艮震兑巽，于所耕之耒耜可见。归则解犁，饭粝蔬豆共食。陈白沙自广来学。晨光才辨，先生手自簸谷。白沙未起，先生大声曰：“秀才，若为懒惰，即他日何从到伊川门下？又何从到孟子门下？”

这是说吴与弼早上忙完回来，弟子陈白沙未起床，吴与弼就来一句：“秀才，若为懒惰，即他日何从到伊川门下？又何从到孟子门下？”意思是，小子耶，你如此懒惰，何时才能学到儒家的修为，何时才能学到孟子的点滴呢？据说吴与弼自身成就确不大，但这种学习的热情，影响了陈白沙等一大批弟子。

龙国祯也是好几次想体验这样熬夜读书的感觉。这大概也算是“头悬梁，锥刺股”“凿壁偷光”的读书精神吧！龙国祯有时候也为自己这样的读书精神而感到自豪。有时候，他们宿舍几个死党甚至联手去图书馆负一楼自修室去熬夜看书。这也算是一种生活体验吧。但是，正当他们相约，至少暑假每半个月宿舍集体人员都要来负一楼尝试、体会熬夜看书的时候，龙国祯熬夜的行为被李晓琪发现了。

她有一次晚上两点多回学校，从西城那边回来，感觉口渴，就去图书馆负一楼自修室去装一杯水喝。走到负一楼的自修室，她倒了水想喝的时候，眼睛不经意间扫视了一下教室，看书的人还挺多，刚刚要发出内心的感叹：“如今的孩子，读书真是认真啊。”感叹还没有结束，她的视线越过了身边的几个学生落到了角落里穿着白色运动衣的龙国祯身上，他正在那里抓耳挠腮地翻译。

她一看就生气了，甚至是火冒三丈，立刻静悄悄地走到龙国祯身边，轻轻拍了一下他的肩膀，示意他收拾东西背包出来。因为她是小心翼翼的，有的人在聚精会神看书，有的人趴在座位上睡觉，所以，没有引起别人的注意。但是，这可把龙国祯吓一了跳，开始紧张起来。他赶紧收拾书本资料，背着包一路跟着李晓琪走出自修室。走上台阶，走过几十米来到一棵大樟树下。估计这个距离自修室是听不到他们谈话的声音的。

校园的霓虹灯闪烁着昏黄的光线，不算是明亮，也不算是暗淡。但是，这样的灯光却在校园里是安静的。到了樟树下，李晓琪压抑着愤怒气鼓鼓地说：“龙国祯，你小子，你不要命了？我是叫你去翻译的，我叫你去熬夜伤身体了吗？你就是这样作践自己的？你就是这样糟蹋自己身体的？你怎么能这样？”一连串的拷问，问得龙国祯答不上话来。龙国祯眼巴巴地看着她，像沉默的羔羊，等待主人的屠刀。

“我！……”龙国祯刚要说，又被李晓琪打断了。

“你说你，为什么就不能学会照顾自己呢？读书，不是这样读的；翻译，也不是这样翻译的。如果人人照你这样读书，这样翻译，那不得天天死人呀？那医院还装得下这么多人吗？你这样熬夜，你会害死自己的，你知道吗？”李晓琪气得直跺脚。

“李老师，您别气好不好？”龙国祯见她这样生气，自己还没有反应过来，心里想，“我不就是熬几次夜吗？您至于这样小题大做吗？”但是，看见李晓琪这样凶神恶煞的样子，他就害怕了，忽然想到手臂被掐的那个情景了。

“我！真是气死了。”李晓琪气得脸色发红，身上散发出来的香水味，熏得龙国祯有点眩晕。

“您别生气好不好嘛，我再也不熬夜了，行不行？看您气成这个样子，怪让人心疼的。”龙国祯非常诚恳地说。

李晓琪的感情不仅是细腻而且非常敏感，一听这话，感觉心情好多了，感觉这孩子还挺有爱心的。忽然听到“怪心疼的”这句话，她的气就消散了一半，立刻，心情就平静许多了，然后心平气和地说：“中医上说，人得天地之气，生而为人的。儒家也是追求天人合一，也就是说，人和大自然是一体的。正如儒家亚圣孟子所说的‘诚者，天之道，思诚者，人之道’，人只有遵守大自然的规律才能可持续发展。而在所有的发展中，人的个体，即人的生命的存在是第一的。没有健康肌体的存在，一切都无从谈起。所以，有的人说，健康是1，其他所有后面的都是0。如果没有健康的1，那么一切都是0。这样简单的道理，你应该明白的呀。”李晓琪非常专业地说道，“生活中，很多人，都是懂得理论上的道理，但是，实践上很多事却很难做到的。所以，王阳明才提出‘知行合一’。只知道‘知’，不知道‘行’，只是未知；只知道‘行’，不知道‘知’，这也不是真‘行’。这也就是人们常说的，说得容易，做起来就很难了。那么，一个人要想持续保养好自己的身体，就一定要注意自己的休息和睡眠。会休息的人才会学习。哪有像你这样熬夜翻译的？这是在透支健康，以后会损害你的健康的。懂了吗？”李晓琪不厌其烦地这样解释，等于晚上给龙国祯上了一堂养生课。

“我知道了，我听您的，我不熬夜了。这次我知道错了。”龙国祯像个犯了错误的孩子不敢再多说一句。

李晓琪发现龙国祯的性格非常平和，说什么就听什么，感觉这孩子挺好相处的。原来她认为，她这样数落他，他会生气，甚至会说“我就是要熬夜，怎么的？你是我什么人，为什么要管我？我又不是你弟弟，不是你儿子”之类的话来诡辩的。如果是这样，李晓琪就非常失落了。因为，他之前的男朋友就是如此不通人情，很难说通。一说，两个人非得大吵一架，弄得鸡犬不宁，甚至几天，两个人的心情都不好。其实，她和前男友的感情，就是在日常生活的点滴争吵中慢慢耗散的，彼此在逐渐消耗自己的感情元气，所以到硕士研究生一毕业，男朋友就提出分手。这也是情理之中的事，只是当时李晓琪没有看清楚这一点，也不敢承认两个人性格不合的事实，所以，刚毕业那段时间，她的心情非常糟糕。因此，在上课的时候，就以为是龙国祯在“藐视”她的课堂提问，才掐伤他的手臂。但是，现在她这样凶狠狠地数落龙国祯，他居然没有一点脾气，真是一个性格随和的男人。

“我这样说你，你生气吗？”李晓琪的母性似乎又被这种随和性格的男人激发了，现在她彻底平静下来了。

“我为什么要生气呀。您是对我好，关心我，才这样说我。有一句话说得好，被老师骂得最凶的学生，往往是有出息的学生。您看您，这样教育我，也算是我被您批评得最凶，也许将来我是您最有出息的学生呢。”龙国祯看着老师说话的语气缓和下来，猜想她也是心情平静下来了，接着说：“您不要生气，也不要为我这样不懂事的人而生气。生气，也是对身体不好的啦。”

“你，我才没有生气呢。我是看你这样熬夜，忍不住才说的。”李晓琪看了他一眼，噘起嘴，挤出这样一句不痛不痒，似像撒娇，又似邻家妹妹说的话。但是，不管怎么说，老师的矜持，是必须要保持的，这是底线问题。

然后，她又忽然另外起了一个话题，来纠正龙国祯的语言不当：“上次和你说了，你不要老是说您、您、您，我不喜欢听你说您，我没有那么老呀。我喜欢你说你，这样我听起来会高兴点。女人，不是，说错了，我也是很怕老的嘛。而且，我自己也是博士生，不是老师，没有那么长辈的。”本来，她是想说“女人也是很怕老的嘛”，但是又觉得不合适，就改成了“我”。

“噢，我知道了，那以后，我说您，就改成你，你听到的不是您而是你，您就不要因为我说的是你而不是您，你就不要因为您而生气。”龙国祯绕弯子这样说，自己也不懂为什么就弯出这么一句话来。

李晓琪一听这么多的“您”和“你”，忍不住“咯咯咯”地笑起来，说：“你真逗，笑晕我了。”她那银铃般的笑声，把龙国祯也逗乐了。

“你说我不要熬夜，那你怎么这么晚也去自修室，你不也没有睡吗？”龙国祯这样反问起来。

“你这是关心我，还是责备我？”李晓琪故意问。

“我哪敢责问你呀，我是顺着你的话来问你的嘞。”龙国祯其实没有理会李晓琪话中有话的意思。当然，这样的高水平的感情对谈，龙国祯现在是不可能体会、揣摩出其中的韵味的，要体会出这样话里有话的对谈的韵味，那是若干年以后的事了。等到龙国祯心智彻底成熟之后，他就会明白李晓琪这样的谈话本身的内涵了。现在的他，是不可能明白的。

“噢，我今晚去了一趟舅舅家，回来晚了。我是从芙蓉湖那边打的过来的。本来想回宿舍，但是天气热，口渴，就想去自修室接杯水来喝，没有想到你居然这个时候，还在自修室。邂逅你这次，我真没有想到，你用功起来居然不睡觉，这是拿健康来透支。下次，不要这样了，知道了吗？”李晓琪轻言细语地说，声音非常柔和。

“知道了。”龙国祯非常诚恳地回答。又说：“这么晚了，我送你回宿舍楼下吧。”

李晓琪认真看了看龙国祯，上下打量了他一番，说：“你今晚不睡觉了？”

“你那样说，我不敢熬夜了，得睡觉，但今晚还得熬夜，宿舍关门了，进不去了，明晚开始不再熬夜了。”他边说，边做出一个请李晓琪走的礼节。然后，忽然调皮地说：“要不，我去你那里睡？”

“你想得美。女生宿舍，男生止步，同学，知道吗？”李晓琪用手指戳了一下龙国祯的额头，微微笑起来，但是心里还是泛起了许多涟漪。毕竟，她是经历过爱情洗礼的女人，知道男生这样说，尽管是开玩笑的，但是弦外之音还是能够听出的。不过，对于李晓琪来说，这也算是龙国祯的一种进步吧。但是忽然，李晓琪又意识到了什么，赶紧问：“你是不是对很多女生都这样说过？老实交代。”

“啊？这怎么可能，我这辈子就和你说了这句话，哪敢和别人说嘛。我和你开玩笑的啦，女生宿舍，我不能去的。等下我送你到楼下，我再回自修室。”龙国祯认真起来。

“这还差不多，算你老实。”李晓琪微微笑起来，感觉这孩子太可爱了，心里又有几分高兴了，“你肯定得回自修室。但是，你送我去宿舍楼下，我接受的。走吧。”

两个人说着，并肩走在一起，但是，两个人还是保持了大概一尺远的距离。据说，这是男生和女生走路最为安全的距离。

第十五章　英语家教老师

江州市紫霞山坐落在城市的西边，山势蜿蜒曲折，像静卧的盘龙。山上，树木郁郁葱葱，尽染层林青色。山上有许多名人的墓地，山腰有著名的紫霞寺。寺庙里的静云法师，佛理深厚，深受善男信女信奉，影响巨大。紫霞山下，聚集了整个潇湘省著名的高校，潇湘师范大学、潇湘大学、潇湘理工大学、潇湘医科大学、潇湘财经大学、潇湘省委党校等都聚集在紫霞山下，围绕着紫霞山。

山下，一条双向六车道的潇湘大学城大道贯穿整个紫霞山大学城的各个大学。西城的公交车也川流不息，通贯整个大学城。大学城大道两边种满樟树，十米或五米一棵，它们像站岗的战士护卫着道路的安全。因此，紫霞山脚下的大学，不论是寒假还是暑假，都是热闹非凡。初来乍到的人，根本分不清这是放假还是开学了。尤其是暑假，每到晚上，所有学生宿舍基本都是灯火通明，根本看不出现在是暑假。

潇湘师范大学处在大学城的中心位置，背靠紫霞山，面向江州河（潇湘河）。从江州河畔到紫霞山下，即从东到西，大概两公里的距离。过了江州大桥，从北到二里坡就能看见潇湘师范大学的校门。校门气派，几根大柱子将校门撑起来，显得宏伟壮观。校门上面写着“潇湘师范大学”几个巨大的红色毛体字，显得庄严伟岸。潇湘大学城大道穿过潇湘师范大学校园，从北面的二里坡大门进入潇湘师范大学，往南一直延伸三公里，都属于潇湘师范大学。

潇湘师范大学面积，正常算来应该有九千亩地，但是因为还有原来历史上征地遗留下来的问题，所以，大学里还有一些居民居住，他们不属于潇湘师范大学管辖。校园里的村叫二里坡村，村里还建有一条商业文化街，还有一千多亩村里的湖。这些都占据了潇湘师范大学的面积。据说，几任校长都很想把校内居民的房子征收，但是涉及高额的赔偿款，就只好作罢了。这里的村民，将自己的房子租给学生，每月收取高额的房租，过着富得流油的日子。

当然，这些村民的房子和土地尽管不归潇湘师范大学管理，但是村民进出校园是必须要接受潇湘师范大学管理的，不然就无法统一学校的管理制度，会给学校造成极大管理困难。据说，有一次，一个光棍村民强奸了一个女大学生，女大学生留下遗书，就跳江州河自杀了。当然这件事肯定依法处理了。但是这件事，震怒了学校，学校向相关部门申诉求助，并要求收回村里的管辖权，上级部门会同相关部门经过认真周详的研究后，决定村民社区的管辖权由潇湘师范大学管理。不然，学生的安全就很难保证。

所以，从上述的介绍来看，潇湘师范大学是一座没有围墙的大学，是校外和校内贯通的，但是每个宿舍区或者教学区，或者教师居住区都设有门卫，不是随便可以进出的。尤其是学生宿舍，更是严禁外面的人进出的。男生宿舍是不准女生进来的，女生宿舍是不准男生进去的。每栋女生宿舍的大门门卫处都立有“女生宿舍，男生止步”的醒目标牌。男生宿舍的一楼大门门卫处也立有“男生宿舍，女生止步”的牌子。

有一年体育学院的本科毕业班的一个宿舍的一位男生，本来六月三十日就可以领取本科毕业证和学士学位证了，但是他六月二十八日晚上就邀请本校艺术学院即将毕业的女友，女扮男装偷偷溜进宿舍，晚上同居在宿舍里。结果，当天晚上被学校宿舍巡察队发现。第二天就被公开处分了，该男生和女生都被处以“留校察看一年”的处分。该本科生号啕大哭，本来就业单位已经签约了，却因为这事，未能如期报到。当然，这不能怪学校，只能怪自己没有坚持到最后。有的临近毕业了，很高兴，晚上出去吃夜宵，喝多了“二锅头”，趁着酒兴将教学楼的玻璃打碎了。结果被学校发现，除了赔偿学校的损失之外，也被处以“留校察看一年”的处分。

因为是处分，自然就不可能发毕业证、学位证和派遣证了，只能推迟一年就业。这对于学生来说，是巨大的损失，也是最大的人生污点。因此，每当临近毕业的时候，学校、学院和分管的校长、分管副院长、年级班主任、辅导员等相关人员都十分重视毕业生的相关工作，要求大家在校一天就要服从学校管理一天，在校一个小时就要服从学校一个小时，文明毕业，文明离校，文明就业，过好最后一天的大学生活。

潇湘师范大学的管理制度是很人性化的。毕业生七月一日正式毕业后，学生宿舍还可以继续住一个月，这也是为了缓解学生毕业后的住房压力。一般在七月底，学校会对毕业生宿舍做一次大的清理，八月份就会对学生宿舍进行一次内部粉刷。因为住了四年的宿舍，很多地方也损坏了，需要及时修补。新翻修的宿舍是给新生居住的。九月份开学，这宿舍又会迎接来下一届本科生。正是这样人性化的规定，所以，七月份毕业生的宿舍也是人来人往的。有的学生去单位报到了，但是还没有正式上班，索性又回学校住一个月，感受一下学生生活的最后一个月。

潇湘师范大学是潇湘省最好的师范大学，自然毕业生更多的是去当老师，教高中的是最多的。整个潇湘省的重点高中，八成老师都是潇湘师范大学毕业的。以前是分配的，现在市场化就业，大学毕业生就业双向选择，当教师需要考试进入。除非是免费师范生，毕业之后由相关教育部门分配到相关的高中做教师。这是一个改革开放的时代，只要你有足够的能力和智慧，就业是不成问题的，甚至可以在任何单位都能发挥自己的才华。

改革开放，是人性的一次解放，是人性的一次觉醒，也是中华民族一件惊天动地的大事。这是一个需要巨人的时代，这也是一个能够产生巨人的时代。龙国祯出身贫困的农村，通过读书考入省城的师范大学，这是多么光荣的事！他非常珍惜大学的学习机会，不敢浪费自己的时间。同时，他又在周末的时候去体验了赚钱的艰辛，所以，就更加珍惜读书的机会了。当然，他自己有时候在读书之余，也会到紫霞山下其他的大学里，走走看看，晃来晃去，也算是一种游学吧。

一个阴天的下午，龙国祯刚刚从潇湘师范大学图书馆自修室出来，走到第五学生宿舍广场，看见很多人聚在一起，一个人站在舞台上发表演讲，人群簇拥，很是热闹。其实，第五栋学生宿舍，就在潇湘师范大学图书馆的对面。它们中间隔着很大的广场。这个第五栋学生宿舍广场，是潇湘师范大学学生经常聚集的地方，因为是学校的中心地带，因此，重要的商业演讲或者其他的商业活动都会选择在这里开展。龙国祯走过来，看见一群女生穿着超短裙在舞台上热舞，一阵热舞之后，主持人喜笑颜开说了一段独白之后，就请出了一位商业演讲大咖，推销自己的商业谋略。

这位演讲大咖说，说话是一门艺术，口才是一个人能力的表现之一。他列举了一些案例。譬如说，“屡战屡败”之类的词，不如“屡败屡战”用得好。譬如说，王安石的“春风又绿江南岸”这个“绿”字用得好。又譬如说，贾岛的“鸟宿池边树，僧敲月下门”诗句中的“敲”字用得好之类。这些都是龙国祯在大学课堂上听教授们讲了的，所以，也没有觉得有什么新意。他大致停留一下，就走出了人群。刚走出人群，就遇见李晓琪，她正好从图书馆出来。

“李老师好！”龙国祯看见李晓琪从图书馆负一楼自修室的台阶上来，就赶紧迎上去打招呼。

“国祯，我正找你。”李晓琪欢天喜地地说，“我以为你还在负一楼自修室忙翻译呢。”

“有什么指示呢？”龙国祯也是喜出望外，看见李晓琪满脸灿烂，觉得应该有好事来了。

“我哪敢吩咐咱们龙大才子呢。”李晓琪走近龙国祯，然后示意他走到旁边比较安静的地方好说话。

走到了几十米远的围栏旁边，李晓琪说：“今天学院办公室王老师私下通知我们，说省委一位退休的秘书长想私下招聘一位英语老师，辅导其孙子英语，让我们老师私下推荐几个合适的人选，需要做一次小范围的私人面试，不是公开的。我想，你可以去试试。这也是你英语实践的好机会。不知道你有没有兴趣？不过，我再强调一次，这是家教，是私人的，不是公开的。办公室王老师也是受人委托，我和院办王老师私交不错，所以，她及时把这个信息告诉我，我就告诉了你。”李晓琪满眼期待地看着他。

“你这样告诉我，是不是咱俩私交也很好啊。”龙国祯打趣道。

“那你说呢。”李晓琪瞟了他一眼。

“我说，我们私交很好呀，我感觉，我都离不开你了。”龙国祯开玩笑地说，“你看你漂亮、端庄、博学，温柔大方，淑女一枚。”

“就你贫嘴！”李晓琪这样说，心里感觉吃了蜜糖一样甜。

“等我努力一点，等我足够优秀，我就娶你做龙夫人。”龙国祯越说越放肆。

李晓琪一听，这次高兴起来，觉得这孩子也会开玩笑了，就说：“啥时候变得这样油嘴滑舌了？说真正的事，不和你说笑。师生是禁止谈恋爱的，你不知道，我是知道的。我可不想因为搞师生恋，把我工作给丢了。”李晓琪认真起来。当然，她是故意这样找托词的，现在她只是在读博士生，兼职上课，不是正式在职在编大学老师，要是真的和龙国祯这位本科生恋爱了，也不算是师生恋。

“丢了工作，我养你呗。我们去种菜，种地，喂猪，养鸡，养鸭，还养一条狗，再生一堆娃。”龙国祯越说越离谱。

“好啦，别开玩笑啦。”李晓琪嘴里这样说着，心里欢天喜地，至少，听起来，这具有浓郁的生活气息。尤其那句“我养你”，很让女人感动的。这句台词，其实是出自香港影星周星驰主演的电影《喜剧之王》，这是一句经典台词，感动了无数善男信女。佛家说“担水砍柴，无非妙道”，这大概就是生活的乐趣吧。

据说，女人的一生都是在为自己嫁一个好男人和维护好与一个好男人的关系而奋斗终生的。心理学研究显示，女生在三岁的时候就开始幻想将来的丈夫是怎样的形象了。当然，这也是听说，至于具体的研究数据，似乎不可见，也许这就是坊间的传说。但是，无论怎样，女性对于自己未来的先生和家庭，是充满期待的。这样的期待，其实和读书的多少、地位的高地、金钱的多少没有关系。这是剥离了外在的一切物质诱惑之后，剩下的纯粹的精神的思考。或者，也就是陆九渊和王阳明心学强调的“心即理”吧。

当然，这是一个非常重要的学术命题，至少龙国祯目前还没有弄清楚，但是在后来的若干年后，他居然对此问题有了自己的体会和理解，还在权威的学术期刊上发表了这方面的重要论文。但是，这是以后的事了，这里按下，暂时不表，言归正传吧。

“好了，刚刚是开玩笑的啦。咱们李老师，以后一定得嫁给一位博学，有责任心，与之真心相爱，对你好的先生才对。记得，李老师的先生，一定要帅，一定要博学，最好是博士，更重要的，对我们李老师，不，对我的李老师要好，不然我揍死他。我可是练了南少林拳法的。”龙国祯调皮起来说道。

“好啦好啦，听了一次演讲，竟然如此油腔滑调。说真正的事，别逗我了，你到底去不去？问你嘞。”李晓琪看他这样说，面如桃花。

“不就是做家教嘛。”龙国祯一语道破玄机。

“对，就是这个意思。真聪明。”李晓琪一脸的高兴。

“你怎么不去呢。你人漂亮，又是留学美国的在读博士，又年轻，看起来就像是在校大学生，英语水平又高，非常合适的。”龙国祯认真地说，这句话不是开玩笑的。

“我不去做家教。我还是喜欢自己看点书，做点自己喜欢做的事，而且人家小孩是初中生，也只要求在校大学男生去，这样就和学生没有年龄代沟呢。再说，我也不太喜欢去别人家里。”说着，她就严肃起来，补上一句，“我是绝对不去做家教。男生去是合适的。”李晓琪说这句话的时候，感觉若有所思。

李晓琪这样说，其实是有原因的。她之前在潇湘师范大学读硕士研究生的时候，就做过几次家教，也是为了体验。其中，硕士研究生二年级的暑假，有一次，是教了一个小女孩，教她小学四年级的英语。有一天下午，也是按照规定，是李晓琪去该学生家里做家教的时间，但是，这次，这个小女孩的父亲，故意支走了小女孩，也没有通知李晓琪，等她敲门进去的时候，发现只有学生的父亲在家。

“周玲爸爸好，周玲不在家吗？”一进门，李晓琪没有发现周玲小朋友来开门，开门的是周玲的父亲周强。

“等下周玲就回来了。”周强的父亲赶忙说，“李老师先坐一会，我给您倒杯水。”周强关门的时候，李晓琪听见门“咔嚓”一声，她潜意识感觉到门被反锁了，心里立刻警惕起来，回头看了一下门。这个时候，周强赶紧打断李晓琪的顾虑，说：“噢，这个门这几天出了点毛病，需要叫师傅上门来维修。李老师，您请坐。”周强脸上露出阴暗的笑容。他随后去厨房倒了一杯水，进去了大概两分钟才出来，出来的时候，手里拿着杯子，手还在不断晃动杯子。这些细节，被李晓琪看在眼里，她心里警觉起来。电视剧里也经常出现男生和女生单独在家的时候，有的坏人就喜欢在水杯里下春药、蒙汗药之类的。李晓琪立马就反应过来了。

“李老师，您喝水。”周强并排和李晓琪坐在四人坐的沙发上，中间大概隔着两个成人的位置。沙发旁边的茶几上放着男士“老人头”提包，圆鼓鼓的，估计里面放着很多钞票。

“噢，我不渴。”李晓琪瞟了周强一眼，镇定地说。出于女性的本能，她下意识地拉了拉裙子，尽力使得裙子更加遮盖好自己的腿，其实她本来穿的就是米色的长裙和肉色的长丝袜子。

“走了那么远的路，怎么不渴呢？您请喝水。”周强第二次请她喝水。

“周玲爸爸，周玲大概什么时候回来呢？我大概要等多久，如果她没空的话，我改天再来。”李晓琪感觉不自在，毕竟现在家里只有她和周强两个人，孤男寡女的，得注意。

“玲玲等下就回来了。请李老师还是稍等片刻。”周强赶忙拿出大哥大电话，给对方什么人打了一个电话，然后说：“好好，那你们马上回来。”他放下大哥大电话，再对李晓琪说，“李老师，请喝水。天太热了。真是不好意思，让您久等了。”他一边说，一边眼睛色眯眯看着李晓琪。

“我不渴，谢谢！”李晓琪看了一眼周强，心里想再等五分钟，如果他女儿不回来，她就走人了。她坐在那里浑身感觉不自在。忽然，她想到《水浒传》的潘金莲和西门庆第一次在王婆家喝酒的情节，当时潘金莲几次说要走，身子却不动，这不明显给西门庆机会吗？但是，她不是潘金莲，她是李晓琪，是望州市望州镇中学李元坤的独生女，是他的掌上明珠。她来做家教，是体验教学实践，不是为了赚钱。因为她的家庭只有她一个女儿，父亲是中学著名的历史老师，母亲是望州镇中心小学语文老师，父母都是老师，养一个女儿没有经济上的任何负担。尽管家里算不上很有钱，但是基本生活物质保障是没有问题的。

周强见请李晓琪三次喝水，她都答而不喝，故也就不再请她喝水，直接说：“李老师，我喜欢你，我想你陪我一次，我给你五万元。”周强说着就从茶几上的男士手提包里拿出五万元崭新的钞票递给李晓琪。这次，他把“您”改说成“你”了。“如果你觉得少，我再加给你。反正，你我都是成年人，这事，你知我知，天知地知，你看怎么样？其实，你第一次来我们家教玲玲，我就喜欢上你了，漂亮的身材，高雅的气质，白里透红的脸蛋，而且你的胸很大，屁股也很翘，我喜欢你这样的性感美女。”周强色眯眯地说，就从沙发那头慢慢挪过来了，身子慢慢靠近李晓琪。

李晓琪一听到这样的话，心里顿时恶心起来。今天才发现，周玲父亲居然是这样一个贪色的人。当然，当周强靠近李晓琪的时候，她本能地站了起来，非常严肃地说："周玲爸爸，你看错人了。你觉得我会为了这五万元去作践自己？你觉得你有钱是不是就可以为所欲为？"李晓琪非常愤怒。

"那我给你十万，怎么样？"周强又从包里拿出五万元来，"今天是我故意支走我女儿，这十万元也是我今天上午从银行特意取出来的。我只要你陪我一次，这十万元我就给你，你看如何？从目前的市场价来看，十万元是不少了。李老师，你看，我们都是成年人，我就直接说。你就陪我一次，行不行？反正这事，你知我知，你看如何？就在这沙发上陪我一次。仅仅一次，我太喜欢你了。"周强坐在李晓琪刚刚坐的沙发的那个位置，显得有点激动。但是，他还不敢做出出格的动作，其实他本来想抱着李晓琪的，但是，又看见李晓琪一米七二的身高，如果强行动手动脚，他未必能制服李晓琪。本来他是在水杯里放了春药的，等李晓琪喝水之后，他就能得逞，然后准备给李晓琪十万元作为补偿来平息这件事。但是，他说了三次请她喝水，李晓琪都没有照做，所以，他只好明说。

的确，从市场的物价来说，十万元是不少的数目了。那时候，江州市的房价周边才两千元每平方米，十万元就可以购买一套五十平方米的房子。从经济的角度来说，这是很大的诱惑。当然，周强这话是不可信，只要有第一次，就会有第二次，那以后她就会陷入噩梦般的困境，甚至沦为他的情人。

"你是不是经常拿钱去拖女孩子下水？而且经常是以家教为幌子，去骗女生？"李晓琪见他坐在沙发上，没有站起来使用暴力，心里就没有之前那么害怕了。

"不是的，李老师，你别误会。我是真心喜欢你。其实，你也知道，像我这四十多岁的年龄，带着女儿，去找情人也是可以的，但是去找一个人做老婆，别人也不会嫁给我。我和孩子她妈关系不好，或者直接说，没有性生活。我是一个正常的男性，我有性需要，所以，我只能用钱来消费性。”周强这样为自己辩解。

“周玲爸爸，你找错人了。我不是一个贪钱的人。你不要在这里浪费时间了。我不是那种为了钱出卖自己的人。”李晓琪严肃地说。这个时候，她居然不紧张了。看得出来，这个男人其实就是想用钱来满足自己的欲望。但是，如果他要使用暴力去非礼她，她一米七二的身高，也是不害怕的，尽管开始有点紧张。毕竟这是一个文明的国度，法治社会，有强大的法制体系来保护每个公民的人身安全和财物安全。这点自信，她是有的。

听李晓琪这样说，周强也不好说什么，最后只问了一句：“那你要多少钱才能从了我？”

“你给多少钱我也不会从你。我不是那种为了钱做违反我原则的事的人，这点请你注意了。今天，你这个事，做得非常不厚道，作为一个成年男人，你觉得钱可以摆平一切，但钱不是万能的。”李晓琪严肃起来，“你这样做，对得起你女儿吗？如果以后一个男人拿十万元来对你的女儿这样说，你怎么想？”

这句话，刺进了周强的心坎。立刻，他态度就转变了：“对不起，李老师，是我糊涂，是我糊涂，是我太鲁莽了，真的对不起啊！”

“好了，不要和我说对不起，你也没有什么对不起我的地方。教你女儿十次课，算起来，一共二十节课，每节课是八十元，一共是一千六百元课酬。这是我劳动所得。我今天和你结清，下周我不来了。你看，这钱你都拿出来了，你愿意给，我收，不愿意给，我不要了。”李晓琪威严地站在那里。

“你宁愿要一千六百元，也不要这十万元吗？陪我一次，你又没有失去什么呀！”周强看到李晓琪最后还是在谈钱，心里居然生出一丝希望。

“这一千六百元，是我劳动所得。你懂吗？那十万元，不是我劳动所得，我陪你一次，你给我十万，表面上我得到了十万，但是我失去了我所有做人的尊严，你懂吗？人不仅是物质的存在，更是伦理的存在。你懂不懂？”李晓琪说着，准备动身出门。

“好好好！对不起，李老师！”周强听完李晓琪一句“人不仅是物质的存在，更是伦理的存在”这句话，心里顿生佩服，就赶紧去开门。门打开了，李晓琪准备出门，周强就叫住李晓琪，说：“李老师，真的对不起，这是你应该得的一千六百元。”他说着，就递给李晓琪一千六百元。李晓琪拿过钱，没有数，就放在包里，最后对周强说了一句：“周大哥，不是每个女人都喜欢钱的。以后你好自为之。”

从那以后，李晓琪再也不去从事家教了。所以，这次，就是再好的家教，她也没有兴趣了。

当然这样的经历，她是不可能告诉龙国祯的。龙国祯也不会明白，等他明白这个事情那是若干年以后的事了。

“你去不去啊？”李晓琪再问。

“你说去不去？”龙国祯腼腆起来，“这边有翻译工作要做，那边要做家教，开学我还得去上课，感觉会不会很忙呀？”

“你看你，你现在只是去报名，去试试，去实践。如果能够成功，时间上应该可以安排得过来的。我相信你的。我建议去。”

“好，那就去，听你的。”龙国祯开心起来，“实践是检验真理的唯一标准。”

“你这孩子！”李晓琪说着，莞尔一笑，像三月里的油菜花，美丽极了，“记得明天周一，就去院办王老师那里报名。”

“嗯，知道了。”

“今晚吃点什么，我带你去吃好吃的。回头我再和你讨论翻译的问题。”

“嗯，那我们去‘家的味道’菜馆吧，那里有你喜欢吃的剁椒鱼头、猪脚之类的。”

“嗯，听你的。走。”

两个人你一言，我一语，有说有笑地走着，但还是保持一尺远的距离，这是李晓琪刻意保持的距离。龙国祯才不懂这些。每次，龙国祯走过来一点，李晓琪就再走过去一点，有时候，就差点把李晓琪从行人道挤到马路中间了，李晓琪就嗔怪起来："喂，同学，你怎么走路的，那么豪横，像螃蟹，都快要把我挤到马路中间了。"龙国祯一看，还真的是这样，就赶紧把李晓琪拉过来，说："对不起，对不起，我下次注意。"

星期一，外国语学院院办王老师办公室里来了十几个英语专业本科生，主要是大二和大三的。大一，入校，不懂家教。大四毕业生，忙毕业，忙考研，忙就业，很忙，一般也不会去。龙国祯到了王老师办公室，报名了，也和同系的同学打了招呼。

"请报名了的同学，去三楼会议室。"王老师等大家填好表之后，就招呼大家。于是，大家就到了三楼小会议室。王老师随后也来了。大家在会议桌两边坐好，王老师就坐在中间，说："今天我非常感谢大家过来参加这样的活动。我简单向大家介绍一下情况。"王老师这样说，其实和李晓琪说的是一样的，就是潇湘省委原秘书长的孙子读初二，想请一位成绩优秀的学生辅导英语，待遇优厚。其目的就是希望其孙子学习能提高，要求老师认真、负责、有耐心，身体健康。王老师说，这家教完全是私人性质的，她也是受朋友委托才做这件事，希望大家保密。但是，今天来的同学不管是否有机会去从事家教，大家都能得到一百元的小红包。这是学生家长的意思。大家一听，个个都高兴了，觉得这家长够意思。

这位学生家长叫袁伟国，是江州市人事局局长，学生叫袁凯，今年十三岁，是江州一中初二一班的学生，成绩谈不上很好，但也谈不上很差，反正考第一名是不可能的。一个年级，有八百人，他大概成绩就三四百名的样子。所以他的爷爷，一位退休的省委秘书长，就非常希望自己的孙子能提高自己的成绩。王老师介绍完情况之后，接着说："今天我就谈到这里，大家的资料，我们再研究一下，大家回家听通知。同时，这事请大家务必保密，不要宣扬出去。”说完，王老师就提前走了。

当天，王老师请院里几位知名英语教授分析了一下报名的学生的资料，教授们一致觉得，无论是从形象还是从专业水平的角度来说，龙国祯都是最合适的，所以王老师就通知龙国祯下周星期一上午十点去做家教，并告知了家教的地方。龙国祯在宿舍接到院办王老师打来的电话，心里非常高兴，就赶紧打电话告诉李晓琪。当时，李晓琪正在自己的房间里翻译《儒即凡尘》。宿舍电话响起来，她拿起电话，一听是龙国祯的声音，满心欢喜。又听说，龙国祯通过了教授们的推荐，去做家教，更加高兴。

“国祯同学，祝贺你！”李晓琪为他高兴。

“李老师，我应该谢谢你才对，是你告诉我这个信息的。”龙国祯从电话里听到李晓琪的柔和而磁性般的声音，心里很是享受。李晓琪是英语听力老师，这声音大概也是经过训练的。“李老师，你的声音真的很好听，很美丽。”

“你才知道啊！这么好听的声音，有的人在我的课堂上还开小差呢。”李晓琪故意这样提起陈年往事。

“以后，我再也不开小差啦，就专心听你的声音。”龙国祯为第一次课开小差，感到惭愧，“今天中午，我请你吃饭，有空吗？我们庆祝一下。”

“去哪里吃饭呢？”

“你说呢，又去‘家的味道’如何？”

“OK。See you later（待会见）。”李晓琪自然脱口一句英语。

“OK。Miss you! See you later（想你，待会见）!”龙国祯顺便接上了李晓琪的英语。

星期一如期而至。这天上午，龙国祯早早就起来吃早餐，整理好自己的衣服，也整理好了上课的教材。备课期间他和袁凯的母亲通了一次电话，详细询问了一下袁凯的情况，这样会有利于他的家教备课。这是他第一次正式家教，而且是学院王老师和李晓琪老师推荐的，他会认真教好自己的学生，这样也算对得起王老师和李老师。在出发之前，他和袁凯的家长在电话里做了沟通。寒暄之后，就告诉袁凯，大概他一个小时后到他家里。

潇湘省省委机关大院和家属居住的大院都在中华路一号。从潇湘师范大学到中华路一号大概有十五公里，龙国祯是骑自行车过去的。这辆自行车，是大一购的。当时他是接受了社会学专业王建宏同学的建议，去帮助“蓝河公司”促销卫生巾的时候购的一款旧自行车。那天龙国祯特意和校门外修车的师傅聊天，故意聊到自行车的事。刘师傅问龙国祯为什么不购自行车，他对修自行车的刘师傅说：“我啊，囊中羞涩，购不起新自行车。”其实，他就是特意来购旧自行车的。

“新的购不起，购旧的，便宜。”刘师傅说。

“你这里有吗?”

“当然有，喏，旁边那款旧的自行车，才二十元。要不要?”刘师傅指着旁边的黑颜色的男款自行车，自行车三脚架上，还依稀地可以看见“凤凰”两个字。

龙国祯看看这款凤凰牌自行车，尽管很旧了，但是很扎实，当场就购下来。刘师傅就把旧自行车再认真检查了一番，打足了气，成交了。

这款车，一直伴随龙国祯的大学生活，他只要出校门就必然骑着它。江州市夏天雨水很多，他就经常带着伞和雨衣，为防止下雨被淋得落汤鸡一样。这是他从学长们那里得来的经验。

这次去袁凯家里做家教，他也是骑自行车去的，背着背包，包里装着教材、笔记本、雨伞和雨衣，还有水杯等之类的必需品。到了中华路一号，看见机关大院的大门两边庄严站着两名年轻的武警，高大帅气，站姿潇洒干练，显示出军人的威严。龙国祯走近武警，问：“帅哥，我可以进去吗？找一栋一单元五〇二房。”

“你叫他们来接你进去，我不能单独放你进去。”武警刚说完，龙国祯就看见从大院里面走出来一个中年妇女和一个男孩。“请问你是龙国祯老师吗？”那妇女看见龙国祯就这样问。

“是的，我是龙国祯。您是袁凯妈妈？”

“对。”袁凯妈妈立马回答。

“龙老师好！”袁凯立马灵活叫起来。

袁凯母亲和武警交谈了一下，然后拿出了证明，武警放行。他们领着龙国祯走进了大院。

这是龙国祯第一次走进潇湘省省委大院，心里特别激动，想：“这就是省委大院，是全省发布政策的地方，是省委书记办公的地方。”他一路走着看着，路过了一栋牌子上面写着“潇湘省人事厅”的大楼，然后接着往前走。他心里想：“哇，原来省人事厅就在省委大院里面。我今天看到了，真是激动。”

“龙老师第一次来省委大院吧？”袁凯的母亲问。

“对啊，这里面好大呀，我也是第一次见到省人事厅在这里办公。”

“这里是省委机关大院，省委办公厅、省政法委、省人事厅等很多机关都在这里。所以，得有证明才能进来，不然门卫是不让进的。你很聪明，来之前，先打了电话，不然我们都来不及开证明呢。”

“谢谢阿姨！”

“这是我应该做的，不要客气。我们家袁凯，几天前，听说你要来教他英语了，可喜欢了，天天念叨‘龙老师什么时候来？’”袁凯母亲看着袁凯，高兴地说。

“龙老师，我听说，你又帅，又博学，我得向您学习。”袁凯个子不高，但是很精神，也很活泼。

“你不怕老师吗？”龙国祯问。

“不怕呀，干嘛怕老师，但是我怕做难题，难题做不出来，怕我老子揍我。”

“你这孩子，怎么说话的？你爸揍你是为你好。”袁凯妈妈笑起来。

“不怕的，学英语就是记单词，多练习、多读、多背、多看，英语不难学的呢。”

“待会您教我，我学学您的秘籍。”

三个人一边说一边走，袁凯母亲自然会问龙国祯是哪里人，今年多大了，父母干什么的，家里几姊妹等之类的问题。

走了十多分钟的路程，到袁凯家里了。袁凯家里，五房两厅，大概一百五十平方米的房子。摆设的家具都很陈旧，看不出这是大户人家的家庭。最耀眼的是客厅里的电视墙上摆着的四个大的书柜，上面堆放了很多书。

“哇，好多书啊！”龙国祯惊讶起来。

“这是我爷爷住的房子，我平常住在我爷爷家里，这里读书方便。这是我爷爷看的书，我爷爷可喜欢哲学、历史、文学了，尤其是《史记》，爷爷非常喜欢。但是最喜欢的还是《毛泽东选集》第一到第四卷，我爷爷说，每三年他都要读一次，每读一次就受益匪浅一次。”袁凯说。

“你叽里呱啦说一大堆，都忘记给老师倒杯水了。”袁凯母亲说。

袁凯一听，赶紧跑去用一次性杯子倒了一杯水，递给龙国祯：“龙老师，您喝水。”

“那我们开始上课吧？”龙国祯开始说。

“好呀！”袁凯高兴地说，“老师这边请！”示意他去最里面的那个他的房间，卧室兼书房。

袁凯母亲说：“龙老师，你就安心教他。他爷爷、奶奶练太极去了，他爸爸上班去了，我去买点菜，等下中午十二点，你上完课，在我们家吃午饭。”

“啊！阿姨，不要客气，我下课后直接回学校就好啦。”

“哪有中午不吃饭呢？不啰唆，就这么定了。”然后对袁凯交代了几句：“你呀，听龙老师的话，认真学习，考不上重点高中，你就麻烦了。”

“知道了，妈妈。你去忙吧，别耽搁我们的时间了。”

初次教书，龙国祯做了充分的准备，所以，他是不紧张的。看得出来，袁凯挺喜欢他的。在教书的过程中，龙国祯很认真。他教袁凯如何学习英语，如何背单词，背到什么程度，他都非常熟悉，然后示范了几次给袁凯看。袁凯对他崇拜得不行。

“你知道吗？背教材的英语单词的最高境界，就是背出词汇表上单词的前后顺序，不能颠倒，而且还要能一个一个单词默写出来的，这才是背单词的最高境界。”龙国祯的英语词汇量确实是很大的，他非常熟悉余士雄主编的《实用英汉词典》。英语是他的专业，没有专业的水准，他也不敢来做家教。

第一次家教毫无悬念是成功的。上课时间一共两个小时。龙国祯严格遵守上课的时间，中间允许休息十五分钟，没到下课时间是不允许上厕所的，除非是意外情况，如拉肚子。龙国祯讲了上课的纪律。袁凯一一记下来了。

中午的时候，袁凯的爷爷、奶奶、父亲和母亲，一家人请龙国祯吃饭，袁凯非常勤快，又是给龙国祯倒水，又是盛饭。

“你小子，今天见到龙老师，挺勤快的嘛。”袁凯的父亲见儿子这样勤快，大吃一惊。

“所以，古代读书人，就易子而教。”袁凯的爷爷很高兴，自己的孙子还从来没有这样勤快过，看来这龙老师，也很优秀。

他的奶奶和母亲使劲给龙国祯夹菜，龙国祯一个劲地说：“谢谢奶奶、阿姨！我自己来就行了，你们不用给我夹菜的。不要太客气啦，这样太客气，我都不好意思吃饭了。”

弄得大家开怀大笑。

他父亲拿出“酒鬼酒”，问龙国祯：“龙老师，来杯酒？”

“我不喝酒的，叔叔，您多喝点。”

“有没有女朋友啊？”袁凯母亲问，“阿姨给你介绍一个，怎么样？我们省委大院里美女很多的噢。”袁凯母亲说。

“你呀，就是着急，你这一开口，就问人家隐私，人家怎么好说呀。”

袁凯父亲说。

“没有关系啊。我还没有女朋友呢。现在找女朋友，不着调，等大学毕业看看是不是有缘分。我是农村来的，家境贫寒，还是先读书再说。”

“对，男孩应当如此。”袁凯爷爷说，“我们都是农村出身，但是人穷志不穷，只要努力和实践，一切都是可能的。这是马克思教我们的。马克思主义不是教条而是行动的指南。毛主席说：‘马克思主义者认为人类的生产活动是最基本的实践活动，是决定其他一切活动的东西。’”这位七十多岁的老人，精神矍铄，身体硬朗，说话声音洪亮，中气十足。

“小龙，记得，年轻人，就是要多读书。读书多，才能办大事。现在这个世界，多美好啊，但是美好的世界，也是需要一代一代人去建设，你们正值当年，多读书，是大有作为的。”袁凯的奶奶说。

“奶奶，你这话，说了 N 亿次了，我都听腻了。”袁凯说。

“孙子耶，你听腻了，那考试怎么还不考第一名，害得全家人围着你转？”袁凯奶奶说话有分量。

“我现在就是要努力了啊，我在龙老师的辅导下，就能考第一名给你们看看。我袁凯也是不错的噢。你们别小瞧我，我之前考不好，我是没有学到龙老师的秘籍。”袁凯看着龙老师骄傲地说。

这番话一出来，全家人都愣了，大吃一惊。这才教了两个小时，居然有如此神奇的教育功效。袁凯的父亲看看爷爷，爷爷看看龙老师，点头微微而笑。

“那好，我们就看你的成绩再说。”袁凯母亲也是非常高兴，说着就把一个大鸡腿夹到龙国祯的碗里。

袁凯认可了龙国祯，确定以后每周六上午为家教时间。这是风雨无阻的时间。周日下午是龙国祯练南少林拳法的时间。经过一个学期的学习，到袁凯初三第一个学期期末考试的时候，袁凯居然在全城区统一考试中，英语得了一百分。这让袁凯和长辈们喜出望外，更加让袁凯扬眉吐气。更重要的是整个省委机关大院的家属区口耳相传，都知道龙国祯上课厉害了，大家就纷纷请龙国祯给自己的孩子上课，机关大院外面很多商人、企业家、董事长等都非常乐意请龙国祯给自己的孩子补课。

龙国祯竟然成了省委机关宿舍大院里的著名家庭教师。弄得龙国祯，每个周末家教日程排得满满的，最后他自己也把学武术的时间冲掉了，因为实在是忙不过来了。他周六周日上午各安排两个家教，下午各安排一个家教，晚上再安排一个家教，等于周六周日每天都是八节课，两天就是十六节。课酬一般是四十元，这样下来，他周六周日有六百四十元收入，一个月下来居然有两千多元收入了。每当中秋节、教师节、元旦节等重要的节日，学生家长还会给一百或两百元的红包，以示鼓励。这样算下来，龙国祯生活费和学费问题就解决了。这解决了他最大的难题。

当然家教过程中，也出现了一件令人愤慨的事情。有位在新加坡做药材生意老板的年轻妻子张女士，想请龙国祯补习《新概念英语》第一册和第二册的内容。这位张女士是少妇，三十多岁，长得圆融丰满，非常漂亮。大概是因为丈夫长期在外地做生意的原因，也许是原始欲望的原因，上了几次课后，这位张女士看见龙国祯长得高大帅气，心里顿生爱意。有一次下课后，见龙国祯要走，她忽然从背后抱住龙国祯，说是喜欢他，希望他留下来陪她，因为家里没有人，她孤独。

这一举动把龙国祯吓坏了，他的第一反应就是，万一张女士的老公知道了龙国祯“绿”了自己，那还不把他五马分尸。想到这，龙国祯浑身发抖，赶紧说：“张姐，这不合适。我还是单身，我害怕被杀。”说着，赶紧用手拨开紧抱着自己的张女士的手，面对着张女士，看着她，满脸的恐慌。龙国祯这才认真看了看张女士，确实是一张漂亮的国字脸，身高大概在一米六，站立起来，也就是与龙国祯肩膀平齐。但是，这样的高度，正好就无法挡住龙国祯的视野往下看。不看不知道，看了吓一跳。这位张女士居然穿着纯白低 v 领的休闲短袖，龙国祯的眼神扫过去，巨大的乳沟犹如太平洋的马里亚纳海沟，估计一本六十四开本的《新华字典》都能淹没在这巨大的“海沟”里。大半个乳房根部裸露在外面，白皙的皮肤，犹如北方隆冬的白雪。龙国祯看得血脉偾张，赶紧移开视线，后退几步，手紧紧抓住背包，准备离开。

“我不说，你不说，谁知道嘛!”张女士再次迎上来，想正面抱住龙国祯，“你第一次到我家来做家教，我就暗暗喜欢上你了。你高大，帅气，黝黑的皮肤透露出男性的荷尔蒙，我晚上做梦都想着你。”张女士犹如潘金莲一样，肉麻的话越说越离谱，越说越露骨，最后居然说：“我就喜欢你这样年轻的处男。”说完，满脸涨得通红，呼吸都紧张起来。

“不可以，我不是你想的那样。我是来做家教的，不是来做‘鸭子’的。”

“哦，你还知道‘鸭子’？厉害了。我给你钱，我包养你，怎么样？你开个价。我想你家里经济条件也不怎么好，我可以满足你一切需求。”张女士心情平静下来，慢慢地说，“我其实也没有别的意思，因为丈夫常年不在家，只是不断给我钱，要我学英语，想要我去新加坡，可是我不想去新加坡，我喜欢江州。但是，我是一个正常的女人，我有需要。你知道吗？每到晚上，我一个人睡，我就感到寂寞，我就感到痛苦。那个死鬼，半年才回来一次，谁知道，他是不是在外面花天酒地的。所以，我需要你，我需要你陪我，多少钱都不是问题。”说着，从钱包里拿出一张卡，说：“这卡里，有二十万，你先拿去用。平常我叫你过来，你就随叫随到，我忙的时候，你干什么都可以。我也不影响你找女朋友，也不耽误你学习。怎么样?”看来，这张女士是玩真的。

龙国祯还真的想都没有想，就说：“张姐，谢谢你说出了你的心里话，我也很同情你。但是我不能答应你。”龙国祯又很认真地说：“尽管我需要钱，是的，我家庭拮据，但是这不能成为我作践自己的理由。尽管你说天知地知你知我知，但是，人在做，天在看，要想人不知，除非己莫为。你如此漂亮，身材如此娇美，到外面随便找个人玩玩，他们都是排队等着。但是，我不能答应你，我有自己的道德底线和伦理操守，我还是谢谢你对我的信任。”龙国祯开始是害怕，但是现在他不害怕了，他觉得自己行得正，站得稳，不怕鬼敲门。何况，他还从彭秋月学姐那里学会了南少林拳五十四路拳法。真的，要一下子来三个大汉，他在几十秒内，就能将其制服。何况这是一个一米六身高的少妇，只要她再强行扑过来，他就能轻松制服她。

“呜呜呜……”张女士居然在龙国祯面前哭起来。

“张姐，你别哭呀。这哭也解决不了问题呀。我不能因为你哭，我就从了你呀。”龙国祯递给张女士一张餐巾纸擦眼泪。

“让我抱抱你，好吗？只是抱一下。可以吗？说心里话，我需要一个像你这样的男人。”张女士这时很认真地说。

“这！”龙国祯愣了一下，说，“行，那我让你抱一下，仅仅是限于抱一下。”龙国祯答应了。

张女士迎面张开手臂，抱着他，脸埋在龙国祯壮硕的胸部说：“天，你身上的男人味好好闻啊！”张女士感觉是几个月没有见到男人了，竟然如此饥渴。这大概就是人性吧！红尘中的男人和女人，大概也是如此吧！男人三个月不见女人，见到一只老母猪，也会觉得它眉清目秀；反之，亦然。因此，人性需要疏导，但是人性的疏导，不是畸形变态，不是犹如畜生一样的杂交。人毕竟是高贵的动物，除了吃、穿、住行之外，有精神的需要，但是这样的精神需要，需要人去理性把控，否则，人就很容易堕入畜生的行列。这大概就是人的伦理精神。人是物质的存在，更是伦理的存在。失去伦理的存在，人纯粹堕入物质深渊，那么人就失去了崇高和敬意，人就成了畜生了。

这次事件让龙国祯对刘东海教授教的伦理学有了深度的实践体验。尽管这是他第一次高段位的“艳遇”，但是这让他感受到，伦理修养对于一个人的重要性。而在所有的思想流派中，儒家的伦理思想是最具有生活气息的。儒家强调的圣人，其实就是伦理上具有丰富的实践智慧的人。圣人，不是远离凡人，而是就在凡人之中，儒即凡尘。

当龙国祯这样遐想的时候，他忽然感受到，一只灵巧的手在他的下体外像蛇一样地游走。龙国祯马上明白了，赶紧说：“张姐，就这样吧，我走了。”说着，他理智地推开张女士。张女士满脸红晕地“嗯”了一声，似乎刚刚从意淫的梦幻中醒过来。“天，你好帅呀！我喜欢。”张女士色色地说。

“你能不能不要这样色眯眯，你又不是没有见过男人。”龙国祯非常清醒地说。当然，他是人，他肯定有欲望的，但是因为人是具有理性和伦理的，所以尽管有欲望，但也不能滥用欲望，不能像发情的野兽一样到处去找充满欲望的同类异性。这是违反人伦和人性的。

这次事件确实让龙国祯成熟不少，他在若干年以后回忆起来，感觉当时是做了一件非常理性的事情。这大概是得益于英语专业之外的伦理学和哲学的学习，尤其是对于中国伦理思想史的学习。最近第一段时间，尽管他很忙，但是《中国伦理思想史》之类的书，他是看了几本的，受益匪浅。

当然，从那以后，张女士的家教，他是不敢做了，再去，真就是狼入虎口了。万一张女士的丈夫知道，还真说不准，可能会将龙国祯五马分尸。他后来把这件事，告诉了李晓琪，李晓琪开始一听，吓一跳，惊恐地质问：“那你从了这个女人了？”她内心深处就非常恶心这样的女人。“自己明明有老公，还跑外面去偷吃，真是不知廉耻。”她心里暗暗骂道。

“这怎么可能嘛。”龙国祯一本正经地说。

“那你当时，就没有想和张女士做鱼水之欢？”李晓琪故意这样问。

“我都吓傻了，第一次遇见这样的事，还做什么鱼水之欢，就是龙王之欢，我都不敢。”

“这还差不多。你做得对，表扬，是个好孩子，不，是个好男人。点赞！”李晓琪非常欣慰地看着龙国祯，满心欢喜，竖起像剥了皮的大蒜一样白白的右手大拇指给龙国祯点赞。不知道为什么，最近一段时间，她看龙国祯是越看越觉得这孩子有出息了，而且感觉这孩子，每个月都在进步，她感觉她都快跟不上这孩子的节奏了。尽管她大龙国祯五岁，但是，总感觉这孩子有一股用不完的奋斗劲头。她感觉他有一股往前奋进的冲劲，但是也不知道为什么，她又在冥冥中感受到了一束未来的曙光出现在她面前。但是，她自己也说不上来这是什么样的感受。“你以后不得去那个张女士家了。听到没？这不是一个好女人。我讨厌这样的女人。”李晓琪赶紧拉回自己的思绪，严肃警告龙国祯。

“我知道啦。”

“以后，也不要单独和这样的女人在一起，听到没？”

“知道啦。”

“以后，也不能和不相关的女人在一起，听到没？”

“知道啦。”

“以后，也不能给不相关的女人留下自己的联系方式，比如电话号码之类的，听到没？”

“知道啦。”

“以后，也不能和班上女同学走得太近，听到没？”

“知道啦。”

“你以后只可以和你女朋友在一起，听到没？”

“知道啦。”

“你不仅要口头上说‘知道啦’，还要在实践中做到，要‘知行合一’，听到没？”

“知道啦。你怎么这样啰唆呀。”

“以后，你不能说我啰唆，我是为你好，听到没？”

“知道啦。我以后就和你在一起，好吗？我以后就听你的，好吗？你以后叫我往东，我不敢往西，好吗？”龙国祯调皮地说。

“好。君子一言既出驷马难追，你得说话算话。”李晓琪想都没有想，就顺口说出这句话。说出来后，忽然感觉不妥，脸一下子红了，但是立马又消退了，她给自己圆场：“我是怕你以后吃亏，才这样说的。总之，你听我的不会错的。听到没？”

“好，知道啦。我听你的，你是真理，你是老师，学生就得听老师的。好吗？”

“对，就该是这样子的。”这把李晓琪乐坏了，感觉这次是非常成功地塑造了自己的“产品”。

…………

当然，张女士“非礼”这件事，也就这样风平浪静地过去了。

但是家教，他得继续。他节约用钱，还将这些钱存起来，到了一定数目的时候，就寄回家里资助弟弟、妹妹读书。同时，他还还清了高中同学的欠款。从大三第二个学期结束，龙国祯整个经济就这样独立了，他自己赚钱，供自己读书，供自己的生活费。他还把之前家里供弟弟妹妹读书借的学费还清了。因为经济上的收入比较稳定了，同时又由于周六周日晚上做家教回来比较晚，他觉得这样会打搅宿舍同学们的休息，他在大三第二个学期快要结束的时候，向学校申请到外面租房住，自己的安全自己负责，学校同意了。

不久以后，他就租房子住了。他租的房子是在潇湘师范大学附属中学附近，一棵古樟树旁边的一栋楼。这栋楼，位于学校马路附近三百米的样子，上一个坡再直行几十米，就可以看见这栋楼，大门牌子上写着“卧龙居”。大三的暑假，龙国祯第一次，正式租住在这个“卧龙居”。“卧龙居”有五层楼，里面都是租客，有艺术家、作家、歌手等。龙国祯租了三楼一间二十平方米左右的三〇八房间，这是比较偏的小单间，配有小厨房和卫生间，每月五百元租金，每隔半年交一次房租，龙国祯签订了一年的租赁合同。房子采光非常不错，还装有空调，窗户打开就能看见潇湘师范大学附属中学的大门。他每天早上，就是被附属中学的铃声闹醒的。醒来的第一件事，就是读英语和古文。这是他多年养成的习惯，一直坚持到现在。

第十六章　美国梦的破碎

时间像飞驰的箭，永远都飞得那么快。现代杰出的散文家、学者朱自清先生曾创作的一篇散文《匆匆》，就生动地描写了时间的匆匆：

燕子去了，有再来的时候；杨柳枯了，有再青的时候；桃花谢了，有再开的时候。但是，聪明的，你告诉我，我们的日子为什么一去不复返呢？——是有人偷了他们罢：那是谁？又藏在何处呢？是他们自己逃走了罢：如今又到了哪里呢？

我不知道他们给了我多少日子；但我的手确乎是渐渐空虚了。在默默地算着，八千多日子已经从我手中溜去；像针尖上一滴水滴在大海里，我的日子滴在时间的流里，没有声音，也没有影子。我不禁头涔涔而泪潸潸了。

去的尽管去了，来的尽管来着，去来的中间，又怎样地匆匆呢？早上我起来的时候，小屋里射进两三方斜斜的太阳。太阳他有脚啊，轻轻悄悄地挪移了；我也茫茫然跟着旋转。于是——洗手的时候，日子从水盆里过去；吃饭的时候，日子从饭碗里过去；默默时，便从凝然的双眼前过去。我觉察他去的匆匆了，伸出手遮挽时，他又从遮挽着的手边过去。天黑时，我躺在床上，他便伶伶俐俐地从我身上跨过，从我脚边飞去了。等我睁开眼和太阳再见，这算又溜走了一日。我掩着面叹息。但是新来的日子的影儿又开始在叹息里闪过了。

在逃去如飞的日子里，在千门万户的世界里的我能做些什么呢？只有徘徊罢了，只有匆匆罢了；在八千多日的匆匆里，除徘徊外，又剩些什么呢？过去的日子如轻烟，被微风吹散了，如薄雾，被初阳蒸融了；我留着些什么痕迹呢？我何曾留着像游丝样的痕迹呢？我赤裸裸来到这世界，转眼间也将赤裸裸的回去罢？但不能平的，为什么偏要白白走这一遭啊？

你聪明的，告诉我，我们的日子为什么一去不复返呢？

龙国祯晨读背诵朱自清这篇散文的时候，心里感慨万千，因为很快他就进入了大学四年级最后一个学期，再过几个月，他就要离开这所美丽的大学了。但是，他现在很想留在大学里努力学习，他觉得大学就是人间仙境，永远都是和年轻人在一起，自己也永远显得年轻。“如果能在大学里当一名学贯中西的教授，那该多好啊。”他这样想着。

大四最后一个学期开学是二月，开学第一周，院里一楼的公示栏就公示了上个学期，参加美国哥伦比亚大学交换留学生的名单。选拔十名本科毕业生去美国留学，取得硕士或博士学位之后，就回潇湘师范大学工作。龙国祯晨读之后，吃了早餐，去外国语学院办事，走进外国语学院大门，就看见一群人围在那里，议论纷纷。

“天，好羡慕，能去美国留学，那是多好的机会啊。”

“如果去美国学习，那英语水平还不好到爆棚！”

“太祝贺他们了。”

“他们是我学习的榜样。”

…………

“啊！哥们儿，你来啦，祝贺你！”孔庆华看见龙国祯，跑上去，抱着他转起来，周围的人也投来羡慕的眼光。

“我看看。”龙国祯等孔庆华放下他的时候，很平静地走向公示栏，看见了自己的名字，是排在第一，第二名是孔庆华。剩下的八个人，也都是外国语学院顶尖高手。出国留学这也是龙国祯梦寐以求的事，但在大家都为自己能上名单而高兴的时候，龙国祯却高兴不起来。因为，听说，去美国留学攻读硕士学位需要缴纳二十万元的保证金给潇湘师范大学。如果去美国留学一年不回来，留在美国，那这二十万的保证金就不会退还了。如果按期回潇湘师范大学，这二十万的保证金就退还，当然，利息就不能给了。这是龙国祯上个学期参加交换学生考试之后才知道的。

但是，他这样的出身，这样的家境，又从哪里去借到二十万元的保证金？那时候省城的房价才三千五百元每平方米。二十万，对于一般人来说，这是一个天文数字，一套房子首付的钱。所以，龙国祯听到这样的消息之后，对出国留学的想法，大大淡了。他把自己老家所有的亲戚都数遍了，没有任何人能凑齐这二十万。就是挨个去借，也没有办法去凑齐这二十万的保证金。何况不是每个亲戚都愿意借钱的。他这样想着，整个人都觉得没有精神了。

“不过，去试试自己的实力，也是一件好事。”他这样想着，心里尽管不是滋味，但是，毕竟也没有办法。金钱，有时候，很管用的。也是应了民间那句话：“钱不是万能的，没有钱是万万不能的。”一分钱难倒英雄汉，也是有一定道理的。

当然，最后他知道留学的规定，也确实是要交二十万保证金的，否则，取消资格，空缺的名额由第十一名自然替补。当然，龙国祯是没有办法完成这个巨大的筹款任务。不过，其实他不是没有办法可以想，他如果真的想放弃自己的尊严，完全可以去找那位张女士，屈尊自己，成为张女士的情人，就可以从张女士那里得到一年二十万的资金。但是，他没有这样做。他自己尽管因为去不成美国而难过，但是，难过又能解决什么问题，所以，他很快就调整好了自己的心态。

当然，这个出国留学的公示名单，李晓琪是知道的。她找到龙国祯，两个人在学校的风雨亭里聊了很久。

“你真的很想去美国留学？”李晓琪问。不过，不知道什么原因，她居然不太希望龙国祯去美国留学。什么理由，她自己说不上来，总之，从情感上说，她不太希望龙国祯去美国，也不希望他去地级市工作。她希望龙国祯留在江州，毕竟这是省会城市，毕竟省会各方面的条件都比其他地级市要好。要是他真的要离开江州，去地州市工作，她居然希望他去望州工作，因为望州市是离江州市最近的县级市，开车只有五十公里，更重要的是望州是她的家乡。她自己为自己有这样奇怪的想法而感到奇怪。所以，知道龙国祯要去留学，她开始心里有点沮丧，但是很快又恢复过来了。

“我想去，这是理论问题；能不能去，这是现实问题。理论上来说，我想去，但是，现实上来说，我去不了，搞不到二十万保证金。我家里的情况，你又不是不知道，一穷二白，就是把我家所有的房子卖了也凑不到二十万。农村房子，也不值钱。把我卖了也还凑不齐二十万元呢。”龙国祯非常失落地说。

“要不，你去找张女士，做一回她的情人，她给你二十万，你的问题就解决了。”李晓琪试探性地问。

“我？我为了二十万，把自己卖给那个女人？做人家的情人？我一辈子的名声就值这二十万？我以后还怎么做人？我这帅气的脸往哪里放？我以后怎么面对我媳妇？我怎么面对我儿子？我怎么面对我孙子？这绝对是失节的事。”龙国祯斩钉截铁地说。

“有志气！点赞。”李晓琪欣慰地笑起来，满心欢喜，她觉得龙国祯真的越来越有男人味了。

“志气，又不值钱。”龙国祯认真看了看李晓琪，盯着她看了几十秒钟，目不转睛。

“你怎么这样看人家，我脸上有什么？”李晓琪脸上忽然红彤彤的，“你不能这样看人家，怪不好意思的。”她说着低下头，摆弄自己的衣裙。

“李老师，我觉得，我不应该离开中国，离开潇湘师范大学。因为，如果我去美国，你找谁说话呀？谁陪你聊天呢？谁帮你翻译呢？我觉得，我应该守着你才对，你就是我的美国。”龙国祯这样诚恳地说。

李晓琪一听，心里暖融融的，一股说不出来的幸福感涌上心头。但是，她假装镇定，说：“你守着我？那我以后还要嫁人的呀？我又不是你……不是你姐姐。”她本来想说，又不是你女朋友，但是没有好意思这样说，只好说是“姐姐”。

“那等你嫁人了再说呗，至少现在没有嫁人呀。”龙国祯很自然地就把话题接过来了，“等你嫁人了，我就做你新郎的伴郎，我就真心祝福你。然后，我就在你家附近租一套房子，每天就去你家看看你，就这样守你一辈子。等你生孩子了，我帮你带孩子。”

李晓琪一脸的感动，醉眼蒙眬地看着龙国祯，说：“那你不结婚了？”

“我这个样子，要钱没有，要房子没有，要工作没有，要学历，一个本科生也不算什么呀，这样的家庭条件，谁嫁给我？我想好了，没有人嫁给我，我就安心读书算了，或者，先去工作一段时间，有点钱了再去考硕士，以后读一个博士。”龙国祯在失落中畅想希望，“不管怎么说，我总得努力，否则就自废前程了，那以后自己啥也不是。”

“你呀，想得太多了。坚持每天努力就很好啦。上次你翻译的《儒即凡尘》，很多教授都觉得很不错呢。这就是你真正的实力。我是看好你的。”李晓琪鼓励他。

“谢谢你一直这样鼓励我，真的让我很感动！”龙国祯非常认真地说。

“这也感谢？不用感谢呀！我是因为……因为觉得你这个人非常有潜力，应该可以有更大的成绩的。所以，我非常看好你。”李晓琪本来想说，她非常喜欢这样的学生，但是觉得这样不好意思说，只好这样支支吾吾换个说法。

“不过，上帝给你关闭了一扇门，一定会给你打开一扇窗户的，尽管窗户有时候没有门方便，但好歹也是可以透气的。错过了太阳，一定不要错过星星。我去不了美国，就待在中国，也一定可以得到别人得不到的东西。”

“对。”李晓琪非常快速地回答道，“我觉得你应该能够得到别人永远也得不到的东西，我相信。”李晓琪说完这句话，满脸通红，心跳加速，但是龙国祯是不明白她的意思的。

“你也这么相信我?”

“必须的。”李晓琪又说，“要不，我叫我爸爸想想办法，帮你借二十万，让你去美国留学一年。”李晓琪这是认真说的。因为，她觉得二十万，只是压一年，又不是借去投资。投资有风险，这个事没有风险的，而且是借给龙国祯，是可信的。

“不行，怎么能要你爸爸借钱，这怎么可能。不可以，如果这样，那我会感觉自己在犯罪。你父亲只是中学老师，二十万，不是小数目，不能给老人家添麻烦。算了，我这样决定了，放弃去美国留学的机会。”

“那也行，我支持你。”

“谢谢你的理解和鼓励!”

名单公示有七天，龙国祯也再次认真看了留学美国的规定，确定是要交二十万保证金。他就写了声明，因为家庭经济困难，愿意放弃去美国深造的机会。老师们知道后，也是个个唏嘘不已；同学们知道后，也是个个惋惜。最后，第十一名替补到第十名。

就这样，龙国祯放弃了去美国深造的机会。这件事，在他日后的回忆中也常常被提起，但是，那时候的他在谈论这件事的时候，已经并没有想象的那么痛苦了。时间是愈合伤口最好的方式。出国留学的机会，龙国祯甚至都没有告诉自己的父母，因为他知道，说了也是白说，索性就不说了。说了也是使父母伤心难过，自己更伤心难过。

第十七章　公务员梦

时间如白驹过隙，很快，龙国祯要面临大学毕业了。他自己也是感慨万千,四年的大学生活，回头望去，一晃就过去了。那熟悉的人，熟悉的教材，熟悉的英汉词典，校园里的一草一木，都是那样让人留恋。人，往往很奇怪，拥有的时候并没有觉得拥有的东西具有价值，失去了才觉得曾经拥有的那么美好。大学，用英语说就是“University”，英式读音为 [ˌjuːnɪˈvɜːsəti]，美式读音为 [ˌjuːnɪˈvɜːrsəti]，中文谐音就是“要你玩四年”。

大一熟悉环境，大二谈谈恋爱，大三看看校外的同学，大四毕业。大一时还不知道应该干什么。刚刚从高中的高压状态下解放出来，从高中的被动学习进入大学的自主学习，很多大学生适应不了大学自由宽松的学习环境，自己也不知道干什么，到图书馆拿这本书翻翻，觉得太简单，不想看，拿那本书，觉得太难，看不懂，也不想看。最后在日记写道:“大学里人生最痛苦的就是无聊。”发誓明天早上七点起床跑步，然后到校园外的樟树下晨读两个小时，结果到了上午十点，人还在床上翻滚，在起来与睡觉之间做最后的肉体挣扎。寒冷的冬天让很多人躲在被窝里冬眠，高三时在寒冷中起床读书的劲头荡然无存了。就这样，在睡觉和读书的挣扎之间度过了大学的时光。随着科技的发展，电脑的普及和手机的广泛运用，电脑游戏、手机微信就成了消耗时间的“杀手”。

大学宿舍里，不想读书的，就整天可能在干些与学习不相关的事情。

男生宿舍里，游戏被玩得昏天黑地。女生宿舍里，韩剧被看得天荒地老。大学成了游玩的圣地，浪费时间的道场。在这些无聊的、荒谬的虚无中，大学大部分学生选择了去恋爱。周末的晚上，图书馆是不去的，一男一女，花着父母的钱，到电影院选择一个情侣卡座，看着自己想看的电影，吃完一桶爆米花，再来一杯珍珠奶茶。

龙国祯认为，大学里真正的爱情，不应该是双目对视。双目对视，就挡住了彼此的视线，最后男女都堵死在一条路上。所以，他认为，大学树荫下，男女手拉手，卿卿我我的，不是爱情，而是调情。真正的爱情，应该是两个人双目看向前方，这样才能共同进步，共同发展。很多情侣最后大学毕业了，找不到工作，就感叹，大学里学的东西没有用，说是学的专业与社会完全脱节。但是，他们从来没有问问自己是否认真学好了，是否真的努力了。

不过，龙国祯自己感觉最为自豪的就是，大学里没有浪费时间。他自己感觉，从农村考进城里，这是命运给了自己一次幸运的机会。所以，他从一个热爱写作的高中生变成了一个专业优秀的大学生，他的中文和英文都具备了良好的专业基础，自己感觉就是一个有文化的人。和高中相比，他感觉，他的很多思想和想法成熟了，对于一些问题有了自己的主见并且能够论证这种主见。当然，当他长期坚持这样的主见的时候，别人就把他的主见当作了偏见和固执。所以，有哲学家说，专家就是坚持自己的偏见和固执的人。这似乎也是说到了问题的本质。

龙国祯的大学生活是丰富多彩的，他自己感觉，大学对于他来说是人生最为宝贵的经历。大学四年，他不仅在外国语学院学习，还去法学院、文学院、哲学院、新闻与传播学院、经济学院、医学院等学院旁听了法学、文学、新闻学、传播学、经济学、医学等许多课程。譬如古代汉语，他就扎实听了一年的课程，从看不懂繁体字到喜欢阅读、写作繁体字，从讨厌古籍到喜欢阅读古籍，这就是大学学习的结果。相反地，这样的学习，又促进了他的英语学习，也提高了他的英语翻译水平。所以，在报考大学英语专业八级和翻译资格证的时候，他就顺风顺水地通过了。而且在医学院听完中医针灸学、推拿学，并跟着老师实践后，他居然还考了一个按摩师资格证。

总体来说，大学四年，龙国祯没有浪费时间。他记得鲁迅曾经说过，时间就像海绵里的水，只要愿挤，总是有的，无端浪费别人的时间，等于谋财害命。对于龙国祯来说，读书是一种爱好和幸福。读书已经成了他的生活习惯。三天不看书，他觉得浑身难受。当然，还没有达到三天不看书，便觉得自己面目可憎的境界。

现在要毕业了，自己的路该怎么走？从政、经商、从学，是三大主要方向。男怕入错行，女怕嫁错郎。职业选择对于男人来说是顶天立地的大事，绝对不可以小觑。他躺在“卧龙居”的床上，认识思考着这个问题。他原来的想法是当作家，要当作家就要学习外国文学，所以选择英语专业，这个专业详细的名称叫“英语语言文学教育专业”，简称英语专业。但是经过四年的学习，他觉得英语不过就是一种使用的工具，感觉自己的兴趣已经不再是英语了。

他自己感觉好像已经非常喜欢中国古代哲学和古代伦理了，感觉能从中国哲学和中国伦理中悟出很多他自己曾经无法悟出来的道理。再说，英语还要不断地背单词，旧的单词记住了，新的单词又来，不如研究古代哲学，那样能更深层地感悟人生，至少对他来说是这样。当他大一在学英语听力口语的时候，在背英语单词的时候，在学习英语发音的时候，在练习前元音、后元音、辅音的时候，哲学系和中文系的学生已经在深度分析文章的哲学和文学色彩了，他感觉哲学专业和汉语言文学专业（俗称中文专业）的同学总是要比自己深刻得多。所以，他就利用空闲时间不断去别的院系蹭课。

他这样想：“如果自己学会中文和哲学专业的所有的基础专业、核心专业课和限选课，那么，再配上英语，自己的水平应该就比非英语专业水平高很多了，因为中文和哲学等专业的学生，并没有系统学习英语。而自己又懂英语，又懂哲学和中文，那不是更好?”所以，四年的大学，他感觉几乎每月都在进步，每月自己的形象也在不断改变。原来大一留的长发，到大二居然去烫了。这把父亲气得不行，弄得西不西，中不中的，有点像美国西部“牛仔”，又有点像“二流子”。两个月后，他受不了舆论压力，只好又去理发了。后来，就将头发剪成时髦发型，最后保持“学者型”的发型。发型，虽然是“毫发技巧”，但是确实是“顶上功夫”。变化的发型，其实也是社会变化的缩影。是否有学者能写一部《发型与社会形态研究》？如果有，这应该是有意义的事情。所以，现在龙国祯也是非常注意自己的形象了。这也算是读了大学之后的变化。

对于龙国祯来说，读书是自己的兴趣和爱好。读书让自己感到充实，不是在浪费时间。至于“书中自有黄金屋，书中自有颜如玉”，他没有感觉到。但是，仅仅是兴趣，就很好了。培养读书的兴趣，本身就是一件非常愉快的事，这也算是安身立命之道。“修身、齐家、治国、平天下”“穷则独善其身，达则兼济天下”“为天地立心，为生民立命，为往圣继绝学，为万世开太平”等，这些儒家的理念，几乎说到了龙国祯的心坎里了，他感觉这些话就是为他写的。“六经注我，我注六经”，自己的体会就是这样的。

马克思在《青年在选择职业时的考虑》一文中说：

> 尽管我们由于体质不适合我们的职业，不能持久地工作，而且工作起来也很少乐趣，但是，为了恪尽职守而牺牲自己幸福的思想激励着我们不顾体弱去努力工作。如果我们选择了力不胜任的职业，那么我们决不能把它做好，我们很快就会自愧无能，并对自己说，我们是无用的人，是不能完成自己使命的社会成员。由此产生的必然结果就是妄自菲薄。还有比这更痛苦的感情吗？还有比这更难于靠外界的赐予来补偿的感情吗？妄自菲薄是一条毒蛇，它永远啮噬着我们的心灵，吮吸着其中滋润生命的血液，注入厌世和绝望的毒液。

…………

在选择职业时，我们应该遵循的主要指针是人类的幸福和我们自身的完美。不应认为，这两种利益是敌对的，互相冲突的，一种利益必须消灭另一种利益；相反，人类的本性本来就是这样的：人们只有为同时代人的完美、为他们的幸福而工作，才能使自己也达到完美。

如果一个人只为自己劳动，他也许能够成为著名的学者、大哲人、卓越诗人，然而他永远不能成为完美无疵的伟大的人物。

历史承认那些为共同目标劳动因而自己变得高尚的人是伟大的人物；经验赞美那些为大多数人带来幸福的人是最幸福的人；宗教本身也教诲我们，人人敬仰的理想人物，就曾为人类而牺牲了自己——有谁敢否定这类教诲呢？

如果我们选择了最能为人类福利而劳动的职业，那么，重担就不能把我们压倒，因为这是为大家而献身；那时我们所感到的就不是可怜的、有限的、自私的乐趣，我们的幸福将属于千百万人，我们的事业将默默地，但是永恒发挥作用地存在下去，而面对我们的骨灰，高尚的人们将洒下热泪。

龙国祯曾经读过马克思十七岁时写的这篇文章，当时感慨万千：“一个十七岁的青年居然有如此高的思想水平，确实是太伟大了。”

苏联作家尼古拉·奥斯特洛夫斯基一九三三年创作的一部长篇小说《钢铁是怎样炼成的》通过记叙保尔·柯察金的成长道路告诉人们，幸福就是要不断地从自我走向他人，为人类谋幸福。其中讲道：

人的一生应当这样度过：当回首往事的时候，他不会因为虚度年华而悔恨，也不会因为卑鄙庸俗而羞愧；在临终的时候，他能够说：“我把整个生命和全部精力都献给了世界上最壮丽的事业——为人类的解放而斗争。”

龙国祯想到自己读过的这些经典话语，心潮涌动，久久不能平静。人要懂得工作，工作是修行的“道场”。问题是如何选择？他自己也在思考，但是目前还不明白。他自己首先要考虑到的还是要解决自己和家人的经济状况，毕竟自己的家里太穷了。如果读书不能解决经济问题，不能改变家里的经济状态，那这个大学读得就很失败，至少村里的人是会取笑自己的。当然，也不能整天为了赚钱，而去谋生，这不是长久之计。但是，从马克思主义的角度来说，经济基础决定上层建筑，人首先要解决衣食住行等物质问题，然后才能从事精神生产，否则就会让自己陷入痛苦的境地。马克思说：

物质生活的生产方式制约着整个社会生活、政治生活和精神生活的过程。不是人们的意识决定人们的存在，相反，是人们的社会存在决定人们的意识。

马克思这个观点是真理。孟子也说过：

五亩之宅，树之以桑，五十者可以衣帛矣。鸡豚狗彘之畜，无失其时，七十者可以食肉矣。百亩之田，勿夺其时，数口之家可以无饥矣。谨庠序之教，申之以孝悌之义，颁白者不负戴于道路矣。七十者衣帛食肉，黎民不饥不寒，然而不王者，未之有也。

“这些都是圣人说的，是生活经验的总结，对于年轻人就业具有指导价值。”龙国祯这样想着。但是，自己的路该怎么走呢？毕竟这是人生第一次就业。“能不能想通，不重要，重要的是为了活着，必须得就业啊。”龙国祯躺在床上自言自语，尽管自己是非常不情愿离开潇湘师范大学。

最后，在经济利益的驱动下，他选择了一家外资企业——国际塑胶集团公司江州分公司的翻译工作，年薪十二万。这是非常高的待遇。当时江州市房价四千元每平方米，而两年前江州的房价才三千多每平方米，房价不断疯涨，这也怪吓人的。所以，龙国祯觉得，还是先去外资企业工作一段时间，赚点钱再说。

国际塑胶集团公司江州分公司是一家大型的外资企业，员工有几百人，从事塑胶生产和销售等工作。公司在龙国祯快毕业的时候，来潇湘师范大学校园招聘了。龙国祯看他们开出的薪水，觉得可以试试，反正他们招聘的专业是英语翻译，他就递交了简历。随后，他通过了公司的面试。当时公司招聘了三个翻译，一个华北大学英语系的，一个首都外国语大学英语系的，龙国祯是潇湘师范大学外国语学院毕业的。当时公司住宿有安排的，但是龙国祯吃不准是否能适应公司的工作环境，万一不适应公司的工作，干不下去，到时候得辞职，那就得搬走，那自己又得重新找房子。那样太折腾了，所以，他等上班之后，看看情况再说。因此，“卧龙居”的房子，他还是继续租，毕业快到期的时候，又和房东续签了一年的租赁合同。本来房东想涨房租，但是看见龙国祯是本校刚毕业的学生，而且平时也比较安静，房东非常欢迎这样的高素质的租客，因此没有涨房租，还减免了半年的物业管理费，算是对年轻毕业生的经济支持。这让龙国祯非常感动，感觉做一个善良、正直的人是很重要的。大学毕业的时候，他存了一些钱，也购了一些书，在“卧龙居”他又购了两个书柜，是双门的。他之所以购双门是出于这样的考虑，要是万一以后要搬家，这些东西，就随他走，双门搬得动，这样搬家不浪费。他自己吃不准，自己能在这里住多久。但是，不管怎么说，目前是住在这里的，那就安心布置好自己的“家”，给自己一个生活、看书的好环境。

七月一日，龙国祯一毕业就去公司报到了。办理了各种报到手续后，档案就寄往江州市人才交流中心。龙国祯大学毕业的时候，其实大学没有分配政策的，或者说是名存实亡了。名义上是大学分配，工作派遣，其实主要还是双向选择，进中学、当公务员都已经实行公开招考制度了。

龙国祯当时不想当高中教师，因为他觉得当高中老师固然很好，但是考虑家庭的经济状态，觉得赚钱还是更重要，而外资企业可以解决他的经济问题。

尽管外资企业有十二万的收入，也提供住宿，还包括午餐，医疗保险、养老保险，公司也帮办了，但是，他在工作一段时间以后发现，他严重适应不了公司的工作环境。每天晚上，都是到大饭店吃吃喝喝，都是商务餐，吃饭也变成了商业性的，让他感觉很不适应。有时候，吃完饭，就陪客户去KTV唱歌、喝酒之类的。但是，他是不喝酒的，一喝酒胃不舒服，第二天上班，工作状态就非常不好，他感觉很难受。同时，每天都要不断地接待应酬，各种行业的人在公司鱼贯而入。他作为董事长、董事们的翻译，感觉很难受，心里很不舒服。有时候，还听见老板们在吃饭的时候说那种黄色段子取乐，他很不适应。他听到那些黄色段子，心里不仅感觉不到好笑，反而感觉非常恶心，远远没有大学的纯洁。

他每次都是清早骑自行车上班，到了晚上很晚才回来。每次回来，洗漱完就感觉非常疲劳，想睡觉，根本没有精神看书。他看到桌上的《资治通鉴》像被抛弃的孤儿一样，心里特别难受。他感觉他的人生不应该就是这样过的，心里越想越不是滋味。

“这不是我的未来，我仅仅就为了那每月一万元的薪水而放弃读书？不应该啊。”他心里这样想，越想越不对劲。工作了半年之后，身上积累了几万元，他有点不想在公司上班了，尽管翻译的薪水很高，但是就是感觉不到快乐。

有一天，他找到李晓琪说：“我想辞职。”

“那你辞职以后干什么？”李晓琪问他。她听龙国祯说公司每天吃吃喝喝，自己又不喝酒，也觉得他不合适这样的工作，尽管工资很高。

“我想考公务员试试。”龙国祯冒出这样的想法。

“那你辞职了，万一公务员考不上，又没有工作，怎么办？”李晓琪问。

“万一考不上公务员，我就去民办学校教英语。好歹也是一个英语专业本科毕业生，找份当老师的工作，应该不是问题。”龙国祯这样说。

“但是在民办学校当老师，待遇也是很一般的。而且，民办学校的薪水是跟学生的多少捆绑在一起的，万一学校倒闭，招不到学生，老师也就失业了。万一出现灾情、疫情之类的，就会给民办学校的生源带来很大的麻烦，那你以后怎么办?”李晓琪关切地说。

“我感觉自己真的特别没用。”

“你怎么又忽然这样想啊。你才二十多岁，才工作半年，不能有这样的想法的。每个人都是有价值的，问题是每个人得找到适合自己的位置，发挥自己的价值。一块地，种西瓜不行，就可以改种土豆，种土豆不行，可以改种西红柿，总有一样是适合这块土地的。”

“问题是，种西红柿，它不值钱啊。”

“怎么能这样说呢？那你说一斤棉花和一斤铁哪个重些?”

“一样重。”

“哪个多点?”

“棉花。”

“那不就很明白了？西红柿不值钱，但是很多西红柿就值钱啊。”

“有道理。”

“所以啊，值钱的东西，不一定是黄金，西红柿也值钱的。”

“李老师，你太厉害了，我太崇拜你了，你让我茅塞顿开，真是太厉害了。”

“我比你大五岁，你以为，这多出来的五年是‘老白干’？还是有点小主意的。”李晓琪得意起来。

“李老师，谢谢你一直这样支持我，真的很感谢!”

“说的什么话。我就觉得你很优秀，只是你还没有找到适合自己的岗位。‘男怕入错行，女怕嫁错郎。’你应该听说过这句话。”

“你说的太对了。我就觉得你特别优秀，特别博学，特别睿智，特别会做思想工作，你肯定不会‘嫁错郎’的。以后谁娶了你，谁就幸福一辈子。”

“你看你，又来谈我的事了。我快成老姑娘了，男朋友在哪里，我也不知道，也许在婆婆家养着吧，也许以后就人老珠黄没有人要我了。”李晓琪看着龙国祯，睡眼蒙眬地说。

“你这么优秀，这么贤惠，这么漂亮，怎么会没有人要喔。男人得足够优秀，否则，在你面前都自卑了，因为你太优秀了。”但是，龙国祯没有明白李晓琪的话中话。当然这个时候，他也没有心思去思考别的，自己还没有到思考如此细腻的年龄，毕竟还是刚刚毕业的大学生。

“你啊，不是在说自己工作的事吗？怎么又扯到我这里来了？”

“噢，也是的喔。咱们得研究工作，研究未来的规划。”

“对。”

“那就决定辞职，复习考公务员。万一考不上，我去民办高中教书。这也是一条路。如果民办学校倒闭了，我就去另外一家民办学校教书。万一老了，实在不行，就回石溪镇老家种地去。大不了做个大学生农民，白天干农活，晚上我学英语，翻译英语，写文章，做学术研究，也是极好的。”

“对，是不错的选择。”

“行，就这样决定：辞职考公务员。”

第二周，龙国祯就给公司写了辞职报告。说自己适应不了公司的商业环境，每天吃吃喝喝，自己适应不了，决定辞职。当然，公司不可能不同意。这个辞职信，引起了公司员工的广泛议论。很多人是不理解的，都觉得读书赚钱是天经地义的，现在有十二万的年薪，干吗去辞职喔。

“真是糊涂虫。”

“读书读傻了。”

“现代的年轻人想法太简单了。”

“也许这就是躺平吧。”

…………

龙国祯没有在乎这些，既然自己决定了，就坚定地走自己的路。他上班半年，一共有六万的收入，但是扣除房租、生活费，每月可以存六千元，半年，他积攒了三万六千元。然后给了父亲一万元，自己预留了两万六千元。每个月生活费一千元，房租五百元，每月的消费控制在一千五百元，这样余留的两万六千元至少可以维持一年的生活。这中间，他又接了几个原来做家教时的学生家长介绍的家教业务，每周星期六、星期天去上点课，每月还可以挣一两千元。从时间账本上来说，星期一到星期五其实是自由时间，完全自己可以看书考公务员。但是龙国祯还得每周抽出两个或三个上午的时间跑到潇湘师范大学去听硕士研究生的课程，也算是蹭课吧，偶尔还去听听讲座。从这个角度来说，等于工作半年之后，龙国祯又回炉到了学校读书去了。

他偶尔还能遇见外国语学院原来的老师，有的就问他："你不用上班？工作怎么样？"

龙国祯不好意思说已经辞职准备考公务员，只好说："今天休息，我租房子在学校附近，就想来学校听听课，重新感受一下大学的氛围。"

龙国祯是十二月份辞职，第二年的元旦就正式不用上班了，但是那一年的公务员考试是三月份。龙国祯过完春节，给了父母一万元钱，正月十六过了元宵节就回到江州了。自然，他没有和父母说辞职了，只是说要赶去上班了。当然，这一万元收入，肯定能给父亲龙震天带来很大的惊喜，他感觉儿子有出息了，心里美滋滋的。

"你当时不是说，读书没用吗？现在才知道读书的好处了吧。"他母亲对父亲说。

"当时，我觉得读一个高中很好了，回来当个村主任，再娶个媳妇，我也许现在当爷爷了。"龙震天笑着说。

"你这个老东西，真是服了你了。"

他当然不知道龙国祯辞职了，要是知道龙国祯辞职，放着每月一万元的工资不要，跑去考公务员，那不得气死。

幸亏，龙国祯没有说，自己悄悄做自己的事。但是，他知道，这样做肯定是有风险的，因此，他不敢浪费时间，每天早上七点起来读书，下午跑步锻炼身体，或者练练南少林五十四套拳法。他是严格根据作息时间来行动的。

偶尔也有一同毕业的同学来江州玩，大家相聚在一起，都畅谈自己在工作单位上的新鲜事。龙国祯只是听着，也不怎么说话。别人都以为他如此低调是因为工资高，说多了话，同学会说他显摆。同学说同学的，龙国祯做龙国祯的事，看自己的书。终于，潇湘省公务员考试信息出来，龙国祯选择报考人事厅科员岗位，然后，就抓紧时间复习。

公务员考试主要是考《行政职业能力测验》和《申论》这两本书的内容的，龙国祯购买了对应的资料，抓紧时间复习，认真研读答题的方法，还参加了公务员培训冲刺班，学费两千元，也不是很贵，他消费得起。

三月份报名，半个月后考试，四月份就公布成绩了。龙国祯笔试第一名。几天以后，按照招考规定时间面试，然后就是体检、政审、录用，最后龙国祯顺利成为人事厅人事处一名国家公务员，具体就是每天和同事处理干部人事管理之类的工作。

在考公务员之前，为了保持考公务员信息的畅通，龙国祯花了几千元购了一款中华牌手机。六月十五日早上，龙国祯起来得特别早，起来的时候，心里寻思了一番："公务员系统应该会通知上班了吧，政审之类的工作都做完了。"当然也只是这样想着。

上午十点左右，龙国祯的手机响起来。他正在看书，接了电话。"请问是龙国祯同志吗?"手机里传来一个男人的声音。

"我就是龙国祯，请问您是哪位?"龙国祯看到显示的是陌生电话非常认真地说。

"国祯同志，你好！这里是省人事厅人事处。首先祝贺你考取省人事厅公务员！请你今天或明天到人事厅人事处领取公务员录用通知书，正式报到。”

“好的，谢谢您！”龙国祯挂了手机，赶紧准备一下，带上身份证，打的去省人事厅人事处领取了录用通知书。当天下午就办理了报到手续。单位通知，七月一日正式开始上班。

回来的时候，已经是晚上八点多了。他回到房间，抑制不住内心的喜悦，拨通了李晓琪的手机号码。她也是最近才配上手机的。龙国祯去年本科毕业，今年上班算是工作一年了。李晓琪因为去美国交流了一年，就延迟了一年答辩，本来她的博士是四年制的，结果读了五年。五月份才刚刚博士论文答辩结束。那时候，龙国祯也是在忙公务员的考试和体检的各项工作。她自己也面临博士毕业就业问题。

当然，因为李晓琪是王道德教授的博士生，相对于别的博士生，她多了几篇论文，其中有两篇还是CSSCI论文。这为她留校增加了无限大的筹码。她自己也是非常努力，因此，毕业的时候，王道德教授就希望她留校任教，正式担任大学英语听力课讲师，为此她也做了很多努力。留在潇湘师范大学，这也是李晓琪梦寐以求的。因为她家在望州市，离江州市也就五十公里，开车很近，一个多小时就到，而且江州是省会城市，资源也比较集中。更重要的是，她喜欢潇湘师范大学，如果能在这里工作，她最为满意。她的理想就是做一名大学老师。因此，她博士毕业就毫无悬念地留校了。龙国祯打电话的时候，她正在整理书籍。派遣证，也发下来了，也正准备七月一日去潇湘师范大学人事处报到。也就是说，二十八岁这年，李晓琪这位漂亮、美丽的知识女性，成了潇湘师范大学外国语学院正式的英语讲师。

一听到龙国祯已经到省人事厅报到了，她感觉就像是自己考上了公务员一样，她比龙国祯还要高兴。

“天啊，真的是太幸福了，你真的很厉害，祝福你！祝贺你！终于成功了。省人事厅，这是多好的单位，你才二十三岁啊，小伙子，真是前途大好啊。”李晓琪兴奋不已。

“谢谢李老师一直这样支持我。不过，这个消息，我最先告诉了你，我还没有告诉父母，我也不想太多人知道。因为公务员，还要试用一年呢。”

“试用一年，这都是国家规定的，你好好把握。”李晓琪说着，忽然想到这小子可能还没有吃饭，赶紧问：“你吃饭没有？”

“没有，太兴奋了，忘记吃饭了。”

“你呀，就是这样不懂得照顾自己，等我，我下楼和你一起去吃点夜宵。”

“好！老地方见。”龙国祯说的老地方见，就是“家的味道”饭店。

两个人约好之后，龙国祯赶紧洗脸、洗澡换了一身干净衣服出门了。李晓琪也是洗澡、洗脸，化了淡妆出门。她忽然感觉，今晚的吃饭，不是祝贺，而是约会了，或者至少是“亚约会”。一个大学老师和一位人事厅公务员的约会。她大龙国祯五岁，心里还是有点顾虑，因此，刚刚冒出来的约会的念头，又被自己按压下去了。但是不管怎么说，今晚她得打扮一番。

晚上九点半，李晓琪出现在“家的味道”饭店的“家和”卡座前，这是两个人第一次吃饭的地方。李晓琪披着一头长发，穿着红色爱心印花收腰的鱼尾吊带裙，肩上罩着短装格子短衣，将半个露出来的肩遮盖住了。但是脖子上细细的金项链吊着的那个“心”字形状的蓝色玉坠，在饭店柔和的灯光下闪闪发亮。白皙的皮肤，犹如凝脂，洁白无瑕。一米七二的身高，配上尖嘴高跟鞋，出现在龙国祯面前。龙国祯第一次见到李晓琪穿得如此性感，差一点都认不出来了，一阵激动。

“李老师，你真的太美了。我第一次听你的课，就是这样被你吸引住的。”龙国祯赶紧站起来，边说边示意李晓琪坐在自己的对面。

“真的好看吗？”李晓琪面带桃花，笑逐颜开地说，“我是替你庆祝呢！所以，就得穿红色裙子呢。”她坐下来，看着龙国祯说：“真的祝贺你！祝福你！ Congratulations（祝贺）!”

“Thanks（谢谢）!”

“The result may come too late, but when he comes, he can catch the previous failure（成功也许来得太晚，但是当它来临的时候，可以弥补以前的失败）。”李晓琪用流利的美式英语这样祝贺龙国祯。

“The people who get on in this world are the people who get up and look for circumstances they want, and if they cannot find them, make them（在这个世界上取得成就的人，都努力去寻找他们想要的机会，如果找不到机会，他们便自己创造机会。)”龙国祯也用流利的英语说。

“You are right（非常正确）。”

“我们这是在美国吗？中国人，还是说中文呀。”龙国祯打断了英语对话。

两个人边吃边聊，畅谈未来的人生规划，俨然就是一对恋人在畅想家庭的未来。

第十八章　挂职望州镇副镇长

在公务员试用期一年的时间里，龙国祯做了很多工作，一年之间他感觉自己成熟了很多。他之前在书本上没有学到的知识，现在学到了，如如何给领导端茶倒水，如何迎来送往。他在这一年里，还参加了为期三个月的公务员培训，学习到了之前很多在大学里没有学到的实践知识。当然，也由于他和袁凯一家都在潇湘省委大院，所以，他也经常去袁凯家聆听袁凯爷爷的教诲。

很快一年过去了，龙国祯公务员一年的试用期到了。在这一年中，很多同事或者其他认识的人也相继给龙国祯介绍女朋友，都被龙国祯婉言拒绝。因为他自己才二十三岁，才刚刚参加工作，家里条件又那么困难，弟弟、妹妹还要读书，还是先不要谈女朋友，免得相处不好，闹矛盾，反而影响大家的感情。

当时房地产价格几乎是每天一小变，一个月一大变，一年一巨变，全国掀起了房地产热。江州的房价，一下子就从四千多飙升到了七八千，城市中心地段居然要一万多。这可把龙国祯吓坏了，但是，他囊中羞涩，急也没有用。同时，国家的政治、经济、文化等事业都在深入改革，国家很多机关单位也在进行改革创新。大学也在进行整合重组。整个国家欣欣向荣，到处弥漫了深度改革的气息。日常生活中用的手机也开始普及起来，跨省使用时也不再收取跨省移动费用。电脑开始普及，很多原来不懂电脑的人，也开始纷纷学习电脑。龙国祯也是毕业之后，在人事厅机关里学会使用电脑了，自己在租住的房子里还购置了一台戴尔旧电脑。总之，这是一个开放的时代，只要你足够努力，你就有机会取得成功。

全国各个城市也在进行改造，路变宽了，变直了，“城中村”也变成了城市。地铁也在各个省会城市修建起来。身处这样的改革时代，你就能感受到成功的喜欢和奋斗的氛围。人们的脸上洋溢着幸福的喜悦。这是一个伟大的改革开放时代，这是一个人性解放的时代，这是一个奋斗的时代。

龙国祯的人生阅历、知识结构、社会经验、心理体验等，在这样的一个时代里，在日常的人事厅的接待工作中慢慢成熟起来。相比于大学来说，他显得更加成熟、稳重、博学、睿智，也变得更加帅气。一米八的身高配上黑色的“红蜻蜓”皮鞋，藏青色的西装配上嫩蓝色的绸丝领带，显得儒雅帅气，文质彬彬。不仅如此，即使工作再忙碌，他也坚持看书，早上还是坚持晨读英语和中文，然后再骑自行车去上班。

龙国祯在变化，李晓琪也在不断发生变化。现在成了二十九岁的女博士讲师，知识结构也在不断丰富，人生的经验也在不断积累，也是越来越走向成熟。尽管二十九岁没有男朋友的女博士讲师已经是稀有动物了，但是她不在乎这些。幸亏，父母是通情达理的人，也不催她找男朋友。尽管心里特别着急，但是没有表现出来，只是偶尔暗示一下。很多同事和关心她的人也在不断帮她介绍对象，但是都被李晓琪拒绝了。有一次，一个朋友想把一家大型企业的一位董事长介绍给她，也被李晓琪拒绝了。

“李老师，那你究竟想找一个什么样的人呢?”关心她的朋友弱弱地问。

“不知道，自己看着顺眼就行，问题是我现在没有见到顺眼的。”

“你年纪不小，不能这样挑三拣四，最后被自己弄成‘剩女’。”朋友关心地说。

“‘剩女’就‘剩女’，无所谓的。”

“唉，你呀你，你们这些女博士，是怎么了？真是读书把心思读偏了。”朋友无可奈何地说。

但是，李晓琪真的不知道为什么，她真不担心自己的未来，她始终相信，她的“真命天子”一定是在某个地方等着她的。她这样想着，忽然想到龙国祯的感情问题：“不知这小子最近怎么样，是不是也是一堆人帮介绍女朋友。”

她拿出手机，看了看时间，下午六点，估计也是龙国祯快下班的时间了，她就特意拨通了龙国祯的手机。

“李老师！啥指示呀？”龙国祯在手机里问。

“呦，这当官了，用词都不一样的，龙处长，龙大才子。”李晓琪开玩笑说，“我哪敢给你指示呀，再说，没有指示，不能给你打电话呀？”

“李老师，你啊就取笑我吧，我哪里是什么处长呀，就是人事厅一办事的工作人员啊。你有啥吩咐？”

“这吩咐和指示有什么区别吗？”

“李老师，那你有什么教导？”

“国祯，你这真是的，指示、吩咐、教导，那不一个意思吗？”李晓琪有点生气了，她就不喜欢他这样打官腔。

“李老师，真是不好意思，说习惯了。那你说，有什么事？”

“没有事我就不能给你打电话呀？”李晓琪更加生气了，语气有点重了。

“李老师，你随时可以给我打电话的。你有什么事？”龙国祯一头雾水。不懂今天李晓琪怎么了，担心起来。

“你总是李老师、李老师，我不是李老师好吗？我是李晓琪，我没有事，我想你了，不行吗？”李晓琪越听越生气。

“啊！想我，我马上下班就过来，我请你吃饭。别气了，我们的李博士、李教授、李美女、李美人、李乖乖。不，是我的李博士、李教授、李美女、李美人、李乖乖。等我，我今天还真的有事找你。我一个小时后到‘家的味道’门口。”说完挂完电话了。

李晓琪一听这一连串的称呼，开始一阵生气，随后就“扑哧”一声笑出来，心里暗暗道：“看你这小样的，姑奶奶我还就治不了你？”说完，赶紧跑回房间装束打扮起来，因为只有一个小时时间，这小子时间观念很强的。

一个小时后，“家的味道”饭店的门口，龙国祯准时出现。

“你真准时。”李晓琪刚刚到，龙国祯就骑着自行车，大汗淋漓地赶到了。

今天李晓琪是穿着粉红色的连衣裙，依然那样美丽动人。见到龙国祯大汗淋漓，她赶紧从包里拿出纸巾和“潇湘山泉”矿泉水，说：“来，赶紧擦擦汗！喝口水！”

“谢谢李老师！”

“你这是干吗，弄得这样满头大汗的。”李晓琪看着他，心里怪心疼的。

“我是在电话里，感觉你在生气，担心有什么事呀，所以，挂了电话，我就走出办公室了。等下楼了，忽然想起来，办公室电脑没有关，就又跑回七楼办公室去关电脑，再下来，我怕一个小时赶不到，就加速前进。”

“你呀你！下次不能这样了，骑车要注意安全。下次，我不再这样和你说话了。”

他们一边说，一边走近“家和”卡座。这里居然没有人。李晓琪奇怪了，问：“咦，怎么这里总是没有人，每次都是我们直接来坐。”李晓琪好奇地说。

“我的姑奶奶，这是我打电话给订了的，好不好！”龙国祯边说边布置好李晓琪的座位，然后请李晓琪坐。等李晓琪坐下，他才坐下。这个细节，他大学不会，如今学会了，这是跟领导学的。李晓琪看在眼里，美在心里。

不一会儿，服务生过来打招呼：“龙主任，马上上菜吗？”这一句“龙主任”，可把李晓琪震撼了一下，她居然不喜欢“龙主任”这个称呼，感觉“龙主任”这个称呼怪怪的，听起来让她很不舒服。

“对，马上上菜。”龙国祯说完，扭头看着李晓琪，说：“李老师，挂了你的电话，我就打了这里的电话，订了座位。我点了你喜欢吃的剁椒鱼头。我擅自做主，你不介意吧？”

“嗯，真的做得很好，龙主任。”李晓琪看着他，很认真地问，“‘龙主任’好听吗？你喜欢别人这样叫你？”

“怎么可能啊，他喜欢这样叫，就让他这样叫吧。”

“不行。”李晓琪严肃起来，“我不喜欢别人叫你‘龙主任’。你才上班一年多，别人叫你‘龙主任’，你就答应了。你还不是龙主任，万一领导听见，怎么看你？官场，得小心翼翼，慎言慎行，你知道不？”

“对，对对对。领导你说得对。不，李老师，你说得对。”龙国祯也变得认真起来。

“我看你现在变得有点有小官吏的意识了，在慢慢失去你本该有的纯粹和纯洁。我才带学生去实习两个月，没有见你，你就变成这样了。我不喜欢你这种小官吏的作风，赶紧给我改了。”

“好好好，我听你的，你是对的。”龙国祯赶紧承认错误，骨子里害怕这个李博士，但是又很想见到这个李博士。他感觉离开这个李博士，浑身没有存在感。

李晓琪看着他这样诚恳，心里本来有气的，结果一点气都没有了。她真的喜欢这孩子如此随和的性格。看着他现在这样憨厚的样子，她又觉得好笑，忍不住“扑哧”一声，又笑出来了。

“李老师，你笑啥呢？”龙国祯一头雾水。

“你呀，本来，我一肚子的气，看你这样诚恳，我不生气了。”李晓琪高兴起来。

“你不是有事找我吗？”

“我没事就不能找你？”李晓琪又严肃起来。

“可以找我呀！”龙国祯又一头雾水。女人心，海底针，真是猜不透。

“你说你想我？这是真的？”龙国祯问。

“啊！这，说了那么多，你就记得这一句？”李晓琪不好意思起来。

“想我很正常啊，我也想你，我天天想你呀。”龙国祯居然可以这样轻描淡写地把“想你”说得如此飘然无事。

“你……”李晓琪不喜欢龙国祯成为一个油嘴滑舌的男人，说：“你怎么变得如此油腔滑调了？”

“啊？这，那我改。你说我怎么改？我就怎么改。”龙国祯很认真地说。

“好了，以后不要学得那么油腔滑调，行不行嘛？再次强调，我不喜欢油腔滑调的男人。懂了吗？”

“嗯，知道了，记住了。”

“我今天下午那时候，忽然有点心情不好，所以，就想打电话和你聊聊。谁知道你满嘴的官腔，弄得我很不高兴。”

“嗯，知道了，是我不会说话，我慢慢学。你别生气了，好吗？”

“嗯，还是你对我好，理解我，懂我。”李晓琪表扬他。

“那必须的，我是你学生嘛，是你教出来的啊，必须懂你的。”龙国祯得意起来。

“我教你的时候，我也才是博士在读呢，教你是属于兼职，不算是正式老师。”

“我知道啊。但是，一日为师，师恩永不相忘呢。”

“就你嘴贫。说得我心里挺高兴的。”李晓琪噘起小嘴，看着龙国祯，又问，“你不是说，今天有事和我说？”

“对。有事和你说。”龙国祯严肃起来，这可把李晓琪吓一跳，眼睁睁地看着他，有点紧张。

“你别这么紧张啊，你这一紧张，我也紧张了。”

“你快说嘛。”

“我下个月也就是七月份，要到农村去了，到镇政府去挂职副镇长。因为我没有农村基层工作经验，按照组织规定，必须要去镇政府挂职副镇长，一般是一年。然后再调回人事厅。如果不调回来，留任副镇长，也可以。”龙国祯非常认真地说。

李晓琪不知道为什么，有点害怕。当初的男朋友，就是这样失去的。

她不知道为什么，不想龙国祯离开这个城市。她感觉有龙国祯在这个江州城，自己非常安全，心里也很踏实。但是，现在他又要调到镇上去，那起码也比现在人事厅这个单位远吧。但是，这次她没有表现出紧张的神色来，因为是晚上，幸好有灯光，因此她脸色的变化还是很难看出来的。

“那是去哪个市的镇政府呢？能自己选择吗？”李晓琪若有所思地说，“如果能选，我建议你选择回石溪镇政府，这是你家乡，也可以经常陪陪父母。”

“不行。组织原则规定，干部一般不得回原籍任职。”龙国祯一本正经地说。

“那去哪里？”李晓琪紧张起来，“不会到很苦的地方去吧？”

“不会的。”龙国祯看了李晓琪一眼，说，“我向组织申请，组织也是经过慎重考虑，觉得我去望州市望州镇挂职副镇长比较合适。”龙国祯看着李晓琪。

“天，真的？真的去望州镇政府？那是我家乡啊，我喜欢那里。”李晓琪抑制不住内心的喜悦，要不是隔着桌子，她肯定跳起来，要拥抱龙国祯了，“这是真的吗？百分之百确定？”

“是的。文件已经发下去了。我这里还有一份文件。”说着他从背包里拿出文件给李晓琪看。

李晓琪认真看了文件，心里异常高兴，抑制不住喜悦的心情，说：“果然是真的，真是太好了，那我可以每周回去看你……”话音刚落，立马就感觉失口了，赶紧说：“那我可以每周回去看我父母，也可以去看你。”

龙国祯还没有反应过来，他的感知非常迟钝，不然李晓琪又要陷入尴尬的境地了。

“我去了望州镇政府，我就去你家看你父母，顺便去你家蹭饭吃，怎么样？我真的不熟悉望州镇，从来没有去过。尽管开车也就一个多小时的车程。”

“好呀，我父母都是很好客的呀，回头我把我家的地址和电话给你。”

两个人有说有笑地聊起来各自家乡的点点滴滴，满脸充满幸福的回忆。

根据文件的要求，龙国祯是七月一日去望州镇政府报到。他从潇湘师范大学“卧龙居”出发到了江州市西站。等他到了西站的时候，李晓琪就在西站候车室等着了。龙国祯提着行李箱走到西站门口售票厅，就听见有人喊：“龙国祯，在这里。”

龙国祯一眼就见到了李晓琪亭亭玉立在候车座位边喊他。她满脸喜悦，身穿红色的衬衫，配着淡蓝色牛仔裤，穿着运动鞋，满身都是精神。因为个子高，她这样的装束，衬得她犹如春天的竹笋，身段的每一节都展示无遗，凹凸有致，让人赏心悦目。

“啊？你怎么来啦？”

“我送你去望州市。”李晓琪仙女一样地飘过来，一身的香气。

“你咋知道我今天去望州？”

“不是你告诉我的吗？”

“你今天不是要到潇湘师范大学办事吗？不是说要接待美国来的学者访问团吗？”

“没事，我下午去办事，没有关系的。我送你回望州市，下午我再回学校，反正不远，当天就赶到了，就一个小时的车程。”这次，李晓琪居然潜意识地对龙国祯去望州镇政府报到用了一个“回”字，感觉好像是回她家一样。

“那你不回望州镇？”

“这次我送你到望州市，我再返回潇湘师大。你就去望州市委组织报到，然后组织部会送你去望州镇政府。我就返回学校，这次我不回家了。你下午到镇政府报到，我去学校接待访问团。”

“这怎么行呀，耽误你时间。我先陪你去师大，再去望州镇。”

“好啦，听我的，别儿女情长啦。望州市你不熟悉，我送你去。就这样定了，不要啰唆，听话，乖，走，直接上中巴车。”

“还没有购票啦。”

“都是车上补票的。走，快点，待会人多了。”

她说着，拉着龙国祯的行李箱就走，动作干净麻利。

很快两个人上了车，车上这时候人不多，空座位很多。李晓琪选择了车左边倒数第四排的双人座位坐下来。

“为什么坐这里?”龙国祯问。

“不知道了吧?”李晓琪得意扬扬、踌躇满志地说，“因为望州市在江州市的西北边，现在是上午，太阳从东边照来，车的右边正好挡住太阳晒，而车的左边则是可以避免阳光直晒。选择座位倒数第四排，正好是在车轮胎上方的座位，是为了避免出现过大的颠簸。因为车的颠簸是通过振动波传导的，所以坐在最后一排是颠簸最厉害的。坐在前面，当然最好，但是，前面已经没有双人空座位了，只有车后半部分有双人坐，所以我们就选择坐这里吧。”

“天啊，李老师，你真是太厉害了，真是博学。坐一个座位，把地理学、物理学、气象学的知识全部用上了。”龙国祯把行李放在车上的行李架上，示意李晓琪坐靠窗户边的座位，他就坐靠走廊边的座位。李晓琪手搭在龙国祯的肩上，侧身转过去，坐在车窗边的位置上。龙国祯这才坐下来，因为中巴的座位不是很宽，两个人又身材高大，所以紧挨着坐下来了。一会儿车上坐满了人，龙国祯、李晓琪后排坐着两位放假回去的女大学生，不一会儿车里全部坐满了。几分钟后，中巴徐徐开出了江州西站。

“感觉怎么样?很激动吧?”李晓琪把脸侧过来，看着龙国祯，露出洁白整齐的牙齿。

龙国祯看着李晓琪，她的脸上犹如洁白的牙膏，一颗雀斑都没有，皮肤细嫩，平滑如橄榄油，一头长发披过肩膀，洗发水的香味从头发里面传来。

他含情地看着李晓琪说：“感觉自己做梦一样的。真的。”

“当然，这是第一次当副镇长嘛，肯定激动呢。”

“不是当副镇长激动，副镇长只是挂职，只是工作。没有什么的呀。我做梦一样的，是因为，我第一次和女生这样紧挨着坐在一起，我很幸福呢。”

“之前读书，没有和女生坐在一起?”

“坐火车有和陌生女生坐一排的，坐中巴车没有嘞。”

“你啊你！什么都新鲜！那以后，我经常这样陪你去望州，如何?”

“好啊！真幸福。”

龙国祯不知道是哪里来的勇气，壮着胆子左手穿过李晓琪的肩膀，伸手搂着她，右手轻轻抚摸着李晓琪的头发。李晓琪身子颤抖了一下，脸上一阵红晕，不敢看龙国祯，低着头，噘着嘴，头慢慢地靠在了龙国祯的左肩上。这样一靠，就决定了她把这一生的幸福交了出去。这也算是承认了她是龙国祯的女朋友，龙国祯也承认了自己是李晓琪的男朋友。

龙国祯的右手本来是抚摸着李晓琪的头发的，但是慢慢地他的手就抚摸到了李晓琪的脸蛋，然后在她耳边清晰地说：“李博士，我爱你！做我女朋友吧？我们一生一世不分离！”

李晓琪身子又颤抖了一下，满脸通红。她听到龙国祯这样说，轻轻地点了点头，算是答应了。等到李晓琪右手抓到龙国祯右手的时候，发现龙国祯手心全部都是汗，她柔声地问：“你是怎么啦？出这么多的汗。”

“我是紧张，第一次和女孩子说这样的话，我紧张。”龙国祯也是满脸通红。

李晓琪“扑哧”笑了，说：“你呀，不要害怕，有我呢。”说着从包拿出纸巾给他擦汗。

龙国祯说这话的时候，其实坐在后排的两位女大学生也听见了，非常感动。当龙国祯不经意间转向后排看的时候，两个女学生看着龙国祯，微笑起来。但等李晓琪回头看龙国祯看什么的时候，两个女大学立马尖叫起来：“啊!？李老师，李老师，怎么是您啊？好激动。”

“你们是?”

“我们是你之前教的大学英语听力课的学生啊。李老师，我们发现你一个秘密了，原来你男朋友这么帅啊。哇，好激动啊！”

“嘘！小声点啦。这是在车上啦。”李晓琪说。

两个学生立马吐了一下舌头，不说话了，一个劲地傻笑。

这下，李晓琪懂了，这样的事是瞒不住了，下个学期全校师生都会知道李晓琪有男朋友了。但是，她现在感觉的不是害怕，而是巴不得全世界都知道，她的男朋友就是龙国祯。她巴不得向全世界宣布，她恋爱了，她终于在博士毕业一年后的七月一日脱单了。

车上的一个小时，决定了两个人一生的命运。所以真正的爱情不需要鲜花和掌声，而是需要两个灵魂紧紧相依，并肩作战，朝着同一个目标前进。

中巴车很快到了望州市车站，李晓琪拉着龙国祯的手，搭了出租车，就驶向望州市委组织部。他们需要赶时间。

望州市委、市政府、市人大、市政协是在一起的，政府办公楼前是很大的广场，广场中央高高飘扬着国旗。

“这里就是望州市委组织部。你快去。我得赶回潇湘师范大学办事。”李晓琪赶忙说。

“啊！李老师……”

“还叫我李老师，我有那么老吗？”李晓琪赶紧打断他的话，会意地看着龙国祯。

“噢，对，得叫琪琪。”龙国祯立刻就明白了。然后转身，又说：“等等我，我去帮你买瓶矿泉水。”然后又帮李晓琪约了一辆出租车，付了款。

“你注意安全！”

“嗯！一切顺利！”

“爱你！”龙国祯做了一个吻的手势。

龙国祯走进望州市委组织部干部科，提交了相关文件和证明。组织部干部科的同志非常热情，说：“我们一个上午都在等你了，翘首以待。没有想到望州镇的龙副镇长如此年轻啊。”寒暄了几句之后，干部科的同志带他去见组织部部长阳部长和副部长，然后又见了政府分管人事工作的副市长、人事局局长等相关领导同志。干部科同志办理了龙国祯去望州镇政府的相关手续，中午大家一起吃饭。下午两点，组织部安排两辆车送龙国祯去望州镇政府，宣布对他的任命。

下午三点，望州市望州镇人民政府二楼的会议室热闹非凡，这里将召开干部职工大会，宣布镇政府干部的重要人事任命。两点半钟，两辆黑色的“桑塔纳”，驶向望州镇政府大院。组织部正式宣布潇湘省人事厅干部龙国祯同志担任望州镇人民政府挂职副镇长。当然，其实这个副镇长的程序之前就已经走完了，现在只是宣布而已。从七月一日开始，二十四岁的省人事厅人事处的公务员龙国祯正式挂职望州镇人民政府，任副镇长，挂职一年。

望州市是县级市，属于省级管辖权，江州市代管，下面设有十四个镇。望州镇，是望州市最大的镇，人口达二十多万，机关干部达三百多人，是由原来的两个乡合并而成的大镇。镇党委书记是副处级建制。望州镇政府机关设在望州路一号，背靠青山，东瞻潇湘河，河边的铁路通往江州。开车从江州西站出发，大概一个小时的车程到望州。从望州市再到望州镇有半个小时车程。离望州镇政府大概一公里远的地方，就是望州镇中学和望州镇中心小学。望州镇中学在山的东头，望州镇中心小学在山的西头，两校相距一公里。在镇政府大楼上大声喊叫，望州镇中学能听见，尤其是早上，望州镇中学悠扬的起床铃声就能传到望州镇政府机关大院。

当然，谁都知道，龙国祯是省人事厅的干部，来挂职就是镀金，是为升迁做准备的。镇政府办公室早就安排了龙国祯的办公室和住宿。他的办公室在二楼最西边的一间。住宿在办公楼后面的政府干部公寓，是一单元二楼的两房一厅，大概六十平方米，里面的家具已经备齐。当天下午，办公室刘秘书就把住房和办公室钥匙送来了，还把食堂的餐卡、工作证等相关的东西给了龙国祯。他房间里的毛巾、口杯、牙膏、床单等都备齐了。后勤工作做得非常好，这让龙国祯大为赞叹。“您是省厅来的干部，我们必须做好服务工作。”刘秘书这样说，“如果再需要什么，请您尽管吩咐！”龙国祯点头称赞，道谢！

晚上自然是镇党委书记、镇长等镇领导陪同吃饭。回到房间已经是十点多钟了，这时候，手机响了，是李晓琪打来的。

“亲爱的，你好！”龙国祯这样称呼。

李晓琪一听这“亲爱的”一句，满心欢喜，说：“感觉怎么样？宣布任命的事情办好了？住宿情况怎么样？饭菜符合你的胃口吗？”李晓琪事无巨细，一一问了。龙国祯一一回答，就差没有回答有两只蚂蚁在打架的事了。

“好，你要照顾自己。晚上望州镇有点凉的，你记得盖好被子。注意，别学坏了，镇里吃喝玩乐，到处都是，你别和他们一样的。还有我们镇美女如云，你是有女朋友的人了，要注意自己的言行。听到了吗？”李晓琪就是这样操心他的事，也是为了捍卫自己的感情。也许恋爱中的女人就是这样的吧。

龙国祯一一答应，他也问了李晓琪关于接待美国学者代表团的事，彼此叮嘱一番。

最后，李晓琪说：“等我忙完这里的事，我就回望州镇去看你，带你去见我父母。他们一定会喜欢你的。”

“好啊，你父母会看上我吗？”

“放心啦。家里的事，我做主。”

“好。你什么时候回来，我去接你。”

“好的。过几天就回去。到时候，我电话联系你。”

“OK！ Miss you（我想你）!”

“Me too（我也一样）!”

“I love you（我爱你）!”

“I love you forever（我永远爱你）!”

…………

两个人煲电话粥，用英语缠绵了一番，才挂了电话。

第十九章　副镇长男朋友

第二天龙国祯像在人事厅机关单位上班一样，八点准时到了自己的办公室。首先是搞卫生，将办公桌、文件柜、沙发、茶几等，上上下下、里里外外擦了一遍，忙到九点钟。这时，镇机关干部陆陆续续地来办公室了，大家边走边相互交谈着各种下村、村里检查之类的事情。

龙国祯看了看左手上戴的天王表，这块表是去年正式上班才购的，正好是九点钟，他去了一趟镇党委书记田富的办公室。田书记和镇长张正在一起讨论他的工作安排等问题。龙国祯到了田书记门口，看见两位领导在讨论，就缩了回去。田书记看见了龙国祯，赶忙迎出来，说："龙镇长好！请进，我和张镇长正讨论你的工作分工问题，也正想找你。"

"好。谢谢书记和镇长！"他一边和书记镇长打招呼，一边走进办公室。

"昨夜睡得好吧？还习惯这里吧？"张镇长关切地问。

"挺好的，睡得踏实。"龙国祯笑笑。

"我们这里空气好，水好，很养人的。"田书记非常乐观地说，"江州市很多人在这里购房养老呢。"

"真的是好地方，山清水秀，人杰地灵。"龙国祯说。

"那你挂职一年后，就留任我们这里，如何？"张正试探性地问。

"一切服从组织安排！"龙国祯认真地说，"今天来是向两位领导请示工作任务的，我不懂我能做什么工作。"

"龙镇长工作积极，好！我们正在考虑你的工作安排。我们想安排你进政法组。镇政法委书记王书记最近身体有点不舒服，他主管镇政法工作，联系司法所、派出所、联防大队的。你协助王书记负责分管这方面的工作，如何?”田书记说。

“好。一切服从领导安排。”龙国祯站起来回答道。

“最近半个月，你先熟悉一下镇里的情况，到各个行政村走走看看，调研调研。我安排了镇政法组小牛负责给你做向导，司机小王给你开车。如何?”田书记说。

“好的，谢谢书记镇长关心。”

“小牛可是我们镇的镇花，龙镇长现在是我们镇的第一帅哥，你们两个，一个美女，一个帅哥，这是我们镇亮丽的风景线。”张镇长打趣道。

“镇长说哪里话啊，都是为了工作。”

“好，那就这样定了。下周二开职工每周例会，宣布人事安排，正式发文。”田书记下最后结论。

然后，三个人还谈了其他方面的情况，当然更多的是询问龙国祯的情况。龙国祯实事求是地回答，回答问题滴水不漏。

忽然，田书记的手机响起来了，他看到电话号码赶紧站起来，走到外面走廊，回答:“袁厅长，您好啊!”电话是省人事厅分管人事的袁伟国副厅长打来的。袁副厅长就是袁凯的父亲袁伟国。袁伟国之前是江州市人事局局长，半年前调任省人事厅担任分管人事的人事厅副厅长。田书记在省委党校培训的时候，袁副厅长过来做过讲座，所以就非常熟悉。而龙国祯能挂职望州镇副镇长，他是支持过的。这次打电话来，也是为了关心龙国祯的工作。

电话里，袁副厅长和田书记说了一会儿，田书记笑容满面，估计谈的都是好事、喜事。田书记又走进办公室，只听见说:“袁厅长，您放心，我一定，一定照顾好他，到时候望州镇人民会把白白胖胖的龙镇长还给省厅。”最后就听到田书记说:“哦，龙镇长?他在，他在，您稍等!”说着，田书记就把手机递给龙国祯，小声说:“袁厅长的电话。”

龙国祯接了电话，赶忙起身，走出办公室，说："袁叔，您好!"

"昨天去上任，在那边感觉怎么样啊?"

"很好的，请您放心，我能适应。"

"你还年轻，多历练历练，不吃亏的。在那边，脚踏实地，好好工作，工作上有什么困难想办法解决，解决不了的向书记、镇长汇报，组织帮解决。"

"好好！铭记在心。"

袁副厅长和龙国祯聊了几分钟，龙国祯就将电话交还给田书记，田书记接到电话，又和袁副厅长聊了一会儿。田书记挂断电话前还说："一定，一定，请领导放心。"

三个人又聊了一会儿，龙国祯才回到自己的副镇长办公室，屁股还没有坐热，一位大约二十二岁的年轻美女出现在龙国祯面前。这位美女，大概一米六八，短头发，瓜子脸，一脸阳光，皮肤白皙，身材丰满壮硕，一看就是经常运动的。她穿着牛仔衣裤，裤腿上还故意撕开几个洞，显得腿更加修长，穿着白色运动跑鞋，脚步轻盈。

"龙镇长好!"

龙国祯抬头看了看她，还不认识，但是他先站起来，将人迎进办公室，说："请进!"然后问："你是哪位?"

"我是政法组干事小牛，牛莉莉。"说着，人就先笑起来，"口渴，我先喝杯水。"说着，自己主动去饮水机那倒杯水喝了起来。然后一屁股坐在沙发上，接着说："刚接到领导电话，说让我来你这里报到，这段时间做你的秘书，熟悉镇里的情况。"

"噢。田书记做事，真是雷厉风行。这效率真是高。望州镇有这样的书记，想不发展都难。"龙国祯坐在办公椅上，看着牛莉莉，笑呵呵的。然后，又说："你来不是做我的秘书，是镇里的向导。我没有资格配秘书呀。再说，让你做我的秘书，那不是折杀我了，也委屈你了呀!"

"您客气了，我的工作就是为领导分忧的。您甭客气，需要我做什么，您尽管吩咐，我一定服从安排！”

“那谢谢您，小牛！看得出来，你也是心直手快，做事效率很高啊。”

“我是跟书记学的。我们书记，办事效率可高了。前段时间，去村里调研，早上八点半，他就在村里打电话到镇里，叫大家赶紧下村，不然等下太阳就晒屁股了。”她说完“屁股”两个字，感觉失态了，吐了吐舌头，脸蛋一红，赶紧说，“领导，我这说话快人快语的，您别介意啊。我是山区长大的，没有见过世面，请您见谅！”

龙国祯微笑着看着她，一边听她说，一边喝茶，喝完一杯茶，就将保温杯放在办公桌上。牛莉莉赶紧又起身帮龙国祯倒水。

龙国祯赶紧说：“你坐，你坐，我自己来倒水。你不要客气。”

“领导，您别介意，我是说话嘴快。我……我看到你挺帅，见到您，我激动呢。书记让我给你做向导，我又兴奋呢！”牛莉莉快言快语。

“工作这么积极，点赞。不过，你不要用您，用你就行。你不用叫我领导啦，叫龙国祯同志，或者小龙就行啦。”

“那我不得被书记骂惨啊！那我在人多的地方叫您龙镇长，咱们在一起我叫你龙大哥，怎么样？”

“好。那就入乡随俗，看别人怎么叫，就怎么叫吧，没有那多讲究。”

“龙大哥，这么年轻就是副镇长了，真是年轻有为啊。更重要的还长得这么帅气，还学历这么高，真是我们镇的福气呀，我好崇拜你！”

“现在不准搞个人崇拜啊！”

“我就内心崇拜你。昨天见到你，我就崇拜起来了，一夜无眠呢。”说完哈哈大笑。

这把龙国祯逗乐了，他也跟着笑起来。

牛莉莉是大专毕业，去年参加望州市公务员招考，分配到望州镇政府来的。人活泼、灵气、漂亮，大家很喜欢她。

两个人寒暄了一会，司机小王也来龙国祯办公室报到了。

上午十点，龙国祯就说：“走，我们去镇里敬老院看看。这个事，我来镇之前，就关注了。”

三个人，就开车去了望州镇敬老院，龙国祯想去了解一下敬老院的管理、治安和安全情况如何。据说，敬老院也有老人欺负老人、老人谈恋爱的情况。他想去看看。当天下午还去看了镇里的养鱼大户、养黑山羊大户，还去了江州河上游望州镇界内的“猴岛”等地方。

两周之内，龙国祯跑遍了望州镇大大小小的十四个行政村，做了大量的笔记。最远的杨家村与望州镇政府相隔五十公里，是在山区里面，这里有三年没有来副镇长级别的干部了。龙国祯这次去了，村干部高兴得热泪盈眶的。大家都说，龙国祯是一位敬业的镇长，尽管才二十多岁，但是做事沉着稳重。他每天都回来得特别晚。他不喝酒，不抽烟，但是每次走的时候，村里干部又送烟又送水果之类的。龙国祯坚决不要。下村，整天跑有点累，每次回来都倒床就睡。当然，这几天，他也往望州市中心跑了几趟，购了点东西，准备去李晓琪家。这也是大事。

农历七月初五即阳历八月四日，星期四晚上十点多钟，龙国祯刚回来，躺在床上休息，电话响起来了，是李晓琪打来的。

“龙大镇长，忙什么呢？”李晓琪问。

“刚回房间来呢。你还没有睡？”

“今天下午打你一个下午的电话，都不通呢。”

“可能下村了，没有信号呢。”

“嗯，怎么样，下村感觉如何？”

“还好，感觉很不错。本来我就是从农村出来的，再回农村，很习惯的。这里和我们石溪镇农村差不多，改天带你去我家石溪镇看看就知道了。”

“嗯，好呀。你晚上吃什么呢？”

“东安鸡、猪肚煲汤，还有韭菜炒鸡蛋。在望州市饭店吃的。好几个人呢。牛莉莉点的菜，很不错的。”

“牛莉莉是谁呀?”电话那头别的没有听明白，就逮住了这个“牛莉莉”关键词。

“牛莉莉是镇政府政法组干部，这些天做我的向导，还有王司机。”

“牛莉莉漂亮吗?”电话那头，听起来很平静，但是心里已乌云密布。

“没有你漂亮。”龙国祯这话一说出来，电话那头更加翻江倒海。龙国祯这样回答，说明他是拿牛莉莉和李晓琪来做比较，而李晓琪现在是龙国祯的正牌女友了，龙国祯这小子还拿别的美女和自己比较，说明这小子内心深处还在分析恋爱对象的优劣，是潜意识里的择优选择。李晓琪又再追问一句:“牛莉莉多大了?”

“她第一次来办公室见我，说是二十二岁。去年考入公务员队伍的。她这样说的。”

“那她有男朋友吗?”

“她说她没有。”

“多高呢?”

“一米六八左右吧。”龙国祯忽然反应过来了，感觉这是在往李晓琪枪口上撞，故意问，“亲，我发现你挺关心牛莉莉的，你们是朋友吗?”

“不认识。”电话里冰凉地回答。

“噢。但是，她好像很熟悉你，说知道你读博士，是才女、美女。”

“你们聊了挺多的嘛。”

“只是随便聊聊。”

李晓琪实在憋着一肚子火，没有发出来，心里想:“你这小子这才去了几天呀，身边就冒出来一个牛莉莉，要再待上一年半载，那‘王莉莉’‘张莉莉’之类不得全部冒出来了，这不得把我这个正宫娘娘给打入冷宫。”所以，她索性直接问:“那你现在喜欢她吗?”这问题问得充满玄机。

“怎么可能，我喜欢你呀。和她只是工作关系。我怎么可能喜欢她?你这问题问得莫名其妙的。我过去不喜欢她，现在不喜欢她，以后也不喜欢她。”

李晓琪一听这回答，很满意，有高度，有深度，很有智慧，说：“你不可以喜欢别的女孩子。听到没有？你要喜欢别的女孩，我先杀了你，然后我自杀，你信不信？我说到做到。本博士一言既出，驷马难追。”李晓琪故意这样软硬兼施，吓得龙国祯心跳加快，双腿发软，心里想：“这个阿庆嫂，真是不寻常啊。吓死宝宝了。”

“我的姑奶奶，皇天后土，青天可鉴，我怎么可能喜欢别的女孩啊，我只喜欢你！一辈子只爱你一个人！”

“这还差不多！”李晓琪得意扬扬，心想终于把这句话给逼出来了。女人对于爱情大概犹如罗盘之于磁针，非常敏感。只要有点风吹草动，就一定会火烧连营。这大概就是人性的本然，无关于学历和知识。李晓琪是聪明的女孩，她懂得，自己的幸福自己做主，别人是帮不了自己的。自己的后半生是否过得好，与自己的婚姻息息相关；她懂得，女人嫁人，等于是女人第二次投胎，投胎投对了，会幸福一生，投胎投错了，就会痛苦一生。她深深懂得，龙国祯才二十四岁，正是人生开始的黄金年龄，而自己已经二十九岁了，在年龄上已经没有了优势。大龄女博士在婚恋市场上已经不占优势了，很多男生见到女博士都退避三舍。她的前男友就是因为这个而提出分手的，这对她的打击太大了。现在，她终于一手把龙国祯从一个羞涩的男孩调教成自己喜欢的男人，她自己必须好好保卫自己的爱情和以后的婚姻，保证自己的正宫地位，不可撼动。当然，更重要的是，她内心深处知道，龙国祯就是她今生的最爱。这是一个女人感情的宣言和研判。她不能再在情感道路上栽跟头。所以，这次打电话，本来是想告诉他，带他去见父母的，没有想到这几天不见，就冒出一个“牛莉莉”来。这更加坚定了她带龙国祯去见自己的父母的决心，然后她也决定去见见龙国祯的父母，然后双方家长见面，这是对双方父母的尊重，也是对自己感情的尊重。这回，她得为自己的幸福而奋斗。今晚听龙国祯这样说，她还决定去镇政府机关大院走一趟，会一会那些叫“莉莉”的女人们，以宣示自己才是龙镇长的唯一的正牌女友，尽早将那些花花草草打倒在地，不能让自己的感情节外生枝。她这样想着，电话那头传来宣示爱情正义的表白：“我知道啦，你啊，我一说‘牛莉莉’，你就紧张啦。我是那种随便的人吗？你又不是不知道我的为人？我是你调教出来的学生，今生今世和你在一起，不分离。”

“这张嘴，到了望州镇，学得这样甜了。真是士别三日，当刮目相看。”李晓琪一听这话，心里舒坦、踏实。

“这都是你教育得好嘛，我们家，你是领导嘞！”

“好啦，不贫嘴啦。我明天回家，你来望州车站接我，可以吗？想你了。”

“哇，真是幸福从天而降，欢迎李博士凯旋，必须有空的。”

“有啥值得凯旋的？”

“我就是你的战果。你把我迷得神魂颠倒嘞！”

“别贫嘴！后天农历七月七日，中国情人节嘞！”

“对对对！明白了，我都差点忘记了。”

“那要什么礼物？”

“我不要礼物，要你这个人。几点到望州西站？”

“大概十点吧。”

“好，我九点就到。路上注意安全啦。”

“嗯，你有没有想我？”

“当然想你啦，每分每秒都想你。”

“贫嘴！那，明天见！”

“嗯！”

…………

两个人电话情话又煲粥了一番，聊得天荒地老，人困马乏，才依依不舍挂断电话。

第三天，农历七月初七，龙国祯早早起来，依然精神抖擞。他问同事要了一个出租专车的电话，约了一部带司机的奔驰车，贵是贵点，但是值得。上午十点在望州市车站接到了李晓琪。李晓琪穿着红色的衬衫，牛仔裤，运动鞋，精神饱满。

热恋中的男女，真是一日不见如隔三秋。龙国祯和李晓琪一见面，两个人“啊”的一声尖叫，抱在一起。随后，龙国祯从车里捧出一大束玫瑰花，一共九十九朵，送给李晓琪。然后很绅士地扶着李晓琪上奔驰车。他来了一个西方礼节，说：“夫人，请！”

李晓琪一看，又是九十九朵玫瑰花，又是奔驰车。上车之前，她把龙国祯拉到旁边，一脸严肃地问：“车哪里来的？”

“租的。”龙国祯很高兴地回答。

“多少钱？”

“一千元。”

李晓琪笑脸跌了下来。

“你工资多少？”

“三千五百元。”

龙国祯紧张起来了。

“能够租几次？”

“三次半。”

“那我每月每周都回来，一个月四次，你那工资才够租三次半，还吃饭吗？还攒钱吗？还交手机话费吗？”李晓琪一看就是生气了，“你购这玫瑰花，也得花钱啊！你有多大的财力这样玩？这样玩很浪漫是不是？我们很有钱对不对？就是有钱也不得这样玩呀？要是送束花、租款车，就可以让我开心，我还和你处对象吗？我是那样看见玫瑰花和豪车就走不动的人吗？”

“这，李老师，不，琪琪，李博士，我错误了，我改正，开始谈恋爱，没有经验。你别生气，别生气好吗？气坏了你身体，我心疼。”龙国祯吓坏了。他开始也不想这样，但是考虑是第一次去接女朋友，想玩一下浪漫，就花钱了，但没有想到被批评了一顿。

“奔驰的租金，还能退吗?”李晓琪问。

“这，不可能退了，已经交费了。”

“你啊你，我前天晚上就少说了一句话，你今天就在烧钱了。真爱，不是金钱烧出来的，是两个人心心相印，共同奋斗，相依为命，共同关心，共同承担责任，尊老爱幼，共同生儿女育……”她脱口而出。说到“生儿育女”，自己的脸唰的一下红了，看了一眼龙国祯，幸亏龙国祯低着头，没有看到这个变化。她立马就回过神来，说:“我知道，你是想哄我开心，想玩得浪漫一点，心是一番好心。你这份心意，我领了，也谢谢你如此有心！说明你从言谈举止上是很重视我们的感情，我很感谢，也很感动!”李晓琪停顿了一下，心情转阴为晴，微笑着说:“这次，谅你是初犯，我原谅你。下次不得这样了，听到了吗？下次要做什么，得问问我，不可以擅自做主，听见了吗?”说着，就迎上前，在龙国祯的脸上亲了一下，这叫“大棒之后，再给一块面包”的策略。

龙国祯这才抬起头，眼神闪光，脸蛋一红，看着李晓琪，赶忙说:“好好好，我知道了。你别生气了，好吗?”

“我才懒得生气嘞。”李晓琪笑起来。

龙国祯一高兴，就给李晓琪来了一个“公主抱”，转了几圈，李晓琪还没有反应过来，吓了一跳，赶紧说:“放我下来啦，有人看见啦。”然后“咯咯”地笑起来。

她拉着龙国祯的手，说:“我发脾气，是不是很凶，很丑?”

“不是嘞。你发脾气，是我没有做对事情嘞。但是我真的有点害怕，但是你又说得滴水不漏，合情合理，我找不到反驳的理由呢。”

“那你觉得我是不是无理取闹?”

“不是嘞。是非常贤惠的知识女性，我喜欢!”

“刚才还说害怕呢!”

“那是喜欢中的害怕，害怕中的喜欢，是喜欢的害怕呢。”

“少贫嘴。”

“去你家，我带什么礼物呢？请示领导。”

“你是不是又偷偷准备礼物？”

“是的。准备了‘和天下’烟两条、茅台酒两箱、都匀毛尖茶叶，还有一箱红富士苹果等。”

“啊？又是花钱，我都不想生气了。算了，这次烟酒你就先放我家里，下次再拿回来。不拿回来，我爸爸也会送给别人的。他不抽烟，不喝酒。茶叶他喜欢的。以后听我的，别擅自做主。”看着龙国祯，用手轻轻拍打他的肩膀，又接着说：“你啊你，我都不知道说你什么好了。我就少说一句话，你就这样闹腾了。真是叫我不放心。”

“我知道了！谨记领导教诲。以后，凡事都请示你。”

两个人说着就上了奔驰车，半个小时后，奔驰开进了望州镇中学的教师宿舍区。

望州镇中学只有初中，学生有四千多人，是望州市著名的初中。教师宿舍一共有十栋，每栋五层，两个单元。每户基本都是一百四十平方米，四房两厅的。李晓琪家在五栋一单元二〇一房，这栋房子的客厅面向学校外的潇湘河，打开窗户就可以看见绿色的潇湘河蜿蜒流向江州市。

李晓琪农历七月初六晚上八点就给父母打了电话，告诉他们明天就回来了。客厅电话响起来的时候，李晓琪的父亲李元坤正在沙发上看报纸，按了座机免提键，“喂”了一声。

李晓琪听见是父亲的声音，就说：“爸，您好！在忙什么嘞？”

“琪琪，你好呀，爸爸还能忙什么，看报纸呗。”

母亲何心正在看电视剧《康熙王朝》，一听见丈夫叫“琪琪”，就知道是女儿打来的，赶紧把电视调成静音，凑近李元坤，一起来听。他们就这个宝贝女儿，从小就视为掌上明珠。这有半个月了，李晓琪没有打电话回家。今天来电话，两人非常高兴。

“妈妈呢?”

“琪琪呀，妈妈在这里呀。听着呢，刚看电视剧呢。”何心喜笑颜开。

“琪琪，学校放假吗?”李元坤问。

“对啊。学校放假了，又参加了上周的高师培训。拍了很多照，回去给你们看看，分享一下。”

“好呀!”李元坤说。

“那你是不是认识很多博士呀?”何心问。

“是的啊。”

“那有没有认识男博士呀?”何心问，看了丈夫一眼，使了一个眼色。李元坤在旁边，竖起右手大拇指，夸赞自己的老婆有智慧，这导入话语，一套一套的，聪明。

“妈——你啥意思啦?”李晓琪把“妈”声音拉长了，有点撒娇了。

“妈妈就是问问嘛，就是聊天拉家常嘛!”何心笑呵呵的。

“你妈妈就是希望你广交江湖豪杰呢。”李元坤补了一句。

“是怕我嫁不出去吧?”李晓琪提高了声音，她明白父亲的意思。

“我的女儿，那是金枝玉叶，怎么会嫁不出去呢?”李元坤扬扬得意。

“那你们希望我嫁什么样的人家呢?”李晓琪试探父亲。

“只要你喜欢就行，我和你妈没有意见。”李元坤给了准话，精神状态大好。平常女儿都不主动谈自己的感情，这次居然主动说出来，估计有喜事了。他看了看何心，点点头，两个人心领神会了，非常默契。

“啊！你们就这么放心我？那我嫁美国去。”李晓琪再次试探父母的反应。

“琪琪，你不会嫁到美国去的，因为你舍不得爸爸妈妈呀。”何心还真的有点担心这个女儿嫁到美国去。

“我带你们去呀，在美国给你们养老。”李晓琪故意这样说。

“我才不去美国。中国这么大，这么好的山山水水，还要跑到别人家的美国去？偌大的中国容不下我们？我就待在望州，看望州的山，喝望州的水，吃望州土地种出来的青菜萝卜。”何心语气严肃地说。

“哇，没有想到咱李博士的妈这么爱国啊。感动喔。”

“那必须爱国的嘛。”何心笑起来说。

“琪琪，爸爸也爱国，美国我也不去，我也喜欢望州，在望州镇，我就守着你妈，哪里儿也不去的。”李元坤看着何心，顺便让老伴感动一下。这话还真的把何心感动了。何心也竖起大拇指点赞李元坤。

“那我嫁给土豪，富二代，官二代。”李晓琪再次发起试探性谈话。

“你不会嫁给富二代，官二代。我的女儿，我最清楚，知女莫如父。”李元坤肯定地说。

“爸，你还真自信。”

“琪琪，你今天打电话来，就是为了调侃你爸和我吗？给我们问卷考试？”何心按捺不住心情。她敏锐地觉得，李晓琪有男朋友了。这是母亲的直觉。

“嗯，好啦，我不兜圈子了。我们明天中午就到家啦。”李晓琪坦白说了。

“你们——!!!”李元坤和何心异口同声说出来，差点没有从沙发上弹起来。两个人本能站起来，你看看我，我看看你，再看着红色的步步高牌座机电话。

“你们，怎么啦？这样大惊小怪的？”李晓琪问。

“快帮我们注释一下，你说的这个‘我们’，是‘你们’的什么内涵？这个‘我们’是‘你们’的什么人呀？”何心激动起来说道，满脸通红，感觉血压上来了。

“妈，何老师，你说的什么什么‘你们’‘我们’的，我都不明白呢。语文老师的天性就显示出来了。”

“琪琪，你妈妈太激动。你快说，别明知故问，万一把你妈心脏病激活了，就玩大了。”李元坤直接说。

李晓琪一听，知道是火候了，就不绕弯子了，说："爸——妈——我明天带男朋友回家，去见你们！可以吗？"李晓琪很认真地说

"欢迎！欢迎——太欢迎了！！！"何心激动起来，差点眼泪都激动地流下来了。

当然，李元坤和何心自然就要问男朋友情况，身高、学历、工作单位、籍贯、家庭背景、性格特点、人品、两个人怎么认识的等问题。李晓琪花了一个多小时，将他和龙国祯怎么认识，怎么交往等情况一一详细说了。这是终身大事，自己也不敢马虎，实事求是说了。

李元坤听完，大为称赞："噢，原来你说的龙国祯，就是新来的龙镇长。听说过，但是没有见过。听你这样一说，我觉得这孩子不错，有志气，必将成大器。"

"琪琪，你只要觉得小龙不错，你认定了，我和你爸没有意见的。一定支持你的。但是，一定要把握好自己。婚姻是终身大事，不要马虎。"何心激动万分地说，"琪琪，小龙喜欢吃什么菜呀？有什么忌口没有？你爸和我也好准备准备。"

"妈，就随意点，他没有什么忌口的。你们就购只鸡，弄点排骨等之类的。国祯他喜欢吃湖南蒸鸡、辣椒炒猪脚、剁椒鱼头，和我胃口一样的。你们购菜，我回去再做饭菜。"

"琪琪，小龙第一次来咱们家，我们肯定得先做呀。不然显得我们没有诚意，这也不是待客之道。"李元坤说。

"还有这说法！我还不知道。"李晓琪很客气地说，"那行，那明天就辛苦爸爸妈妈了。"

"傻孩子，这怎么能叫辛苦呢！"

"你明天回来，路上要当心点。天热，要多喝水。"何心关切地说。

"我知道的，妈，你放心，国祯会到望州西站来接我的，我们一起回去。"

"好嘞。路上一定要小心啊！小龙还不熟悉这里边情况，你多照顾他

一下。”

“妈——这‘女婿’还没有上门，就向着他了呀。”李晓琪笑着说。

“琪琪，这你就不懂了。俗话说，丈母娘看女婿，越看越顺眼。你妈，就太激动了。”

“那你刚才不也是在那里手舞足蹈的?!”何心看着丈夫说。

“我那是，我那是……”李元坤话没有说完，就被李晓琪打断了。

“好了，好了，你们别在那里丢丑啦。就跟没有见到过‘女婿’似的。”李晓琪听见电话里父母相互抬杠了，赶紧打断。

“我们本来就从来没有见到‘女婿’啊，你又从来没有带过男孩子来家里做客。好了，我们不丢丑了，我们明天等你们回来。”何心说。

十一点左右，奔驰车徐徐开进望州镇中学教师宿舍小区第五栋一楼的停车场。李元坤和妻子早就在楼下等着了。车快到的时候，李晓琪打了电话告诉他们了，所以他们就提前下楼来迎接了。

看见车到，又是奔驰车，李元坤和何心都愣了一下，担心是邻居家的孩子也回来了，所以不好意思靠近。他们以为，李晓琪他们是打的回来的，没有想到坐奔驰车，李晓琪也没有告诉他们坐什么回来。开始是龙国祯下车的，然后，赶紧去扶着李晓琪下车。李元坤看到是一个高高大大的小伙，一脸的帅气，心里想这应该是李晓琪的男朋友。这时候李晓琪已经下车，抬头看看父母，欢跃起来，说:“爸爸妈妈，你们好！让你们久等了!”

然后回头向龙国祯介绍父母，龙国祯正从车后备厢里取礼品，见李晓琪介绍自己，赶紧跑过来。

龙国祯非常有礼貌地鞠躬，说:“叔叔阿姨好!”今天李元坤穿着老红色的短袖亚麻做的唐装，一米七五的身高，尽管已经五十六岁了，但仍显得非常儒雅健壮。何心穿着粉红色的桑蚕丝套裙，身高一米六八，尽管有五十一岁了，但是保养得非常好，看起来就像三十七八岁的少妇。她身材笔挺丰满，双腿修长，一副少妇的从容大度。

“龙镇长，你好呀!”李元坤和他握手，笑呵呵地说，“欢迎你啊！一路辛苦了!”

“叔叔，你叫我小龙就好啦!”龙国祯赶紧握着李元坤的手，笑容灿烂。

“小龙，谢谢你一路照顾琪琪，我们欢迎你!”何心热情招呼龙国祯。

“阿姨好！是琪琪一直照顾我，她是我的老师，我是她教育出来的。”

“这孩子，真会说话。来，家里请!”看得出来，何心对这个准女婿非常满意。

李晓琪看在眼里，心里喜滋滋的。

四个人一路寒暄聊天进屋。龙国祯进门一看，客厅两边的墙上都装满书架，除了那台挂在墙上的大屏幕遥控电视之外，几乎全部都是书。书架上摆着各式各样的古籍，最显眼的就是那套顾颉刚主持点校的中华书局版的二百四十册《二十四史》，绿色的封面，整整齐齐摆满了整整一个书架上。其中一个书架上还摆着李元坤“优秀教师”的奖牌，落款单位是“潇湘省人民政府”。李晓琪家的装修，全部都是古典色的，门框、门、书柜、书桌、吃饭桌等都是板栗红的，看起来典雅、高端、大气。客厅的灯，也是板栗红的实木边框镶刻着的。

“哇，这么多书！真好!”龙国祯赞叹起来。

“书房还有很多书。”李晓琪告诉他。然后又问:“怎么样，我们家如何?”

“书香门第！大户人家!”

“你就贫嘴!”李晓琪莞尔一笑，说，“国祯，你陪爸爸聊聊天，我帮妈妈做点事。”说着，就麻利地围上围裙，一头扎进厨房，和母亲有说有笑起来，十几平方米的厨房里时不时传来母女俩的欢笑声。其实，午餐，李晓琪的爸爸妈妈都做得差不多了。李晓琪只是做几道辅助性的菜。当然主要还是想和妈妈聊聊天，毕竟有段时间没有见面了。

客厅沙发上，坐着未来的翁婿。龙国祯给李元坤倒了一杯水，和李元坤拉起了家常，两个男人几乎是相见恨晚。李元坤说一个观点，龙国祯就点头，说：“是的是的，琪琪和我也是这样认为的。”偶尔还把李元坤说的观点给深化一下，李元坤也时不时点头称赞：“对对对，你说得很有见地。”

这一切，李晓琪看在眼里，喜在心里，一颗多少有点悬着的感情之心终于落地了。这也算是中国的情人节，一个圆满的团聚吧！

午饭之后，龙国祯就带李晓琪去镇政府大院参观。这样大家也就知道了龙国祯已经有女朋友了。机关几个心里本来存在一丝想法的女公务员，也彻底打消了自己莫名其妙的想法。李晓琪所到之处，话语不多，但用语得体，恰如其分，明显体现出一位正牌女友的雅量和自身无可撼动的未来第一夫人地位。这之后，牛莉莉在龙国祯面前说话也没有之前那么随意，也是非常注意自己的言行了，以免引火烧身。李晓琪与其说是去镇政府机关看龙国祯，不如说是在向镇政府的未婚女人宣布自己的爱情战利品。李晓琪还去了龙国祯的住所，帮他把房子拾掇了一番。自然，两个人也卿卿我我一番。这大概是恋人之间必修的功课。但是，再进步的发展，李晓琪是不允许的，这是她的原则和底线。龙国祯自然只有遵守，并且理解，从内心深处美赞李晓琪是一个伟大的、贤惠睿智的女性。

晚餐，自然又是在李晓琪家里。本来李元坤还想请几位好友一起来聚聚，但是又担心别人说闲话，怕他们说巴结镇政府干部之类的话，所以，也只好作罢了。晚上十点多钟，龙国祯看见时间不早了，不想打搅李元坤和何心的休息，准备回政府机关宿舍。李元坤本来也想留宿龙国祯的，但龙国祯觉得这儿离自己住的地方不远，不想给老人添麻烦，执意要回政府机关住。

“小龙，明天再过来吃早餐，就把这里当成自己的家。不要客气的。家里的饭餐，肯定比政府食堂的饭餐好点。听到了吗？”何心和李元坤送出门，她补上这句话。

“听到啦！谢谢阿姨！”龙国祯听到“听到了吗？”这句话，就知道李晓琪这是跟她妈妈学的。俗话说：“买房看梁，娶媳妇就看丈母娘。”

说得一点都没有错。

李晓琪也忽然意识到了这句台词，会心一笑，又听见他回答“听到啦”，和他回答她的“听到没有?”的台词几乎一模一样。她看了看龙国祯，然后赶忙说:“我送你下楼。”

“不用啦！我熟悉这里，很近的。”龙国祯阻止李晓琪送他，然后说，“你送我下来，等下我又再送你上来，那来来往往，天就亮了。”

“嗯，那你慢点。到了，给我信息。”

李晓琪回到家里，和父母坐在沙发上，就迫不及待地问:“李老师，怎么样呀!”

“什么怎样呀?”李元坤不说，坐在沙发上。李晓琪给他倒了一杯水，说:“别这样装糊涂嘛，发表一下意见呗。”

“我看小龙就是不错，这孩子，非池中物，必成大器。我中意。”何心先表态。

“妈，我问爸呢!”

“这孩子，太诚实，太善良，喜欢学习，不喝酒，不抽烟，感觉当官很难发挥他的才华，不如从事学术研究，也许将来能成为著名学者。”李元坤这样预判，深沉地说，“就我个人来说，我希望小龙是一位大学教授，知名学者，我倒不希望他在政府机关里当处长、厅长之类的官员。”李元坤喝了口水，发挥了历史学家的睿智，这样预判龙国祯的未来。

“我也隐隐觉得国祯适合做一名大学教授，也许还能成为一名著名教授。”李晓琪这样说。

李元坤顺着李晓琪的话，说:“当然，退一步讲，在政府里，将来做一个处长，也不错，发展得好，如果有贵人相助，也许还能当副厅长、厅长。但是，很多的时候，一些人，本来开始当官是好端端的一个人，当着当着就变坏人了，信念动摇了，对党忠诚的德性丧失了，吃喝嫖赌，养小三小四了。最后，把自己送进去了，害人害己。自己害自己，也算是罪有应得，但把父母妻儿害了，就罪孽深重了。”

“爸，你说得对，点赞!”李晓琪竖起大拇指。父亲的一番话，让她若有所思:“龙国祯到镇政府，你看，才一两周，就有那么多镇女干部围着他转，什么‘牛莉莉’‘王莉莉’的。那他要是在官场再混个二三十年，他那么帅气，要是再有权力，那他身边，不到处都是‘莉莉’，这怪吓人的。”

“不过，你这样说，我都担心起国祯来了。他才二十四岁，那要是在官场混到四五十岁，如果理想信念真丧失了，那咋办呀。爸，你这样说，我害怕了。”

“爸爸也只是这样预判，也不一定正确，但是，通常我的研判是正确的。”

父亲的这一番话，让李晓琪一夜无眠。

第二十章　攻读硕士研究生

整个暑假，李晓琪都在望州镇。这是她自读博士研究生以来，在望州镇待的时间最长的一个暑假。当然，这还是因为龙国祯在镇政府工作的原因。恋爱中的男女其实心理是很奇怪的。当你爱上这个人的时候，你也同时会爱上这个城市的花花草草，甚至连狗吠的声音也会觉得悦耳动听，但是，当在这个城市失恋的时候，就会觉得整个城市龌龊不堪，甚至觉得吃一颗麦芽糖都嫌弃甜味不够。李晓琪大概也是这样的心理状态。她觉得望州镇的山山水水比她之前生活的时候，更加山清水秀了。这大概就是恋爱的效果。暑假一个多月，只要龙国祯有空，就往李晓琪家里跑，跑的次数多，也就习惯了，自然地也把李晓琪的家当成了自己的家。

有一天清早，龙国祯由镇政府王司机送回李晓琪家，他灰头土脸，一身黑灰，浑身上下都是煤灰，显得疲惫不堪。李晓琪一看，就笑得前俯后仰，说："你这是上大山打野猪，还是去深山烧炭啊，弄得这一身脏兮兮的。"

"哎，快别说了，一个晚上都没有睡觉，忙到现在。"龙国祯非常疲劳地说。

"龙镇长是一个晚上都没有睡觉，他为了保护副市长，差点被别人打了，幸亏他懂拳法，反应快，不然后果严重了。不过打架的人被拘留了。"王司机说。

“天啊！你没有受伤吧？”李晓琪上下仔细打量着龙国祯。

“没有受伤，谁敢伤我，南少林拳法在此。黑山煤窑倒塌了，压死一个人。家属带着整个家族的人去闹事。市里、镇里都启动应急预案，政法委书记住院把我这个挂职副镇长顶了上去。处理过程中，罹难者家属一激动，操起钢管就往黎副市长头上砸下去。我当时就在黎副市长旁边，一见阵势，就赶紧把黎副市长推开，自己一个弹跳，踢开那根钢管，跳煤渣堆里了。”

“事情处理好了？”李晓琪问。

“处理好了。毕竟煤窑死了人，辖区政府脱不了干系。后续调查，会跟进。省厅这几天还要派调查组过来。罹难者家属开始要一百万，老板不给。结果罹难者的家属和家族，一百多人就封住黑山煤窑洞口。差点打起来了。后来，政府出面，让罹难者家族选出五名代表和黑山窑老板谈判，最后算了算账，赔偿了五十万，谈了一夜。总算把这个事情解决了。不然家属就要上访，那事情就要搞大了。”龙国祯一边洗脸一边说。

“那就好，那就好。”李晓琪说。

这时候，李云坤和何心刚刚晨练“太极”回来，一见龙国祯这一身脏兮兮的，也紧张起来，问长问短，了解情况。何心心疼地说：“赶紧换衣吃点东西，这熬夜一宿，就是铁打的身体也得累坏。”

“琪琪，你去拿我的衣服给小龙换一换。”李元坤说着就和何心去厨房给龙国祯弄早餐去了。

“不用了，叔叔阿姨，我包里带着衣服。”司机小王赶紧把包递给李晓琪。

“王大哥，你先回去吧，把车油加满，我眯会眼，两个小时后来接我。我去看看黎市长。”龙国祯说。

“好的！那你先好好休息，我走了！”王司机说着，就开车走了。

“你一个晚上没有睡觉，就休息两个小时，又去工作？”李晓琪把龙国祯拉到自己房间，关切地问。

“没事，我精神状态好。年轻人不怕苦的。”龙国祯喝了一杯水，又看见漂亮的李晓琪穿着粉红色的连衣裙，这一个多月，似乎胖了一点，看着看着，就一冲动，一把抱着李晓琪。李晓琪也迎上去，抱着龙国祯。两个人热吻起来，彼此抚摸一番。不过，还是李晓琪能控制住情绪，非常理智，热吻适可而止，舌头慢慢从龙国祯嘴里剥离出来，问：“晨吻很香吗？”

“香呀！我喜欢。”

“能当饭吃吗？不饿吗？”李晓琪低声地问，满脸通红的。

“不饿。正精神呢。”

“琪琪，我们现在就生个孩子吧？”龙国祯急起来。

“现在不行呢。你知道我的原则的。”李晓琪凑近龙国祯的耳朵，温柔地说，“我心永属于卿。你若不离不弃，我必生死相依。只愿君心似我心，定不负相思意。何必在此刻朝朝暮暮！”

这一碗迷魂汤灌得龙国祯浑身酥麻，激情昂扬，骨头发软，差点迷醉，激动得不懂说什么了，只是一个劲地点头：“嗯，对，对，我记住了。你就这样把我迷倒了，我就这样无法自拔地爱上了你！生死相依，不离不弃。”

“你就是一个骗子！”李晓琪忽然严肃起来。

“我怎么又骗你啦，我发誓，我永远不会骗你。”龙国祯浪漫全无，吓一大跳，直冒冷汗，说，“你这又是演的那一曲？”龙国祯大吃一惊。

“不明白？”李晓琪脸色大变，但怒面含情。

“不明白。”

“你说‘生死相依，不离不弃’，这是真的？”

“真的，我发誓。”

“那你舍命救市长，自己差点被钢管打残……万一打没了，你叫我，叫我怎么活？你叫我守寡一辈子吗？”说着说着，就哭泣起来，眼泪唰唰涌出来，“你这叫‘生死相依，不离不弃’？”说着一头扎进龙国祯的怀里，再次哭起来。

龙国祯这才反应过来，心里感动万千，紧紧抱住李晓琪，暗暗下决心：“我一定要琪琪过得幸福快乐！”所以说：“琪琪，我错了，我改正，下次不这样了。你别生气了。好吗？”

“也许，这次你在工作上表现不错，舍命救市长。但是，你想过没有，当时那么多的单位工作人员在，有派出所的，有联防队的，他们不能保护市长？处理这样的群体性事件：首先必须要考虑每个人的生命安全。这是常识。这需要你一个挂职的副镇长去保护？这次你是练了南少林拳法，逃过一劫。那万一下次，有超出你所谓的南少林拳法无法护卫的事件呢？人世间，除了宇宙和时间没有极限，其他万事万物都有极限的。你的南少林拳法，不是你的‘乾坤大挪移’，你也不是张无忌，你不是在‘冰火岛’。你是在望州镇。你，龙国祯，是我李晓琪的男朋友，也是我李晓琪未来的丈夫，孩子的父亲。你知道吗？我不要你表现如此英雄。你也不要说我心胸狭隘，不识大体。我只知道，我要我的男朋友平安无事，我要我未来的家平平安安。你知道吗？当王司机告诉我这件事的时候，我的心都碎了，你知道吗？爱惜自己的身体，是对自己和家人的一种爱，你知道吗？孟子也说，君子不站在危墙之下，你知道吗？我，李晓琪，李博士，只希望我这辈子，我的男人龙国祯和我一生相守，孝敬父母，生儿育女，慢慢变老。你知道吗？”李晓琪边说边流泪。

这一番话，说得龙国祯感天动地，心如玉碎，眼泪奔涌而出。龙国祯忙说：“我知道，琪琪，我听你的。下次再也不敢了。我爱你！”说着两个人的舌头再次搅拌在一起。龙国祯抱着丰满匀称的李晓琪，犹如抱着一个伟大信念，浑身充满力量和精神。两人又是激吻一番之后，李晓琪问：“我说的对不对？”

“对，对，你太对了！”

“下次还敢不敢那样了？”

“不敢了，不敢了。我记住了。”

“我说的话，在理不在理？”

“在理在理。”

“以后听不听我的话？”

“听，听。不敢不听。必须听。女朋友永远是对的，这是第一，第二，女朋友不对，参照第一条。”

“好啦，别贫嘴啦。赶紧去洗澡吃饭吧。衣裤我给你放在浴室了，牙刷口杯家里有备用，就在洗漱台。”

“嗯。……你帮我搓背洗澡，怎么样？”龙国祯调皮地说。

“别贫嘴了，以后会帮你洗的啦，但是现在不行，你自己洗。龙镇长，这边请！”李晓琪做出一个请的姿势，举手投足显出深厚的学养和女性饱读古籍之后特有的优雅。在龙国祯的心中，李晓琪就是仙女，《洛神赋》中的洛神，就是那种完美得不能再完美的女性。她在龙国祯心中，就是神，精神偶像，人生伟大的指南，大海航船的灯塔。

暑假结束了，李晓琪要正式返校，继续担任大学英语听力课的老师，同时，这个学期还增加了一门大学英语精读I的课程，主要授课对象是大学一年级新生。自然，开学的时候，上次车上遇见的那两个学生作为信息源，早把李晓琪有男朋友的事，说出去了。不久以后，整个外国语学院也知道了这个消息。但是，有的人还是不相信这是真的，还不断地帮李晓琪介绍对象。介绍的对象，有省政府的三十多岁的未婚博士处长，有大学的三十多岁的未婚博士副院长，有企业的三十多岁的未婚博士总经理之类的。当然，都被李晓琪拒绝，一律不见。别人一说介绍对象，她就说：“对不起啊，我有男朋友了，无缘相见了。”在她心中，龙国祯就是她教育出来的产品，她就认定了龙国祯。当然，在教学过程中，也有大学男生暗恋她的，偷偷给她写情书的，她看后，淡然一笑，就将情书撕碎丢进垃圾桶，装不知道，就这样冷处理各种各样的情书。

不久之后，大家也就不再给她介绍对象了。她自己就按部就班地备课、上课、写论文、学术交流，日子过得平静而富足。工作之余，不忙的时候，就给父母给龙国祯打电话问问情况。最让她牵挂的还是龙国祯。总是觉得，自己不在他身边，又怕他照顾不好自己，又担心他吃不好睡不好，总是牵肠挂肚的。但是，她并没有讨厌这样的感觉，而是感觉心里能牵挂一个人，存一份念想，这是生活的一种充实。如果想见龙国祯，就一个小时的车程，随时可以见的，立刻可以解决相思之苦。

到了国庆节，龙国祯说有件事想和李晓琪商量，电话说不清楚，等李晓琪回来了再说。李晓琪回到望州镇见龙国祯。到了龙国祯的宿舍，发现他书桌上摆着考研政治和英语方面的书，就很奇怪，问:“你在看考研方面的书?”

“对的，才去市新华书店购买的。”龙国祯看着李晓琪，说，“这就是我要和你商量的事。”

“嗯，你说。”她接过龙国祯倒的一杯水，坐在龙国祯对面的椅子上。

龙国祯坐在床沿上，一边抚摸着李晓琪的头发，一边说:“我说了，你别生气。我听你的。”

“嗯，你说。”李晓琪认真起来，心里其实已经明白了八九分。

“我想考硕士研究生，离开公务员队伍。进公务员队伍一年多了。我感觉，我不适应公务员队伍。每天吃吃喝喝，我感觉我精神空虚。每天下村，进城办事，迎来送往，我觉得我心里非常累。每天说话也得小心翼翼，生怕得罪人，我感觉心里非常疲劳。每天如何接待上级、对待平级、打发下级，我觉得我适应不了。所以，我想考研究生再考博士，进大学，离开公务员队伍，以后和你一样，专门从事大学教育工作，一心一意教学和科研，像你一样做一名光荣的大学教师，做一名受人尊敬的大学教授。我想十一月份参加研究生报名试试。我想报考潇湘大学伦理学专业研究生。以后再考中华大学伦理学博士，这是最好的伦理学专业。然后回潇湘师范大学做教师，和你在同一所大学。如果没有考上，就在镇里继续挂职，明年七月期满后，就回省人事厅。如果考上了就辞职，明年九月我就脱产去读硕士，然后自己努力一点，再考博士。你看如何?”

“你想好了?”李晓琪关切地问。

“想好了。我想当一名著名教授，一辈子安心教书科研。当教授，也许可能没有以后当处长那么风光，但是我觉得当教授很充实，每天可以追求新的知识。至于读硕士研究生的生活费，我想好了。一边读硕士研究生，一边到各高校或培训机构去代课。房子还继续租在‘卧龙居’。”

“做学问，很苦的，你怕不怕苦?”

“农村出来的，怕什么苦。”

“我自己决定好了，考研读博当教授，一辈子从事学术研究，传承中国文化，研究中国伦理思想史和中国哲学史。你意见如何?”龙国祯看着李晓琪，等待她的回复。

李晓琪听龙国祯这样说，估计也是他深思熟虑之后的决定。她父母其实也是希望他做一名教授，她自己内心深处，也是希望龙国祯当教授，只是自己不好劝他这样做。这次，他自己能主动意识到自己的长处和短板，这是一种进步。她很欣慰。然后再问了一句:“你确定自己是想好了?做出这样的选择，不后悔?”

“是的。在公务员待了一年多了，总感觉融不进这个圈子。他们喝酒抽烟，我不喝酒抽烟。他们花天酒地，我不想去。他们去跑官要官，我接受不了。在仕途上，别人踩到我，我难受，我踩到别人，我更难受。但是一个镇，也只有一个镇长，一个市也只有一个市长。那么多人削尖脑袋想当镇长、市长。人生很短暂，活一百岁，也就短短的三万六千多天。我不想平庸地活着。我想在生命的存活期间，精彩地活着，和你一起精彩走过。我希望，你累的时候，有我在，我累的时候，有你在。有时候哪怕帮倒一杯水，也是一种精神抚慰。而当官，可能就不能做得到。你累的时候，我也许下村了。逢年过节，你想要我陪的时候，也许我在陪领导处理问题。总之，我的志趣已经发生变化了。我不是说当官不好，只是不适合我龙国祯。我现在依然觉得当官很好，但是不适合我。我希望别人当官，但是我自己想当教授。而要当教授，必须考研读博，甚至做博士后研究。”

李晓琪听龙国祯如此详细地分析了自己，看清楚了自己的选择。就说：“好。既然你想得如此透彻，我支持你。既然决定了，就安心复习考研。我相信你考得上的。经济问题，你不用担心，我每月的工资，足够我们生活。”李晓琪边说，边帮龙国祯整理系着领带的衣服。一股女人的香味，传到龙国祯的鼻子里。他顺手抓住李晓琪的手，深情地说：“琪琪，谢谢你！谢谢你的理解和支持！但是，你爸爸妈妈那里，我怎么解释？”

“你放心吧，爸妈那里，不用担心。他们都支持我们的。”李晓琪微微一笑，忽然想起，父亲第一次见龙国祯之后和她谈的一次话。她觉得自己的父亲，真是相人识人太准了，想着想着就会心地笑了。这点龙国祯是永远不知道的。

“先不要和单位领导说，你就自己安心复习，准备来年的一月份硕士研究生考试。考研，可不是闹着玩的。英语和政治是最为重要的。英语，你是本专业，我不担心。政治，我也不担心，但是你考伦理学，这毕竟是跨专业考试，得认真复习。”李晓琪的教师职业性格就显示出来了。

“嗯，听你的。我相信我自己，应该能够成功的。”龙国祯自信地说。

思路决定出路。既然决定了考研，龙国祯就制订了详细的考研复习计划，每一天在什么时间背书，什么时候看书，什么时候休息，都有严格的计划。每天早上，他就六点起床，背英语和政治，八点依然到镇里上班，但是公文包里多了几本中国伦理思想史、中国哲学史的教材。

功夫不负有心人，一月份考研，三月份成绩出来。龙国祯初试成绩370分。伦理学属于哲学一级学科下属的二级学科，而当年哲学分数线才280分。龙国祯以第一名的成绩，参加四月份潇湘大学哲学院伦理学专业复试。自然，非常顺利地通过了复试，最后顺利被潇湘大学哲学院录取为伦理学硕士研究生。

他又从公务员转变为硕士研究生，从挂职副镇长成了伦理学硕士研究生。入学报到前的一段时间，他特意拜访了曾经关心过他的领导——

袁凯的父亲。他还是很支持他的，说："年轻人，有干劲，多读点书，总是有好处的。"

"袁厅长说得对。"龙国祯说，"袁凯也读高中了，如果需要我辅导，您就打电话给我。我一定尽力辅导袁凯，希望他考所好大学。"

袁伟国一听，非常高兴，说："有你辅导，我无忧矣！"说完，两个人击掌哈哈大笑。

第二十一章　硕士研究生的点滴生活

五月份硕士研究生复试调档案之后，龙国祯基本上也没有之前那么忙碌了，下村、下矿区、进市里出差等，领导也不带上他了。大家都知道，这龙镇长是要辞职走人了。索性，他和李晓琪商量，两个人就利用这段时间在江州市学车。他认真学了三个月，考了一个驾驶证。儒家强调“六艺”，即礼、乐、射、御、书、数。驾车，就是御。古代是驾马车，现代是驾驶汽车。尽管车型不同，款式不同，但都是车。龙国祯和李晓琪都这样想着，就各自交了三千元学费，扎扎实实学了三个月，临近入学的时候，两个人同时拿到了驾驶证。

九月一日潇湘大学正式开学。龙国祯重返校园，倍感亲切，似乎校园里的空气都比往常新鲜。校园里来来往往的年轻大学生，充满青春活力，一股青春的劲头跃然于心。他自己怎么也没有想到本科毕业三年多之后，在二十五岁的年龄，还能有机会考进大学攻读硕士研究生。这对于他来说，是可贵的学习机会。而且潇湘大学，也是教育部直属高校，教育部重点建设大学，学习氛围非常浓厚。

潇湘大学就在潇湘师范大学隔壁，从“卧龙居”到潇湘大学哲学院很近，因此，龙国祯不用住学校安排的硕士研究生四人一间的宿舍，还是自己租住在“卧龙居”。周一到周五，依然是听课、看书、写文章。在硕士生导师金耀华教授的指导下研读中国伦理思想史。导师金耀华教授，是清北大学哲学系博士毕业，以人才引进方式到潇湘大学的。他四十多岁，学问做得扎实，尤其是对儒家伦理、儒家经典烂熟于心。在他的指导下，龙国祯学术水平突飞猛进。到硕士研究生二年级，就已经在大学学报发表了五篇非常优秀的论文，成为该年度硕士研究生国家奖学金的不二人选。因为龙国祯有如此出色的科研能力，金耀华教授就向院里、教务处推荐他相继担任本科生的选修课儒家伦理思想选读、伦理学概论等课程的任课教师。因为龙国祯学识丰富，自己又年轻，身材高大帅气，还有当公务员、当副镇长的经验，自然，课也上得神采飞扬，出类拔萃，所以每个学生都喜欢听他的课。本来阶梯教室只能容纳二百人，因为他上课上得很好，每周听课的人数都在不断增加，最后阶梯教室座位不够，后面站满了慕名而来的学生。这让龙国祯感到极大的满足和自信。

学生叫他一句“龙老师”，他满心欢欣，感觉这“龙老师”比“龙镇长”好听，不仅好听，还很亲切。现在对他来说，上课不是一种累，课堂是传播思想种子的地方。他感觉自己就是辛勤的农民，在春耕，在撒播文化的种子。这些种子在若干年之后，必然长成参天大树。这是人生最大的成功。孟子说：“君子有三乐，而王天下不与存焉。父母俱存，兄弟无故，一乐也；仰不愧于天，俯不怍于人，二乐也；得天下英才而教育之，三乐也。”意思是：君子有三大快乐，称王君临天下不在这三种快乐之中。父母健在，兄弟平安，没有怨恨，这是第一大快乐；上不愧于天，下不愧于人，这是第二大快乐；得到天下优秀的人才进行教育，这是第三大快乐。他感觉自己现在是真实地活在自己的世界里，比在公务员队伍当副镇长自在得多，一种职业的幸福感涌上心头。

两年半之后，因为上课上得好，他渐渐有点名气了，自己又曾做过公务员。校外的公务员培训机构最喜欢这样的老师了。因此，龙国祯就利用周六、周日和暑假、寒假时间上公务员培训课，主要讲行政职业能力测验，课酬很高。他把自己考公务员的经验和专业知识、人生体验结合起来，既讲考试的知识又讲考试的方法，既讲考试的重点又讲考试的难点，既讲考试的答题速度又讲考试的时间分配。他说，在行政职业能力测验考试中，常识判断题十五分，考生得在五分钟内做完，答题中间不要有停顿思考，要把这些知识熟悉得像自己名字一样。而阅读理解，不允许有错误，因为这是决胜公务员考试的关键试题。而图形推理逻辑判断，这是难度最大的，考生如果来不及，就可以采取逻辑猜测的办法。因为行政职业能力测验一共有一百三十道试题，而考试时间只有一百二十分钟。也就是说，考试答题时，基本上几十秒钟要做完一道题并且得分，这难度非常大的。但是如果考生有把握地做完一百道题，把另外的三十道图形推理和逻辑判断试题作为猜测得分题，这样，只要有把握做完一百道试题，那么就有绝对的把握在行政职业能力测验中获得七十五分以上的高分，那考生取胜的希望就非常大。

龙国祯上课的这番宏论，让参加公务员考试培训的学员们听得信心大增，个个跃跃欲试。考试实践证明，龙国祯的这番考试理论是正确的。参加过他的培训班的学生，考上公务员的概率非常高。曾经江州市连续两年的公务员队伍中，绝大部分是龙国祯的学生。所以，在公务员培训中，龙国祯被誉为“考神”“金牌讲师”“公考辅导班男神”等。在整个江州市公务员培训市场，龙国祯的名字如雷贯耳，家喻户晓。很多学员要求龙国祯留下电话号码，还有一些单身女生居然向龙国祯这位“公考辅导班男神”表达“爱慕”之情。龙国祯一笑而过，回复一句“还卿一钵无情泪，恨不相逢脱单时”。他把苏曼殊的那句“还卿一钵无情泪，恨不相逢未剃时”，改为“还卿一钵无情泪，恨不相逢脱单时”。

“这还差不多，算你老实。”李晓琪看到他回复的信息，满脸高兴，说:“大丈夫就该如此。”一天下午，在龙国祯的宿舍里，李晓琪看到龙国祯回复的短信时这样说。

“你就是我心中永远的女神呢，不准任何人抢走。”

“其实，我也是有危机感的呢，你看你才二十七岁，我比你大五岁，我都是过三十二的人呢。你风华正茂，春风得意，我呢，人老珠黄，白发魔女了。”李晓琪半真半假地说。

这话吓龙国祯一跳，想想还真的是这样，从他读大学时认识李晓琪，这都好几年。她一直呵护在他身边，而自己从物质条件上来说，还真的什么都没有。当然，就李晓琪这样的不老女神，要嫁一个富二代、官二代那是分分钟的事。龙国祯自己是有自知之明的，所以自己是不敢造次的。当然，更重要的是，在他的心目中，李晓琪永远是他的不老女神。

“琪琪，等我明年硕士毕业，我们就领证结婚，如何?”龙国祯忽然这样直白地说出来。李晓琪一点思想准备也没有，忽然心里激动了一下，满脸通红。自己与他相处快九年了，想过和他领证结婚，但是当他真正这样说的时候，她还真的有点惶恐，尽管心里早有思想准备。毕竟，结婚是人生的大事，不是儿戏，就这样把自己交给一个男人，两人到底能不能白头到老，还不知道。心里尽管相信龙国祯一定是她这辈子最无悔的选择，但是，心里一点困惑的涟漪都没有，她还真的做不到。这大概，就是书上说的，所有的女人都会有一种恐婚的心理吧。但是，很快，李晓琪就从自己的疑惑中清醒过来，含情脉脉地看着龙国祯，说：“国祯，谢谢你有这样美好的想法!”她忽然转念一想，说：“但是，你不是还想考博士吗?”

“我想考博士啊。但是考博士和结婚，没有矛盾的。”龙国祯深情地说，“我想考伦理学专业最好的大学，中华大学伦理学博士。博士时努力一点，再回潇湘师范大学哲学院任教。而且中华大学博士只读三年，比你读的潇湘师范大学博士四年制博士还少一年。而上课就只有一年的时间，剩下两年的时间是自己看书写博士论文。如果我明年考上博士，我们就领证，万一考不上博士，我就在江州市就业，硕士进一般的职业技术学院或专科学校当老师，希望非常大的。如果考不上博士，进了职业技术学院，我一样认真工作，养家糊口也应该不是问题。你说呢?”

李晓琪没有想到龙国祯现在思考问题如此成熟，心里非常高兴，说：“国祯，我真的替你高兴，没有想到你越来越成熟了。”

“男人嘛，总会成熟的。”他把李晓琪搂在怀里，深情地看着李晓琪，由衷地感叹，“你真美，你是上帝赐予我的最好的礼物。今生有你，我没有白来人间一回。”

“这话我虽然爱听，但有点假。到时候，我生了孩子，身材变形了，人也老了，你不嫌弃我就不错了。”

“琪琪，我的爱人，你不能这样看我的。我是那样的人吗？我们是一家人，不能因为老了，就相互嫌弃。每个人都有老的时候。老人有老人的爱情，年轻人有年轻人的浪漫。我永远都爱你！”这是龙国祯发自肺腑之言，尽管只有二十七岁，但是这样的话听起来就有四十五岁男人的成熟。

李晓琪听到“爱人”一词，再次被感动，深深地依偎在龙国祯的怀里，听着龙国祯有节奏的心跳。对于爱情来说，最好的答复当然就是结婚。对于恋爱中的男女来说，最美好的称呼自然就是彼此互称为“爱人”。

龙国祯静静地欣赏着李晓琪那迷人的脸，他感觉她的五官，她的脸上的白皙，是那样的美，美得无可挑剔。就这样，龙国祯深情地看着，看了很久。龙国祯忽然笑起来说：“我们购款车吧？我觉得我们需要一款车，这样回望州镇看你父母也方便。”

“好呀，可是，钱呢？”李晓琪从他怀里坐起来，看着龙国祯，估计他又要出什么幺蛾子了，不会刚刚温柔之后，就是狂风暴雨吧。李晓琪看着龙国祯，尝试着问：“你不会购车了吧？”她一脸的严肃。

龙国祯又开始紧张了，忙说：“你别激动，别激动，听我说。”龙国祯抚摸着李晓琪纤纤玉手说：“我是想，既然我们有驾驶证了，现在的车又不贵，我们又经常回望州镇，所以，我们需要一款车。车我购了，付了五万定金，下个月到货。我想送给你，写你的名字。”

李晓琪刚刚想说，又被龙国祯打断了，他说：“我知道，这事，我没有和你商量，可是，如果我和你商量，这车我就购不成了啊。我知道你不是一个物质女孩，但是，我觉得，我们确实需要一款车。而且，以后送小孩读书，也是需要一款车的，不然，很不方便。”李晓琪本来是想说，搭车也很好的，但是一听他说到“以后送小孩读书，也是需要一款车的，不然很不方便”的时候，所有想说的话都觉得没有必要说了，忽然觉得这个男人太有责任感了，心里非常感动。

“嗯，那听你的。”之前都是龙国祯听她的，这次，她居然说“听他的”，他感动得心花怒放，忽然感觉自己就是成熟男人了。

“那你的钱从哪里来？”李晓琪一直是不问钱的，之前他做公务员、当副镇长，她也很少问他每月多少工资。她是感情至上的人，认为钱不过是谋生的工具。因为管男人的钱，不如管他的心。这就是李晓琪最为高明的地方。

“噢，我这两年周末和暑假寒假做公务员培训，外加我和朋友主编的公务员考试培训资料销量很好，赚了点钱，除了吃饭，交房租，供弟弟、妹妹生活费之外，我还存了五十万。我订购了一款黑色小轿车丰田凯美瑞，全部算下来二十二万。下个月十号交车。本来想购 SUV，但是，我考虑到我们刚刚学会开车，购一款小轿车，这样开起来也许比 SUV 灵活，而且上高速，小轿车和司机能够做到人车一体，开起来很舒服。再说，凯美瑞保养起来很方便，又省油，这车发动机好，开不坏。回望州，怎么开都不用担心油钱，就非常方便。”龙国祯说得眉飞色舞。

李晓琪听他说得头头是道，就“咯咯”地笑起来了，说：“好，有道理。那我听你的。”然后，她话题一转，说：“有车，没有房，那也不行呀。我们得在潇湘师大附近购套房子，目前市场价是七千多元每平方米。现在房价涨得飞快，够吓人的。”

“好，那购房。我除了购车之外，还剩余二十八万，研三再去赚钱点，那首付应该不是问题。”龙国祯说。

“不用你出钱啦。我想购一套四房两厅的，大概一百三十六平方米，七千元每平方米，全款包括维修基金、契约税之类的，大概是一百万。首付不是问题，但是我想全款购房。我爸爸、妈妈借给我六十万，我自己有二十万，我再去舅舅那里借二十万，全款应该不是问题的。”

“房子，我不出钱，你叫我怎么好意思去住嘛。”

“我原来也想过月供买房的，但是想想月供也是很大的经济压力，会影响以后的生活质量。所以，我还是想一次性拿下，这样也会优惠不少的。我已经看好了‘潇湘烟雨’的楼盘，不错的。老板是爸以前教的初中学生，是我们望州镇的，他说也会给我们优惠点的。这样以后就没有供房的压力了。你看行不行？”

“行。为什么要购那么大的房子呢？”

“四房两厅，是现代家庭最基本的需求啊。现在我们两个人，那以后万一有两个孩子，加上书房，起码得四个房间。”说到“孩子”，自己的脸“唰”的一下红了。龙国祯没有看到这个细节。

“那为什么不是三个孩子呢？”

“那也得国家政策允许啊！……你想累死我呀！”说完，李晓琪的脸红得像红烧肉。龙国祯没有在意这个方面，继续说：“那好，我听你的。但是，我得出钱，不然我不好意思去住，万一住进去，以后我们吵架，你叫我‘滚出去’，那我都不好意思‘滚回来’了。”

说得李晓琪“咯咯”地笑起来，随着笑声的节奏，胸部犹如两个篮球一样上下一颤一颤地抖动，于是龙国祯面前便呈现出一道亮丽的风景。

“我才不要你‘滚出去’呢，傻男人。那你出二十万就行了，自己留点钱，考博士用。”

“行，听你的。我先出二十万，后面的装修费，我来出。”

李晓琪想了一下，一套一百三十六平方米的房子，七千元每平方米，就是九十二万，算上别的费用，估计一百万左右。她出二十万，国祯出二十万，父母出六十万，算是借的。她觉得可行。然后决定说：“那行，听你的。你出二十万，我出二十万，从爸妈那借六十万，购房就够了。爸爸妈妈出六十万，说是借给我们，肯定就是给我们的，不会要我们还的啦，只要我们以后孝敬老人就行。到时候等房子交了，我们装修再想办法，而且简单装修也不是很贵的。你身上得预留十万元。如果考上博士，生活费不够，我这里可以支持你的。只要博士考上，你尽管去读。我们按计划进行。”

“行，听你的，就这么定。购房户主，写你一个人的名字。你是家长，我是家庭成员。”

李晓琪听龙国祯这样说，心里满满的感动。她想有多少恋人因为经济纠纷，因为购房涉及的资金和房产署名，发生矛盾，甚至最终直接分手的。但是，她居然没有想到，龙国祯不要自己署名。这是婚前，如果万一以后两个人分手，等于龙国祯购车的钱和购房出的钱，从法律意义上来说，可能就很难要回来了。这个才二十七岁的小伙子，竟然有如此的胆识，如此大气，真是难能可贵。李晓琪再次为自己能有幸遇见龙国祯，心存感念。

下个月到了，凯美瑞小轿车购了，房子也购了。因为是全款购房，而且房地产老板正好又是李元坤初中教的学生，望州镇老乡，所以就优惠了很多，最后六千八百元每平方米，购了离潇湘师范大学三公里远的江州“潇湘烟雨”小区A区的电梯现房，一梯四户，李晓琪他们住一栋一单元七〇一房，算是楼王，整栋楼是十八层。房子面积一百三十六平方米，有两个阳台，其中一个十五平方米的阳台是赠送的，装修的时候，他们将阳台改造成了龙国祯的书房。四房两厅，就变成了五房两厅，看起来小区和户型都非常不错。房主和车主都写上了李晓琪的名字。龙国祯主动放弃署名权也感动了李元坤和何心，他们为自己的女儿能找到如此好的归宿，感到人生非常圆满。这也正好顺应了儒家《礼记·大学》的那句话：“富润屋，德润身。”唐代经学大师孔颖达疏说：“言家若富则能润其屋，有金玉，又华饰见于外也。德润身者，谓德能沾润其身，使自身有光荣见于外也。”这也恰恰诠释了龙国祯的所言所行。

因为是现房，等到十一月份办好购房手续后，李元坤父母又给了女儿十五万元的装修费。李晓琪和龙国祯托朋友介绍找到了熟悉的装修公司，按照自己的意愿，做了精装修，购置了必要的家具。第二年的二月春节之前，“潇湘烟雨”的房子就装修好了，可以拎包入住了。但是，因为是新房子，还有甲醛气味，对身体总归是不太好，只好先放半年，等到暑假再住进去。

第二十二章　博士研究生入学考试的峥嵘岁月

考博士，是龙国祯既定的目标，也得到了李晓琪的鼎力支持。成为一名著名的教授，是龙国祯的梦想。随着硕士研究学习的深入，他对中国伦理思想史越来越感兴趣了，有时候几乎是痴迷的。尤其是对儒家伦理，更是如痴如醉，言必称儒家经典。因此，他觉得非常有必要考上博士研究生。

十一月份是全国博士研究生招生简章发布的密集的月份。他在校园田径场上一边散步，一边思考报考哪所学校。根据李晓琪传授的经验，考博士，最好的组合就是“三最”：最好的大学、最好的专业、最好的导师。就伦理学专业来说，最好的大学就是首都的中华大学。中华大学哲学院伦理学是全国第一的专业，拥有伦理学本科生、硕士生、博士生、博士后最完整的人才培养体系。这里伦理大师云集，全国高校的伦理学人才十之八九都是这里毕业的。

“对，就考中华大学哲学院伦理学博士。考上了就算胜利，考不上就就业，只要自己尽力了就不后悔。”他心里这样想着。李晓琪也劝他，说：“这是你人生最后一个学历，是要用一辈子的，所以，要不就不要考博士，要考就考最好的，给自己一次挑战的机会。”李晓琪的话在他脑海里回响。他在潇湘大学田径场上走了几圈，打了一阵南少林拳法，到路边的小餐馆里吃了顿便饭，就回到“卧龙居”，在电脑上查阅中华大学研究生院博士招生简章。

中华大学哲学院伦理学博士专业有九名导师，一共招九人，等于每位博士生导师招一个人。他知道这些导师的名字，在读硕士的时候，读过这些教授的专著，但是没有联系方式，招生简章上只有邮箱。听很多人说，博士招生是很黑的，都说是导师说了算，和博导搞好关系才能成功上岸，否则，就只能从哪里下水，就从哪里再游回去。龙国祯心里想道：“也不至于如此难考吧。如果学伦理学的不讲伦理，那象牙塔里还有纯洁吗？那这个社会还有希望吗？中国的学术还有希望吗？不要相信坊间的传闻，只有自己试试才是真的。”于是，他又认真研读了招生简章和导师的研究方向。他发现俞慕德教授的研究方向和他的著作非常对自己的胃口，因此就决定报考俞慕德教授的博士。当天晚上他就给俞慕德教授写了一封电子邮件：

俞慕德教授钧鉴：

久闻大名，倾慕已久。可惜晚生只是南方一无名硕士，无缘当面请教伦理之蕴，深感愧疚。因此，这次，晚生窃以简陋之资，欲成书橱之才。想以萤火之光，广借皓月之明。期盼能以在校硕士之名，报考尊驾博士。如果侥幸拜入门下，定当求知以睿智，学之以深切，以报尊驾知遇之恩！妥否？望能鸿雁传音，三生有幸！

敬祝

教祺！

学生龙国祯 拜启

十一月十二日

他仔细检查了邮件，确认没有错别字，又把自己的简历作为附件，一并按照招生简章上的邮箱地址发过去了。令他没有想到的是，一个小时后俞慕德教授就回信了：

亲爱的龙国祯同学：

你好！

看了你的简历，为你经历的丰富而感动。别的我也不便多说。反正我每年只有一个博士名额，不谈出身、贫富和硕士学校的名气，谁考第一我招谁。大家都是公平竞争。总之，欢迎报考！

祝

考博顺利！

俞慕德

十一月十二日

看了俞慕德教授的回信，龙国祯兴奋不已，当天晚上就在系统上报名了，报考导师一栏写“俞慕德”。接下来的任务自然就是复习，准备考博士。中华大学伦理博士入学考试，考三门：英语、专业一和专业二。专业一考伦理学原理，专业二考中国伦理思想史和西方伦理思想史。招生简章没有提供任何参考书，也没有任何考试大纲。龙国祯在网上查了一下伦理学博士考试题目，有的大学专业一就考一道题目：“谈谈你对伦理的认识。”这道题一百分，考三个小时。龙国祯看到这样的题目，感觉这是大海捞针，无法下手。

“怎么办？”他自己问自己。他想：“既然是考中华大学伦理学博士，题目肯定就是这些伦理学博士生导师出的吧？那我如果把这些博士生导师的代表论文和代表专著看一次，再把伦理学原理、中国伦理思想史和西方伦理思想史的代表著作看完并且记住，我想应该还是有希望上岸的吧？”他这样想，就这样行动，一周之内购齐了中华大学伦理学博导的代表专著，也在中国知识网上下载了这些博导的代表论文，又去打印装订成册。伦理学的其他代表性的专著，他读硕士期间就已经购了，譬如《西方伦理思想史》《伦理学》《中国伦理思想史》等。这些参考书，他每天阅读，会把重要的地方用红色的圆珠笔标出来。他也购来了几所重点大学的博士英语入学考试真题和博士英语复习资料。他清晨起来背诵博士入学考试的英语范文和前一天看专业书划出来的重点。上午和下午看专业资料，晚上看博士英语，练习英语阅读、翻译和作文。他把自己当作了考试机器。考博士那一年的春节，他都没有回家，自己到李晓琪家里过了除夕和大年初一。正月初二，李晓琪开车就送他回“卧龙居”了。因为他那一年考博士，春节过后一个月，即阳历三月份就考试了。从时间上来算，只有一个多月时间。复习的时间非常短暂。但是，他的精神状态非常好，斗志昂扬。

“看见你这样努力考博士，我都想再考一个历史学博士。”李晓琪送他去“卧龙居”的时候这样说。

“是吗？是不是我这样奋斗的劲头感染了你？”

“是噢。”

“我是农村干农活出来，这点读书的事，太轻松了，又不累。我觉得好玩。不管考不考得上，自己先尽力，考了再说。”

“对的。我就欣赏你这样的劲头。人生就要拼搏一次。奋斗才是人生。”

“对，要奋斗，不要躺平。”

三月十七日下午四点，距离博士考前一周，根据中华大学研究生院的规定，全国所有的考生都必须去本校拍照，核实身份，领取准考证，否则，将取消考试资格。

龙国祯从江州火车站坐 T520 次列车赶往首都中华大学。李晓琪开着凯美瑞送他去车站，还特意购了送行车票，直接把龙国祯送到火车上的卧铺车厢。龙国祯坐五号车厢五号铺下铺。他上车放好行李，李晓琪就在他卧铺的餐桌前摆了火车上吃的东西，康师傅方便面、八宝粥、红富士苹果、橘子等。临走时再三叮嘱：“记得在火车上吃东西，不要饿着了，知道吗？”

“知道了。”

“在卧铺上一定要睡好，要休息好。火车开着空调，晚上有点凉，记得盖好被子。听到没有?”

“知道了。”

“网上这几天显示没有酒店了，但是中华大学后门还有很多酒店，只是网上不能订，你得自己去现场交费租住。这些酒店离教学楼也近，我本科去过的。估计现在是考博士的高峰期，人多。你到后门选一个好点的酒店住。这样安静一点，会睡得好，睡得好精神就会很好，那样考试发挥得就会很好。知道吗?”李晓琪再三叮嘱。

“知道了。你自己要照顾好自己。首都有什么好吃的?我考完就带回来给你吃。”

“你考试发挥好，就是等于给了我购了最好吃的。”

乘务员提示还有五分钟就要开车了，送行的人得赶紧下车。

“我这周课多，不好意思请假，不然我就去陪考。首都，我读了四年的大学，非常熟悉。中华大学离我所在的北方师范大学其实不远的。我好担心你适应不了北方的气候。首都非常干燥，你一定要记得多喝水，几乎是每一个小时就得喝水，不然喉咙就容易发炎。知道了吗?”李晓琪看着龙国祯，她眼眶湿润了，但又不得不下车。龙国祯忍不住站起来，也顾不得车上其他的乘客在意不在意，两人拥抱在一起，两人的眼眶都湿润了，感觉就如同生离死别一样的。

李晓琪依依不舍地下车了。她从车厢下车后，再绕到五号车厢五号座位，隔着车窗，和龙国祯相互目送，因为火车是隔音玻璃，彼此说话无法听见。李晓琪示意用手机打电话。一会儿电话响起来了，李晓琪几乎在电话里哽咽:“国祯，你考完就快点回来，听到没有?你这一走，我感觉我的心都被你掏空了。我很难过的，呜呜呜!”李晓琪一边说着，一边就按捺不住自己的情感，号啕大哭起来，眼泪犹如滚滚长江水，奔涌而至。龙国祯也是眼眶湿润，然后说:“琪琪，你别哭，你再哭，我的心要碎了，我不去考博士，我这就回来天天守着你。”

“嗯，我不哭了。你一定要考好。知道没？我等你好消息。”

“我会尽力的，你放心。这几天，你照顾好自己。每天记得早点回去，晚上不要出门。毕竟现在社会不稳定的因素很多，一定要保护好自己。我一周后就回来了。”

两个人电话粥煲了很久，才依依不舍地挂断电话。

车上其他的乘客，见此情景，羡慕极了，一个人问：“小伙子，你们夫妻感情真好啊！让人羡慕，值得我们学习！”

“啊！让你们见笑了！”

龙国祯坐在自己的卧铺上，喝了一杯水，另外来了一个女乘客，打扮非常性感，披丝挂带，妖艳至极。她也从走廊外面走进卧铺间。看着帅气的龙国祯，就问：“帅哥，那是你女朋友吧？”

“你咋知道啊？”

“夫妻感情一般没有这么好的啦。老婆犹如到手的鸭子，怎么会被珍惜？只有女朋友才会被珍惜。”

“不会啊！还有这样的说法？”

“当然啊。”那个女乘客说着就一屁股坐在龙国祯下铺的床上，说：“我就睡在中铺，在你上面。”那女乘客，扬了一下下巴，示意就睡在龙国祯卧铺上。

龙国祯这才认真地看了一眼那女的。大概是二十七八岁的样子，穿着露出乳沟的吊带衣服，外面穿着一件白色的长袖衬衫，罩住肩膀，头发烫得黄黄的，披到肩上，下身穿着短裙，没有穿肉色丝袜，雪白的大腿几乎完全可以裸露出来，脚上穿着性感的红色高跟鞋。根据龙国祯当副镇长的经验，他大致明白，这个女的是走江湖的。看到这样情景，龙国祯就不再和她搭讪，保持沉默。

从江州火车站到首都，坐卧铺得十八个小时，下午四点上车，要到第二天上午十点才能到站。火车一路前行，遇见大站才停下来。到了晚上十二点，火车上安静下来，乘客基本都安然入睡了。火车上的走廊灯也熄灭了。龙国祯也渐渐出现睡意，慢慢地不知不觉就睡着了。但是不知道睡了多久，也不知道是晚上什么时间，龙国祯迷迷糊糊地觉得有什么东西在抚摸自己的下身，感觉很舒服，但是又晕晕乎乎的。于是他慢慢睁开眼睛，居然看见身子旁边侧睡着一个女人，此女人就是睡在他卧铺上的中铺女人。龙国祯这才睁大眼睛，想爬起来。那个女的一把按住龙国祯，用手封住龙国祯的嘴，微笑着在他耳边说："帅哥，不要害怕，不要出声，我没有恶意。"女人看着龙国祯没有再挣扎起来，接着说："我只要一点钱，我们玩一次，你给我一千元就行了。我最近生意不好，钱也被那个臭男人拐走了，我身无分文。我想你是不是也很久没有做了，我们玩一次，行不行？大家都睡着了，我们声音小点，别人不知道的。"

原来龙国祯意识到这是遇见走江湖的了，被盯上了。依据他当副镇长的经验，他这个时候不能大喊，担心车上有同伙，弄出事来，甚至会引火烧身，那博士考试就泡汤了。

龙国祯用眼神示意此女放开封住他嘴巴的手，他要说话。女的明白了，把手放开，但还是按住龙国祯，不让他起来。此女手劲很大，感觉是练过几招的，至少练过几招瑜伽和太极。这是师父彭秋月教的。他知道这些，不想引火烧身，说："美女，你找错人了。我不是那种喜欢玩的人。"他看了看那女人，要说此女人不漂亮，说不过去。这女的确实是很漂亮，但是风尘气太重。他看女人没有说话，接着说："我给你一千元。你上去睡觉，咱们井水不犯河水。否则，别怪我不客气。"

那女的这才起身，坐起来。龙国祯赶紧坐起来，幸亏自己的裤子没有解开。那女的只是隔着裤子耍流氓。要不然，自己就吃亏了。如今传染病多，万一染病，那跳进黄河里也洗不清了，那不得把李晓琪气疯啊。他从包里，拿出一千元，给了那个女人。说："咱们井水不犯河水。我出门在外不想惹是生非。我也不会报警，你见好就收。"

那女的拿了一千元钱，收拾好行李，半个小时后，到了下一站，就立刻下车了，和她一起下车的还有五个彪形大汉，帮她拎着包。女人下车的瞬间，还回头冲龙国祯笑了一下，龙国祯装作没有看见。几分钟后，火车再次开动，龙国祯这才放心睡觉。因为要赶去考博士，他不想节外生枝，算是花了一千元消灾避祸。

第二天上午十点，火车准时到达首都西站。龙国祯提着行李箱，打的赶往中华大学后门，这是临走时李晓琪说的。一个小时左右，出租车到了中华大学后门。龙国祯下了出租车，就问别人哪里有招待所。因为是上午十一点多钟，阳光灿烂，他一边可以欣赏一下首都的风景，一边可以慢慢地找招待所。问了几家，都住满了。老板告诉他，这一个月都是各个大学博士考试，人山人海的，酒店、招待所非常紧张。太远的酒店，考试不方便，他不想去，毕竟中华大学他是第一次来。

龙国祯不相信，偌大的一个中华大学后边，居然找不到招待所。他继续问，终于在距离中华大学约一公里远的地方，问到了一家名叫如意的招待所。这家招待所只剩下唯一的一间房子了，而且这个房间不是正方形的，是三角形的房子，在一楼，隔壁就是首都的九十二中学，有可能上课铃声会有点吵。

“这个房间，只要六百元一个晚上，别的房间要一千二百元，酒店要两千多元。现在是考博士的旺季，所以所有的酒店和招待所都会涨价。”如意招待所老板说。

“可以去看看房间吗？”龙国祯问。

“当然可以。”

老板带龙国祯看了房间。房间是三角形，面积不大，大概十平方米，能放一张床，也有衣柜、卫生间、浴室之类的，洗澡洗头也方便。三角形的房间，对于考博士的考生来说，大家还是比较顾虑的，因为房间不正。不正，即寓意“不进”，就是考不进博士的意思。所以，这个房间基本上没有人住，一直空着。龙国祯不管这些。“考不考得进，看实力，不是看房间的。”他想。

“我就住这里。老板，定了。”龙国祯看了房间，觉得能睡觉就行，而且离中华大学也近。

“住多久?”龙国祯跟着老板回到前台时，老板问。

“住八个晚上。今天星期天，到下周星期天晚上，我下下周一退房。”龙国祯拿出身份证和现金，交了四千八百元的住宿费，外加二百元的押金。招待所是不提供早餐的，早餐得自己去外面吃。

龙国祯安顿好自己，洗头、洗澡之后，就背着背包准备去吃中餐。顺便给李晓琪打了一个电话，告诉他住在如意招待所，房间还有座机电话，就把号码告诉李晓琪了。但是，唯独火车上的那件事，绝对不能说。这太敏感了。他怕说不清楚，更怕李晓琪担心。所以，这件事就这样翻过去了。

他吃了午餐，就进了中华大学校园内，从后门进去。虽然说是后门，但是看起来还是非常气派。两边各有两个大的柱子，撑起了一个房屋一样的盖顶。大门左边是门卫室，右边的墙上写着一米高的毛体大字：“中华大学”。进门的路是笔直的，直接通往正大门。进门后的左边是一栋高大的建筑，上面写着“崇德大楼”，中间是空地，停放车辆的地方，像是广场。右边是食堂，再过去就是一排排宿舍，宿舍前面是三栋大的教学楼。龙国祯的考场就在这里。

他找到了食堂，记住了食堂开放的时间。因为他觉得，在这里要住八天，外面的饭菜不一定干净，而且肯定很贵，而大学食堂的饭菜一定干净，但不一定贵，这样多吃点饭，保持良好的体力，有利于考试。这些是他当公务员两年学会的。当然，他没有浪费一分钟的时间，问清了基本情况之后，就跑进教学楼看书去了，他要把这一个月看过的参考书和自己做的笔记复习一次。所有重要的资料，他都带来了。

星期一上午是现场报名确认，拍照，验证身份，发放准考证。根据研究生院的规定，下午三点安排所有考生和导师见面。每个考生去各自报考的学院找自己导师的办公室，每个学院都有标识的。

下午三点，龙国祯来到哲学院俞慕德教授的办公室。俞教授的办公室在人文楼 205 室。龙国祯去的时候正好是三点，不多一分钟不少一分钟，敲门进去，他发现他是最后一个到的，其他的考生都比他先去，里面站着大概二十多个人，很拥挤。他一个人也不认识。只见办公桌后面坐着一位五十岁左右的人，儒雅帅气，有大师风范。他猜这肯定就是导师俞慕德教授。于是，他一进门就向俞教授鞠躬，说："俞老师好！我是龙国祯。"说完就站在最后，但是在这么多考生中他的个子是最高的。

"龙国祯同学，你好！好，报考我的二十五个人现在都到齐了。大家相互认识一下，不管是否考得上，认识一下不会错的。"

大家异口同声说："好。"

俞慕德教授说："我先自我介绍一下。我名叫俞慕德，今年五十岁了。调来中华大学哲学院有十年了，也带了十年的博士生。我主要是研究中国伦理思想史和伦理学原理。每年只有一个招生名额。你们今年有二十五个人报考我的博士，我也只能招一个人。谁是第一名我招谁。今天和你们见面，是为了相互认识，这是学校的规定。认识了，大家也知道我办公室在这里，但是，在博士考试之前和考试之后，大家不要私自到我这里，也不要学外面走江湖的，送烟、酒、金钱、购物卡之类的。我本人最反感考生这样做。我是研究伦理学的，如果在博士招生过程中，我们不公平公正，我招你们进来，我有何颜面指导你们？因此，公平公正考试，这是原则问题。所有的考生都必须打消'走后门'，走'潜规则'的念头。如果有不正当的行为，不要怪我俞慕德对人不客气。凡是送礼、送卡的人，我一律不录取。这是我的原则。"他喝了一口水说，"伦理学博士招生，不讲伦理道德，这还学什么伦理学？学伦理学的人，不讲伦理，还有什么资格谈伦理，更不用说研究伦理了。但是如果你们考上了伦理学博士，以后博士毕业了，走上工作岗位了，要是还记得我这个导师的恩情，偶尔送点小礼物给我，我会接受。因此，现在，大家要做的就是相互认识，之后，大家回去认真复习，抓紧时间备考。大家听清楚没有？”

“听到了！”大家又异口同声地说。

然后大家轮流花三分钟时间介绍自己。这些考生中，有大学教授，政府的处长，往届、应届硕士研究生等。年龄上有四十多岁的，有三十多岁的，有二十多岁的，有男生，也有女生，个个精神十足。

龙国祯最后一个介绍，大概说了三分钟。他也不懂自己说的是不是符合老师的要求，反正他就把自己的经历说了一下，俞教授也没说什么，只是最后说了一句：“龙国祯同学经历还很丰富，难得。”

剩下几天的时间里，龙国祯就努力复习，看书看到晚上十点半，教学楼要熄灯了，才回招待所。回招待所的第一件事就是给李晓琪打电话，聊聊当天发生的事情、学到的东西、自己的感悟等之类的。

星期六和星期天是考试时间，整个中华大学当年博士招考约一千人，各个专业在同一时间招考。哲学院招八十人，考生有六百多人，这是事后龙国祯才知道的。三门课程，考一天半。每门课程考三个小时，考试中间不准上厕所，除非是拉肚子等意外情况，需要流动监考和监考老师陪同去厕所。龙国祯在考试中非常认真，他想，把自己所知道的，都答上去，把整个试卷写满，极尽自己的能力和学识。

星期天上午十一点半考完。大家在这几天也相互认识了，于是约定考完后大家 AA 制去吃顿饭，很多人同意了。因此，报考哲学院的人，从不认识到认识，龙国祯和这几个人，这几天打得火热，就和这几个人吃饭了。在吃饭的过程中，大家自然免不了要谈一下英语试题。当别人都说是 A 答案的时候，龙国祯选的却是 B，当别人都说是 C 答案的时候，龙国祯选的是 D。大家面面相觑，觉得奇怪。但是越是这样，龙国祯就似乎有点窃喜了，因为哲学院这么多人报考博士，如果大家的答案都是对的，那么哲学院不可能录取这么多博士，那只有一种可能，就是这些人的答案都是错误的，只有龙国祯的是对的。

晚餐之后，他回到招待所，给李晓琪打了一个电话，谈了这样的事。电话拨通时，李晓琪早就坐在床上等他的电话了。

“琪琪，还没有睡呀！”

“等你电话呀，等很久了，估计你考完之后，会和刚认识的人聚餐，然后大家讨论考试题目之类的。”

“你太神奇了。不愧是李博士，我们就是这样的。”龙国祯把吃饭谈论的事，告诉了李晓琪。

“国祯，我的直觉告诉我，这次你能上岸。”李晓琪在电话里非常肯定地说，“我的直觉，很准的。”

“但愿你是对的。我非常想考上，说实话。”

“嗯。这次非常有希望。”

“预祝你成功！”

然后两个人又煲电话粥缠绵一番，最后李晓琪叮嘱龙国祯回来坐车注意安全之类的。龙国祯事先在网上预订了回程的车票，所以，回去的时间李晓琪是知道的，她自然是踩着时间点去江州火车站接龙国祯回“卧龙居”。

龙国祯回到江州，就抓紧时间修改自己的硕士论文。因为五月份要答辩，这也是大事，马虎不得。

根据中华大学的考试日程，四月二十二日复试，四月十日之前可以查到成绩。但是到了四月十八日，龙国祯还不敢去查成绩，如果四月十八日不去查成绩，万一上线了，要参加四月二十二日的复试，再坐火车就来不及了。所以，按照日程，四月十八日必须查阅成绩。那天下午三点钟，龙国祯在网上查到了成绩，227 分。他不清楚这个成绩，是不是可以上线了，没有看到中华大学分数线。当然分数线，肯定是有的，只是龙国祯不敢去查。他索性壮着胆子给俞慕德教授打了一个电话：“俞老师，我是龙国祯，我的分数是227分。这个成绩，不知道是否上线了。”

“噢，是龙国祯啊，你好！怎么才给我打电话呀？”

“我不是害怕吗？害怕考不上，影响心情呀！”

“你小子也有害怕的时候。我告诉你，我等你电话很久了，但是我上次见面没有留你电话。今年考我的博士，就只有你一个人上线，分数线是220分。考我的复试就你一个人。复试只要你开口说话，体检合格，九月份就可以来读博士了。你这几天准备一下，赶紧来复试，今天都十八号了，还有四天就要复试了。”

挂断电话，龙国祯在“卧龙居”的房间里跳了起来，高兴得手舞足蹈，然后默默念叨：“孔子保佑，孔子保佑！我终于过复试线了。”

然后，立刻打电话给李晓琪。李晓琪刚刚下课回到宿舍，龙国祯的电话就来了，她拿起手机说：“亲爱的，你好啊！”

“琪琪，我博士考试成绩出来了！”

“啊！怎么样啊？我有点紧张了！”说着拍了拍自己的胸膛。

“导师说，我上线了，是唯一过复试线的人，只要复试开口说话，体检合格，九月份就可以去读博士。”

“啊——，天啊！真是太好了。”李晓琪在电话里尖叫起来，她感觉龙国祯的成功就是自己的成功，因为太高兴，反而喜极而泣，在电话里哭起来了。

“琪琪，你怎么啦！”

“我喜极而泣，控制不住情绪了，哭了！”

“我马上过来见你。”

“我去你那里，我这里男生不允许进来的。”

“好！我在一楼门口等你！”

“嗯！”

复试前一天，龙国祯去了导师俞慕德教授的办公室，见到了俞教授。

俞教授还是那样慈祥，笑呵呵地说："来了！欢迎！祝贺你博士初试成功！"

"谢谢俞老师！"龙国祯习惯性地帮导师给桌上的水杯倒上了水，又问："您要不要加点茶叶？"这些当然被导师看在眼里，也没有客气，微微点头，笑了笑。这也就从心理上认定了这个学生。

"不用。"

"明天复试，我得注意些什么问题。我不知道这样问是不是合适？"

"没有什么要注意的，反正总得开口说话。我就你一个人上线，不可能不录取你呀。"

"谢谢俞老师！"

"明天你复试，我就不参加了，我明天在北方师范大学哲学院有个学术讲座。你自己去复试就行。等下我请你吃午餐。下午我得准备一下讲座的课件。所以，你复试和体检之后，自己回去。回去后，参加硕士论文答辩，顺利毕业，九月份，我们在这里再聚。"

"我请您吃饭。"

"不用。我的规矩是：在校学生一律不得请我吃饭。学生毕业之后，请我吃饭，我很高兴。这是我的规矩，你不要破坏我的规矩。"

"那我听您的吩咐。"

"你想吃什么？有什么忌口？"

"没有。"

"走，那我们去潇湘餐厅，试试首都的潇湘餐馆，有没有你家乡的味道。"

说完，导师就从书柜上拿出五本自己写的书，送给龙国祯。每本书的扉页上写着："龙国祯同学留存！师字 四月二十一日。"

复试的时候，龙国祯还是住在如意招待所，还是那个三角形的房子。他告诉老板初试考过了，老板也为他高兴。后来如意招待所，就把这个三角形的房子叫博士房，房价提高到一千二百元，说谁住进去，谁就能考上博士。第二年，也是这个房子，也住进了一位考生，也考上了中华大学的博士，只是不是哲学院的博士。老板又把房价提高到一千八百元。第三年也有一个考生在这里考上了博士。从此以后，这个房间就成了博士考生必争的房间。

四月二十二日上午九点复试，龙国祯抽签抽到一号。

复试在二楼会议室。龙国祯穿着白色短袖蚕丝衬衫，系着绿色的蚕丝领带，这是李晓琪临行前送的，说是绿色，代表畅通无阻，犹如交通信号的绿灯，考试是绝对不可以穿红色的衣服的，红色表示受阻，犹如交通信号的红灯。她还学小朋友的一句话："红灯停，绿灯行，黄灯亮了等一等。"看得出来，李晓琪这个三十三岁的女人，在内心深处已经燃起了做母亲的热情了。裤子是黑色的，皮鞋是黑色，就连老人头的腰带也是黑色的。李晓琪说黑色代表庄重。这款腰带也是李晓琪送的。她说，送腰带是要拴住龙国祯的人，送领带是要拴住龙国祯的心。龙国祯没有想到恋爱送礼，还有如此多的讲究，这回自已长见识了。李晓琪给龙国祯的这身打扮，再加上龙国祯那张帅气的国字脸，自然让复试的教授们耳目一新。

龙国祯敲门，听到里面传来一个悦耳的女声"请进"，他便推门进去。对着门并排坐着五位教授，四男一女，那位女教授坐在最中间，左边靠墙边坐着三位女生，很年轻，估计是记录员。他们桌前放着录音机，右边摆放着摄像机，这是复试必需的设备。

龙国祯进门就向所有的老师鞠躬，说："各位老师辛苦了！"

老师们都微微一笑，点头，没有说话。

"你请坐！"中间那位女教授开口说话，面带微笑。龙国祯这才知道刚刚说"请进"的就是她，因为声音一模一样。经验告诉他，中间位置即C位，往往就是最厉害的教授。龙国祯眼睛扫了一下面试老师，个个精神饱满，面带微笑，儒雅端庄。中间的女教授，美丽大方，皮肤白皙，穿着西装，里面穿着白色贴身里衣，脖子上的金项链，金光闪闪。龙国祯心里感叹一句："真美，和我们家琪琪一样，气质非凡。"

"你是一号考生?"女教授问。

"是的。"

"考试内容，你应该知道了，复试通知上也写了，先测试英语听力，再测试专业，每个人半个小时。"

"知道。谢谢各位老师!"

"那你准备好了吗?"

"好。计时开始。请播放英语音频。"

话音刚落，左边桌上的录音机，就播放了一段专业英语。第一题，龙国祯认真听了，大意是，谈斯洛特"以行为者为基础"的情感主义关怀伦理学的问题。他听懂了"Michael Slote's sentimental care ethics based on agent"等之类的关键词。他就用英语洋洋洒洒谈了斯洛特对现代道德的批评、德性伦理学之基于行为者的解释、关怀的心理基础"共感"、阴阳与德性伦理学等问题。说完之后，面试教授都点头微笑。

第二题，是谈当代结果主义德性论，因为龙国祯听懂了"Contemporary consequentialist theory of virtue"。龙国祯就把德莱弗的结果主义德性论、佩笛特对结果主义的辩护、胡克的规则功利主义德性论、霍尔卡对德性论伦理学的反对等问题，用英语做了八分钟的回答。回答后，复试老师个个睁大眼睛看着龙国祯，然后点头微笑。

专业英语测试之后，就是中文专业测试。

"桌子抽屉里有信封，你拆开信封，里面有题目。请你拿出来。"女教授告诉他。

龙国祯从抽屉里拿出信封，信封是密封的，龙国祯拆开，拿出题目，上面有三道题目要求作答：第一题，谈道德取代宗教的伦理反思——对出自《诗经·大雅·文王》里的"天命靡常"论的中国伦理思史的考察。第二题，谈黄宗羲的理气一体论。第三题，谈儒心、道心、佛心的历史辩证与价值秩序——兼谈儒者与共产党人伦理精神谱系的契合性。

龙国祯觉得这些题目有点难度，但是再难也不能不答题。所以，自己也不懂怎么回答的，反正感觉自己说了很多。估计每题谈了几分钟，一共说了三十分钟的样子。

最后答完题。女教授说："谢谢一号考生！你的复试结束了，请你离开时通知下位考生进来。"

"谢谢各位老师！"龙国祯说着，站起来鞠躬，转身离开，通知下一位考生，然后在门外监考人员的注视下离开。他根本就没有机会和别的考生交谈。

复试出来之后，他打电话给俞慕德教授，汇报了复试情况，把试题说了一下。

"俞老师，我感觉题目好难，我之前咋就没有这样深度看书？"

"没事的，大家都难的。放心吧。没事的。明天体检，好好休息。"

"那位女教授是谁？好有气质啊，和琪琪一样。"

"琪琪是谁？"

"我女朋友。"

"噢，你们感情这么好呀，博士复试还不忘记女朋友。表扬！"

"谢谢俞老师！"

"复试的老师都是哲学院著名的教授。那位女教授，是著名伦理学家，哲学院党委书记，是我师妹！按辈分就是你师姑。"

"噢。难怪，那么有气质。"

"好了，我还在忙，不多说了。明天好好体检。回去抓紧时间忙硕士论文，做好读博士的准备。有什么事电话联系。我们九月份见。"

"好的。请您保重身体，祝万事如意！"

龙国祯挂了电话，又给李晓琪打了电话。

"亲，复试怎么样？"

"题目好难，但不愧是伦理学的顶尖名校，有深度，我喜欢。"

龙国祯把试题说了一次，又把自己怎么回答的，大致给李晓琪说了一次。李晓琪听完，大惊："天啊，这题目也太难了。我都听不懂这些专业英语。亲爱的，你太厉害，我崇拜你了，爱死你了！”然后在电话里挤出一声“嗯啊”的模拟接吻的声音。她没有想到龙国祯的水平居然如此厉害了，不得不佩服这个未来的小老公了。

复试回来之后，龙国祯忙硕士答辩，调档案。六月中旬，中华大学博士录取通知书寄到他的手里。录取通知书上讲，九月二日入学，免学费，住宿费一年七百五十元，双人间，每月的生活费学校给一千五百元，并附有寄行李的地址、入学的各种准备工作。凡是关于入学的点点滴滴，录取通知书上都写得非常清楚，还附有哲学院联系老师的电话。

接到录取通知书，龙国祯就立刻告诉李晓琪。李晓琪到龙国祯住处，欢天喜地，开口就说：“龙博士，祝贺你成功！”

“啊?！龙博士！”龙国祯看着李晓琪，觉得怪怪的，说，“我还是希望你叫我国祯。”

“我觉得你真的很厉害，一次就考上了中华大学的博士，真的太神奇了。真的是人才，我真的只有崇拜你了！爱了爱了！”

“琪琪，我成为博士，也没有什么的，这是进入大学的基本门槛。我开始很兴奋，但是现在没有之前那么兴奋了。”龙国祯非常平静地说。

“为什么呀?”

“我读博士，又得和你分开，博士三年，有一年的课是满满的。我不想离开你。”龙国祯像孩子一样抱着李晓琪。

这让李晓琪万分感动。

“你去那里读博士，肯定很多女生喜欢。我怎么办呀？我害怕。”李晓琪试探性地问。

“怎么会嘛，不会的。”龙国祯肯定地说。

“我前男友，就是这样分手了。离别之前，说得好好的。等他报到之后，就和我分手了。幸亏，那时候和他处对象，我比较理性，没有做出出格的行为，不然，我现在就吃亏了，就对不起现在你这份感情了。有的人不在乎这些，但是，我自己很在乎，我是一个专一的人。你看你通知书上说，还要调户口到首都。你到中华大学，那不是龙游入海，猛虎归山吗？到时还记得我这个黄脸婆吗？”李晓琪再次这样试探性地说。她想把龙国祯之前说的那句话给“逼”出来。女人的幸福是靠自己把握的。自己现在到手的幸福不能让别人抢走。犹如农夫栽种桃树，辛辛苦苦培植栽种的桃树，施肥浇灌，到了桃子成熟了，不能让别人不仅把桃子摘走，还可能连桃树都搬走。她不能这样，自己必须得抓住自己的幸福。尽管她知道龙国祯是爱他的，但是对于女人来说，毕竟总得需要一个正式的证明和名分，这是作为女人应该有的权力。

龙国祯把李晓琪扶起来，看着她，盯了很久，足足有两分钟之久，看得李晓琪都不好意思了，赶忙说：“这么看我，我脸上怎么啦？”边说边用手摸脸。这时候，只见龙国祯从抽屉里拿着红色的大盒子，大盒子里面还有小盒子，里面装着结婚的五件套首饰：黄金耳环，黄金项链，翡翠手镯，黄金戒指。五件上都印刻着“李晓琪”的篆体名字。这是龙国祯特意在江州一家珠宝店老板那里定制的，是请袁凯的父亲袁伟国帮忙联系的，花了三万元。本来老板是要收五万元的，但是因为是袁厅长打的招呼，就优惠了很多。这是龙国祯悄悄做的，这些全部都是纯金的。玉镯也是珠宝店老板帮特意打造的，单单玉镯就花了一万元。

他一脸严肃，单腿跪地，手捧戒指，说：“琪琪，我们结婚吧！请你嫁给我，好吗？”

李晓琪一看，先是一震，看他单膝跪地，就不高兴了，说：“这算是求婚吗？”

“是”

“我不答应！”李晓琪生气了。

“啊？！”

“男人膝下有黄金，可以跪天跪地跪父母跪老师，怎么为了求婚，去跪女朋友。我最反感西方式的求婚，尽管我是学英语出身的。”说着，她偷偷地瞄了一下龙国祯。

龙国祯立马反应过来，赶紧说："琪琪，对不起，第一次求婚，没有经验。"

然后站起来，向李晓琪深深鞠了躬，然后说："亲爱的李晓琪博士，请你嫁给我，好吗？"

这才让李晓琪开心笑起来，她也激动起来，说："龙国祯博士，我答应你。"然后龙国祯就把耳环、项链、手镯、戒指全部给李晓琪戴上了。

"真美！"龙国祯赞叹说。

"是人美，还是首饰美嘞！"她故意调侃龙国祯。

"首饰美，人更美。"

"又贫嘴了！"

说着倒在龙国祯的怀里，感觉无比的幸福。

两人商量七月一日上午九点二十分钟去民政局领结婚证，71920，寓意夫妻要永久相爱。也请人查了一下黄历，这天也是黄道吉日。八月八日举行婚礼。现在是六月中旬，离领结婚证还有半个月的时间，于是两个人都见了对方父母，双方的父母也相见了。这可把龙震天夫妇乐坏了，感觉还是龙国祯读书好。龙国祯、李晓琪两个人又把新房子布置了一番，算是新郎新娘的新居。主卧室床头墙上和对面的墙上，李晓琪还贴了两个"囍"字。

七月一日上午两个人都穿着红色衣服，开车去民政局领了结婚证，给民政局的工作人员发了喜糖。两个人出门也各自互相赠予对方九颗红糖，意寓生活永久、甜甜蜜蜜。

"我就这样嫁给你了？"李晓琪说。

"那你还想咋的？"

"感觉还在梦里呢？"

"我感觉也是这样，太幸福了。"

“国祯，我们今天吃啥?”

“去‘家的味道’吃饭，今天吃一天，明天就在自己家里吃我们自己做的饭菜。”

“好，听你的。”

“先得回‘潇湘烟雨’家里呀。向新房子报个到，再去吃午餐。”

“好，听你的。”

李晓琪领着龙国祯去了一家自己之前订好东西的商店，问：“老板娘，我要的东西，准备好了吗?”

“早准备好啦!”老板娘拿出一个红色绸缎包裹的篮子和果盘递给龙国祯。然后说：“李老师，你老公好帅啊。真是郎才女貌!”李晓琪打了一个九十九元的红包给老板娘，然后让龙国祯提着红绸包裹的篮子和果盘回家，里面有红枣、花生、桂圆、莲子、栗子等之类的东西。

龙国祯问：“这是什么呀？有红枣、花生、桂圆、莲子、栗子。”

“自己体会去。”李晓琪看了他一眼，脸蛋红扑扑的。

龙国祯认真想很久，忽然说了一句：“噢，我明白了。”随后自己也不好意思起来。

李晓琪正在开车，听他说了一句“噢，我明白了”，瞟了他一眼，面带微笑地说：“才明白啊！傻男人。”

到了“潇湘烟雨”七〇一房，板栗红的防盗门上贴着一个“囍”字。李晓琪拉着龙国祯在门前三鞠躬，意寓新婚主人来了，要和房子一起生活，祝房主顺顺利利的意思。龙国祯真没有想到李晓琪懂这么多仪式，问她怎么知道的。

“爸爸教的啦!”

“咱爸真是厉害，太博学了。”

“那是！爸是‘优秀教师’，全国劳模呢，通读‘二十四史’的，是历史学专家。”

“我得好好跟爸学学。”

“你呀，以后会比咱爸厉害，长江后浪推前浪嘛。”

“你如此相信我？”

“那当然，我看中的男人，会差吗？”

“看你说的，听这话，我都有点像风筝一样飘了。”

“别飘，我还没有放风筝呀，线还在我这里呢！”

“哈哈哈！”

两个人再次把房子里准备的东西收拾了一番，才出去吃饭。李晓琪下午带龙国祯去了紫霞山上的紫霞寺，拜了观音，烧了三炷大香，捐了九百九十九元钱。吃了晚饭，两个人回到七〇一房，洗完澡各自穿上红色的睡衣，都十一点多钟了。

等龙国祯洗头洗澡穿上睡衣，再吹干头发，走进主卧，李晓琪已经开好空调，在床上右边等他，左边床的枕头也铺好了。床上的床单、被子、枕头都是红色的。龙国祯掀开被子，看见红色的有弹力的床单，感觉很舒服。再进一步把被子掀开，发现床尾的另外一半还垫着一张洁白的纯棉床单。

“这个白色的床单是干什么呀？整个被子、枕头、大床单都是红色的，只有这个是白色的。”

“你啊，睡觉吧，不懂就别问呢。”李晓琪含情脉脉地看着龙国祯。

李晓琪穿着红色的吊带睡衣，露出洁白的肩膀，上身的丰满将睡衣撑得高高的。龙国祯从来没有发现李晓琪如此美丽、漂亮、性感，这强大的视觉冲击，使得他爬上床一把搂住李晓琪，美赞：“琪琪，你真美，能娶到你是我最大的幸福。”

李晓琪平躺着含情地看着她，心里思绪万千。两个人也经历了那么多的艰辛，觉得走在一起很不容易。眼前这个男人，从一个小男生在自己的调教下变成了一个出色的男人，自己在他身上投入了太多太多的感情和心血。她感觉自己尽管非常辛酸，但是同时也感到非常幸福。她自己这样想着，还没有等她反应过来，一个灵活的舌头向她的嘴里闯进来。她浑身一阵颤抖，本能地把自己的舌头迎了上去，呼吸开始急促起来，两个激情的灵魂缠绵起来……

第二天，两个人睡到十点才起来。看见李晓琪穿好衣服，龙国祯也赶紧起来。

“国祯，累不累，你再睡一会儿吧?”李晓琪穿着嫩红色的旗袍，坐在床头，笑脸怡人地看着国祯，满脸粉红。

“不累，你起来了，我也得起来。”

李晓琪听他这样说，就从主卧的衣柜里给他拿一套红色唐装，说:“你今天穿这套。”

“好，听你的。”龙国祯起来，感觉下身某个敏感部位有点隐隐作痛，像蚂蚁曾经咬过的一样。

“你怎么啦?”

“有点疼。”龙国祯看着李晓琪，自己满脸通红，又用眼睛示意了一下。

李晓琪明白了，自己的脸也“唰地”一下红了。“你睡觉的时候，我看过了，没有什么的，第一次就是这样，过几天就好了！我看过这方面的资料。”李晓琪一边帮他扣唐装衣扣，一边低声地说，“你是一个好男人。I love you！”

随后李晓琪就掀开被子，那张白色的纯棉床单上出现一块碗口大的血印。龙国祯看见这块血印，惊叫起来:“啊，这床单有血!”他看着李晓琪，她红着脸看他。说:“你喊什么呀！……真是傻男人!”龙国祯忽然明白了，脸色通红，说:“噢，我明白了！你是一个对自己对家庭负责任的好女人!”

“那必须的嘛，做女人就当如此，才有幸福可言。”

“你说的是对的，我赞同。”

…………

第二十三章　哲学院最年轻的哲学博士讲师

八月八日到了，婚礼办得热闹非凡。伴郎是龙国祯的学生袁凯，而伴娘也是李晓琪带的自己的美女硕士研究生。办完婚礼，这算是完成了人生一件大事。九月入学的日子很快就到了，两个人在车站缠绵一番之后，龙国祯带着妻子的祝福和思念踏上了北上的列车。

九月二日上午十一点，龙国祯坐着中华大学的迎新车进入了大门。初试和复试，他都是从学校后门下车的，这次是从前门进去的。他坐在校车的最前面，透过玻璃，就看见中华大学的正门，宏伟气派。大门左边挂着“中华大学”的黑色宋体字，右边挂着“中国共产党中华大学委员会”的红色宋体字。门卫打开伸缩电动门，校车进去了，门卫向迎新大巴敬礼表示欢迎。这是中华大学的传统。开学的时候，看见司机方向盘前的“迎新车”红色牌子，必须敬礼，否则是要扣绩效的。这让龙国祯大为感动，心想：“名校就是名校，门卫的礼节都不一样。不像有的学校，门卫跟菩萨一样，坐着不动，稳如泰山。”

到了校内，迎新车开到学校大礼堂门口，大家有序下车，帮忙的同学有序地上来搬东西，有的举着牌子，喊自己学院的名称。“哲学院的，哲学院在这里！”龙国祯看见一位很帅的男生举着牌子，牌子上写着“哲学院”，就走了过去。

“我是哲学院的。”

“欢迎欢迎！请跟我来！”

接待的男生帮他提行李，示意龙国祯跟着他走。他们走进大礼堂。龙国祯一看，激动起来，礼堂很大，估计得有两千平方米。礼堂广场里面一排排的接待席，写着各个学院的名字。

“哲学院在这里。”

“好。谢谢！”

龙国祯根据学校要求办了报到手续，最后去找博士宿舍。他自己提着行李箱，找到了“智园三号楼”。走到门口，左边门卫室里有两位阿姨在等着，门卫阿姨问名字，他大声答道：“哲学院龙国祯。”

“龙博士好！欢迎你入住智园三号楼！”门卫阿姨翻开名册，找到“龙国祯”三个字，然后说：“你房间在八〇八号，这是钥匙。”然后看了龙国祯递上去的报到单，在花名册上签字登记了。

智园三号楼，一共有十八层，四部电梯。电梯中间写着醒目的标识牌：“男生宿舍，女生止步。”每层大概有四十个房间。龙国祯进了八〇八房间。八〇八房间，在走廊的左边，龙国祯推开门，这是两个人住的房间。他找到了左边一张一米二宽的单人床，床头用A4纸贴着“龙国祯”三个大字。里面的书柜、书桌等上面都写有名字。他把东西放入写有自己名字的衣柜里，然后去洗脸。卫生间、洗漱间和洗衣机都在每层楼中间的房间里。

晚上，俞慕德教授带着几个师兄、师姐来看他了。第二天晚上，中华大学的校长带着相关工作人员来看望这些新生博士。第三天从江州寄来的书和衣服也到了哲学院。他花了两天的时间熟悉了教学楼、食堂、图书馆、书店、运动场等，也熟悉了学校的作息时间。还把中华大学各个学院的课表弄来了，自己安排好了时间，准备开始听课、看书、交流等博士学习生活。

“你的伦理学知识得重新开始学。你去硕士班听课，从头至尾系统学一次。”这是报到第四天上午在办公室见导师俞慕德教授时，导师直接要求他的。然后，导师又说：“博士生，要看书，要写作。仅仅读书而不写作的博士，是不合格的博士。只会读书，而不会写作的博士，是不道德的。只会写作，不会读书的博士，是闭门造车。这都是不对的。只喜欢读书不写作，犹如只喜欢吃面包而不生产面包，这就是纯粹的消费者。写中有读，读中有写，写和读不分家，写和读是相辅相成的。”俞慕德教授喝了一口水，接着说：“现代的博士教授们，喜欢写的人很少了，很多人混了博士，评了教授，就不读书了，躺平了。这是不道德的。我的弟子不应该是这样的。我想培养学者，不想培养混文凭的博士。你要记住了。”俞慕德教授的教导，直到现在，龙国祯还清楚地记得，并将这些教诲传承下去了。

博士第二个学期的五月份的一个下午，他午睡起来，洗漱之后，背包下楼去听课，到了智园楼三号楼门口，看见一些女生在门口等着。这是常有的事。正好他下楼，一个一米六五高的漂亮女生就问龙国祯：“帅哥，请问，鲁飞云博士是住这里吗？我找他有急事。”然后说，她是鲁飞云的老乡，江东市人。

“我不认识，是哲学院的吗？”

“是的，是博士一年级的。”

“噢，我还不熟悉。”

“啊！我都急得不行，但是我又联系不上他。”

“你看看等下问问别的同学，好吗？”

“要不这样，你下午上课，帮我问问，我们留个电话号码，你要是问到了，请你告诉我。”

“好的。”说着，相互就留了电话号码。女生告诉他，她是首都外国语学院的本科生，大学二年级，叫鲁飞燕。说着，鲁飞燕还试拨了一下龙国祯的电话，测试一下是不是通的。龙国祯看了电话号码，存好了号码，然后匆匆忙忙上课去了。

周末下午，鲁飞燕打电话给龙国祯，说她把信息搞错了，说鲁飞云是首都科技大学哲学博士，不是中华大学的博士，说是感谢龙国祯帮忙，问他晚上有没有空，想请他吃饭，顺便请教考中华大学硕士研究生的事情。

龙国祯一听，这女生还是大二就如此上进，就答应了。

“好，谢谢你！那我们在中华大学后门见面。”

“好！那我们五点见。”

下午五点，鲁飞燕穿着性感的吊带裙，外加透明的白色外衣，粉红色的尖端高跟鞋，提着一个女式小提包。见到龙国祯，她高兴起来，喊：“龙博士，在这里。”

“你还真的很准时耶。”

“那必须的嘛。”

“你晚上想吃什么，我请你吃饭。”

“你不是问我考硕士研究生的事吗？现在问我就好啦。”

“这一下怎么问得清楚呀，边吃饭边向你请教。”

“那好吧！”

于是就去吃饭了，交谈很愉快，龙国祯告诉她应该怎么复习，要讲究什么样的方法，看什么书之类的。

此后的几周，鲁飞燕都来请教龙国祯的问题，从龙国祯那里学到了很多东西，对龙国祯的情况也比较熟悉了。

一个周六的晚上，吃完饭后，鲁飞燕说陪龙国祯走走，算是消化消化，锻炼身体，走到一棵树下的凳子上，鲁飞燕说走累了，想坐一下。

龙国祯说：“这就走累了？要么我约个车，你先回去吧。我待会还得去图书馆看朱熹的《周易本义》。”

“你真的太认真了，好羡慕你呀。”

“本来就是来读书的，所以得认真呀。”

“你这么认真，将来一定有出息，能成为大学者。”

“是否成为大学者，让历史来回答，我现在就是对学术感兴趣。”

“兴趣是最好的老师，你一定能成功的。我有时候读书兴趣不大，虽然想考硕士研究生，但是动力不足，没有人鼓励。”

“我可以鼓励的，给你动力，我就是喜欢看见大家去读书。”

“真的吗？我太高兴了，太喜欢你了。”说着捉着龙国祯的手摇摆起来，然后忽然抱着龙国祯说，“龙哥哥，我做你女朋友好不好？”

“不可以，我有老婆的。”龙国祯赶紧推开她，严肃起来。

“我知道啊，有老婆有什么关系，她在江州，你在首都，谁知道呀？再说，你难道以后还想回江州，不想去更好的地方发展吗？”

“这是博士毕业的时候要考虑的事，现在得先学好。”

“可是，我真的很喜欢你耶。”

“那不可能了，你再这样说，我们就没有办法交往了。”

“我们偷偷恋爱，你老婆又不知道，而且你又没有小孩。万一你老婆知道，闹离婚。离婚了，我嫁给你。我就喜欢你这样成熟、稳重、高大、帅气的男人。你老婆都三十多岁，我才二十二岁，我比她年轻十几岁。到时候离婚，我们一起毕业，毕业前我们结婚，你去某大学教书，配偶都是随调的，这样我们就永远在一起了。这不是很好吗？”

“哦，原来你找博士做男朋友，就是为了将来有份工作？”

“这也不奇怪呀，本来博士配偶很多单位都是随调的呀。有这样的政策和机会，能抓住不好吗？”

龙国祯一听，心里很不舒服，原来还有这样的心机女。他这才明白为什么智园楼下总是有那么多年轻的女生问这问那，原来就是想找一个博士男朋友，这样既解决了男朋友问题，也解决了毕业工作问题。龙国祯想到这些，就觉得这个鲁飞燕真是太功利了。开始他认为她是真的想考研究生的，结果考研不过是一个幌子，找博士男朋友才是真正的目的。所以，从那以后就慢慢疏远她了，也不再联系了。

他像平常一样，抓紧时间看书，写文章，偶尔帮导师代点课，偶尔也去校外上点课，但大多数时间还是在图书馆看书。

博士三年，他几乎是争分夺秒地学习。他知道，自己是一个农村孩子考入名校读博士，这是自己的幸运，因此不想浪费时间。本来就是来读书的，为什么不好好读呢。所以，他不仅认真听完了哲学院的硕士、博士课程，而且把文学院、法学院、经济学院、历史学院、国学院等著名教授开设的硕士和博士课程，在一年之内也全部听完了，做了二十本厚厚的笔记。为了听课，每次他都从东边的教学楼，背着背包，穿着跑鞋，跑步到西边的教学楼。因为课间休息时间只有十分钟，他必须跑步前进。有时候去晚了，没有座位了，他只好站在后排听课。开始时，觉得每位教授上课说的每一句话都是真理，后来他对一些问题形成了自己的看法，到博士三年级时，他已经发表了几篇重要的学术论文。

他这样努力，名气慢慢地在哲学院和整个中华大学传开了。从博士二年级开始，在重要的学术会议上，他开始发表学术观点，名字慢慢也被学术界的一些知名教授所熟悉。有一次，他参加在中华大学召开的以“人性与德性”为主题的国际学术会议，提交了一篇论文，被会议组录用，受邀在大会上做十五分钟的发言。要知道，一般学术会议发言，每个人是十分钟，能给一个博士生十五分钟的发言，说明已经是相当重视了。他的发言引起了与会学者的极大关注，影响很大。哈佛大学和夏威夷大学的教授对他大加赞赏，还欢迎他去美国做博士后研究。但是，考虑到如果去美国做博士后研究，那李晓琪怎么办，所以他就打消了这个念头。

博士三年，他的博士论文写了三十万字，顺利地通过了答辩，还获得了中华大学优秀博士毕业生荣誉称号。博士毕业的时候，很多大学希望他加盟。其中一所民族大学分管人才引进工作的副校长，跑到他的博士宿舍游说他，请他加盟。

“我们哲学院想申报哲学博士点，需要你这样年轻的学者。我们欢迎你加盟。安家费我们可以给你税后一百万元，一次性付款，年薪不低于三十万元，夫人随调到我校外国语学院工作，我校提供一百平方米的公租房，免三年房租，给你副教授待遇。如果获得国家社科基金，我们按1:1配套直接给货币奖励。”副校长诚恳地说。

看到校长这样诚恳，龙国祯不好意思当场拒绝，就和副校长说：“校长好！容我和家人商量一下，三天后再回复您，您看行不行?”

“好的。希望能听到你来我校的好消息。”

“谢谢您！容我们商量三天。”

晚上十点，龙国祯打电话给李晓琪，问：“琪琪，你什么态度?”

“我听你的，俗话说，‘嫁鸡随鸡，嫁狗随狗’嘛！你去哪里我就去哪里，你住山洞，我住山洞。我一辈子陪着你。”李晓琪躺在床上，笑眯眯地说。

“你在干吗呢？谈正事啊!”

“我躺在床上想你呀。人们说，生活的诱惑再大，也大不过床的诱惑。这床，我可是花了五万购的红木床，得多躺一下。万一你调外地去了，这床就睡得少了呗。”

“还没有决定呢？正和你商量呀。”

“你的意见就代表我的意见。”

“你说的是真的吗?”

“千真万确。”

“你让我太感动了。”

“这也感动?”

“嗯，是的。我们博士同学，每个学期都有离婚的，现在也有为了工作，想留在首都，和男朋友或女朋友分手的，也有闹矛盾的。我宿舍哥们儿，法学博士，就离婚了，他想留首都，夫人不愿意来，上个月离婚了。”

“啊?！这些人，太草率了，视婚姻为儿戏。”

“也许他们也是为了追求他们的幸福吧?”

“那什么是幸福？有钱就幸福？有权就幸福？有名气就幸福？有很多女人就幸福？谈很多恋爱一辈子嫁几个男人就幸福吗？这些都不是。幸福不是单一维度的，是生活多种因素综合而成的，涉及健康、工作、住房、医保、养老等问题。一个人德性、修养不高，德不配位，就是当了皇帝也是不幸福的，所以，古代的皇帝叫‘孤家寡人’。中国的正式皇帝有四百多位，平均寿命也就三十九岁。按正常养生，他们不愁吃不愁穿，可以更长寿才对呀？可为什么寿命如此之短呢？说明他们不幸福。也许，很多男人觉得皇帝拥有‘后宫三千’，三宫六院，七十二嫔妃，应该是很幸福的。其实，这是很可悲的。因为既然人类自然进化为一夫一妻制，肯定是有自然伦理原则的。一个男人拥有那么多的女人，不是一种幸福，而是一种灾难，所以很多皇帝纵欲而死了。命都没有了，还谈啥幸福呢？有的人认为拥有很多钱才幸福，但是，他们不知道，金钱具有反噬性，如果自己的德性跟不上，钱多了会害死自己的。清代和珅，富可敌国，结果四十九岁被逼上吊自杀。很多明星自杀，难道他们没有钱吗？这就说明，金钱多也不一定幸福。权力大，是不是就很幸福呢？也不一定，有的当官，当着当着就进去了，甚至被送上刑场，成为历史的罪人。《红楼梦》里的《好了歌》，我背给你听听：‘世人都晓神仙好，惟有功名忘不了！古今将相在何方？荒冢一堆草没了。世人都晓神仙好，只有金银忘不了！终朝只恨聚无多，及到多时眼闭了。世人都晓神仙好，只有娇妻忘不了！君生日日说恩情，君死又随人去了。世人都晓神仙好，只有儿孙忘不了！痴心父母古来多，孝顺儿孙谁见了？’这个《好了歌》，不能说全对，但是，至少也说出了部分人生真谛。你说是不是？一个缺乏伦理修养的人，不论走到哪里，当多大的官，拥有多少财富，娶多少老婆，也不过是可悲之人。如果伦理修养没用，那么为什么，伦理道德绵延了几千年，不灭绝？人，没有了伦理，和畜生又有什么区别呢？所以，你是伦理学博士，研究伦理学，我觉得，你是世界上最光荣的人。”

“琪琪，我觉得你是世界上最伟大的女人。你说的太有道理了。”

“你又夸我了。你是中华大学伦理学博士啊，专门研究伦理学的，我只是潇湘师范大学英语专业博士呢，我不研究伦理学的。我不过是班门弄斧呢。”

“我觉得你就是我研究的对象!”

“我只是你研究的对象？不爱吗?”

“爱呀！是研究的对象，也是爱的对象，唯一的爱的对象。”

“又贫嘴了。那工作的事，想好了吗?”

“想好了。我还是决定去潇湘师范大学吧。这就是你说的，幸福是多种因素的综合。我无论从地域、亲缘、人缘，还是从学缘的角度来说，去潇湘师范大学是最合适的。择一城，与子携手，漫步潇湘河畔，与卿共话伦理精神。这就是我的选择。”

“我都支持你！我觉得你是最棒的。”

“你就不怕我成名了，跟别的女人跑了?”

“你跑不掉。”

“为什么?”

“因为你已经有两个家，你已经有‘两个’老婆了。”

“啊？琪琪，你可别冤枉我，我没有两个家，两个老婆呀。我是一心一意对你的呀。”龙国祯着急了。

“你着急干吗？我有证据的。”

“啊！有证据？可是我真的没有呀，我发誓……”

“男人发誓的话，要是能相信，母猪都能上树。”

“琪琪，你不能这样冤死我呀。”

“好了，逗你玩的。别闹了。我说你已经有两个家，你已经有‘两个’老婆了，我分析给你听：你的第一个家，就是你和我，和“潇湘烟雨”的房子等人和物质组成的实体的家，或叫伦理的家。对不对?”

“对对对!”

“你的第二个家，是你酷爱中国传统文化，尤其是儒家伦理文化，这是你精神之家，是你安身立命的家。这是你的精神家园。没有这样的家，你会很痛苦的。我李晓琪，给不了你全部的幸福呢？对不对?”

“琪琪，你太伟大了。”

“别夸我，对不对?”

“对的。”

“那就是了，说明我分析得正确。因为研究儒家伦理思想，是你以后谋生和谋道的工作，所以，你必须这样做。否则，你就会非常痛苦。不是我每天给你泡一杯茶能解决的，更不是那种‘红袖添香夜读书’境界所能满足的。对不对?”

“对的。”

“说你有‘两个老婆’，第一个就是我，李晓琪，一个物质存在物。在某种意义上，我还是符合男人的审美标准的。无论从身高、身材，还是从学识、职业、家境、德行等来讲，我都应该是绝大多数男人爱慕的对象，包括你龙国祯博士在内。对不对?”

“对的。”

“你的第二个老婆，就是你研究的领域方向，即中国伦理思想史或者中国哲学，这是你生活的来源，你必须不能放弃，否则，你会痛苦万分。因为你曾经历了那么多的职业选择，在公司做过翻译，在政府当过公务员，你都不适应，而最后选择学术研究。学术这是你的酷爱，就是全世界的其他人都放弃研究中国伦理思想史，你也不会放弃，因为你想为中国伦理思想史研究做出自己的贡献，你想以后出版十卷本的《龙国祯文集》，这是你的理想。这就是你的第二个老婆。对不对？跑国外吗？你不会去，因为你热爱中国文化，尤其是儒家伦理文化。你把儒家伦理当作你自己存在的家。所以，我说你跑不掉的。”

“琪琪，你太伟大了，我真的太幸运了娶你做老婆。”

“但是，我也一样的，我也有两个家，两个‘老公’。我这样说，你明白吧?”

“明白了。”

“我的第一个家，和你一样的。我的第二个家，也是和你一样，我也很喜欢传统文化，尤其是儒家伦理文化。这是爸爸影响我的。我的第一个老公，就是你，一个让我牵肠挂肚深爱的男人。我的第二个男人，就是我的职业，我的翻译文化，我想把中国传统伦理文化很地道地介绍给外国朋友，这是我的职业，我的谋生之道，也是我的安身立命之道。懂了吗？”

“懂了。你太伟大，我这辈子都离不开你。”

“你本来就离不开我，离开我，你再娶一个我这样爱你的、懂你、疼你、帮你的女人，你再找不到的。反之，我也一样，我也不能离开你，我再找一个，像你这样的，爱我、懂我、疼我、帮我、保护我的男人，我也找不到的。所以，我们今生要好好生活，好好工作，自然也要好好地老去。”

“琪琪，我的爱人，你今天让我受教了。真的谢谢你！为了不老去，你赶紧睡觉，早点休息，不要熬夜！”

“嗯，你自己要照顾好自己，早点回来。”

龙国祯最终还是婉言谢绝了这位民族大学副校长的邀请：“谢谢校长对我的抬爱！经过我和家人深思熟虑的考虑，也是综合了多方面的因素，我还是很遗憾地告诉，贵校我不能去效力了。请您理解！欢迎你拨冗来江州讲学旅游，我一定做好后勤服务工作！”校长听了，也只好表示遗憾。

当然，也有政府机关单位想引进他的，博士去了直接聘任副处干部。他自己已尝试了做公务员的滋味，也放弃了这个想法。他现在最想做的就是从事学术研究，成为一名真正的学术大师。这是他的理想和志趣。

他博士毕业最终成功签约潇湘师范大学哲学院，成为潇湘师范大学哲学院最年轻的哲学博士讲师。这可把李晓琪高兴坏了。两个人终于结束了两地分居的生活，可以平平安安生活在一起了。

从到潇湘师范大学哲学院报到那天开始，他就像读博士时一样，除了上课、看书、写文章、锻炼身体，几乎就没有别的业余活动。抽烟、喝酒、钓鱼、打麻将、打牌等活动，他是不参加的。图书馆、教室、办公室、家、田径场这是他的“五点”生活。

四月份有一天，他坐在沙发上看书，全神贯注，纹丝不动。李晓琪在拖地，看见龙国祯坐在沙发上看书，跟木头人似的，她就不想让他长期这样熬下去，得起来运动。她拖地，拖到龙国祯面前，就喊：“国祯！”

他看书太认真，没有听见，她再喊：“国祯！——龙国祯！”

“我在呢！”她声音分贝加大，他终于听见了。抬头看见李晓琪穿着连衣裙在拖地，满脸汗珠，问：“夫人，什么指示？”

“你看看我，漂亮吗？”

“漂亮啊！你是我的仙女。”

“你的仙女，拖地拖得满头大汗的，要是把你的仙女累坏了，你不心疼吗？”她微笑着说，然后噘着小嘴，瞟了他一眼。

“噢，对对对！那我来拖地板，仙女你去沙发休息，我可不想累坏仙女。”龙国祯连忙放下手中的书，赶紧起身，扶着她去沙发休息，又是给她擦汗，又是给她倒水，还给她揉肩捶背，然后自己拿起拖把把房间拖得干干净净。李晓琪坐在沙发上，微笑着指指点点，说这里没有拖干净，那里没有拖干净，以后要记住了，那些地方是重点，要多拖几次，那些地方可以简单一点拖。

说着说着，忽然觉得心里难受，想呕吐，就赶紧跑到卫生间里的洗漱台那。这可吓坏了龙国祯，他赶紧跑过去说：“对不起，对不起，真的把仙女累坏了，我的罪过，我的罪过。”一边用手抬着李晓琪的额头，一边抚摸李晓琪的背。

李晓琪呕吐了一阵，又没有呕吐出来，感觉心里很难受，又呕吐了一阵似乎又好点了。于是，抬起头，满脸通红地看着龙国祯，微笑起来。

“我带你去看医生。现在就去。”龙国祯关切地说，心里着急，“以后，你不要拖地了，家里的地板，我一个人全包了，我可不想累坏我的仙女。”

“我有那么娇贵吗？”李晓琪看着龙国祯那张愧疚的脸，莞尔一笑。

“呕吐这样难受，可能就是累坏了。”

“傻瓜，你啊，就知道你的伦理学研究。这也不懂吗?”李晓琪用手指头戳了一下龙国祯的额头，含情脉脉地看着龙国祯，说，“我可能有了！两个月没有来大姨妈了！”

龙国祯听她这样一说，喜出望外，抱着她在客厅里转了几圈，说:“夫人，你伟大了！”

后来去医院检查，果然李晓琪怀孕两个月了。这样的特大好消息，龙国祯赶紧告诉双方的父母。这时候，李元坤夫妇退休了，为了照顾怀孕中的李晓琪，就从望州镇搬到“潇湘烟雨”小区。几个月以后，李晓琪在江州妇幼保健院妇产科产下一个八斤重的男婴，龙国祯就给孩子取名为龙延德。龙国祯和李晓琪去上课的时候，延德就由外公外婆带，这样龙国祯也有大部分时间从事教学和研究。

第二十四章　破格晋升的教授

在潇湘师范大学哲学院工作五年之后，龙国祯因为出色的学术成就，被破格晋升为教授。这年他三十六岁，在晋升教授之前的两年，他还在职从事中北大学政治学博士后研究，两年之后顺利出站。李晓琪这时候也晋升为英语专业副教授。评上教授的第二年，龙国祯被学校聘为江州特聘教授，学科带头人，年薪六十万元。他成了潇湘师范大学著名的哲学学者。

名气大了，当然找的人自然也就多了。

有一天，龙国祯刚下课准备回办公室，门口就有一位本院的女博士讲师邓熙找龙国祯。她看见龙国祯来办公室，赶忙打招呼："龙教授好！"

"邓博士好！"龙国祯看了看邓熙。她大概三十五岁，身高一米六五，因为保养得好，看起来也就二十五岁的样子。长得非常漂亮，身材丰满。她年轻的时候，自恃长相甜美，是众多男性追求的对象，因此她择偶的要求非常高，结果，每次相亲，都失败而归。偶尔也有相中的，相处几个月之后又因为性格不合、价值观不同而分手了，所以至今她还单身。

"我有事想请教你。"

"好的，请到办公室来谈。"

邓熙跟龙国祯进了办公室，随手关上门。龙国祯示意请邓熙坐在沙发上，他给她倒了一杯水，然后问："请问邓博士什么事？"

邓熙坐在沙发上，看着龙国祯，感觉有点不好意思。脸色也许是因为含羞的原因，有点红晕，美如桃花。她穿着性感的V领衣服，显得身材非常丰满，皮肤白嫩。她支支吾吾地说："哎呀，叫我怎么开口嘞。你现在是著名教授，在学术界名气如雷贯耳，我崇拜你，也很欣赏你。"

"你过奖啦，我做学问只是兴趣爱好。"龙国祯坐在办公桌后的椅子上看着邓熙说，"你来这里，就是为了和我说这些？"

"不是的。"

"那你请说。"

邓熙停顿了一会，说："你名气大，文章写得很漂亮。现在评职称，要八篇CSSCI论文，我还差两篇，但是确实感觉文章越来越难发了。我想请你帮我写两篇文章，我第一作者，你第二作者，我给你十万元作为报酬，你看如何？这事不管你答应不答应，我希望你保密，不传出去，毕竟是不光彩的事。"邓熙很认真地说。

"哦，你就是为这事来找我的？"

"是的。我想了很久的，一直都不好意思开口说，你又那么忙。我是一直没有勇气和你说。如果说了，万一你不答应，我就更不好意思了。我感觉我这样大龄的女博士，职称还是讲师，成了'万年僵尸'了，到现在男朋友也没有，职称也没有，学术也没有找到自己的研究领域，几乎成了怨女了。我只想评上副教授，就不想再做学术了。做学术太累了，我想躺平了。"邓熙说。

"邓博士，我很理解你的难处，我也很同情你。但是，帮你写文章的事，我确实很难答应你。要不这样，你认真写两篇文章，我帮你修改修改。你看看怎么样？"

"可是，我真的写不出来。我要是写得出来，我就不用这样求你帮忙了。"

"你之前不是发了六篇CSSCI论文，现在水平应该高了呀。"

"哎，我和你说实话，之前发的六篇CSSCI论文，我是找中介帮忙的，是花了高价钱的。现在国家严厉打击论文中介，而且价格越来越贵，我实在是付不起这样高昂的费用。”

“但是，邓博士，我是真的没有办法帮你写，请你理解。这是我作为学者的职业道德。我可以帮你修改文章，但是我不能帮你代写论文。”

“龙教授，就算我求求你好不好？”

“这个不是求与不求的问题。邓博士，请你理解。”

“那你要怎样才能帮我？我真的很希望你能帮我。要不，我做你的情人，你想怎么样我，我都答应你，好不好？这事，反正你知我知就行了。我们都在一个哲学院工作，万一被别人发现了我们的关系，我们也能借口说在一起从事学术研究，需要讨论交流。你夫人也不可能知道，万一被你夫人发现，她闹离婚，那你就离婚，然后我们结婚，小孩抚养权，你给李晓琪，你出点抚养费。到时候我们结婚，我们再生一个小孩，我们生活在一起，或者到时候选择一个合适的机会，调到别的城市的大学去工作，也很好。你说，行不行？”说着，就站起来，搂起上衣的内衣，露出了白皙、丰满、笔挺的胸部，说：“你看，我的也很美的，很柔软的，不输给任何女人的。”

“邓博士，请你自重。”

听龙国祯这样说，她把上衣拉下来。

龙国祯看到这样，赶紧说：“你可能误会我了。我也很理解你的心情。但是，这事，我更加不能做。我痴迷学术，同时我也很爱我的家庭。你这样的想法，是不对的。好了，我还忙点事，请你先回去。就这样了，好吧？”

龙国祯赶紧把邓熙打发走，免得被人发现，万一真弄出一些绯闻来就麻烦了。自那以后，龙国祯就与邓熙保持距离，尽量不与她交谈，看见她从远处的树下走来，龙国祯尽量绕过她，从另外一条道路走到办公室。

每年博士招考的时候，龙国祯因为是学科带头人、研究生（博士硕士）导师，都要制订招生计划、制订培养计划、组织老师命题等，忙得不可开交。当然找他的人也很多，有政府领导，有亲戚朋友，大都是想考他的硕士和博士，希望他能照顾。有的女生，干脆跑到龙国祯的办公室，直接说可以陪龙国祯开房，希望能让她考取他的博士或硕士。这些都被龙国祯拒绝了。他不想自己的一世英名因为干了这种龌龊的事而废了。坊间传说“教授教授，白天教授，晚上禽兽”，也许个别教授是这样，但是他不是这样。他恪守学术道德，学术纪律，潜心学术，心无杂念。“别人怎么做，我管不了，但是我得管好我自己。”他对采访他的潇湘卫视和《潇湘日报》的记者这样说，“如果学者想发财，想升官，是不适合从事学术研究的。学者，要耐得住寂寞，坐得住冷板凳。”他是这样说的，也是这样做的。他后来在出版的十卷本《龙国祯文集》后记中，也是这样表达自己的观点的。

在《龙国祯文集》后记中，他反思了自己的学术历程。他从大学一年级开始就认真学习了，因为对于出身农村的孩子来说，考上潇湘师范大学是非常不容易的，所以，他得珍惜学习的机会。在他看来，读书比干农活要轻松，尤其是要比农村暑假搞“双抢”要轻松多了，至少不用流汗晒太阳。当然，最主要的还是龙国祯现在非常喜欢学术。他的兴趣，也是随着年龄的增长而不断发生变化的。读小学，他的兴趣是玩，根本不想读书。所以，他小学的成绩非常差的。到了小学第二个五年级的时候，成绩忽然就变得很好了。那时候，他迷上了写作想当作家，把父辈们告诉他的故事，他认真写下来。读初中，他就喜欢看金庸和琼瑶的小说，一直在多年之后，他还非常喜欢阅读武侠和言情小说。也是在那个时候，他的视力开始下降，到了初三就戴上了一百五十度的近视眼镜了，到了高中就戴上了三百度的近视眼镜了。高中，他很想当作家、诗人和翻译家。读高中，他因为课程紧张，没有时间写小说和散文，他就写诗歌，以“永癯”用笔名在《石溪晚报》副刊上发表了很多现代朦胧诗。反正这些诗，谁也读不懂，但是却能发表。也因他那时候是在校学生，他就成了校园诗人。在同

想的教授，那你不嫁给我这个研究中国伦理思想的教授，那你还能嫁给谁呢？你是伦理思想，尤其是儒家伦理的‘阴性伦理’代表，我是伦理思想，尤其是儒家伦理的‘阳性伦理’代表，所以，我们的组合是非常吻合儒家‘一阴一阳谓之道’的伦理组合。因此我们的姻缘是伦理之神注定的。”龙国祯扬扬得意地说。

“你这是一种‘泛伦理’的诡辩。合着我一出生，取了个名字，我就注定要嫁给你呀？你这是啥逻辑呀。”李晓琪虽然表面这样说，但心里特高兴，不由得脸色变得通红起来。

“我就是靠这个伦理，才把你‘骗’到手的嘛，没有了‘伦理’，我都没有存在感了。”龙国祯搂着她坐在沙发上，亲了一下李晓琪红晕的脸蛋，说，“我这辈子都是很失败的，但是有两件事，我做得非常正确，所以，我的人生总体上是圆满的。”

“本博士愿闻其详。”李晓琪含情脉脉地看着自己心爱的龙教授。

“第一，我选择伦理学作为我一生的学术志趣，我读完了伦理学硕士、伦理学博士，又成了哲学教授，将伦理学作为自己永不动摇的研究领域，并在这个领域取得了一点成绩，这是我最为正确的一次选择，也算是事业成功吧。”龙国祯看了看李晓琪，把李晓琪放下来，给她倒了一杯水说，然后说：“第二件事，也是我最为正确的事，就是娶李晓琪博士作为我的夫人，一生的爱人。这是我这辈子，做得极为重要的一件事。所以，我得感谢你没有嫌弃我当时的贫穷和当初的幼稚，感谢你嫁给了我这样一个只知道读书、写作的穷书生。”

“你呀，又开始贫嘴了，我就是这样被你‘骗’到家里面的。”李晓琪幸福怡然。

“咦，好像不对吧？可是有些女兼职老师，还是在读博士，竟然在大学搞师生恋，一些女生在读大学的时候，就开始物色男朋友，培养未来老公了。有的人，第一次当博士做兼职老师去上课，就开始掐自己的老公了，本来是‘男女授受不亲’，有的人就是敢冒天下之大不韪，违反这样的原则呢。”龙国祯说完，看着李晓琪。李晓琪看着龙国祯，瞬间明白过来，火山一样爆发出来，说：“看我不打死你，掐死你这个混蛋！”她刚要起身，要做掐的动作，龙国祯一边说“雷霆之后，必有暴雨”，一边赶紧跑到门外，话音刚落，他一溜烟就跑出门外了。等李晓琪，换上高跟鞋，走出门外，龙国祯已经坐电梯到了一楼外的广场了。李晓琪赶到电梯走廊栏杆边，从七楼往下看见一楼的龙国祯，赶忙关切地说：“你去哪里？”

“我去办公室。潇湘理工大学的黄教授要过来找我，想邀请我去给他们做一次讲座。我们到办公室谈谈。还有欧洲的莱斯顿大学和美国的格拉斯大学的教授们也要来办公室，谈明年邀请我去做三个月的讲座，主讲朱熹和王阳明伦理思想的事。我可能要晚点回来。”

“你路上小心点，注意安全啊。”

“知道啦，李老师。”龙国祯做了一个飞吻的姿势抛向楼上的李晓琪，然后走出了小区，留下微笑着的李晓琪目送着龙国祯逐渐消失在远处。李晓琪心里美滋滋地回到屋里，莞尔一笑，自言自语地说：“男人，就是当了教授，也还是孩子。”然后，走进书房，帮龙教授整了一下书稿，发现龙教授的电脑忘记关机了，文档显示他在写一本《中国伦理思想发展史》的书，已经写了十几万字了。她关掉电脑，整理完书桌上的参考书，就去厨房，套上围裙，准备做丰盛的晚餐，等待龙教授回来。

后　记

我是大学教授，从事学术研究是我的职业爱好，创作长篇小说《情醉潇湘梦》是我的业余爱好。

从创作宗旨上来说，我想在这部小说里艺术地表达我的伦理思想。读者在阅读这部小说的时候，能够发现小说里，时时处处闪烁着伦理思想，尤其是儒家伦理思想的光芒。这是沿用了“文以载道”的思路。小说男主人公龙国祯代表了儒家的阳性伦理，女主人公李晓琪代表了儒家的阴性伦理。李晓琪和龙国祯的组合，代表了儒家伦理的一阴一阳。《易经·系辞上》说：“一阴一阳之谓道，继之者善也，成之者性也。”所以，在龙国祯和李晓琪的塑造上，我倾注了全部的伦理感情。可以说，在写作过程我是深深地爱上了龙国祯和李晓琪，因为他们代表了我的整个伦理思想。

从创作思想上来说，这部《情醉潇湘梦》应该是最干净、最纯洁的小说。在这部小说里，我想表达的是，具有伦理道德理性的男女主人公，在尘世生活中，过着怎样的一种既超越又平凡的伦理生活。所以，这部小说，我不描写人性的丑陋、人心的阴暗，也不描写小三、婚外情、通奸等现象，而主要是表达人性的纯真和纯善。

从创作艺术上来说，我采取文学和哲学相结合的手法。所以，有时候在人物对白中，我为了使读者更为明白我要表达的伦理思想，我直接采用了哲学手法的旁白。当然，我不知道这样处理人物的对话对深度理解文本是否有效。但是，从读者阅读心理和阅读期待方面来讲，我想尽可能使读者明白，我想通过艺术形象来表达伦理思想的初衷。因此，从这个角度来说，这也许是一种文学创作上交叉学科的创新。当然，是否成功，这不是我能研判的，因为小说一旦发表，就不属于作者了，而是属于读者了。鲁迅说，同是一部《红楼梦》，单是命意，就因读者的眼光而有种种：经学家看见《易》，道学家看见淫，才子看见缠绵，革命家看见排满，流言家看见宫闱秘事。德国接受美学大师姚斯也说，文学作品不是一尊纪念碑，形而上学地展示其超时代的本质。它更像一部管弦乐谱，在其演奏中不断获得读者新的反响，使本文从词的物质形态中解放出来，成为一种当代的存在。这些观点清楚地阐释了读者阅读文本产生的不同效果。

因此，这部当代长篇伦理小说《情醉潇湘梦》是否成功地达到了创作和阅读的目的，我自己也不得而知，这需要读者来回答。但是，作为作者，我却尽了我最大的努力，也倾注了我最大的热情。

欧阳辉纯　谨识

二〇二二年八月二十一日定稿